古典詩歌研究彙刊

第六輯

龔鵬程 主編

第 11 冊

李白詩研究（下）

陳 敬 介 著

國家圖書館出版品預行編目資料

李白詩研究（下）／陳敬介 著 — 初版 — 台北縣永和市：花
木蘭文化出版社，2009〔民98〕
目 4+308 面；17×24 公分
（古典詩歌研究彙刊 第六輯；第 11 冊）
ISBN 978-986-6449-62-8（精裝）
1.（唐）李白 2. 學術思想 3. 傳記 4. 唐詩 5. 詩評
820.4415   98013873

ISBN - 978-986-6449-62-8

9 789866 449628

古典詩歌研究彙刊
第六輯　第十一冊　　　　　ISBN：978-986-6449-62-8

李白詩研究（下）

作　　者　陳敬介
主　　編　龔鵬程
總 編 輯　杜潔祥
出　　版　花木蘭文化出版社
發 行 所　花木蘭文化出版社
發 行 人　高小娟
聯絡地址　台北縣永和市中正路五九五號七樓之三
　　　　　電話：02-2923-1455／傳眞：02-2923-1452
網　　址　http://www.huamulan.tw 信箱 sut81518@ms59.hinet.net
印　　刷　普羅文化出版廣告事業
初　　版　2009 年 9 月
定　　價　第六輯 25 冊（精裝）新台幣 35,000 元

李白詩研究（下）

陳敬介 著

目
次

第九章　李白詩歌接受史析論

第一節　接受美學釋義

李白的詩歌作品流傳至今已約一千三百年了，經過歷史長河的淘洗，而猶能千古常新，名動四海，其內涵及藝術價值，「時間」這個嚴苛的讀者，已然給予至高的肯定；但在這至高的肯定中，卻包含著許多顯晦各異的時期，及褒貶不一的評論。而二十一世紀的李白研究成果，因著歷史文化的積累，及資訊傳播的發達，李白研究資料的彙編工作已有相當豐碩的成果，因此李白詩歌接受史的建立，便成為一個頗為重要的課題。而接受史的建構理論，主要立基於「接受美學」。

所謂「接受美學」乃異於傳統評論以作者和作品為研究核心的理論，將文學研究焦點移到讀者的閱讀反應，此乃著眼於閱讀反應實為文學接受情形的一種重要過程。此學說發端於一九六七年，新任德國康斯坦茨大學文學教授的漢斯・羅伯特・姚斯（Hans Robert Janss）發表一篇語驚四座的演說：〈研究文學史的意圖是什麼？為什麼？〉，這篇演講辭後來發表時更名為《文學史作為向文學理論的挑戰》：

> 一部文學作品的歷史生命如果沒有接受者的積極參與是不可思議的。因為只有通過讀者的傳遞過程，作品才進入一種連續性變化的經驗視野之中。也就是說，只有通過讀者，

> 作品才能在一代一代的接受之鏈上被豐富和充實，永葆其
> 價值和生命，這正是文學的歷史本質。〔註1〕

沒有讀者的作品形同「不宣之密」，甚或只是一些文字符號的堆疊，這樣的「存在」是否可稱為作品？這樣的「作品」是否有其「意義」？便值得深思了。

　　此外，與姚斯同校的英美學者沃爾夫綱‧伊瑟爾從波蘭現象學美學家羅曼‧英伽登的理論中借取了「本文圖式框架中的空白及意義未定性」這一概念，發表了〈本文的召喚結構〉的演說，在這篇演講辭中，伊氏指出：

> 文學作品的語言包含許多意義未定性及意義空白，這種意
> 義未定性和意義空白不僅不是文學作品的缺陷，反而是文
> 學作為讀者接受並產生效果的基本條件。作品的意義只有
> 在閱讀過程中才能產生，它是作品和讀者相互作用的產
> 物，而不是隱藏在作品中等待人們去挖掘的微言大義。而
> 意義未定性和意義空白則成為連接創作意識與接受意識的
> 橋樑。它促使讀者在閱讀活動中賦予本文的未定性以確定
> 的含義，填補本文中的意義空白。〔註2〕

從姚、伊二人的觀點來看：作為閱讀活動的主體——讀者，不是消極被動的接受作品，而是積極能動的介入本文。所謂介入，是根據一定的審美標準，對意義未定性的作品進行選擇、淘汰、肯定（或否定）、填補及重建，這就是接受美學的閱讀活動。

　　而接受史的建立即是對某一文本的閱讀活動的過程，做一歸納、整理與分析，其歷史建構的主體不是作者與文本，而是轉移至讀者身上，這是接受史與傳統文學史的差異所在，這樣的接受史建構的最大意義，在於可以瞭解到一部文學作品在不同時代、不同讀者、不同學

〔註1〕　金元蒲、楊茂義撰：〈導論：接受美學批評及其“中國化”〉，朱棟
　　　　霖編：《文學新思維‧下》（江蘇：江蘇教育出版社，1996年3月），
　　　　頁6～7。
〔註2〕　金元蒲、楊茂義撰：〈導論：接受美學批評及其“中國化”〉，朱棟
　　　　霖編：《文學新思維‧下》，頁8。

派觀點的接受情形，不論肯定或否定，其意義已然產生，亦即產生了具有歷時性縱深的思維，及多元性廣闊的視野。誠如朱立元〈試論接受美學對中國文學史研究的啓示〉所云：

> 除現行的文學史、批評史之外，還可以就一部重要作品、一位重要作家以至某一時期的某一類文學作品，考察當時和後世人們的反應、評論考察其不同時代地位的升降和所產生的社會效果，從中窺探社會審美觀念、價值觀念的發展變化，並尋求其變化的原因。〔註3〕

因此李白詩歌接受史的建立，便具有異於一般文學史的價值與意義了。本文的撰寫同樣是站在讀者閱讀反應的角度來開展，而旁及其他文體，如題詠李白詩、筆記小說、戲曲、章回小說等以李白爲對象的創作，而時間則始於李白同時的盛唐，歷中、晚唐、五代，至宋、元、明、清爲止。主要參考資料爲史傳資料、張偉伯編撰《全唐五代詩格校考》、郭紹虞《宋詩話輯佚》、丁福保編《歷代詩話續編》、《清詩話》、裴斐、劉善良編《李白資料彙編》、常振國、降雲編《歷代詩話論作家》、其他詩話專著、唐、宋詩集，並旁及元、明、清三代戲曲、小說及楊文雄《李白詩歌接受史》等專著。

第二節　唐代對李白的接受

一、共時接受

「共時接受」應僅限於與作家同時代人對其作品接受情形的探討，亦即以同時代人對其作品的討論評價及反應態度爲主；然因古代傳播媒介遠不如現代之發達與迅速，職業評論家亦未產生，尤其中國古代具有評論性質的詩話作品，晚至北宋歐陽脩《六一詩話》才正式誕生，前此雖有類似作品，如唐代及五代時期許多以「詩格」、「詩式」、

〔註3〕　朱立元：〈試論接受美學對中國文學史研究的啓示〉，（《復旦學報》：1989 年第四期）。

「詩法」爲名的著作；〔註4〕一般而言，此類著作主要在探討詩的法式、規則或標準，較少對作家、作品做出獨立的評論，即使引用詩句，大多也僅僅作爲實例條舉，甚至並不具名詩例作者，與宋後大量的「詩話」作品比較，大致審美趣味弱而實用價值高，想來這種現象的產生，亦與唐詩逐漸蕃盛的歷程及以詩賦取士的科舉需求有關。如約成於唐德宗貞元初年（786），釋皎然所著的《詩式・調笑格一品・戲俗》：

> 《漢書》云：「匡鼎來，解人頤。」蓋說詩也。此一品非雅作，足以爲談笑之資矣。李白〈上雲樂〉：「女媧弄黃土，摶作愚下人。散在六合間，濛濛若沙塵。」〔註5〕

亦僅是以李白〈上雲樂〉爲例，說明詩有調笑格一種，非高雅之作，然足爲談笑之資。王叡《炙轂子詩格・論章句所起》→：

> 九言起於韋孟詩，又始於李白云：「古來唯見白骨黃沙田。」
> 〔註6〕

所引詩爲李白〈戰城南〉。同書「三五七言體」條下：

> 李白詩：「秋風清，秋月明。落葉聚還散，寒鳥棲復驚。相思相見知何日，此時此夜難爲情。」〔註7〕

所引即李白〈三五七言〉一詩。又如晚唐五代時僧人齊己《風騷旨格・詩有四十門》：

> 三十九曰道交。詩曰：「桃花潭水深千尺，不及汪倫送客情。」
> 〔註8〕

此即李白名篇〈贈汪倫〉，唯「客」今作「我」。大致張偉伯編撰的《全唐五代詩格校考》中，自舊題王昌齡《詩格》以下二十種著作中，所引李白詩例並不多見。

故而要探討李白詩的「共時接受」情形，必須從其與時人的交往

〔註4〕詳見張偉伯編撰：《全唐五代詩格校考》（北京：中華書局，1994年），書中所蒐集的著作目錄。
〔註5〕同前註所揭書，頁214。
〔註6〕同前註所揭書，頁361。
〔註7〕同前註所揭書，頁363。
〔註8〕同前註所揭書，頁391。

贈答詩文及其他相關評論資料中著手。如其〈上安州裴長史書〉回憶
時爲益州長史蘇頲對他詩文的肯定：

> 此子天才英麗，下筆不休，雖風力未成，且見專車之骨。
> 若廣之以學，可以相如比肩。〔註9〕

這應是對於李白詩文讚揚的第一次評論。甚至據楊愼《丹鉛總錄》卷
十二引蘇頲〈薦西蜀人才疏〉：「趙蕤術數，李白文章。」〔註10〕可見
蘇頲對李白的肯定。然而或許因個性輕狂所致，當李白至渝州謁見名
士渝州刺史李邕時，卻意外的受到冷落，李白因而賦詩明志：

> 大鵬一日同風起，摶搖直上九萬里。假令風歇時下來，猶
> 能簸卻滄溟水。世人見我恆殊調，見余大言皆冷笑。宣父
> 猶能畏後生，丈夫未可輕年少。〔註11〕

出蜀之後，李白偶遇著名道士司馬承禎，司馬承禎大誇李白「有仙風
道骨，可與神遊八極之表。」〔註12〕李白便寫了〈大鵬遇稀有鳥賦〉
（後改寫爲〈大鵬賦〉）來紀念此事。

　　開元十五年（727），李白年二十七，故相許圉師家以孫女妻之，
太白遂留居安陸，在安陸其間，李白仍持續干謁的活動，其〈上安州
裴長史書〉提到：

> 前此郡督馬公，朝野豪彥，一見禮，許爲奇才。因謂長史李
> 京之曰：諸人之文，猶山無煙霞，春無草樹。李白之文，清
> 雄奔放，名章俊語，絡繹間起，光明洞澈，句句動人。〔註13〕

可見郡督馬公對於李白的詩文極爲讚賞。可是李白的干謁活動，並未
因其詩文造詣的提升而變得順利；初入長安，謁張說諸人，卻頗受冷
落，繼之再拜謁韓朝宗諸人，均受挫折。

　　直到天寶元年，最有權勢的萬乘之尊——唐玄宗，因李白的好友

〔註9〕 李白：《李太白文集》（臺北：臺灣學生書局，1967 年 5 月初版），頁
　　　　604。
〔註10〕 楊愼《丹鉛總錄》卷十二引蘇頲〈薦西蜀人才疏〉。
〔註11〕 詹鍈主編：《李白全集校注彙釋集評》第 3 冊，頁 1324。
〔註12〕 同前註所揭書第 7 冊，頁 3880。
〔註13〕 李白：《李太白文集》，頁 604。

元丹丘透過玉眞公主的推薦，成爲李白詩歌最有力的愛好者，並將李白召入長安；孟棨《本事詩》將此段經歷描寫得十分詳盡：

> 李太白初自蜀至京師，舍於逆旅。賀監知章聞其名，首訪之。既奇其姿，復請所爲文。出〈蜀道難〉以示之。讀未竟，稱嘆者數四，號爲「謫仙」，解金龜換酒，與傾盡醉。期不間日，由是稱譽光赫。賀又見其〈烏棲曲〉，嘆賞苦吟曰：「此詩可以泣鬼神矣。」……玄宗聞之，召入翰林。以其才藻絕人，器識兼茂，欲以上位處之，故未命以官。嘗因宮人行樂，謂高力士曰：「對此良辰美景，豈可獨以聲伎爲娛，倘時得逸才詞人吟詠之，可以誇耀於後。」遂命召白。時寧王邀白飲酒，已醉。既至，拜舞頹然。上知其薄聲律，謂非所長，命爲宮中行樂五言律詩十首，白頓首曰：「寧王賜臣酒，今已醉。倘陛下賜臣無畏，始可盡臣薄技。」上曰：「可。」即遣二內臣掖扶之，命研墨濡筆以授之，又令二人張朱絲欄於其前。白取筆抒思，略不停綴，十篇立就，更無加點。筆跡遒利，鳳峙龍拏。律度對屬，無不精絕。其首篇曰：「柳色黃金嫩，梨花白雪香。玉樓巢翡翠，金殿宿鴛鴦。選妓隨雕輦，徵歌出洞房。宮中誰第一？飛燕在昭陽。」文不盡錄。常出入宮中，恩禮殊厚。竟以疏從乞歸。上亦以非廊廟器，優詔罷遣之。〔註14〕

夾敘夾議，說得十分精彩，雖然其中有問題處頗多，如李白受詔赴京乃從山東出發，而非蜀地；又李白待詔於長安時，寧王已死，可能係嗣子邀白飲酒。但從此李白詩名遠揚，〈清平調〉三首，亦隨著歌伎的傳唱活動而流播天下。權勢第一的風流天子、美貌第一的楊貴妃與詩才第一的謫仙太白，在金鑾殿上的相遇，可說是李白詩歌接受史上最受矚目的「一齣重頭戲」，然而李白詩歌的眞正知音，並不是這位日漸昏瞶的帝王，而是中國詩歌史上的雙峰之一——詩聖杜甫。

玄宗天寶三年孟夏四月，李白被玄宗賜金還山，離開長安後，東

〔註14〕唐・孟棨：《本事詩・高逸第三》，丁福保輯：《歷代詩話續編上》（臺北：木鐸出版社，1988年），頁14。

遊齊魯，途經洛陽，杜甫慕名往見；中國文學史上具有特殊意義的仙、聖交會，於焉產生。李白當時四十四歲，已名動天下，杜甫才三十三歲，尚未知名；但誠如前曾述及沈師謙所云：「詩仙詩聖，都具備了開放的心靈，能直覺的欣賞到對方心靈深處煥發出來的異彩。」〔註15〕於是兩人偕遊梁宋，慷慨賦詩，把酒論文。這一年多的日子，時常勾起杜甫的深情追憶，其〈遣懷〉詩云：

> 憶與高李輩，論交入酒壚。兩公壯藻思，得我色敷腴。氣
> 酣登吹台，懷古視平蕪。芒碭雲一去，雁鶩空相呼。〔註16〕

可以想見青年杜甫對這一段交遊是多麼的念念不忘。而李白在與杜甫分手時，亦寫下了〈魯郡東石門送杜二甫〉：

> 醉別復幾日，登臨遍池臺。何時石門路，重有金樽開。秋
> 波落泗水，海色明徂徠。飛蓬各自遠，且盡手中盃。〔註17〕

從此兩人果真「飛蓬各自遠」，再也不曾相見。然而杜甫對李白的思念不曾消減，在許多的詩歌中更反映了這個現象，如〈飲中八仙歌〉：「李白一斗詩百篇，長安市上酒家眠。天子呼來不上船，自稱臣是酒中仙。」〔註18〕最能顯現李白狂放不羈的個性及才思的敏捷。又如〈春日憶李白〉：

> 白也詩無敵，飄然思不群。清新庾開府，俊逸鮑參軍。渭
> 北春天樹，江東日暮雲。何時一樽酒，重與細論文。〔註19〕

對於李白詩歌「清新」、「俊逸」的風格有極準確的掌握，此說一出，幾乎成了千古不易的定論；可見杜甫不僅爲詩聖，更是一流的讀者、評論家，而「何時一樽酒，重與細論文」的期盼，更引起讀者對李、杜二人相親相敬，舉杯暢飲，交換文學思想與創作心得情景的無限嚮往。宋人頗有以此爲李杜相輕的論據者，實是以小人之心度君子之

〔註15〕沈師謙：《神話・愛情・詩──中國古典詩比較批評》（臺北：尚友出版社，1984 年 5 月再版），頁 134。
〔註16〕杜甫：《杜甫全集》2（珠海：珠海出版社，1996 年 11 月），頁 1184。
〔註17〕詹鍈主編：《李白全集校注彙釋集評》第 5 冊，頁 2366。
〔註18〕杜甫：《杜甫詩集》1，頁 70。
〔註19〕同前註所揭書，頁 45。

腹，不足爲訓。此外〈贈李白〉一詩又云：

> 秋來相顧尚飄蓬，未就丹砂愧葛洪。痛飲狂歌空度日，飛
> 揚跋扈爲誰雄？〔註20〕

《杜詩鏡詮》載蔣弱六所評：「是白一生小像，公贈白詩最多，此首
最簡，而足以盡之。」〔註21〕沈師謙〈仙聖交會〉：「只有像杜甫這樣
的知音，才能欣賞到他心靈中的光彩；只有像杜甫這樣的詩聖，才能
捕捉他眞正的內在形象。」〔註22〕陳師冠甫〈李白五章〉之四：「從師
趙蕤短長擎，自命大鵬風不濟。千古知音杜少陵，心靈相契珍詩藝。」
〔註23〕均爲識者之論。

在李白生命的最後階段，杜甫聽到李白遇赦的消息，喜極而作〈寄
李十二白二十韻〉：「昔年有狂客，號爾謫仙人。筆落驚風雨，詩成泣
鬼神。聲名從此大，汨沒一朝伸。文采承殊渥，流傳必絕倫。龍舟移
棹晚，獸錦奪袍新。……乞歸優詔許，遇我夙心親。……」〔註24〕可
說對於李白成名的原因、謫仙之號的由來，及獲得玄宗賞識的過程，
作了具體的敘述，提供給後代的李白研究者許多珍貴的資料。畢竟作
爲李白詩歌接受史十分重要的部分——「共時接受」這一階段，因爲
杜甫的參與，更顯得意義非凡、深刻動人。陳師冠甫〈淡江大學中文
系授李杜詩有感〉：

> 天不生李、杜，萬古詩壇如長夜。仙聖應運日月光，風雅
> 遂教民俗化。而今世衰瓦釜鳴，發揚吾道肩莫卸。〔註25〕

推崇李、杜正如詩壇聖人，其詩之光耀一如巨日，一如明月，灼照千
古，而今人讀李、杜詩，更應發揚風雅教化之力，使民俗歸於淳正；

〔註20〕杜甫：《杜甫詩集》1，頁36。
〔註21〕楊倫編：《杜詩鏡詮》（臺北：華正書局，1978年9月），頁156。
〔註22〕沈師謙：《神話‧愛情‧詩——中國古典詩比較批評》（臺北：尚友
　　　　出版社，1984年5月再版），頁136。
〔註23〕陳師冠甫著：《文林秘笈‧千古詩心》，心月樓刊行手稿本。
〔註24〕杜甫：《杜甫詩集》1，頁543。
〔註25〕陳師冠甫等著：《淡江大學五十週年校慶紀念詩文集》（臺北：淡江
　　　　大學，2000年11月）。

其中亦寓李、杜相親、相知、相惜之意。

在太白詩歌共時接受的過程中，其詩集的刊行情形亦值得重視，天寶十三載（754）太白與其熱情的崇拜者魏顥（即魏萬）相見於金陵，「因盡出其文，命顥爲集。……解攜明年，四海大盜，……經離亂，白章句蕩盡，上元末（761），顥於絳偶然得之，沉吟累年，一字不下。今日懷舊，援筆成序。首以贈顥作，顥酬白詩。……次以大鵬賦、古樂府諸篇，積薪而錄，文有差互者兩舉。白未絕筆，吾其再刊。」〔註26〕這是太白請人刊行其詩集最早的紀錄，然因離亂，卻晚至太白生前一年才刊行。

又李白〈江夏送倩公歸漢東序〉：「僕平生述作，罄其草而授之。思親遂行，流涕惜別。今聖朝已捨季布，當徵賈生。」〔註27〕此是在肅宗乾元二年（759）李白遇赦後之事，可惜這兩位詩友讀者所保管的手稿及刊佈的詩集均未流傳下來。

上元元年（760）李白來到武昌，〈醉後答丁十八以詩譏予搥碎黃鶴樓〉即作於此時：「一州笑我爲狂客，少年往往來相譏。」〔註28〕可見太白雖狂名猶盛，但卻生英雄落難，少年相譏之慨。

肅宗上元二年（761），李陽冰爲宣州當塗（今屬安徽省）縣令，李白往依之。代宗寶應元年（762）十一月，李白「疾亟，草稿萬卷，手集未修，枕上授簡」，〔註29〕請陽冰爲序，旋即逝世。李陽冰〈草堂集序〉云：「自中原有事，公避地八年，當時著述，十喪其九，今所存者，皆得之他人焉。」〔註30〕可見李白原稿在亂離中已十喪其九，他在病中授給李陽冰的遺稿，皆得之他人。

從上述記載可知，自天寶十三載（754），李白「盡出其文，命顥爲集」，歷肅宗乾元二年（759）將平生述作，罄其草而授之倩公，以

〔註26〕詹鍈主編：《李白全集校注彙釋集評》第 1 冊，頁 4。

〔註27〕同前註所揭書第 5 冊，頁 2593。

〔註28〕同前註所揭書第 5 冊，頁 2744。

〔註29〕同前註所揭書第 1 冊，頁 2。

〔註30〕同前註所揭書第 1 冊，頁 2。

至代宗寶應元年（762）十一月，李白「疾亟，草稿萬卷，手集未修，枕上授簡」於族叔李陽冰，這前後歷時九年，三次委託稿件的過程，正好遇上安史之亂與長流夜郎的家國之禍，致使李白的作品十喪其九，實是中國詩歌史上的一大劫難。

至於范傳正於憲宗元和十二年（817）所編的二十卷本或許就是在李陽冰《草堂集》的基礎上擴大而成的，然而這已是在李白去世五十六年後的事了。

此外由唐人選唐詩的若干選集中，也可看出李白生前詩作所受的歡迎與肯定。約與李白同時的著名詩選家殷璠，今知曾編有《河岳英靈集》、《荊揚挺秀集》、《丹陽集》三種。《荊揚挺秀集》二卷久佚，高仲武《中興間氣集》云：「《丹陽》止錄吳人。」〔註31〕故而《河岳英靈集》便成為研究盛唐詩歌最重要的著作之一；該書分上、下二卷，敘曰：

> 且大同至於天寶，把筆者近千人，除勢要及賄賂者，中間灼然可尚者，五分無二，豈得逢詩輯纂，往往盈帙。蓋身後立節，當無詭隨，其應銓揀不精，至令眾口銷鑠，為知音所痛。……開元十五年後，聲律風骨始備矣。實由主上惡華好樸，去偽從真，使海內詞場，翕然尊古，南風周雅，稱闡今日。……若王維、昌齡、儲光羲等二十四人，皆河岳英靈，此集便以《河岳英靈》為號。詩兩百三十四首。〔註32〕

李白選入十三首，〈戰城南〉、〈遠別離〉、〈野田黃雀行〉、〈蜀道難〉、〈行路難〉、〈夢遊天姥山別東魯諸公〉、〈憶舊遊寄譙郡元參軍〉、〈詠懷〉、〈酬東都小吏以斗酒雙鱗見贈〉、〈答俗人問〉、〈古意〉、〈將進酒〉、〈烏棲曲〉編於卷上，全集選入十三首以上的詩人有常建（十五首）、王維（十五首）、李頎（十四首）、高適（十三首）、王昌齡（十六首）等六人；另儲光羲選十二首，均為選詩較多的詩人。觀所選李白詩，

〔註31〕傅璇琮編撰：《唐人選唐詩新編》（臺北：文史哲出版社，1999年二月初版），頁456。
〔註32〕同前註所揭書，頁107。

均是傳世名作，殷璠的編選審美品味，足可證明李白詩歌藝術共時接受的流行性及歷時接受的不朽性。殷璠評論李白云：

> 白性嗜酒，志不拘檢，常林棲十數載，故其爲文章，率皆縱逸。至如〈蜀道難〉等篇，可謂奇之又奇。然自騷人以還，鮮有此體調也。〔註33〕

頗能掌握李白詩歌縱逸奇特的特質。

　　李白生前的「共時接受」情形，大致如上所述；其產生的重大影響有以下五點：

（一）賀知章的「謫仙說」，影響後世對李白其人其詩的接受視角甚鉅。

（二）唐玄宗召見李白於金鑾殿，命作〈宮中行樂詞〉、〈清平調〉等，使其歌詩廣爲傳唱，名滿天下。

（三）杜甫對李白詩歌整體的高度評價──「白也詩無敵，飄然思不群」，對於李白詩歌風格的準確認識──「清新庾開府，俊逸鮑參軍」。而其〈寄李十二白二十韻〉更是對其成名過程的整體觀照，影響後世甚爲深遠。

（四）李白生前作品的刊佈與流行，如劉全白〈唐故翰林學士李君碣記〉即云：「文集亦無定卷，家家有之。」可知，雖然魏顥及其族叔李陽冰所集，今皆亡逸，但可想見，在當時必然造成一定影響，功不可沒。

（五）殷璠《河岳英靈集》編選李白十三首作品，所代表的當代審美趣味及李白被當時文壇作家接受的重要性。

二、李杜優劣論

　　「李杜優劣論」這一命題，在李、杜生前其實是不存在的，但因歷時接受的過程，往往因讀者個人的審美趣味及時代的風格轉變，使文本的解讀與評價發生變化，褒貶優劣，意見紛呈。

〔註33〕傅璇琮編撰：《唐人選唐詩新編》，頁120。

　　葛景春〈不是幡動，是心動——試用接受美學的觀點重新闡釋李杜優劣論〉一文認為：

> 若用接受美學的觀點來看，歷代的李杜優劣論，只不過是一部歷代的讀者用不同的思潮和眼光對李杜的接受史，是接受主體對作品客體的不斷理解或誤解而已。李杜詩的本身的歷史價值並沒有改變，只是人們的審美眼光和接受的態度有所不同。因此，李杜優劣，千年論爭不已，借用禪宗六祖惠能的一句話：不是幡動，是心動。在對李杜的評論上，也是如此。儘管李杜在歷史上的創作業績並沒有改變，但是歷代對李杜的評價，卻在變化著。這種變化，正是歷代李杜的讀者們心靈感受的變化。這些心靈感受的變化，既有不同時代的思想流向和審美思潮的差異，也有同時代不同的讀者個人的個性、思想和審美趣味的差別。〔註34〕

其實，建構一部文學作品接受史的最大意義，在於可以瞭解到一部文學作品在不同時代、不同讀者、不同學派觀點的接受情形，不論肯定或否定，其意義已然產生，亦即激發了歷時性縱深的思維，及開創了多元性廣闊的視野。此時，作家地位、作品價值、讀者評論已成為「三位一體」的連動關係；故而個人認為，「不僅是心動，幡亦在動」，一部偉大的作品，必能在文學的接受之鍊上，因讀者的積極參與（不只閱讀，進而評論），而閃現其歷時性的多彩之姿，李、杜的偉大在此，觀照、肯定李、杜在歷史上的創作業績焦點亦在此。

　　然而文學被接受及展現其評價的機緣十分巧妙，聚訟千古的「李杜優劣論」，肇因於一篇墓係銘。

　　杜甫死後四十三年，憲宗元和八年（813），元稹應其孫杜嗣業之請，撰寫〈唐故工部員外郎杜君墓誌銘〉：

> 至於子美，蓋所謂上薄風、騷，下該沈、宋，古傍蘇、李，氣奪曹、劉，掩顏、謝之孤高，雜徐、庾之流麗，盡得古

〔註34〕葛景春：《李白研究管窺》（保定：河北大學出版社，2002年1月初版），頁176。

人之體勢，而兼人之所獨專美。使仲尼考鍛其旨要，尚不
知貴其多乎哉？苟以為能所不能，無可無不可，則詩人以
來，未有如子美者。

是時山東人李白，亦以奇文取稱，時人謂之李、杜。予觀
其壯浪縱恣，擺去拘束，模寫物象，及樂府歌詩，誠亦差
肩於子美矣。至若鋪陳始終，排比聲韻，大或千言，次猶
數百，辭氣豪邁，而風調清深，屬對律切，而脫棄凡近，
則李尚不能歷其藩翰，況堂奧乎？〔註35〕

第一段云杜甫兼擅諸體，能人所不能，即使請孔子評定其作品要旨
後，恐怕也不會將它從三百篇中刪掉吧？可謂稱譽極高；然第二段筆
鋒一轉，「時山東人李白，亦以奇文取稱，時人謂之李杜。」表面雖
然承認李白和杜甫均以「奇文」而被時人並稱為李、杜，反映了實難
軒輊的現象。於是進一步採取對襯手法，各以所「奇」之處舉論：李
白以「壯浪縱恣，擺去拘束，模寫物象及樂府歌詩」為其特出者；杜
甫則是「鋪陳始終，排比聲韻，大或千言，次猶數百，詞氣豪邁而風
調清深，屬對律切而脫棄凡近」為其專擅；誠哉斯言，元稹實無愧為
一善品詩者，然體難兼備，格豈俱全，以此之長，論彼之短，便成為
「不對稱」、不全面而失之偏頗了。或許誠如「清人方成珪《韓集箋
正》：『鮑以文云：此是工部墓誌，非論也。愚按：微之墓誌亦是文家
借賓定主常法耳，況並未謗傷供奉也。』」〔註36〕故而元稹之所以有
「李尚不能歷其藩翰，況堂奧乎！」的蛇足論斷，或因此文為受委託
撰寫的「墓誌銘」之故吧！

　　兩年後，憲宗元和十年（815）冬臘月，白居易著名的〈與元九
書〉中，除了對於自《詩經》以來歷代詩歌創作的特質與傾向作一論
述外，更總結了自己詩歌的創作經驗，亦闡明了自己的詩歌主張，其

〔註35〕唐・元稹：《元氏長慶集》卷二十二，《四庫叢刊初編》集部，頁83。
〔註36〕萬培嶺：〈論元白對李杜的整體評價〉（中國李白研究2000年集：中
　　　　國李白研究會、馬鞍山李白研究所編，安徽文藝出版社，2000年10
　　　　月），頁372。

中論及李、杜者如：

> 唐興二百年，其間詩人不可勝數。所可舉者，陳子昂有〈感
> 遇〉詩二十首，鮑防有〈感興〉詩十五首。又詩之豪者，
> 世稱李、杜。李之作，才矣奇矣，人不逮矣。索其風、雅、
> 比、興，十無一焉。杜詩最多，可傳者千餘首。至於貫串
> 古今，爾見縷格律，盡工盡善，又過於李；然撮其〈新安
> 吏〉、〈石壕吏〉、〈潼關吏〉、〈塞蘆子〉、〈留花門〉之章，「朱
> 門酒肉臭，路有凍死骨」之句，亦不過十三四。杜尚如此，
> 況不逮杜者乎？〔註37〕

前引元稹之論偏重風格與形式，白居易的說法，則明顯指向不論內
容與形式，李白詩歌均不及於杜甫。這樣的說法，立基於元、白文
學實用論的基礎上。白居易標舉〈新樂府〉「爲君爲臣爲民爲物爲
事而作，不爲文而作也」，〔註38〕而且詩歌、文章須合於時事而著
作，藉以補察時政，洩導人情；但這可視爲品評詩歌的標準之一，
卻不是唯一。而元稹〈樂府古題序〉：「近代唯詩人杜甫〈悲陳陶〉、
〈哀江頭〉、〈兵車〉、〈麗人〉等，凡所歌行，率皆即事名篇，無復
倚傍。余少時與友人樂天、李公垂輩，謂是爲當，遂不復擬賦古題。」
〔註39〕都反映出元、白的獨特文學主張，而李白的樂府歌行十之八
九擬賦古題，故而其詩歌價值在這樣片面的看法下，被元、白指爲
「不能歷其藩翰，況堂奧乎？」、「索其風、雅、比、興，十無一焉。」
自有待商榷。

其實自憲宗元和四年（809），元稹有〈和李校書新題樂府十二
首〉、白居易有〈新樂府〉五十首，「新樂府運動」已然形成，因而此
說亦有其內在理路可尋。

然觀元、白其他詩文中，其實對李白亦頗有讚賞，或李、杜並重
的持平之論，如元稹早在德宗貞元十年（794），年十六歲，即作〈代

〔註37〕唐・白居易：《白氏長慶集》卷十二，《四庫叢刊初編》集部，頁902。
〔註38〕《全唐詩》下（上海：上海古籍出版社，1992年3月9刷），頁1044。
〔註39〕唐・元稹：《元氏長慶集》卷二十二，《四庫叢刊初編》集部，頁83。

曲江老人百韻〉說：「李杜詩篇敵，蘇張筆力勻。」〔註40〕而白居易
在作〈與元九書〉同年的元和十年臘月，又有〈讀李杜詩集因題卷後〉：

> 翰林江左日，員外劍南時。不得高官職，仍逢苦亂離。暮
> 年逋客恨，浮世謫仙悲。吟詠留千古，聲名動四夷。文場
> 供秀句，樂府待新詞。天意君須會，人間要好詩。〔註41〕

又〈采石墓〉：

> 采石江邊李白墳，遶田無限草連雲。可憐荒壟窮泉骨，曾
> 有驚天動地文。但是詩人多薄命，就中淪落不過君。〔註42〕

就看不出有抑李揚杜的痕跡。因而可以瞭解，所謂「李杜優劣論」，
實是元、白在特定因素及特殊對比視角下的產物。鄔國平即認為：

> 持這些意見的人忽視或抹煞了一個重要事實，即元白是在
> 高度尊重李杜的前提下對二人詩歌成就作低昂評估的（相
> 對來說，元稹對李、杜高低的區別在範圍及落差方面要小
> 一些），而失去該前提，將他們對李、杜作先後區別這一點
> 誇大和孤立起來，就會給人造成尊杜貶李的錯覺，這與元、
> 白原意相去甚遠。〔註43〕

因此，我們應該看重的是經由對比凸顯的「現象」，是否使李、杜的
文學價值與特色更為明顯；而無須太在意特殊對比視角下的「結論」；
對於李、杜、元、白而言，這一段影響後世甚巨的說法，才會顯得較
為公允、更有意義。

三、李杜並重論

世論「李杜並重」，總以韓愈為始，吳庚舜〈並尊李杜第一人——
——任華考，兼論唐人李杜觀〉〔註44〕一文指出，唐代詩人任華實為並

〔註40〕《全唐詩》上，頁 1002。按：元稹十五歲即登明經科，亦是早慧型
天才詩人。

〔註41〕《全唐詩》下，頁 1088

〔註42〕同前註所揭書下，頁 1098。

〔註43〕鄔國平：〈李杜詩歌比較評述〉（中國李白研究 1991 年集：中國李白研
究會、馬鞍山李白紀念館編，江蘇古籍出版社，1993 年 4 月），頁 103。

〔註44〕吳庚舜：《俞平伯先生從事文學活動六十五周年紀念文集》（成都：

尊李杜的第一人；而此點在晚唐五代韋莊所編選的《又玄集》即透露了若干訊息，該書卷上選任華〈雜言寄李白〉、〈雜言寄杜拾遺〉兩首，就其內容可知任華與李、杜二人均有交誼，對李、杜的詩歌特質及生命情調亦有極生動的描繪，從編輯的角度而言，對於同一個作者選取性質完全相同的兩篇作品，實屬少見，〈雜言寄李白〉云：

> 古來文章有能奔逸氣，高聳高格。清人心神，驚人魂魄，我聞當今有李白。……見說往年在翰林，胸中矛戟何森森，新詩傳在宮人口，佳句不離明主心。……平生傲岸其志不可測，數十年爲客，未嘗一日低顏色。……儻能報我一片言，但訪任華有人識。〔註45〕

又〈雜言寄杜拾遺〉云：

> 杜拾遺，名甫第二才甚奇。任生與君別來已多時，何曾一日不相思。知不知，昨日有人頌得數篇黃絹詞。吾怪異奇特借問，果然稱是杜二之所爲。勢攫虎豹，氣騰蛟螭，滄海無風似鼓蕩，華嶽平地欲奔馳。……昔在帝城中，盛名君一個。諸人見所作，無不心膽破。郎官叢裏作狂歌，丞相閣中常醉臥。……〔註46〕

對照元稹「時山東人李白，亦以奇文取稱，時人謂之李、杜。」及白居易「又詩之豪者，世稱李、杜。李之作，才矣奇矣，人不逮矣。」之說，任華所掌握的李、杜奇豪的神韻實是準確，故稱其爲並尊李、杜的第一人，甚有見地，而韋莊這位編輯者獨具慧眼的功勞亦不可忽略。

當然，李、杜並重說的實質代表人物仍首推中唐韓愈。韓愈一生共寫了六首詩爲李、杜定位；第一首德宗貞元十四年（798）的〈醉留東野〉：「昔年因讀李白、杜甫詩，長恨二人不相從。」〔註47〕〈薦

巴蜀書社，1992年3月），頁201～215。
〔註45〕傅璇琮編撰：《唐人選唐詩新編》，頁599。
〔註46〕同前註所揭書，頁599～600。
〔註47〕《全唐詩》上，頁840。

士〉一首：「國朝盛文章，子昂始高蹈。勃興得李杜，萬類困陵暴。」
〔註48〕給予李、杜極高的評價。元和元年（806）有〈感春四首・其
二〉：「近憐李杜無檢束，爛漫長醉多文辭。」〔註49〕認為兩人均狂放
好飲。又元和六年（811）的〈石鼓歌〉：「少陵無人謫仙死，才薄將
奈石鼓何？」〔註50〕同年再作〈酬司門盧四兄雲夫院長望秋作〉：「高
揖群公謝名譽，遠追甫白感至誠。」〔註51〕對李、杜充滿不勝眷戀之
情。元和十一年五月〈調張籍〉詩云：「李杜文章在，光焰萬丈長。
不知群兒愚，那用故謗傷？蚍蜉撼大樹，可笑不自量。」〔註52〕卻有
些火氣的批判了當時抑李揚杜的謬論，當然這裡特別要指出的是，這
裡所指的「大樹」非僅指李白而言，而是李、杜並喻，也正因如此，
韓詩學李、杜便是極為自然的現象了，《唐宋詩醇》云：

> 今試取韓詩讀之，其壯浪縱恣，擺去拘束，誠不減于李；
> 其渾涵汪茫，千匯萬狀，誠不減於杜。而風骨峻嶒，腕力
> 矯變，得李杜之神而不襲其貌，則又拔奇於二子之外，而
> 自成一家。〔註53〕

誠哉斯言！善師者得其神髓，能容者壯其胸臆，韓愈是也。

　　至於晚唐有小李、杜之稱的李商隱、杜牧，對李、杜均極推崇。
如杜牧〈雪晴訪趙嘏街西所居三韻〉說：「命代風騷將，誰登李杜壇。」
〔註54〕甚至〈冬至日寄小姪阿宜詩〉：「李杜泛浩浩，韓柳摩蒼蒼。近者
四君子，與古爭強梁。」〔註55〕而李商隱雖然風格較近杜甫，但其〈漫
成五章〉之二亦云：「李杜操持事略齊，三才萬象共端倪。」〔註56〕及

〔註48〕《全唐詩》上，頁 834。
〔註49〕同前註所揭書，頁 836。
〔註50〕同前註所揭書，頁 841。
〔註51〕同前註所揭書，頁 841。
〔註52〕同前註所揭書，頁 842。
〔註53〕清高宗御選：《唐宋詩醇》3（臺北：臺灣中華書局，1971 年），頁
　　　302。
〔註54〕《全唐詩》下，頁 1317。
〔註55〕同前註所揭書，頁 1317。
〔註56〕同前註所揭書，頁 1375。

皮日休〈郢州孟亭記〉：「明皇世章句之風，大得建安體，論者推李翰林、杜工部為尤。」〔註57〕司空圖〈與王駕評詩〉：「國初上好文章，雅風特盛，沈、宋始興之後，傑出江寧，宏思於李、杜，極矣。」〔註58〕均為李、杜合論。

可見終唐之世，李、杜並尊的大前提是存在的，即使中唐之際因元、白在推行「新樂府運動」的理論基礎上，片面的對李、杜有所抑揚；但韓愈對李、杜毫不軒輊的態度似乎更具普遍的接受性。

又傳為柳宗元所撰的《河東先生龍城錄》有〈李太白得仙〉一則：

> 退之（韓愈）嘗言李太白得仙去。元和初，有人自北海來，見太白與一道人在高山上笑語久之。頃，道士於碧霧中跨赤虯而去，太白聳身健步追及，共乘之而東去。〔註59〕

所謂「退之（韓愈）嘗言李太白得仙去。」及「有人」云云，不知所據為何？所指何人？然從此條可知，太白死後得仙之說，早自中唐即已流傳，而此點亦影響宋人對太白的接受觀點頗深。

第三節　宋、金、元代對李白的接受

一、宋代對李白的接受

李白在宗杜的宋代，其被肯定與受重視的情形，相較於「千家注杜」的盛況，的確是蕭條寂寞了許多。如在作品編輯、刊印、註解數量上，除曾鞏對李白詩的蒐集外，宋本李太白詩集僅宋真宗咸平元年樂史所編《李翰林集》二十卷，七百七十六篇；再加文集十卷，別稱《李翰林別集》，今已不傳。其次便是宋敏求所編的《李太白文集》三十卷，集詩千有一篇，是現知傳世最早的刊本；此外雖有所謂當塗本、江萬里所序的咸淳本，但與風行刊刻的杜詩相比，實顯冷清。至

〔註57〕唐·皮日休：《皮子文藪》卷七，《四庫叢刊初編》集部，頁45。
〔註58〕唐·司空圖：《司空表聖文集》卷一，《四庫叢刊初編》集部，頁8。
〔註59〕唐·柳宗元：《河東先生龍城錄》（臺北：新文豐出版公司，1985年），頁58。

於李白詩的評點和註解，終宋之世亦僅有楊齊賢及嚴羽二人，然前者因元蕭士贇的補注刪削而不復舊貌，而所謂嚴羽評點更是眞僞莫辯，至今仍無定論。以下分從詩話、詩文集和筆記小說三大類探討宋代文人對李白的接受情形。

（一）宋代詩話中對李白的接受

張葆全《詩話與詞話》：「詩話是一種漫話詩壇軼事、品評詩人詩作、談論詩歌作法、探討詩歌源流的著作。」〔註 60〕雖然詩話作品較少有系統的論述，但以接受美學的角度觀之，這些詩話作者大多爲學識淵博且有實際創作經驗的文人，可說集作者、評論者及讀者於一身，故這方面資料的整理與評述，是建構李白詩歌接受史甚爲重要的依據。

歐陽脩《六一詩話》是中國文學史上第一部以《詩話》命名的專著，爲避免與後代詩話相混，遂改稱之。其書僅二十八則，首則云：「居士退居汝陰，而集以資閒談也。」〔註 61〕雖爲「資閒談」之作，卻也有兩則語及李白：

李白〈戲杜甫〉云：「借問別來太瘦生，總爲從前作詩苦。」「太瘦生」，唐人語也，至今猶以「生」爲語助，如「作麼生」、「何似生」之類是也。〔註 62〕

唐之晚年，詩人無復李、杜豪放之格，然亦務以精意相高。
〔註 63〕

前則論及用語問題，後則以豪放風格兼論李杜，雖所論不深，但因爲詩話中之首見者，別具意義；且歐陽脩爲一代文宗，對於當時詩壇流行的「西崑體」頗爲反感，但對李白詩歌卻十分推崇。劉攽《中山詩話》：

〔註 60〕張葆全：《詩話與詞話》（臺北：國文天地雜誌社，1991 年 2 月初版），頁 1。
〔註 61〕宋・歐陽脩《六一詩話》，何文煥編訂：《歷代詩話》（臺北：藝文印書館，1991 年 9 月 5 版），頁 156。
〔註 62〕同前註所揭書，頁 159。
〔註 63〕同前註所揭書，頁 158。

歐公亦不甚喜杜詩，謂韓吏部絕倫。吏部於唐世文章，未嘗
屈下，獨稱道李、杜不已。歐貴韓而不悅子美，所不可曉：
然于李白而甚賞愛，將由李白超趨飛揚為感動也。〔註64〕

劉攽論詩宗旨與歐陽脩相近，然全書除此條外，再無其他與李白相關
的文字。而《王直方詩話》〈歐陽脩論李白詩〉：

歐陽公云：「李白云：『落日欲沒峴山西，到著接䍦花下迷。
襄陽小兒齊拍手，大家爭唱白銅鞮。』」此常言也；至於『清
風明月不用一錢買，玉山自倒非人推』，然後見太白之橫
放。所以警動千古者，顧不在此乎？」甫之於白得其一節，
而精強過之，余以為以此警動之耳。〔註65〕

可見歐陽脩對於李白橫放奇逸的詩歌美感甚為讚賞。然此說與歐陽脩
〈李白杜甫詩優劣說〉文字略有出入：

「落日卻沒峴山西，倒著接䍦花下迷。襄陽小兒齊拍手，
大家爭唱白銅鞮。」此常言也。至於「清風明月不用一錢
買，玉山自倒非人推」，然後見其橫放。其所以警動千古者，
固不在此也。杜甫於白，得其一節，而精強過之，至於天
才自放，非甫可到也。〔註66〕

由「常言」而「橫放」乃至「天才自放」，標示出李白詩歌的三個層次，
而其「警動千古」的「天才自放」之作，連杜甫也不可及，兩相對照，
可知《王直方詩話》引用之文字錯誤頗大。而江西詩派中有代表性的
詩話作品，如在北宋詩壇上與黃庭堅齊名的陳師道《後山詩話》：

余評李白詩，如張樂于洞庭之野，無首無尾，不主故常，
非墨工槧人所可擬議。吾友黃介讀〈李杜優劣論〉曰：「論
文正不當如此。」余以為知言。〔註67〕

此段文字亦見於黃庭堅《豫章黃先生文集》卷二十六〈題李白詩草

〔註64〕宋・劉攽：《中山詩話》，何文煥編訂：《歷代詩話》，頁171。
〔註65〕郭紹虞輯：《宋詩話輯佚》（臺北：華正書局，1981年7月初版），頁
35。
〔註66〕宋・歐陽脩：《歐陽文忠公全集》卷一二九，《四庫叢刊初編》集部，
頁1005。
〔註67〕宋・陳師道：《後山詩話》（上海：商務印書館，1927年），頁25。

後〉：

> 余評李白詩，如黃帝張樂於洞庭之野，無首無尾，不主故常，
> 非墨工槧人所可擬議。吾友黃介讀〈李杜優劣論〉曰：「論
> 文正不當如此。」余以為知言。及觀其蕙，書大類其詩，彌
> 使人遠想慨然。白在開元、至德間，不以能書傳，今其行草，
> 殊不減古人，蓋所謂不煩繩削而自合者與？〔註68〕

顯示同為書法名家的黃庭堅，對於李白的書法藝術亦頗為關注，所謂
「墨工槧人所可擬議」，是指對字句的刻意雕琢，「匠氣」十足，自非
佳構。雖然山谷重視詩法，講求技巧，可是他對於詩歌及書藝的審美
觀念，仍希望能達到不拘常法的自然境界，亦即所謂：「如黃帝張樂
於洞庭之野，無首無尾，不主故常。」這種詩歌藝術的境界，與其「不
煩繩削而自合」的書法藝術是完整契合的。這段詩歌與書法藝術會通
的評論可說慧眼獨具，極具特色。至於《後山詩話》所錄或如郭紹虞
《中國文學批評史》：「今本所傳，亦未必全出好事者以意補之。或後
山原有此著，未及成書，後人編次，遂不免有所增益耳。」〔註69〕此
處乃增益所造成的脫誤。吳可《藏海詩話》亦云：

> 李太白《鸚鵡洲》詩云「字字欲飛鳴」，其因事用字，造化
> 中得其變者也。
>
> 葉集之云：「碩儒巨公，各有造極處，不可比量高下。元微
> 之論杜詩，以為李謫仙尚未歷其藩翰，豈當如此說？」異
> 乎微之之論也。此為知言。〔註70〕

可見吳可雖為江西詩派的一員，但對元稹的李、杜之論亦不表認同，
且能掌握李詩「因事用字，造化中得其變」的藝術手法。吳开《優古
堂詩話》：

> 李太白詩云：「幾度雨來成惡熱，一番風過有新涼。」劉莘

〔註68〕宋・黃庭堅：《山谷集》卷二十六，《四庫全書薈要》集部第三十七
　　　　冊，頁298。

〔註69〕郭紹虞：《中國文學批評史》（臺北：文史哲出版社，1988年4月），
　　　　頁377。

〔註70〕宋・吳可：《藏海詩話》，丁福保輯：《歷代詩話續編上》，頁339。

老子劉跂，字斯立，〈龍山寺〉詩亦云：「急雨欲來先暑氣，涼風已過卻秋聲。」詩意雖同，然皆佳句。〔註71〕

太白：「舉杯邀明月，對影成三人。」又云：「獨酌勸孤影。」此意兩用也。然太白本取淵明「揮杯勸孤影」之句。〔註72〕

白樂天〈長恨歌〉云：「回眸一笑百媚生，六宮粉黛無顏色。」蓋用李太白應制〈清平樂〉詞：「女伴莫話孤眠，六宮羅綺三千。一笑皆生百媚，宸衷教在誰邊。」〔註73〕

《潘子眞詩話》云：「杜牧之〈題李西平宅〉云：『授圖黃石老，學劍白猿翁。』庾信作〈宇文盛墓誌〉所謂『授圖黃石，不無師表；學劍白猿，遂傳風旨。』」然予讀李太白〈贈宋中丞〉詩云：「白猿懸劍術，黃石借兵符。」則太白亦嘗用之矣。〔註74〕

其他尚有數則言及李白詩者，大抵如丁福保輯《歷代詩話續編》〈目次〉附各書提要，言此書：「書中涉考證者不及十分之一，大旨在明詩家用字鍊句相承變化之由。雖無心暗合，不必皆有意相師，然換骨奪胎，作者原有是法，亦未始不資觸發也。」〔註75〕確有爲江西詩派奪胎換骨法張本之意。許顗《彥周詩話》：

李太白作〈草創大還〉詩云：「彷彿明窗塵，死灰同至寂。」初不曉此語，後得《李氏煉丹法》云：「明窗塵，丹砂妙藥也。」

李太白詩云：「玉窗青青下落花。」花已落，又曰下，增之不贅，語益奇。

先伯父熙寧九年四月二十七日，夜夢至一處，榜曰「清香館」。東邊有別院，東壁有詩碑云：「《題冀公功德院》，山東李白。」其詩曰：「秋風吹桂子，只在此山中。待得春風

〔註71〕宋・吳幵：《優古堂詩話》，丁福保輯：《歷代詩話續編上》，頁232。
〔註72〕同前註所揭書，頁235。
〔註73〕同前註所揭書，頁238。
〔註74〕同前註所揭書，頁244。
〔註75〕丁福保輯：《歷代詩話續編上》，頁2。

起，還應生桂叢。桂叢日以滿，清香何時斷？只爲愛清香，
故號清香館。」伯父自作〈記夢〉一篇，書之甚詳。嘗記
季父說，元豐五年，自房陵召還，一日，忽獨言曰：「清香
館。」自後多不屑世間事，或默坐終日，人莫敢問其曲折。
〔註76〕

「清香館」一則頗有異聞之趣。而「玉窗」句除用字奇外，色彩感亦
佳。而曾作《江西詩社宗派圖》的呂本中，其《童蒙詩訓》云：

李太白詩如「曉月出天山，蒼茫雲海間。長風一萬里，吹
度玉門關」，及「沙墩至梁苑，二十五長亭，大舶夾雙櫓，
中流鵝鸛鳴」之類，皆氣蓋一世，學者能熟味之，自然不
褊淺矣。〔註77〕

卻一反該派一向推尊杜甫、黃庭堅的基調，對李白的豪放風格大加讚
賞。曾季貍《艇齋詩話》對李詩的探討範圍較廣：

唐詩人〈小長干行〉，全篇皆佳。其首云「憶昔深閨裏，煙
塵不曾識。嫁與長干人，沙頭候風色」是也。《才調集》載
兩首。其一「妾髮初覆額，折花門前劇。郎騎竹馬來，繞
床弄青梅」是也。與前一首同載一處，皆作李太白作。惟
顧陶《唐詩選》並載而分兩處，「妾髮初覆額」一篇，李白
作；「憶昔深閨裏」一篇，張潮作。二者未知孰是？然顧陶
選恐得其實也。又二詩所載各不同，「妾髮初覆額」一篇內
「十五始展眉，願同塵與灰」，《才調集》又有兩句云「恆
存抱柱信，豈上望夫臺」，方至「十六君遠行，瞿塘灩澦堆。」
顧陶《詩選》即無「臺」字一韻。又「憶昔深閨裏」篇內
「淼淼暗無邊，行人在何處」，下有四句云：「好乘浮雲驄，
佳期蘭渚東。鴛鴦綠蒲上，翡翠錦屏中。」《才調集》卻云：
「北客眞王公，朱衣滿汀中。日暮來投宿，數朝不肯東。」
與顧陶本不同。以予觀前一篇，《才調集》有「臺」字一韻，
不如顧陶刪去。後一篇，顧陶四句，不如《才調集》四句，

〔註76〕常振國・降雲編：《歷代詩話論作家》一（臺北：黎明文化公司，1993
年9月），頁218。
〔註77〕郭紹虞輯：《宋詩話輯佚》，頁585。

二本互有得失也。山谷嘗辨李太白集中所載二詩云：「『妾
髮初覆額』是李白作，後『憶昔深閨裏』一篇是李益詩。」
山谷雖能辨其非太白詩，而不知其爲張潮作也。《玉臺新詠》
亦作張潮作。顧陶恐誤。〔註78〕

「看朱成碧」，出吳均詩，云：「看朱忽成碧，誰知心眼亂。」
李白前有〈尊酒行〉，亦云「看朱成碧顏始紅」。〔註79〕

古今詩人有《離騷》體者，惟李白一人，雖老杜亦無似《騷》
者。李白如〈遠別離〉云：「日慘慘兮雲冥冥，猩猩啼煙兮
鬼嘯雨。」〈鳴皋歌〉云：「雞聚族以爭食，鳳孤飛而無鄰。
蝘蜓嘲龍，魚目混珍。嫫母衣錦，西施負薪。」如此等語，
與《騷》無異。〔註80〕

李白云：「人煙寒橘柚，秋色老梧桐。」老杜云：「荒庭垂
橘柚，古屋畫龍蛇。」氣焰蓋相敵。陳無己云：「寒心生蟋
蟀，秋色上梧桐。」〔註81〕

涉及眞僞考證、句法、風格等，頗具參考價值。而葛立方《韻語陽秋》：

安祿山反，永王璘有窺江左之意，子湯勸其取金陵，史稱
薛繆、李臺卿等爲璘謀主而不及李白。白傳止言永王璘辟
爲府僚，璘起兵遂逃還彭澤。廟爾，則白非深於璘者。及
觀白集有〈永王東巡歌十一首〉，乃曰：「初從雲夢開朱邸，
更取金陵作小山。」又云：「我王樓艦輕秦漢，卻似文皇欲
度遼。」若非贊其逆謀，則必無是語矣。白既流夜郎，有
〈書懷詩〉云：「半夜水軍來，潯陽滿旌旃。空名適自誤，
迫脅上樓船。徒賜五百金，棄之若浮煙。辭官不受賞，翻
謫夜郎天。」宋中丞薦白啓云：「遇永王東巡，脅行中道。」
乃用白〈述懷〉意，以紋拭其過爾。孔巢父亦爲永王所辟，
巢父察其必敗，潔身潛遁，由是知名。使白如巢父之計，
則安得有夜郎之謫哉！老杜〈送巢父謝病歸游江東〉云：「巢

〔註78〕宋·曾季貍：《艇齋詩話》，丁福保輯：《歷代詩話續編上》，頁298。
〔註79〕同前註所揭書，頁313。
〔註80〕同前註所揭書，頁322。
〔註81〕同前註所揭書，頁322。

父掉頭不肯住，東將入海隨煙霧。」其序云兼呈李白，恐
不能無微意也。〔註82〕

對於李白從永王璘一事直指「若非贊其逆謀，則必無是語矣。」並暗
示杜甫對此似乎亦有不以爲然之意。甚至在〈卷十〉又云：

> 李白〈樂府〉三卷，於三綱五常之道，數致意焉。慮臣君
> 之義不篤也，則有〈君道曲〉之篇，所謂「風後爪牙常先
> 太山稽，如心之使臂。小白鴻翼於夷吾，劉、葛魚水本無
> 二。」慮父子之義不篤也，則有〈東海勇婦〉之篇，所謂
> 「淳於免詔獄，漢主爲緹縈。津妾一棹歌，脫父於嚴刑。
> 十子若不肖，不如一女英。」慮兄弟之義不篤也，則有〈上
> 留田〉之篇，所謂「田氏倉卒骨肉分，青天白日摧紫荊。
> 交柯之木本同形，東枝憔悴西枝榮。無心之物尚如此，參
> 商胡乃尋天兵！」慮朋友之義不篤也，則有〈箜篌謠〉之
> 篇，所謂「貴賤結交心不移，惟有嚴陵及光武。」「輕言托
> 朋友，對面九疑峰。」「管鮑久已死，何人繼其蹤？」慮夫
> 婦之情之不篤也，則有〈雙燕離〉之篇，所謂「雙燕復雙
> 燕，雙飛令人羨。玉樓朱閣不獨棲，金窗繡戶長相見。」
> 徐究白之行事，亦豈純於行義者哉！永王之叛，白不能潔
> 身而去，於君臣之義爲如何？既合於劉，又合於魯，又娶
> 於宋，又攜昭陽、金陵之妓，於夫婦之義爲如何？至於友
> 人路亡，白爲權窆，及其糜潰，又收其骨，則朋友之義庶
> 幾矣。〈送蕭三十一之魯兼問稚子伯禽〉，有「高堂倚門望
> 伯魚，魯中正是趨庭處。君行既識伯禽子，應駕小車騎白
> 羊」之句，則父子之義庶幾矣。如弟凝、錞、濟、況、綰
> 各贈詩，以致其雍睦之情，則兄弟之義庶幾矣。惜乎，二
> 失既彰，三美莫贖，此所以不能爲醇儒也。〔註83〕

亦即李白齊家之事、君臣之義均失，不足爲醇儒，以此爲論，似乎完
全無視李白詩歌的藝術價值；且永王「叛逆」案，是否爲蕭牆之禍尚

〔註82〕常振國‧降雲編：《歷代詩話論作家》一，頁225。
〔註83〕同前註所揭書，頁226。

多爭論，李白之從永王，在當時的情形不管脅迫或自願，均是合法、合理的爲王室效命，至於後遭流放之刑，可說完全是政治鬥爭下的犧牲品。雖然宋代文人對於李白從永王璘之事批評四起，但亦有爲李白抱不平的客觀之論，如蔡啓《蔡寬夫詩話》：

> 太白之從永王璘，世頗疑之，《唐書》載其事甚略，亦不爲明辨其是否。獨其詩自序云「半夜水軍來，潯陽滿旌旄。空名適自誤，迫脅上樓舡。從賜五百金，棄之若浮煙。辭官不受賞，翻謫夜郎天。」然太白豈從人爲亂者哉？蓋其學本出縱橫，以氣俠自任，當中原擾攘時，欲藉之以立奇功耳。故其〈東巡歌〉有「但用東山謝安石，爲君談笑靜胡沙」之句。至其卒章乃云「南風一掃胡塵靜，西入長安到日邊」，亦可見其志矣。大抵才高意廣如孔北海之徒，固未必有成功，而知人料事，尤其所難。議者或責以璘之猖獗，而欲仰以立事，不能如孔巢父、蕭穎士察於未萌，斯可矣，若其志亦可哀已。〔註84〕

認爲李白從永王璘一事，實因「其學本出縱橫，以氣俠自任，當中原擾攘時，欲藉之以立奇功耳。」較能抱持客觀同情的立場。

宋人除了普遍批判李白有失忠君愛國的大節之外，連日常生活的微末小節也會被拿來作文章，如《韻語陽秋》〈卷十九〉即云：

> 張衡曰：「客賦醉言歸，主稱露未晞。」王式曰：「客歌驪駒主人歌客無庸歸。」賓主之情，可謂槳然者。至李太白、陶淵明則不然。李嘗以陶語爲詩曰：「我醉欲眠君且去。」雖曰任眞之言，然亦太無主人之情矣。〔註85〕

陶淵明、李白這一酒後忘情任眞的表現，都被批評爲「太無主人之情」，可說是已近「酷吏式」的批判了。其他如黃徹《碧溪詩話》對李白的批評亦十分嚴厲，茲舉三則以明其說：

> 世俗誇太白賜床調羹爲榮，力士脫靴爲勇。愚觀唐玄宗渠渠於白，豈眞樂道下賢者哉？其意急得艷詞媟語，以悅婦

〔註84〕常振國‧降雲編：《歷代詩話論作家》一，頁240。
〔註85〕同前註所揭書，頁228。

人耳。白之論撰，亦不過爲玉樓、金殿、鴛鴦、翡翠等語，社稷蒼生何賴？就使滑稽傲世，然東方生不忘納諫，況黃屋既爲之屈乎？說者以謀謨潛密，歷考全集，愛國憂民之心如子美語，一何鮮也。力士閹閹腐庸，惟恐不當人主意，挾主勢驅之，何所不可，脫靴乃其職也。自退之爲「蚍蜉撼大木」之喻，遂使後學吞聲。余竊謂如論其文章豪逸，眞一代偉人；如論其心術事業，可施廊廟，李、杜齊名，眞忝竊也。〔註86〕

太白：「辭粟臥首陽，屢空饑顏回。當代不樂飲，虛名安用哉？君不見梁王池上月，昔照梁王尊酒中。梁王已去明月在，黃鸝愁醉啼春風。分明感激眼前事，莫惜醉臥桃園東」。又「平原君安在？蝌斗生古池。坐客三千人，而今知有誰？君不見孔北海，英風豪氣今安在？君不見裴尚書，土墳三尺蒿藜居。」此類者尚多。愚謂雖累千萬篇，只是此意，非如少陵傷風憂國，感時觸景，忠誠激切，蓄意深遠，各有所當也。子美〈除草〉云：「草有害於人，曾何生阻修。芒刺在我眼，焉能待高秋。」其憤邪嫉惡，欲芟夷蘊崇之以肅清王所者，懷抱可見。臨川有「勿去草，草無惡，若比世俗俗浮薄。」此方外之語，異乎農夫之務去者也。〔註87〕

〈劍閣〉云「吾將罪眞宰，意欲鏟疊嶂。」與太白「捶碎黃鶴樓」，「鏟卻君山好。」語亦何異？然〈劍閣〉詩意在削平僭竊，尊崇王室，凜凜有忠義氣。「捶碎」、「鏟卻」之語，但覺一味粗豪耳。故昔人論文字，以意爲上。〔註88〕

從其中「歷考全集，愛國憂民之心如子美語，一何鮮也。」甚至把當時權傾一時，連宰相楊國忠、逆將安祿山都要巴結奉承的高力士視爲一般的閹宦太監，誇誇其言「脫靴乃其職也」，將歷來被視爲李白生

〔註86〕宋・黃徹：《䂬溪詩話》，丁福保輯：《歷代詩話續編上》，頁351。
〔註87〕同前註所揭書，頁361。
〔註88〕同前註所揭書，頁347～348。

平代表「事蹟」的「力士脫靴」說得毫無價值，這樣的歷史無知與主觀偏見，實令人感到不可思議。然黃徹恐怕沒想到，或許李白的想法正如同他所講的「脫靴乃其職也」，否則他怎敢藉酒伸出「仙足」，要人間第一閹宦為其脫靴呢？黃徹的大話批評說得輕鬆，但李白當時這「仙足」一伸，卻幾乎把自己逼上「步步危機」的地步呢。其他如「其意急得艷詞媟語，以悅婦人耳。」、「如論其心術事業，可施廊廟，李、杜齊名，真忝竊也。」、「愚謂雖累千萬篇，只是此意，非如少陵傷風憂國，感時觸景，忠誠激切，蓄意深遠，各有所當也。」對於李白心術事業大加撻伐，可謂以道德教化論詩的極端之例。又范晞文《對床夜語》〈卷二〉引周伯弼之言云：

> 言詩而本於唐，非固於唐也。自〈河梁〉之後，詩之變，至
> 於唐而止也。謫仙號為雄拔，而法度最為森嚴，況餘者乎？
> 立心不專，用意不精，而欲造其妙者，未之有也。〔註89〕

則認為李詩法度森嚴，頗為獨特。此外，葛立方對於李、杜二人的交誼，見解十分奇特，《韻語陽秋》〈卷一〉：

> 杜甫、太白以詩齊名，韓退之云：「李、杜文章在，光燄萬
> 丈長」，似未易以優劣也。然杜詩思苦而語奇，李詩思疾而
> 語豪。《杜集》中言李白詩處甚多，如「李白一斗詩百篇」，
> 「清新庾開府，俊逸鮑參軍」，「何時一樽酒，重與細論文」
> 之句，似譏其太俊快。李白論杜甫，則曰：「飯顆山頭逢杜
> 甫，頭戴笠子日卓午。為問因何太瘦生，只為從來作詩苦。」
> 似譏其太愁腎也。〔註90〕

以「譏」字立論，而無視李杜交誼，及杜甫對李白推崇有加的具體詩證，不免以「小人」之心，度君子之腹矣。然葛立方對李白道德思想雖有主觀的批判，但對其詩歌藝術仍有肯定之處：

> 今之人多作拙易語，而自以為平淡，識者未嘗不絕倒也。
> 李白云：「清水出芙蓉，天然去雕飾。」平淡而到天然處，

〔註89〕宋·范晞文：《對床夜語》，丁福保輯：《歷代詩話續編上》，頁416。
〔註90〕常振國·降雲編：《歷代詩話論作家》一，頁223。

則善矣。〔註91〕

李太白、杜子美詩皆掣鯨手也。余觀太白〈古風〉、子美〈偶題〉之篇，然後知二子之源流遠矣。李云：「〈大雅〉久不作，吾衰竟誰陳！〈王風〉委蔓草，戰國多荊榛。」則知李之所得在〈雅〉。杜云：「文章千古事，得失寸心知。騷人嗟不見，漢選盛於斯。」則知杜之所得在《騷》。然李不取建安七子，而杜獨取垂拱四傑何邪？南皮之韻，固不足取，而王、楊、盧、駱亦詩人之小巧者爾。至有「不廢江河萬古流」之句，褒之豈不太甚乎？〔註92〕

徐凝〈瀑布〉詩：「千古猶疑白練飛，一條界破青山色。」或謂樂天有賽不得之語，獨未見李白詩耳。李白〈望廬山瀑布〉詩云：「飛流直下三千尺，疑是銀河落九天。」故東坡云：「帝遣銀河一脈垂，古來惟有謫仙詞」。以余觀之，銀河一派，猶涉比類，未若白前篇云：「海風吹不斷，江月照還空。」鑿空道出，爲可喜也。〔註93〕

以李詩「清水出芙蓉，天然去雕飾」言平淡之難得；評李、杜二人皆爲「掣鯨手」，而李之所得在〈雅〉；「銀河一派，猶涉比類，未若白前篇云：『海風吹不斷，江月照還空。』鑿空道出，爲可喜也。」皆顯示出葛氏在評論李白詩藝時，則能較客觀的回歸詩歌作品立論。而張戒《歲寒堂詩話》：

歐陽公喜太白詩，乃稱其「清風明月不用一錢買，玉山自倒非人推」之句。此等句雖奇逸，然在太白詩中，特其淺淺者。魯直云：「太白詩與漢魏樂府爭衡。」此語乃眞知太白者。王介甫云：「白詩多說婦人，識見汙下。」介甫之論過矣。孔子刪詩三百五篇，說婦人者過半，豈可亦謂之識見汙下耶？元微之嘗謂自詩人以來，未有如子美者，而復以太白爲不及，故退之云：「不知群兒愚，那用故謗傷。」退之於李、

〔註91〕常振國‧降雲編：《歷代詩話論作家》一，頁223。
〔註92〕同前註所揭書，頁223。
〔註93〕同前註所揭書，頁228。

杜但極口推尊，而未嘗優劣，此乃公論也。〔註94〕

可見張戒認同韓愈李、杜並重的看法，且認為王安石之說有失公允。其次，由前面所舉張戒的評論，似乎感覺張戒對於李白詩的接受態度較為持平，亦較能客觀的論述其風格及藝術特質，但事實上仍有可斟酌之處，如《歲寒堂詩話》卷上云：

詩文字畫，大抵從胸臆中出，子美篤於忠義，深於經術，故其詩雄而正。李太白喜任俠，喜神仙，故其詩豪而逸。退之文章侍從，故其詩文有廊廟氣。退之詩正可與太白為敵，然二豪不並立，當屈退之第三。〔註95〕

才力有不可及者，李太白、韓退之是也。意氣有不可及者，杜子美是也。……杜子美、李太白、韓退之三人，才力俱不可及，而就其中退之之喜崛奇之態，太白多天仙之詞，退之猶可學，太白不可及也。〔註96〕

〈國風〉云：「愛而不見，搔首踟躕。」「瞻望弗及，佇立以泣。」其詞婉，其意微，不迫不露，此其所以可貴也。古詩云：「馨香盈懷袖，路遠莫致之。」李太白云：「皓齒終不發，芳心空自持。」皆無愧於〈國風〉矣。〔註97〕

前二則能掌握李白豪放飄逸的詩風，並認為李白之詩因其為仙才之故而非人力可學；第三則指出李詩婉曲風格與〈國風〉的關係，就宋代詩話論李詩者，此說實屬難得。此外張戒對時人頗為推尊的蘇、黃，卻採取了批判的角度：

〈國風〉、《離騷》固不論，自漢魏以來，詩妙於子建，成於李、杜，而壞於蘇、黃。余之此論，故未易為俗人言也。子瞻以議論作詩，魯直又專以補綴奇字，學者未得其所長，而先得其所短，詩人之意掃地矣。〔註98〕

〔註94〕宋・張戒：《歲寒堂詩話》，丁福保輯：《歷代詩話續編上》，頁451。
〔註95〕同前註所揭書，頁459。
〔註96〕同前註所揭書，頁452～453。
〔註97〕同前註所揭書，頁454
〔註98〕同前註所揭書，頁455

〈乾元中寓居同谷七歌〉，杜子美、李太白，才氣雖不相上
下，而子美獨得聖人刪詩之本旨，與《三百五篇》無異，
此則太白所無也。元微之論李杜，以爲太白「壯浪縱恣，
擺去拘束，摹寫物象，誠亦差肩於子美。至若鋪陳終始，
排比聲韻，李尚未能歷其藩翰，況堂奧乎？」鄙哉，微之
之論也！鋪陳排比，曷足以爲李杜之優劣。〔註99〕

可見張戒以詩史角度討論時，雖然李、杜並稱，但當李、杜相較時，
則又推杜爲上，第二則就透露出張戒亦抱持著傳統人倫教化詩觀，此
點即爲李白不及杜甫之處，褒貶之義仍頗明顯，只是說的較含蓄婉轉
而已；此類觀點在宋人論李杜詩時，頗爲普遍。至於批評蘇、黃的觀
點，或即嚴羽所本者。南宋四大家之一的楊萬里所著《誠齋詩話》一
卷，亦有論及李白者：

七言長韻古詩，如杜少陵〈丹青引曹將軍畫馬〉〈奉先縣劉
少府山水障歌〉等篇，皆雄偉宏放，不可捕捉。學詩者於
李杜蘇黃中，求此等類，誦讀沈酣，深得其意味，則落筆
自絕矣。〔註100〕

「問余何意棲碧山，笑而不答心自閒。桃花流水杳然去，
別有天地非人間。」又：「相隨遙遙訪赤城，三十六曲水回
縈。一溪初入千花明，萬壑度盡松風聲。」此李太白詩體
也。〔註101〕

詩話中僅此兩則論及李白，其他引詩仍以杜詩最多，另據郭紹虞《中
國文學批評史》：「誠齋論詩頗帶禪味。其詩論中禪味最足者，如〈書
王右丞詩後〉云：『晚因子厚識淵明，早學蘇州得右丞；忽夢少陵談
句法，勸參庾信謁陰鏗。』」〔註102〕筆者認爲，其實本詩從文字看除
「參」字外，與「禪」實無明顯關連，然味「忽夢少陵談句法，勸參
庾信謁陰鏗。」一句，實爲本詩重點，而庾信、陰鏗之談皆杜甫論李

〔註99〕宋・張戒：《歲寒堂詩話》，丁福保輯：《歷代詩話續編上》，頁469。
〔註100〕同前註所揭書，頁139。
〔註101〕同前註所揭書，頁137。
〔註102〕郭紹虞：《中國文學批評史》，頁479。

白詩者,「參庾信、諷陰鏗」究竟是習杜抑或學李?這才真有可「參」之趣。此外《王直方詩話》有一則記載頗類志怪情節:

> 「人生燭上花,火滅巧妍盡。春風饒樹頭,日與化工進。只知雨露貪,不聞零落近。昔我飛骨時,慘見當塗墳。青松靄朝霞,縹緲山下村。既死明月魄,無復玻璃魂。念此一脫灑,長嘯登崑崙。醉著鸞鳳衣,星斗俯可捫。」又曰:「朝披雲夢澤,笠釣青茫茫。尋綠得雙鯉,中有二元章。篆字若丹蛇,繞勢如飛翔。歸來問天老,奧義不可量。金刀割青紫,靈文爛煌煌。嚥服十二環,淹有仙人房。暮跨紫鱗去,海氣侵肌涼。龍子善變化,化作梅花妝。贈我疊疊珠,靡靡明月光。勸我穿絡縷,繫作裙間璫。挹予以詞去,談笑聞餘香。」元祐八年,東坡帥定武,李方叔、王仲弓別於惠濟,出示南嶽典寶東華李真人像,又出此二詩,曰此李真人作也。近有人於江上遇之得此,云即李太白也。〔註103〕

此類妄言似較接近志怪小說筆法。至於南宋最重要的詩話作品,嚴羽《滄浪詩話》中亦頗多論及李白詩的高見:

> 李、杜二公,正不當優劣。太白有一二妙處,子美不能道;子美有一二妙處,太白不能作。子美不能為太白之飄逸,太白不能為子美之沉鬱。太白〈夢遊天姥吟〉、〈遠別離〉等,子美不能道;子美〈北征〉、〈兵軍行〉、〈垂老別〉等,太白不能作。論詩以李、杜為準,挾天子以令諸侯也。〔註104〕
>
> 少陵詩法如孫吳,太白詩法如李廣。〔註105〕
>
> 詩之品有九:曰高,曰古,……其大概有二:曰優游不迫,曰沉著痛快。詩之極至有一,曰入神。詩而入神,至矣盡矣,蔑以加矣,惟李、杜得之,他人得之蓋寡也。〔註106〕
>
> 李、杜數公,如金翅劈海,香象渡河,下視郊、島輩,直蟲吟草間耳。

〔註103〕郭紹虞輯:《宋詩話輯佚》,頁 59。
〔註104〕嚴羽:《滄浪詩話・詩評》,頁 166~168。
〔註105〕同前註所揭書,頁 170。
〔註106〕同前註所揭書,頁 7。

　　觀太白詩者，要識眞太白處。太白天才豪逸，語多卒然而
　　成者，學者於每篇中，要識其安身立命處可也。〔註107〕
　　人言太白仙才，長吉鬼才，不然。太白天仙之詞，長吉鬼
　　仙之詞耳。〔註108〕

嚴羽對於李、杜二人的評論，歷來均認爲比較全面而客觀公正，李、
杜不當優劣之故，在於李、杜二人均占著中國詩歌史上相同的置高
點，置高點相同，正如雙峰並峙，展現著不同的風貌景致。嚴羽之評
李白，非僅皮毛之論，以李廣兵法喻李白詩法，既切合李詩「無法之
法」的神妙，又能雙關李廣爲李白先祖之說，馳騁沙場，縱橫詩壇，
先後輝映。而所謂「觀太白詩者，要識眞太白處。太白天才豪逸，語
多卒然而成者，學者於每篇中，要識其安身立命處可也。」正關注到
對於李白詩歌的評價，應結合其生命志業加以理解，畢竟詩人李白雖
無功業，但其一生卻時時刻刻以建功立業爲職志。此外對於李、杜相
輕的謬論，嚴羽《滄浪詩話·考證》亦曾提出駁斥：

　　少陵與太白，獨厚於諸公，詩中凡言太白十四處，至謂「世
　　人皆欲殺，吾意獨憐才」，「醉眠秋共被，攜手日同行」，「三
　　夜頻夢君，情親見君意」，其情好可想。《遯齋閑覽》謂二
　　人名既相逼，不能無相忌，是以庸俗之見而度賢哲之心也，
　　予故不得不辨。〔註109〕

所謂「以庸俗之見而度賢哲之心也」，言之甚明，茲不贅論。此外，
詹鍈有〈《李太白詩集》嚴羽評點辨僞〉一文推斷非嚴羽手筆，認爲：

　　嚴羽評點，據聞啓祥序中所說是得之椎川舊家，從未經刻
　　者，而嚴羽的時代，又在元人蕭士贇之前，爲什麼原來的
　　底本，會選錄一些楊齊賢、蕭士贇的註釋呢？〔註110〕

除此之外，他更從對李白某些詩篇的眞僞或他人之作誤入等問題，談

〔註107〕嚴羽：《滄浪詩話·詩評》，頁173。
〔註108〕同前註所揭書，頁178。
〔註109〕同前註所揭書，頁207。
〔註110〕詹鍈主編：《李白全集校注彙釋集評》，第8冊，頁4615。

到嚴羽《滄浪詩話》和此本評語的不一致，以及嚴羽對李白詩的起結、字句、用典，評語中提出很多雞毛蒜皮的小問題，進而認為嚴羽若真評點全部《李太白詩集》絕不會採取這種態度，詹氏因而推斷所謂嚴羽評點應是出自他人偽託。

但福建師範大學的陳定玉〈論嚴羽評點《李太白詩集》〉一文卻主張是嚴羽手筆，他說：

> 在《滄浪詩話》中，嚴羽對李白創作經驗的體認大都已抽象為理論的概括，是隱而不彰的，而在《評點》中則表現為探幽入微的品味和經驗實証的闡述。二者的契合和互補，構成了完整、獨特，有著豐富內涵的李白詩說。〔註111〕

詹、陳兩位各持己見，至今未有定論。

（二）宋代文言小說中對李白的接受

談到宋代文言筆記小說，首先應談到樂史，樂史除了在編輯上有功於李白詩歌的傳播，其創作的《李白外傳》更是第一本以李白為主角的宋代傳奇小說，吳志遠《中國文言小說史》：

> 開宋代傳奇小說風氣之先者，當推樂史（公元 930～1007年），字子正，撫州宜黃人。……所著傳奇小說尚存《綠珠傳》和《楊太真外傳》兩種，據《宋史·藝文志》著錄，尚有《滕王外傳》、《李白外傳》、《許邁傳》各一卷，已佚。〔註112〕

從其所著傳奇可知，樂史對於天寶遺事之題材甚感興趣，可惜此本傳奇小說《李白外傳》今已佚矣，今能見到宋代文言小說中有關李白的資料，則大多為零星的筆記小說形式，如羅大經《鶴林玉露》：

> 李太白當王室多難、海宇橫潰之日，作為歌詩，不過豪俠使氣、狂醉於花月之間耳。社稷蒼生，曾不繫其心膂。其

〔註111〕陳定玉：〈論嚴羽評點《李太白詩集》〉（文藝理論研究：1996 年第一期），頁 57。

〔註112〕吳志遠：《中國文言小說史》（濟南：齊魯書社，1994 年 9 月初版），頁 600。

　　視杜少陵之憂國憂民，豈可同年語哉！〔註113〕

此類說法於宋代詩話甚夥，統言之，大多避開王室多難、海宇橫潰之內在主因——實爲玄宗昏瞶好色，「狂醉於花月之間，社稷蒼生，曾不繫其心膂」所造成，反而拿此爲李、杜相較憂國憂民程度的緣由，豈不愚哉怪哉！

　　至於太白得仙之說，承中唐柳宗元《河東先生龍城錄》的記載，趙德麟《侯鯖錄》也載有：

　　東坡先生在嶺南，言元祐中有見李白在酒肆中誦其詩云：「朝披夢澤雲，笠釣青茫茫。」此非世人語也。少游嘗手錄其全篇。少游敘云：觀頃在京師，有道人相仿，風骨甚異，語論不凡，自云嘗與物外諸公往還。口頌二篇云東華上清監清逸眞人。〔註114〕

甚至後代岳珂《桯史》同樣記載有「夢李白相見於山間」，並授以〈竹枝詞〉三疊，「蓋所謂夢中語也」〔註115〕的神奇記載，可見李白在宋代的被接受有極明顯的「仙化」情形。而僧惠洪《冷齋夜話》云：

　　山谷云：詩意無窮，而人才有限，以有限之才追無窮之意，雖淵明少陵不得工也。然不易其意而造其語，謂之換骨法：窺入其意而形容之，謂之奪胎法。……李翰林詩曰：「鳥飛不盡暮天碧。」又曰：「青天盡處沒孤鴻。」然其病如前所論（指前舉鄭穀〈十日菊〉詩，「意甚佳，而病在氣不長：西漢文章雄深雅健者，其氣長故也」）。山谷作〈登達觀臺〉詩曰：「瘦藤拄到風煙上，乞與遊人眼界開。不知眼界闊多少，白鳥去盡青天回。」凡此之類，皆換骨法也。〔註116〕

則從江西詩派奪胎換骨的詩學主張，指出黃山谷對於太白詩歌的學習。

〔註113〕　《筆記小說大觀續編四》（臺北：新興書局，1973年12月初版），頁2334。
〔註114〕　《筆記小說大觀正編二》，頁938。
〔註115〕　《筆記小說大觀續編四》，頁2134。
〔註116〕　《筆記小說大觀正編二》，頁894。

　　由此可知，宋人既接受太白成仙的傳說，更欣賞李白的詩歌才華、飄逸風采，但最受激賞的還是李白傲視權貴的精神，其中尤以醉倒金鑾殿、力士脫靴、貴妃捧硯的故事最為流行。甚至有如戴埴《鼠璞》所云：「唐人言李白不能屈身，以腰間有傲骨。」〔註117〕而何薳《春渚紀聞‧東坡事實》更認為：

> 士之所尚，忠義節氣，不以摛詞摘句為勝。唐室宦官用事，呼吸之間，生殺隨之。李太白以天挺之才，自結明主，意有所疾，殺身不顧。王舒公言：「太白人品污下，詩中十句，九句說婦人與酒。」至先生作太白贊則云：「開元有道為可留，糜之不可矧肯求。」又云：「平生不識高將軍，手污吾足乃敢嗔。」二公立論，正似見二公胸次也。〔註118〕

此說雖用以褒貶蘇、王胸次似有雲壤之別，但亦顯示何薳對太白胸懷的高曠，持正面評價。又如趙德麟《侯鯖錄》載云：

> 李白開元中謁宰相，封一板上，題云「海上釣鰲客李白」。相問曰：「先生臨滄海釣巨鰲，以何物為鉤線？」白曰：「以風浪逸其情，乾坤縱其志；以虹蜺為絲，明月為鉤。」相曰：「何物為餌？」曰：「以天下無義丈夫為耳。」時相悚然。〔註119〕

謝維新《合璧事類》載云：

> 李白遊華陰，縣令開門方決事，白乘醉跨驢過門。宰怒，引至庭下：「汝何人？輒敢無禮！」白乞供狀，曰：「無姓名。曾用龍巾拭吐，御手調羹，力士脫靴，貴妃捧硯，天子殿前尚容走馬，華陰縣裡不得騎驢！」〔註120〕

均明顯強調李白傲視權貴的人間性，充分顯現了李白狂傲個性的特質，而這類題材對明代以李白為主體的部分章回小說卻影響頗深。

〔註117〕宋‧戴埴：《鼠璞》，《叢書集成新編‧十二》（臺北：新文豐出版公司，1985年9月），頁412。
〔註118〕宋‧何薳：《春渚紀聞》（北京：中華書局，1997年12月），頁90。
〔註119〕《筆記小說大觀正編二》，頁950。
〔註120〕清‧王琦注：《李太白文集》卷三十六，頁4。

　　而南宋洪邁《容齋隨筆》亦有多條關於李白的隨筆，如〈李太白〉
條下云：

> 世俗多言李太白在當塗采石，因醉泛舟於江，見月影俯而
> 取之，遂溺死，故其地有捉月臺。於按李陽冰作太白草堂
> 集序云：「陽冰試弦歌於當塗，公疾亟，草稿萬卷，手集未
> 修，枕上受簡，俾為序。」又李華作太白墓誌，亦云：「賦
> 臨終歌而卒。」乃知俗傳良不足信，蓋與謂杜子美因食白
> 酒牛炙而死者同也。〔註121〕

可見洪邁對李白撈月而死的傳說持否定的態度。〈太白雪讒〉條云：

> 李太白以布衣入翰林，既而不得官。唐史言高力士以脫靴
> 為恥，摘其詩以激楊貴妃，為妃所沮止。今集中有雪讒詩
> 一章，大率載婦人淫亂敗國。……予味此詩，豈非貴妃與
> 祿山淫亂，而白曾發其奸乎？不然，則「飛燕在昭陽」之
> 句，何足深怨也？〔註122〕

看來亦相信高力士為之脫靴的傳說。而〈開元五王〉條下云：「唐明
皇兄弟五王，兄申王撝以開元十二年，寧王憲、邠王守禮以二十九年，
弟岐王範以十四年，薛王業以二十二年薨，至天寶時已無存者。楊太
真以三載方入宮。」〔註123〕而李白自天寶元年秋至長安，天寶三載
春被賜金還山，雖有時間上的重疊，但仍無法證實李白被讒是楊貴妃
所為，以李白〈翰林讀書言懷呈集賢院內諸學士〉：「青蠅易相點，〈白
雪〉難同調。本是疏散人，屢貽褊促誚。」〔註124〕看來李白被集賢
院學士排擠才是歷史的真相，難怪李白會如此痛恨俗儒、腐儒這種小
人。鄔國平〈李杜詩歌比較評述〉一文認為：

> 如果沿著這條思路去發掘李白詩歌的價值和意義，本來是
> 可以而且應該給他在詩歌史上以更高評價的。然而，宋朝

〔註121〕洪邁：《容齋隨筆》上（上海：上海古籍出版社，1995年3月3刷），
　　　　頁33。
〔註122〕同前註所揭書，頁34。
〔註123〕同前註所揭書，頁235。
〔註124〕詹鍈主編：《李白全集校注彙釋集評》第7冊，頁3467。

能夠度評賞李白高傲個性和以此爲內質的那部分詩章的人
畢竟太少，人們更關心詩歌合符傳統規範的義理、人倫性
內容而不是兀傲不馴的個性。〔註125〕

事實上，從李白生平傳說的被誇大失實來看，一方面突出了李白的「神
仙性」，增加了稗官野史的雜談之資，另一方面卻折損了李白的「人
間性」，擴大了後人與李白的心理距離，蔡瑜《宋代唐詩學》：

宋人尊李與尊杜的表現截然不同，宋人尊杜表現在各種積
極的工作上，編纂之力，註解之勤，討論之多，遠遠超過
其他詩人。相對的，李白在宋代則徒具「虛位」，儘管他的
詩也爲若干大家稱揚，但是，仙才的形象似乎阻礙了人們
對他的親和感，無法可循的創作方式，也使學詩者望之卻
步，因此，比起杜甫。李白在宋代算是相當寂寞的。〔註126〕

宋人論李會有曲解，可說肇因於段成式、孟棨乃至劉昫將所謂「白自
負文格放達，譏甫齷齪，而有飯顆山之嘲哨」寫入正史，更因杜甫憶
贈李詩有十五首，而李白僅有兩首詩贈與杜甫，情意表達如此懸殊，
因此懷疑李、杜之間必有芥蒂。如莊綽《雞肋編》卷上云：

杜子美有贈憶李白寄姓名於他詩者，凡十有三篇。……世
謂李白唯飯顆山一絕外，無與少陵之詩，史稱〈蜀道難〉
爲杜而發，……俗子遂謂翰林爭名自絕。〔註127〕

又陳正敏《遯齋閒覽・雜評・編詩》引王安石之言：

或者又曰：「評詩者曰：謂甫期白太過，反爲白所誚。」公
（按：王安石）曰：「不然。甫贈白詩，云『清新庾開府，
俊逸鮑參軍。』但比之於庾信、鮑照而已。又曰：『李侯有
佳句，往往似陰鏗。』鏗之詩又在鮑、庾下矣。飯顆之嘲，
雖一時戲劇之談。然二人者，名既相逼，亦不能無相忌也。」

〔註125〕鄔國平：〈李杜詩歌比較評述〉（中國李白研究：中國李白研究會、
馬鞍山李白研究所編，江蘇古籍出版社，1993 年 4 月），頁 110。

〔註126〕蔡瑜：《宋代唐詩學》（國立臺灣大學中國文學研究所博士論文，1990
年 6 月），頁 247。

〔註127〕宋・莊綽：《雞肋編》卷上（北京：中華書局，1997 年 12 月 2 刷），
頁 260。

〔註128〕
這裡所謂「爲白所誚」，即指李白〈戲贈杜甫〉一詩而言。荊公明言
兩人「名既相逼，亦不能無相忌也」，坐實李、杜爭名的事實，對後
人頗多影響。宋人甚至多方在兩人相涉的作品中，去尋找彼此「譏誚」
的內容。如前引羅大經《鶴林玉露》卷十六云：

> 李太白一斗百篇，援筆立成。杜子美改罷長吟，一字來苟。
> 二公蓋亦互相譏嘲，太白贈子美云：「借問因何太瘦生，只
> 爲從前作詩苦。」「苦」之一辭，譏其困雕鎪也。子美寄太
> 白云：「何時一樽酒，重與細論文。」「細」一字，譏其欠
> 縝密也。〔註129〕

則從「苦」、「細」兩個角度詮釋李、杜之爭。除此之外，宋人對李白
的誤解尚多，尤以前引王安石對李白的批判影響最大。然王安石編《四
家詩選》的次第問題，在當時便頗有爭議，如陳正敏《遯齋閒覽・雜評・
編詩》云：

> 或問王荊公云：「編四家詩，以杜甫爲第一，太白爲第四，
> 豈白之才格詞致不逮甫耶？」公曰：「白之歌詩，豪放飄逸，
> 人固莫及，然其格止於此而已，不知變也。至於甫，則悲
> 歡窮泰，發斂抑揚，疾徐縱橫，無施不行，……此甫所以
> 光掩前人，而後來無繼也。」〔註130〕

認爲李白之所以爲第四，因其詩格僅「豪放飄逸」而已。但王鞏《聞
見近錄》則認爲事出偶然：

> 黃魯直嘗問王荊公：「世謂《四選詩》，丞相以歐、韓高於
> 李太白耶？」荊公曰：「不然。陳和叔嘗問四家之詩，乘問
> 荃示和叔，時書史適先持杜集來，而和叔遂以其所送先後
> 編集，初無高下也。李杜，自昔齊名者，何可下之。」魯

〔註128〕 宋・魏慶之：《詩人玉屑》（臺北：世界書局，1981 年 9 月 6 版），
　　　　頁 297。
〔註129〕 《筆記小說大觀續編四》，頁 2334。
〔註130〕 宋・魏慶之：《詩人玉屑》（臺北：世界書局，1981 年 9 月 6 版），
　　　　頁 296。

直歸問和叔，叔與荊公之説同。今人乃乙太白下歐、韓而
不可破也。〔註131〕

王安石編集《四家詩選》對當時的文壇頗有影響，然「識見汙下，十
首九説婦人與酒」的説法，卻只見他人引述，王氏文集中從未見確切
的文字記錄，因此歷來亦有加以辯護，甚至否認此説法者；如前引陳
善《捫虱新話》「詩人多寓意於酒婦人」條下即認為：

> 荊公編李、杜、韓、歐四家詩，而以歐公居太白之上，曰：
> 「李白詩語迅快，無疏脱處，然其識汙下，十句九句言婦
> 人、酒耳。」予謂詩者妙思逸想所寓而已，太白之神氣，
> 當遊戲萬物之表，其於詩，特寓意焉耳，豈以婦人與酒能
> 敗其志乎？不然，則淵明篇篇有酒，謝安石每遊山必攜妓，
> 亦可謂其識不高耶？歐陽公文字寄興高遠，多喜為風月閒
> 適之語，蓋是傲太白為之。〔註132〕

提出詩人多寓意於酒、婦人的比興手法，論述較為宏觀而不偏頗。而
李綱〈讀四家詩選四首·序〉亦云：

> 介甫選四家之詩，第其質文以為先後之序，予謂子美詩閎
> 深典麗，集諸家之大成；永叔詩溫潤藻豔，有廊廟富貴之
> 氣；退之詩雄厚雅健，毅然不可屈；太白詩豪邁清逸，飄
> 然有凌雲之志，皆詩傑也。其先後固自有次第，誦其詩者，
> 可以想見其為人，乃知心聲之發，言志詠情，得於自然，
> 不可以勉強到也。〔註133〕

則指出四家之選固然有次第之先後，但卻各有風格特色，無法勉強而
到，持論亦較周延。至於陸遊《老學菴筆記》卷六更進一步説道：

> 世言荊公四家詩後李白，以其十首九首説酒及婦人，恐非荊
> 公之言。白詩樂府外，及婦人者實少，言酒固多，比之陶淵
> 明輩，亦未為過。此乃讀白詩不熟者妄立此論耳。四家詩，

〔註131〕宋·王鞏：《聞見近錄》（臺北：新文豐出版公司，1985 年 9 月），
　　　　頁 412。
〔註132〕宋·陳善：《捫虱新話》《叢書集成新編·十二》，頁 254。
〔註133〕宋·李綱：《梁谿先生全集》卷九（臺北：漢華文化，1970 年 4 月），
　　　　頁 336。

未必有次序，使誠不喜白，當自有故。蓋白識度甚淺，觀其
詩中如「中宵出飲三百杯，明朝歸揖二千石」、「揄揚九重萬
乘主，謔浪赤墀金鎖賢」、「王公大人借顏色，金章紫綬來相
趨」、「一別蹉跎朝市間，青雲之交不可攀」、「歸來入咸陽，
談笑皆王公」、「高冠佩雄劍，長揖韓荊州」之類，淺陋有索
客之風，集中此等語至多，世但以其辭豪俊動人，故不深考
耳。又如以布衣得一翰林供奉，此何足道，遂云「當時笑我
微賤者，卻來請謁爲交歡」，宜其終身坎壈也。〔註134〕

即明確認爲「世言荊公四家詩後李白，以其十首九首說酒及婦人，恐
非荊公之言。」並指出「此乃讀白詩未熟者妄立此論耳。四家詩，未
必有次序，使誠不喜白，當自有故。」然言其「識度甚淺」所舉之例
甚多，似乎言之成理，其實此說恐怕忽略了盛唐干謁之風甚盛的時代
背景；然詩作俱在，若欲以此爲病者，其病並非「識度甚淺」，應是
「質性甚狂」，故而「宜其終身坎壈也。」其實王安石編輯《四家詩
選》，所選時間自盛唐以至北宋當代，對於所選李、杜、韓、歐四家
而言，均爲高度的肯定，若王安石認爲李白「其識汙下，詩詞十句九
句言婦人酒耳。」何苦選入四家之列而自相矛盾；且韓愈所持爲「李
杜並重論」、歐陽脩對李白詩更讚譽有加，至於杜甫心儀李白詩作歷
歷，豈有選此四家而又出此謬論之理？近人王晉光〈李白對王安石的
影響〉一文研究指出，荊公深刻瞭解李白詩的優點，並從「詩語」、「模
仿其詩意」兩端，探討王安石受到李白影響的具體詩例；〔註135〕可
見若干詩話所記載王安石批評李白的話，恐怕誇大不實的成分居多。

（三）其他重要詩文集中對李白的接受

　　費心編輯李白詩集的曾鞏，曾於〈李白詩集後序〉說道：「然其

〔註134〕　宋・陸遊：《老學菴筆記》卷六，《四庫全書薈要》子部第三十三冊
　　　　　（臺北：世界書局），頁789。
〔註135〕　王晉光：〈李白對王安石的影響〉（中國李白研究 1991 年集：中國
　　　　　李白研究會、馬鞍山李白紀念館編，江蘇古籍出版社，1993 年 4 月），
　　　　　頁 199～200。

辭閎肆雋偉,殆騷人所不及,近世所未有也。」〔註136〕評其詩「閎
肆雋偉」顯然與清新俊逸、橫放恣肆的風格不同,此應爲曾鞏在編輯
閱讀過程中的獨到見解。而釋契嵩〈書李翰林集後〉的說法,則似可
提供更全面解讀李白,導正「謫仙人」稱號造成偏頗印象的作用:

> 余讀《李翰林集》,見其樂府詩百餘篇,其意尊國家,正
> 人倫,卓然有周詩之風,非徒吟詠情性,咄嘔苟自適而已。
> 白當唐有天下第五世時,天子意甚聲色,庶政稍解,姦邪
> 輩得入,竊弄大柄。會祿山賊兵犯闕,而明皇幸蜀,白閔
> 天子失守,輕棄宗廟,故作〈遠別離〉以刺之。至於作〈蜀
> 道難〉,以刺諸侯之強橫;作〈梁甫吟〉,傷懷忠而不見用;
> 作〈天馬歌〉,哀棄賢才而不錄其功;作〈行路難〉,惡讒
> 而不得盡其臣節;作〈猛虎行〉,憤胡虜亂夏而思安王室;
> 作〈陽春歌〉以誡淫樂不節;作〈烏棲曲〉以刺好色不好
> 德;作〈戰城南〉以刺窮兵不休,如此者不可悉說。及放
> 去,猶作〈秋浦吟〉,冀悟人主。意不果望,終棄於江湖
> 間,遂紆餘輕世,劇飲大醉,寓意於道士法,故其遊覽贈
> 送諸詩雜以神仙之說。夫性之所作,志之所之,小人則以
> 言,君子則以詩。由言、詩以求其志,則君子小人可以盡
> 之。若白之詩也如是,而其性之與志豈小賢哉!脫當時始
> 終其人,盡其才而用之,使立功業,安知其果不能也?邇
> 世說李白清才逸氣,但謫仙人耳,此豈必然耶?觀其詩,
> 體勢才思如山聳海振,巍巍浩浩,不可窮極,苟當時得預
> 聖人之刪,可參二〈雅〉,宜與〈國風〉傳之於無窮,而
> 〈離騷〉、〈子虛〉不足相比。〔註137〕

由此可知釋契嵩對李白評價之高,言其詩則有《詩經》興寄之風,並
例舉多首名篇,探討其中篇旨,頗中肯綮;此外他更肯定「盡其才而

〔註136〕曾鞏:《元豐類稿一・卷十二》(臺北:臺灣中華書局,1966年3月
　　　　台一版),頁2。
〔註137〕釋契嵩:《鐔津文集》卷十四,四川大學古籍整理研究所編:《宋集
　　　　珍本叢刊・四》,(北京:綫裝書局,2004年)頁446~447。

用之，使立功業，安知其果不能也？」並質疑「邇世說李白清才逸氣，
但謫仙人耳」的膚淺說法，可說少數能從傳說逸聞迷霧中，清晰看見
李白詩歌內涵及其生命特質的評論者。

　　歐陽脩是北宋文宗，對李白極爲賞愛，其〈太白戲聖俞〉一詩，
對李白及其詩歌的藝術與內涵都有深刻體會。前引〈李白杜甫詩優劣
說〉曾云：

> 「落日卻沒峴山西，倒著接籬花下迷。襄陽小兒齊拍手，
> 大家爭唱白銅鞮。」此常言也。至於「清風明月不用一錢
> 買，玉山自倒非人推」，然後見其橫放。其所以警動千古者，
> 固不在此也。杜甫於白，得其一節，而精強過之，至於天
> 才自放，非甫可到也。

由「常言」而「橫放」乃至「天才自放」，標示出李白詩歌的三個層
次，更認爲太白「警動千古」的「天才自放」之作，連杜甫也不可及。
至於徐積的〈李太白雜言〉：

> 噫嘻歎奇哉！自開闢以來，不知幾千萬餘年，至於開元
> 間，忽生李詩仙。是時五星中，一星不在天。不知何物爲
> 形容，何物爲心胸，何物爲五臟，何物爲喉嚨，開口動舌
> 生雲風。當時大醉騎遊龍，開口向天吞玉虹。玉虹不死蟠
> 胸中，然後吐出光焰萬丈凌虛空。蓋自有詩人以來，我未
> 嘗見大澤深山，雪霜冰霰，晨霞夕霏，萬化千變，雷轟電
> 掣，花葩玉潔，青天白雲，秋江曉月，有如此之人，有如
> 此之詩。屈生何悴，宋玉何悲，賈生何戚，相如何疲。人
> 生胡用自縲絏，當須犖犖不可羈。乃知公是眞英物，萬疊
> 秋山聳清骨。當時杜甫亦能詩，恰如老驥追霜鶻。戴烏紗，
> 著宮錦，不是高歌即酣飲，飲時獨對明月中，醒來還抱清
> 風寢。〔註138〕

全詩活用太白傳說，詩句四、五、七言甚至十一言，參差變化，譬
喻鮮明，而情感表達暢快淋漓，所謂「當時杜甫亦能詩，恰如老驥

〔註138〕宋·徐積：《節孝先生文集》卷一，《宋集珍本叢刊》第十五冊，頁
　　556。

追霜鶻。」顯然持揚李抑杜的觀點。又如王禹偁是宋初三派中白樂天體的代表，但〈贈朱巖〉一詩則說：「誰憐所好還同我，韓柳文章李杜詩」，〔註139〕亦有李、杜並尊之意。其〈李太白眞讚並序〉亦云：

> 予嘗讀《謫仙傳》，具得其事：始而隱以俟命也，中而仕以求用也，終而退以全身也。又嘗讀謫仙文，微達其旨：頌而諷，以救時也；僻而奧，以矯俗也；清而麗，以見才也。而未識謫仙之容，可太息矣，恨不得生於天寶間，與謫仙挈書秉毫，私願畢矣。……公暇之間，語及皇唐文士，予以謫仙爲首稱。云得其眞，出以相示。予乃彈冠拭目，拜而窺之，宿素志心，於是併遂。觀乎謫仙之形，態秀姿清，融融春露，曉濯金莖；謫仙之格，骨寒氣直，冷冷碧江，下浸秋石。仙眸半暝，醉魄初爽，海底驪龍，眠濤枕浪。仙袂狂觶，霓裳任斜，松巔皓鶴，宿月棲霞。龍竹自攜，烏紗不整，異貌無匹，華姿若生。眞所謂神仙中人，風塵外物者也。〔註140〕

由「未識謫仙之容，可太息矣，恨不得生於天寶間，與謫仙挈書秉毫，私願畢矣。……公暇之間，語及皇唐文士，予以謫仙爲首稱。」可知他對李白的仰慕之情，而由其謫仙之形、謫仙之格的形容，歸結到「眞所謂神仙中人，風塵外物者。」的讚語，更可視爲宋人對李白形象掌握的通論。

甚至有所謂李白後身郭祥正的說法流傳一時，恍如李白再世，更是匪夷所思。郭祥正字功甫，宋太平州當塗人，〔註141〕生卒年不詳，約宋神宗時人。傳母夢李白而生，少有詩名，舉進士第。當時與歐陽脩齊稱「歐梅」的梅堯臣有〈采石月贈郭功甫〉一詩，把郭祥正比作李白謫仙，一時哄傳。詩云：

〔註139〕北京大學古文獻研究所編：《全宋詩》2，頁759。

〔註140〕宋・王禹偁：《小畜集》，《宋集珍本叢刊》第1冊，頁412。

〔註141〕按：李白即卒於當塗。

采石月下聞謫仙，夜披錦袍坐釣船。醉中愛月江底懸，以手弄月身翻然。不應暴落飢蛟涎，便當騎魚上九天。青山有塚人謾傳，卻來人間知幾年。在昔熟識汾陽王，納官貫死義難忘。今觀郭裔奇俊郎，眉目真似工文章。死生往復猶康莊，樹穴探環知姓羊。〔註142〕

梅堯臣這首詩的特色在於把李白水中撈月和騎鯨飛升的傳說連繫起來，並由於這位「郭裔奇俊郎」之故，也把李白「在昔熟識汾陽王，納官貫死義難忘」的傳說寫入詩中。甚至說因為郭子儀與李白曾經互救，而郭功甫是郭子儀的後裔，不但眉目像李白，而且文章寫得好，或許正是李白轉世的吧？而郭功甫〈采石渡〉亦云：「騎鯨捉月去不返，空餘綠草翰林墳。」〔註143〕至於宋代詩話對郭祥正為李白後身的說法記載也很多，如《玉林詩話》「郭功父」：

郭功父詩，……〈西村〉云：「遠近皆僧剎，西村八九家。得魚無賣處，沽酒入蘆花。」此數絕，真得太白體，宜為諸老之所稱賞也。〔註144〕

又如《王直方詩話》「郭功父詩」：

郭祥正（字功父）自梅聖俞贈詩有「采石月下聞謫仙」以為李白後身，緣此有名。〔註145〕

可見郭功父為李白後身一事在當時甚為流行。此外郭功父一生仕途坎坷，《宋史》本傳以為他上書諛薦王安石，王反薄其為人而受到排擠，因而致仕。後雖復出任事漳州又遭人陷害，當時部分文人甚至視他為操守無行的小人。郭祥正〈浪士歌序〉為自己辯解道：「仰愧於天，俯愧於人，內愧於心，此可憂矣！反是，夫何憂之有？」〔註146〕其

〔註142〕　宋・梅堯臣：《宛陵先生文集》卷四十二，四川大學古籍整理研究所編：《宋集珍本叢刊・四》，頁36。
〔註143〕　宋・郭祥正：《青山集》，四川大學古籍整理研究所編：《宋集珍本叢刊・四》，頁510。
〔註144〕　郭紹虞輯：《宋詩話輯佚》，頁510。
〔註145〕　同前註所揭書，頁59。
〔註146〕　宋・郭祥正：《青山集》，四川大學古籍整理研究所編：《宋集珍本叢刊・四》，頁570。

間冤曲實情，以史料匱乏，未能盡知。但根據一些詩話記載及詩歌酬答看來，或因郭祥正個性質直、行爲坦率而不容於時，再加少有詩名，爲人讒害，與李白在政治之路的遭遇頗有幾分相似。

至於郭祥正對於李白詩歌的學習，甚至模仿，從其所著《青山集》中可略窺端倪，如〈留題西林寺攬秀亭〉：

> 秀色可攬結，正對香爐峰。李白愛之不忍去，便欲此地巢雲松。〔註147〕

是化用李白〈望廬山五老峰〉：「九江秀色可攬結，吾將此地巢雲松。」〔註148〕句意；又如〈松門阻風望廬山有懷李白〉：

> 卻憶李白騎長鯨，倒回玉鞭擊鯨尾。錦袍濺雪洪濤裏，電光溢目精神閑。終日高歌去復還，飛流直下三千尺，風吹銀漢落人間。〔註149〕

亦是直用李白〈望廬山瀑布〉詩中「飛流直下三千尺」的名句。又如〈蜀道篇送別府尹吳龍圖仲庶〉：

> 長蛇并猛虎，殺人吮血毒氣何腥羶，錦城雖樂不可到，側身西望泣涕空漣漣。長吟李白蜀道難，蜀道之難難於上青天。〔註150〕

這種模擬其意、套用名句的情形，在郭祥正《青山集》中實頗常見，其他如〈題畢文簡公撰李太白碑陰〉：「清風無根長不死，太白高名亦如此。」〔註151〕〈寄獻荊州鄭紫微〉：「李白不愛萬戶侯，但願一識韓荊州。……公嘗愛我似李白，恨不即往從公遊。」〔註152〕〈留別金陵府尹黃安中尚書〉：「願如賀監憐太白，莫作曹公嗔禰衡。」可見郭功甫對李白之傾心，及自比爲太白的清狂之態，甚至有時還放曠的

〔註147〕 宋‧郭祥正：《青山集》，四川大學古籍整理研究所編：《宋集珍本叢刊‧四》，頁586。
〔註148〕 詹鍈主編：《李白全集校注彙釋集評》第6冊，頁3031。
〔註149〕 宋‧郭祥正：《青山集》，頁583。
〔註150〕 同前註所揭書，頁588。
〔註151〕 同前註所揭書，頁594。
〔註152〕 同前註所揭書，頁596。

嘲弄起李白，如〈朝漢臺寄呈蔣帥待制〉：「願公歸作老姚崇，莫學江東窮李白。」〔註153〕經筆者翻閱全集，李白身影歷歷可見，茲不贅引。總之，李白對於郭祥正的影響及郭祥正對於李白的接受，是如此的明顯具體，然《青山集》卷首朱珪序仍給予正面評價：

> （郭祥正）平生枕胙青蓮，亦可謂尚友百世之師者。……
> 已知侑食青山祠，列之北宋名家，亦不負其希驥千里之願
> 也。〔註154〕

只是這類自比爲李白後身的情形，誠如太白〈擬古十二首〉其三所云：「石火無留光，還如世中人。即事已如夢，後來我誰身？」〔註155〕曠達狂放的李白想必將此視爲無稽的。

　　至於當時文人雅士談論李白傳說，尤其是驅使力士脫靴的詩文更是不勝枚舉，如：

> 禁省不識將軍尊，袖手猶懷脫靴氣。（陳師道〈題畫李白真〉）
> 〔註156〕
> 謫仙英豪蓋一世，醉使力士如使奴。當時左右悉諛佞，驚
> 怪恇怯應逃逋。（李綱〈讀李白集戲用奴字韻〉）〔註157〕
> 脫靴使將軍，故自非因醉。（李綱〈讀四家詩選〉）〔註158〕
> 郡圃有脫靴亭，以謫仙採石得名。……吾觀脫靴之圖未嘗不
> 嫉小人之情狀，而傷君子之疏直。（周密《齊東野語》）〔註159〕

可見脫靴一事，實爲諸家所矚目，且不論認爲因酒醉之故，或認爲「故自非因醉」，總之是君子疏直，英豪蓋世的行爲；而這一類說法

〔註153〕宋・郭祥正：《青山集》，頁618。
〔註154〕同前註所揭書，頁235。
〔註155〕詹鍈主編：《李白全集校注彙釋集評》第7冊，頁3407。
〔註156〕陳師道：《後山先生全集》（臺北：新文豐出版公司，1989年），頁124。
〔註157〕宋・李綱：《梁谿先生全集》卷八（臺北：漢華文化，1970年4月），頁275。
〔註158〕同前註所揭書，頁335～336。
〔註159〕宋・周密：《齊東野語》（臺北：臺灣商務印書館，1979年7月），頁100。

又以蘇軾〈李太白碑陰記〉的影響最爲深遠，他說：

> 李太白狂士也，又嘗失節於永王璘，此豈濟世之人哉！而畢文簡公以王佐期之，不亦過乎。曰：士固有大言而無實，虛名不適於用者，然不可以此料天下士，士以氣爲主。方高力士用事，公卿大夫爭事之，而太白使脫靴殿上，固已氣蓋天下矣。使之得志，必不肯附權倖以取容，豈肯從君于昏乎！夏侯湛〈贊東方生〉云：「開濟明豁，包含宏大。陵轢卿相，嘲哂豪傑。籠罩靡前，跆籍貴勢。出不休顯，賤不憂戚。戲萬乘若僚友，視儔列如草芥。雄節邁倫，高氣蓋世。可謂拔乎其萃，游方之外者也。」吾於太白亦云。太白之從永王璘，當由迫脅，不然，璘之狂肆寖陋，雖庸人知其必敗也，太白識郭子儀之爲人傑，而不能知璘之無成，此理之必不然者也，吾不可以不辯。〔註160〕

這篇文章高度贊美李白狂放不羈、傲睨權貴的精神，並借用「戲萬乘若僚友，視儔列如草芥」之語來形容李白，顯得更爲貼切傳神。而南宋王綬〈暮雲亭記〉亦云：

> 余曰：太白聲名在天地間，猶青天白日，鳳凰芝草，孰不知爲美瑞，何待騷人墨客始知敬耶！又世之論太白者，徒知錦繡心口，明月肺腸，才思清新，歌詞婉麗，獨步當時，然此餘事耳。方高力士驟貴，公卿大夫爭相取容，惴惴然恐失其意，而太白使脫靴殿上，奴視弗顧，可謂氣蓋天下矣！士以氣爲主，脂韋姁熟，脅肩諂笑，同流合污者，氣之不足也。富貴不能淫，威武不能屈，稱大丈夫者，氣之所充也。使太白得時行志，寄命託孤，臨大節而不可奪，非斯人吾誰與！昔畢文簡公以王佐期之，豈過論哉！晚歲，脫屣軒冕，縱情詩酒，樂天知命，遺形釋智，澹乎若深淵之靚，泛乎若不繫之舟，飄然超世之志，曾不以生死動其心，未可以清狂少之也。余遂書其事，俾刻諸石，且摭杜少陵〈春日憶李白〉之句，名其亭曰：「暮雲」。宋紹

〔註160〕清・王琦注：《李太白全集》第 3 冊卷三十三，頁 11。

定六年。〔註161〕

其說法大體略同於蘇軾，據《太平府志》云：「暮雲亭，在采石鎮唐賢坊神霄宮內，舊名捉月亭，元時圮後重建，乃藏李白宮錦處。」〔註162〕而所取亭名「暮雲」出自〈春日憶李白〉：「白也詩無敵，飄然思不群。清新庾開府，俊逸鮑參軍。渭北春天樹，江東日暮雲。何時一樽酒，重與細論文。」實暗寓著對李白詩歌「清新俊逸」藝術風格的肯定，及對李、杜二人彼此尊重，樽酒論文的嚮往。而南宋四大家之一的尤袤〈李白墓〉云：

> 嗚呼謫仙，一世之英。乘雲御風，捉月騎鯨。來遊人間，蛻骨遺形。其卓然不朽，與江山相爲終始者，則有萬古之名。吾意其崢嶸犖落，決不與化俱盡；或吐爲長虹，而聚爲華星。青山之下，埋玉荒塋。祠貌巍然，斷碑誰銘！〔註163〕

更是圍繞著謫仙傳說，加以渲染誇飾對李白的追念之情。南宋理學家朱熹對李白詩別有見地，甚至還有抑杜揚李的傾向，這在宋代宗杜的詩壇氛圍下，頗爲特殊。他說：

> 李太白詩不專是豪放，亦有雍容和緩底，如首篇「大雅久不作」，多少和緩！……李太白詩非無法度，乃從容於法度之中，蓋聖於詩者也。〈古風〉兩卷多效陳子昂，亦有全用其句處。太白去子昂不遠，其尊慕之如此。……李太白終始學《選》詩，所以好；杜子美詩好者亦多是效《選》詩，漸放手，夔州諸詩則不然也。〔註164〕

自唐代以來豪放飄逸幾乎成爲李詩風格的定評，王安石甚至認爲「其格止於此而已，不知變也」。但朱子卻看出李白詩「不專是豪放」，楊文雄認爲：

> 其所謂「雍容和緩底」即「和緩」，是「豪放」的補充，即

〔註161〕清・王琦注：《李太白全集》，第 3 冊卷三十六，頁 24～25。

〔註162〕同前註所揭書，頁 24。

〔註163〕同前註所揭書，頁 27。

〔註164〕宋・黎靖德編：《朱子語類》（臺北：正中書局，1962 年 5 月臺初版），頁 5399～5400。

格非一體化而是多樣化，朱子這種特殊看法值得重視。第二段也是朱子苦心孤詣之言，向來論李白詩往往以「合法度者蓋寡」爲說，朱子則認爲「非無法度，乃是從容法度之中」，甚至是聖於詩的表現。由於宋詩重詩法，李白詩天馬行空的手法被視爲無「法度」，平白失去宗主詩壇的地位，所以朱熹硬拈出「有法度」，尤其是「從容於法度之中，」才能改變李白詩的評價。接著朱子提到李白效法陳子昂追承漢魏風骨，配合第三段，明白表示「學《選》詩」才是好詩，可能跟朱熹個人崇尚古風古體的復古觀念有關。所以他說到杜甫「夔州諸詩則不然也」，應是對杜甫自闢蹊徑的夔州詩表示不滿。〔註165〕

筆者則認爲朱熹能自李白詩歌豪放飄逸的旋律中，「傾聽」出「和緩」的韻致，非反覆吟詠咀嚼無法體會，「和緩」之於「豪放」，剛柔並濟，執其一端，深可品味，由整體觀之，亦足以兼美，然若如楊氏所云「補充」爾，則不免失之輕忽。至於「法度」一詞，朱熹並無明確指涉，然論詩之「法度」，當不外格律、聲韻、對偶等詩法規範而言，可知朱熹此段議論重點不在「法度」二字，乃在「從容」，亦即「雍容和緩底」之意；而「聖於詩」，蓋即「從心所欲不逾矩」之謂也。朱子之評李白，可與黃庭堅「不煩繩削而自合」之說互爲參看，均爲知音之言。

　　然而宋人對李白的負面評價仍所在多有，如蘇轍稱他「如浮花浪蕊」，「白也空無敵」（〈和張安道讀杜集〉），〔註166〕《詩人玉屑》引「白不識理」條亦云：

　　　李白詩類其爲人，俊發豪放，華而不實，好事喜名，而不知義理之所在也。語用兵則先登陷陣，不以爲難；語游俠則白晝殺人，不以爲非：此豈其誠能也。白始以詩酒奉事明皇，遇讒而去，所至不改其舊。永王將去江淮，白起而

<hr />

〔註165〕楊文雄：《李白詩歌接受史》（臺北：五南圖書出版有限公司，2000年3月），頁90～91。

〔註166〕蘇轍：《欒城集‧卷三》（臺北：臺灣中華書局，1966年3月臺一版），頁9。

從之不疑，遂以放死。今觀其詩固然。唐詩人李、杜稱首，今其詩皆在。杜甫有好義之心，白所不及也。漢高祖歸豐沛，作歌曰：「大風起兮雲飛揚，威加海內兮歸故鄉，安得猛士兮守四方！」高祖豈以文字高世者，帝王之度固然發於中，而不自知也。白詩反之，曰：「但歌大風雲飛揚，安用猛士守四方。」其不識理如此。老杜贈白詩有「重與細論文」之句，謂此類也哉。〔註167〕

楊文雄認為：

蘇轍在詩病「五事」中提出「唐人工於為詩，而陋於聞道」的觀點，批評李白華而不實，好事喜名，從人為亂，不知義理之所在。總之，道德見識不足取。而杜甫有好義之心，是李白所不及，也是他不能享有崇高地位的關鍵所在。……由此，可以看出蘇轍因看重個體人格的忠義器識內涵而對李白的好為大言、去就不慎而大張撻伐。顯然與其兄蘇蘇軾在〈李太白碑陰記〉所強調的李白個體人格獨立精神完全不同。〔註168〕

頗能掌握蘇徹此段議論的關鍵所在，亦即純粹從道德論的觀點來批判，而此道德論則立基於傳統儒家忠君愛國、修身養性的思想。總之，在外患頻仍，重群體意識而輕主體個性的宋代文風籠罩下，李、杜優劣的天秤，往往是傾向杜甫的。

二、金、元時代對李白的接受

金朝文化與北宋文化的淵源特別深，尤其是金初詩壇的詩人，大多是由宋入金或由遼入宋的漢族文士，對於李白的批評與接受，較知名的文士如高士談〈次韻飲嚴夫家醉中作〉：「清新李白詩能勝，勃窣張憑理最玄。」〔註169〕提到李白詩清新的風格。而趙秉文〈寄王學

〔註167〕宋・魏慶之：《詩人玉屑》（臺北：世界書局，1981 年 9 月 6 版），頁 295。

〔註168〕楊文雄：《李白詩歌接受史》，頁 99。

〔註169〕裴斐、劉善良編：《李白資料彙編：金元明清之部》第 1 冊（北京：中華書局，1994 年 7 月第一版），頁 1。

士〉：「李白一杯人影月，鄭虔三絕畫詩書。」〔註170〕用以讚美當時
詩書畫均富盛名的王庭筠，然其〈答李天英書〉：

> 嘗謂古人之詩各得其一偏，又多其性之似者。……江淹、
> 鮑明遠、李白、李賀得其峭峻；……太白詞勝于理，樂天
> 理勝於詞，東坡又以太白之豪、樂天之理合而為一，是以
> 高視古人，然亦不能廢古人。〔註171〕

結合詩人質性與風格而論，並指出蘇東坡受到李白與白居易的影
響，尤以高視古人不廢古的觀點值得稱許。其實據劉祁《歸潛志》
云：

> 趙秉文，字周臣，磁州滏陽人。少擢第，作詩及字畫有名。
> 王庭筠子端薦入翰林，因言事忤旨外補。……公幼年詩與
> 書皆法子端，後更學太白、東坡，字兼古今諸家。學及晚
> 年，書大進，詩專法唐人，魁然一時文人領袖。〔註172〕

可見趙秉文受李白影響頗深。此外，劉祁《歸潛志》亦指出當時頗多
文人師習太白：

> 宋翰林九嘉，字飛卿，夏津人。少游太學，有詞賦聲，從
> 屏山游，讀書為文有奇氣，與雷希顏、李天英相埒也。……
> 少時題太白泛月圖云：「江心月影盡一掬，船頭杯酒盡一
> 吸，夜深風露點宮袍，天地之間一李白。」可想見其意氣
> 也。〔註173〕

> 李經天英，錦州人。少有異才，入太學肄業。屏山見其詩
> 曰：「真今世太白也。」盛稱諸公間，由是名大震。〔註174〕

> 李汾長源，先名讓，字敬之，太原人。少游秦中，喜讀史
> 書，覽古今成敗治亂，慨然有功名心。工於詩，專學唐人，
> 其妙處不減太白、崔顥。為人尚氣，跌宕不羈，頗褊躁，

〔註170〕 裴斐、劉善良編：《李白資料彙編：金元明清之部》第 1 冊（北京：
中華書局，1994 年 7 月第一版），頁 2。
〔註171〕 同前註所揭書，頁 2。
〔註172〕 同前註所揭書，頁 6。
〔註173〕 同前註所揭書，頁 6。
〔註174〕 裴斐、劉善良編：《李白資料彙編：金元明清之部》第 1 冊，頁 6。

觸之輒怒，以是多爲人所惡。〔註175〕

> 王鬱飛伯，奇士也：少余一歲，與余交最深。儀狀魁奇，
> 目光如鶻，步武翩然，相者云：病鶴狀貌也。少居釣臺，
> 閉門讀書，不接人事數載。爲文閎肆奇古，動輒數千百言，
> 法柳柳州：歌詩飄逸，有太白氣象。……其論出處，以爲
> 仕宦本求得志，行其所知以濟斯民，其或進而不能行，不
> 若居高養豪，行樂自適，不爲世網所羈，頗以李白爲則。
> 〔註176〕

方回〈跋趙一溪詩〉亦云：

> 少陵謂太白詩清新如庾，俊逸如鮑。予嘗欲摘取庾、鮑集
> 中所謂清新、所謂俊逸者，盡置坐右，與太白詩日夕觀之，
> 窮其源，見其脈，而咀嚼其味，庶幾神交，與之俱化；以
> 冗病未能也。……世有未嘗讀庾、鮑之詩者，讀一溪詩足
> 矣。然則一溪者，固今之太白也。梅聖命以郭功甫爲太白
> 後身，使見一溪又當何如其擊節耶？〔註177〕

可見在異族統治下的部分文士，對於李白其人及其詩歌，卻頗爲認同
並加以學習；而同時偏安的南宋文人卻幾乎一面倒的學習杜甫，並對
李白頗多微言甚至誤解。或許在異族鐵蹄壓迫下的金朝文人，需要的
是一身傲骨的李白，作爲其精神支柱；而對於既偏安實又不安的南宋
政權，需要的正是集忠君、愛國、憂民情愫於一身的杜甫，作爲其精
神後盾。金朝與南宋對於李白接受的差異性，或與整個政治大環境的
差異有關。

　　而金代大家元好問對於李、杜的重視與學習更值得關注，其〈論
詩三十首〉中，有兩首論及李白：

> 筆底銀河落九天，何曾憔悴飯山前？世間東抹西塗手，枉
> 著書生待魯連。〔註178〕

〔註175〕裴斐、劉善良編：《李白資料彙編：金元明清之部》第1冊，頁7。
〔註176〕同前註所揭書，頁7～8。
〔註177〕同前註所揭書，頁27～28。
〔註178〕《元好問研究資料彙編》上（臺北：行政院文化建設委員會，1990

此詩解釋紛紜，郭紹虞認爲：

> 他稱讚李白的詩，——「筆底銀河落九天，何曾憔悴飯山前！世間東抹西塗手，枉著書生待魯連」。尚邁往，尚自然，這是東坡所謂「好詩衝口誰能擇」之意。〔註179〕

傅庚生則認爲：

> 李白，「謫仙人也」，與魯仲連「拂衣可同調」，當時和後世的人都很瞭解李白的爲人與白詩的風格，不會有人以拘謹的「書生」去看待李白的。爲此，倘說「枉著書生待魯連」爲詠李白，也未免是無的放矢了。正因爲杜甫常常自稱「腐儒」，古今人也往往把杜甫視爲謹嚴的猖者，元氏才翻案說：「枉著書生待魯連」。〔註180〕

而何三本認爲：

> 好問此詩，因感李白輕杜說而發。前兩句言李白不曾爲飯顆山頭譏誚杜甫之詩；後二句謂白是爲有豪俠氣度的俠客，而非胸襟狹小的書生。意謂以一個有豪俠氣度的李白，絕不會作詩譏誚杜甫。〔註181〕

三說似乎皆言之有理。然筆者較認同王禮卿《遺山論詩詮證》所言：「此章主論李白，爲其爲詩中至高之品境。……此則兼爲太白詩品人品辨誣。」〔註182〕茲補充說明如下，首句「筆底銀河落九天」，乃引李白詩句說明李白驚人的才情與清奇的詩藝，二句「何曾憔悴飯山前」，乃承前語順勢而言，李詩如天然巨瀑自天而下，豪放奔逸，何曾推句磨字爲作詩而憔悴，此同前句論法，亦引李詩說明李白的創作態度較爲瀟灑自然，不受拘束；「世間東抹西塗手」以元好問〈自題

年 12 月），頁 527。

〔註179〕 郭紹虞：《中國文學批評史》（臺北：文史哲出版社，1988 年 4 月），頁 534。

〔註180〕 傅庚生：《文學遺產》403 期，頁 123。

〔註181〕 何三本：〈元好問論詩絕句三十首箋詮〉（臺北：中華文化復興月刊，第七卷第四期），頁 52。

〔註182〕 王禮卿：《遺山論詩詮証》（臺北：中華叢書編委會出版，1976 年），頁 106。

寫眞〉：「東塗西抹竊時名」〔註183〕自證，指的是世間多少詩人，東
塗西抹創作詩篇，如何與李白的才氣高華相較；而「枉著書生待魯
連」，亦可以元好問〈論詩三十首〉之一：「撼樹蚍蜉自覺狂，書生技
癢愛論量。」〔註184〕及〈贈答趙仁甫〉：「世無魯連子，黑頭萬蟻徒
紛紛。」〔註185〕證之，顯然是指一般凡庸書生，對李白妄加評論，
卻不知李白懷有與魯仲連「拂衣可同調」的奇志，故而也只有如同魯
仲連一般的高人，才能眞正瞭解李白；明顯是對李白極爲推崇之詩。
另一首則云：

> 切切秋蟲萬古情，燈前山鬼淚縱橫；鑑湖春好無人賦，岸
> 夾桃花錦浪生。〔註186〕

此詩王禮卿認爲：

> 此承上章之總論李詩，又特舉太白之高華俊偉，明其爲古今
> 所獨擅，以見李詩特異之處，及此體之難得也。……此與前
> 論杜詩，皆一總論，一特論，人各兩首，義例相同。〔註187〕

何三本則認爲：

> 此首乃專論長吉詩歌之得失者也。首兩句論長吉之設色穠
> 重，用情至深，然語奇入怪，陰暗恐怖。後兩句拈出太白
> 詩句，意謂長吉詩亦能賦得似太白「岸夾桃花錦浪生」之
> 佳句，而不致力於此，對長吉有不勝惋惜之慨。〔註188〕

筆者認爲，前兩句言李賀詩境當無疑義，言其詩「設色穠重，用情至深，
然語奇入怪，陰暗恐怖。」亦爲公論；而第三句「無人賦」顯然是對前
兩句的否定，言李賀之流僅能賦得李白之奇，卻因「作意好奇」而流於
怪，無法領略「岸夾桃花錦浪生」的佳句，乃源自對自然大地、奇光異
境的無言妙契。此詩以李賀爲鋪墊，以「無人賦」言李詩之難得也。顯

〔註183〕《元好問研究資料彙編》上，頁643。
〔註184〕同前註所揭書，頁533。
〔註185〕同前註所揭書，頁254。
〔註186〕同前註所揭書，頁527。
〔註187〕王禮卿：《遺山論詩詮証》，頁100。
〔註188〕何三本：〈元好問論詩絕句三十首箋詮〉，頁50。

見元好問對於李白詩歌獨特風格及其內蘊精神的掌握頗爲深刻。

另陳志光《元遺山詩論》研究統計出遺山所襲詩句，按其多寡，依序爲：「杜甫（七十七句）、蘇軾（五十六句）、韓愈（十八句）、黃庭堅（十六句）、李白（十三句）、李賀（十二句）、陶潛（十一句）。」元氏承襲李白的詩句有：

> 我亦淡蕩人〈曲阜紀行〉／吾亦澹蕩人〈古風之十〉
> 李白豈是蓬蒿人〈范寬秦川圖〉／我輩豈是蓬蒿人〈南陵別兒童入京〉
> 更恐洛誦難爲功〈贈利州侯神童〉／夫子聞洛誦〈送于十八應四子舉落第還嵩山〉
> 眼花耳熱後〈此日不足惜〉／眼花耳熱後〈俠客行〉
> 捫參歷井無危途〈此日不足惜〉／捫參歷井仰脅息〈蜀道難〉
> 微茫散煙蘿〈湧金亭示同游諸君〉／煙蘿欲冥時〈同族姪評事黯遊昌禪師山池二首之二〉
> 明月對影成三人〈贈答趙仁甫〉／舉杯邀明月，對影成三人〈月下獨酌四首〉之一
> 盡付馬耳春風前〈谷聖鐙〉／有如東風射馬耳〈達王十二寒夜獨酌有懷〉
> 姓字莫忘元丹邱〈游龍山〉／元丹邱，好神仙〈元丹丘歌〉
> 何人壽我黃金千〈黃金行〉／有贈黃金千〈去婦詞〉
> 時危頻虎穴〈送楊次公〉／萬里橫戈探虎穴〈送羽林陶將軍〉
> 西風白髮三千丈〈寄楊飛卿〉／白髮三千丈〈秋浦歌〉
> 力士鐺頭醉死休〈感事〉／舒州杓，力士鐺〈襄陽歌〉〔註189〕

然據筆者檢閱元氏全集發現，其實元好問對於李白詩句的襲用不僅上引十三句，尚有：

> 一飲三百杯〈後飲酒五首〉〔註190〕／會須一飲三百杯〈將

〔註189〕陳志光：〈元遺山詩論〉（臺北：師大國文研究所集刊，第 32 號），頁 989。

進酒〉

快卷更須三百杯〈送戈唐佐還平陽〉〔註191〕／會須一飲三
百杯〈將進酒〉

大雅久不作〈繼愚軒和党承旨雪詩四首〉〔註192〕／大雅久
不作〈古風之一〉

三十六帝有外臣、明星玉女時相親〈送郝講師住崇福宮〉
〔註193〕／余三十六帝之外臣〈金陵與諸賢送權十一序〉、
明星玉女備酒掃〈西岳雲臺歌送丹丘子〉

黃河之水天上流〈南冠行〉〔註194〕／黃河之水天上來〈將
進酒〉

學劍事猿公〈南湖先生雪景乘騾圖〉〔註195〕／少年學劍術，
凌轢白猿公〈結客少年場行〉

別意春江誰短長〈醉中送陳季淵〉〔註196〕／別意與之誰短
長〈金陵留別〉

則元好問明顯襲用李白詩句者至少有二十一句；因此元好問對唐詩人
詩句的襲用排序上（如其他統計無誤），李白僅次於杜甫。而在其詩
中直接以李白及其事蹟入詩的更有：

長安市上見李白，為我一醉秦東亭。〈送希顏赴召西臺兼簡
李汾長〉〔註197〕

徂徠山頭喚李白，吾欲從此觀蓬萊。〈游泰山〉〔註198〕

謫仙詩興冷雲間。〈華不注山〉〔註199〕

天日晴明見岳時，只君消得謫仙詩。〈岳解元生日〉〔註200〕

〔註190〕《元好問研究資料彙編》上，頁66。
〔註191〕同前註所揭書，頁272。
〔註192〕同前註所揭書，頁128。
〔註193〕同前註所揭書，頁138。
〔註194〕同前註所揭書，頁243。
〔註195〕同前註所揭書，頁246。
〔註196〕同前註所揭書，頁270。
〔註197〕同前註所揭書，頁226。
〔註198〕同前註所揭書，頁273。
〔註199〕同前註所揭書，頁428。
〔註200〕同前註所揭書，頁428。

開尊便覺賢人近，汗足寧論力士羞。〈即事呈邦瑞〉〔註201〕

百年梅福隱，萬古謫仙游。〈洛陽高少府瀍陽後庵五首〉之
五〔註202〕

可惜世間無李白，今人多少賀知章。〈濟南雜詩十首〉之二
〔註203〕

謫仙剩有銀河句，不道香爐更一峰。〈黃華峪十絕句〉之七
〔註204〕

亭中剩有題詩客，獨欠雲間李謫仙。〈無塵亭二首〉之二
〔註205〕

計有九首之多，可見元好問對於李白的喜愛與推崇之高了。至於其他
關於李白的詩篇如〈李白騎驢圖〉、〈太白獨酌圖〉、〈和仁卿演太白詩
意二首〉等就不煩舉了。楊文雄認為：「元氏襲用十三句中，幾乎都
是李詩中家喻戶曉的句子，一般人都常引用，對一個詩壇祭酒如元氏
者，這種襲用指出什麼訊息，值得深思。」〔註206〕經筆者查考補充，
或許元好問肯定李白的意義與程度將更為顯豁。

雖然金朝的元好問對李白推崇甚高，然同朝文人中亦有抑李揚杜
之論者，其中尤以王若虛最有代表性，其《滹南遺老集》〈文辨〉云：

世稱「李杜」而李不如杜，稱「韓柳」而柳不如韓，稱「蘇
黃」而黃不如蘇：不必辨而後知。歐陽公以為李勝杜，晏
元獻以為柳勝韓，江西諸子以為黃勝蘇；人之好惡固有不
同者，而古今之通論不可易也。〔註207〕

這種「不必辨而後知」、「古今之通論不可易」的主觀說法，正是許多
揚杜抑李者的一致口徑。然時代進入元朝，當時部分文人對於李、杜
並不妄加疵議高下，而是純粹的對李白部分詩歌加以較為精確與深刻

〔註201〕《元好問研究資料彙編》上，頁 478。
〔註202〕同前註所揭書，頁 514。
〔註203〕同前註所揭書，頁 568。
〔註204〕同前註所揭書，頁 606。
〔註205〕同前註所揭書，頁 612。
〔註206〕楊文雄：《李白詩歌接受史》，頁 136。
〔註207〕裴斐、劉善良編：《李白資料彙編：金元明清之部》第 1 冊，頁 5。

的評賞，如范德機對李白詩歌的許多評論，試擇要介紹如下：

〈烏夜啼〉漢魏詩多不可點，所以爲好者，蓋其氣象自不同耳。李詩妙處亦復難點，點之則全篇有所不可擇焉。若此二詠，則實精金粹玉耳。(按：此外另有《烏棲曲》，故稱「二詠」。)

〈上雲樂〉極其老譎，怪之形容，而止乎忠愛，直亦欲肆其文耳。是足見唐家國容，豈可以尋常樂府例視之。

〈遠別離〉此太白傷時。君子泣小人用事以致喪亂，身在江湖之上，欲往而不可，哀忠諒之無從，紓憤疾而作也。第一節引二女，論賢者從君而弗及，其離絕之勢有如是之苦者；第二節道小人得志之情狀；第三節嘆雖言而不見聽於君，則徒犯小人之強怒，則亦何補言我賢我也；第四節言凡天下事勢之來，雖以堯舜之聖亦無所用力耳；殆當時有爲而言也；第五節甚言君不用賢，權移於下之害如此；第六節言以堯舜之時，其事勢雖不聞若此，而猶至有幽囚、野死之事，況不若堯舜者，其時人可不惑哉？「九疑」以下承上文，直賦而悲之耳；第七節又舉二女之事結之，曰帝子則泣于雲間矣，隨風波而不還矣：傷從君不及，終抱恨於無窮也。此篇最有楚人風，所貴乎楚言者，斷如復斷，亂如復亂；而詞意反復曲折行乎其間者，實未嘗斷而亂也。使人一唱三嘆而有遺音，至於抆淚謳吟又足以興，夫三綱五典之重者，豈盧也哉？茲太白所以爲不可及也。

〈侍從宜春苑奉詔賦龍池柳色初青聽新鶯百囀歌〉此賦物詩，格調既高，法度又謹，妙而易見者也。

〈鳴皋歌送岑徵君〉此篇雖稍長而用意易見，要亦楚人之流也。唯其有螻蛄、魚目、巢由、夔龍等語，故前輩嘗稱之；然此實非太白之用意處，妙不在此也。與《遠別離》篇皆佳，而彼深矣。

〈寄東魯二稚子〉天下喪亂，骨肉離散，此《北征》入門啼唾以下意也。然彼合此離，彼有哭其死，此則憐其生，

彼兼時事，此乃單詠；要皆得憂思之正也。

〈夢遊天姥吟留別〉「雲霓明滅或可睹」：瀛洲難求而不必
求，天姥可睹而實未睹，故欲因夢而睹之耳。「空中聞天雞」：
其顯。「迷花倚石忽已暝」：其晦。「日月照耀金銀臺」：其又
顯。「失向來之煙霞」：顯而晦，晦而顯，極而與人接矣！不
知其夢耶，分耶？倏而悸動驚起，得枕席而失煙霞，非有太
白之胸次筆力，亦不能發此。「唯覺時之枕席，失向來之煙
霞」二句最有力。結語就平衍，亦文勢當如此也。〔註208〕

對於〈遠別離〉、〈夢遊天姥吟留別〉擇句分析，頗為精當。舉〈上雲
樂〉、〈遠別離〉言李白的忠愛之思，舉〈侍從宜春苑奉詔賦龍池柳色
初青聽新鶯百囀歌〉言其詩法度嚴謹，舉〈寄東魯二稚子〉與〈北征〉
比較，言「彼合此離，彼有哭其死，此則憐其生，彼兼時事，此乃單
詠；要皆得憂思之正也。」均較具體有參考價值。又如韋居安《梅磵
詩話》云：

李太白〈廬山瀑布〉詩有「疑是銀河落九天」句，東坡嘗
稱美之。又觀太白「海風吹不斷，江月照還空」一聯，磊
落清壯，語簡意足，優於絕句，真古今絕唱也。然非歷覽
此景，不足以見此詩之妙。〔註209〕

劉五淵《隱居通義》卷十云：

太白以天分驅學力，少陵以學力融天分；淵明侻太白而差
婉，山谷歧子美而加嚴。〔註210〕

吳澄〈丁暉卿詩序〉：

李太白天才，間氣神俊，超然八極之表，而從容於法度之
中，如夫子之從心所欲而不踰矩，故曰「詩之聖」。〔註211〕

吳澄〈唐詩三體家法序〉：

〔註208〕裴斐、劉善良編：《李白資料彙編：金元明清之部》第 1 冊，頁 63
　　　　 ～64。
〔註209〕元·韋居安：《梅石間詩話》，丁福保輯：《歷代詩話續編中》，頁 534。
〔註210〕裴斐、劉善良編：《李白資料彙編：金元明清之部》第 1 冊，頁 39。
〔註211〕同前註所揭書，頁 47。

言詩本於唐，非固於唐也；自河梁之後，詩之變至於唐而止
也。於一家之中則有詩法，於一詩之中則有句法，於一句之
中則有字法。謫仙號為雄技，而法度最為森嚴；況餘者乎？
立心不專，用意不精，而欲造其妙者，未之有也。〔註211〕

韋居安談山水詩之鑑賞云「非歷覽此景，不足以見此詩之妙。」涉及
到讀者本身的經驗閱歷問題；而劉五淵之語合天分學力兩者而言，更
肯定李、杜二人均為才情學養兼具的大家；至於吳澄借朱熹之語，亦
在強調李白詩歌乃有其法度者，進而推結出「立心不專，用意不精，
而欲造其妙者，未之有也。」的結論，值得重視。

　　至於補註李太白詩集的蕭士贇，對後世的李白研究貢獻頗大，前
引〈補註李太白集序例〉云：

僕自弱冠知誦太白詩，時習舉子業，雖好之未暇究也。厥
後乃得專意於此；間趨庭以求聞所未聞，或從師以靳解所
未解。冥思邈想，章究其意之所寓，旁搜遠引，句考其字
之所原，若夫義之顯者，概不贅演，或疑其贋作，則移至
卷末，以俟具眼者自擇焉：此其例也。……標其目曰《分
類補註李太白集》。吁！晦菴朱子曰：太白詩從容於法度之
中，蓋聖於詩者。則其意之所寓，字之所原，又豈予寡陋
之見所能知！乃欲以意逆志於數百載之上，多見其不知量
矣。〔註212〕

所謂「僕自弱冠知誦太白詩，時習舉子業，雖好之未暇究也。」正透
露出李、杜詩歌自宋代以後，注杜號千家，注李不一二的重要因素之
一，蓋因李詩不利於舉子業也。即蕭士贇本人亦是在舉子業完成之
後，才開始旁搜遠引，考究李詩原意的工作，雖蕭氏自謙「其意之所
寓，字之所原，又豈予寡陋之見所能知！乃欲以意逆志於數百載之
上，多見其不知量矣。」但其注頗能抉發李詩中憂國憂民的義涵，原

〔註211〕裴斐、劉善良編：《李白資料彙編：金元明清之部》第 1 冊，頁 47
　　　　 ～48。
〔註212〕同前註所揭書，頁 50。

其意之所寓，對於李詩的解讀影響深遠，尤其此書在元、明二代極爲通行，並遠播扶桑、高麗，在文化的傳播上亦極具意義。其他如虞集〈傅與礪詩文集序〉云：

> 唐人諸體之作與代終始，而李、杜爲正宗。子美論太白，比之陰常侍、庾開府、鮑參軍，極其風流之至，贊詠之意遠矣，淺淺者未足以知子美之所以爲言也。崔顥人品非雅馴，太白見其〈黃鶴〉之篇，自以爲不可及，至金陵而後彷彿焉；其高懷慕尚如此，誰謂其恃才傲物者乎？〔註213〕

對於李白服善的人格特質提出獨到的見解。而辛文房《唐才子傳》一書，論者多引〈李白〉一篇爲據，其實同書〈杜甫〉一文中，對於李、杜的比較，亦值得關注：

> 觀李、杜二公，崎嶇版蕩之際，語語王霸，褒貶得失，忠孝之心，驚動千古，《騷》《雅》之妙，雙振當時；兼眾善於無今，集大成於往作。歷世之下，想見風塵。惜乎長彎未騁，奇才並屈，竹帛少色，徒列空言，嗚呼哀哉！昔謂杜之典重，李之飄逸，神聖之際，二公造焉。觀於海者難爲水，遊李、杜之門者難爲詩：斯言信哉！〔註214〕

認爲李白與杜甫相同，其「忠孝之心，驚動千古，《騷》《雅》之妙，雙振當時」，推崇之高，惋嘆之情，溢於言表。而傅若金《詩法正論》亦云：

> 唐海宇一而文運興，於是李、杜出焉。太白曰「大雅久不作」，子美曰「恐與齊梁作後塵」，其感慨之意深矣。太白天才放逸，故其詩自爲一體。子美學優才贍，故其詩兼備眾體，而述綱常繫風化爲多；三百篇以後之詩，子美集大成也。昌黎後出，厭晚唐流連光景之弊，其詩又自爲一體；老泉所謂蒼然之色、淵然之光是也。唐人以詩取士，故詩莫盛於唐。然詩原於德性，發於才情；心聲不同，有如其

〔註213〕裴斐、劉善良編：《李白資料彙編：金元明清之部》第 1 冊，頁 62。
〔註214〕元·辛文房：《唐才子傳》（臺北：世界書局，1985 年 4 月 5 版），頁 33。

面。故法度可學而神志不可學，是以太白自有太白之詩，
子美自有子美之詩，昌黎自有昌黎之詩。其他如陳子昂、
李長吉、白樂天、杜牧之、劉禹錫、王摩詰、司空曙、高、
岑、賈、許、姚、鄭、張、孟之徒，亦皆各自有體，不可
強而同也。〔註215〕

就才情、神志之不同，因而形成詩人「各自有體，不可強而同」的結
論，亦爲持平之說。同書又云：

法度既立，須熟讀三百篇而變化以李、杜，然後旁及諸家，
而詩學成矣。或曰，如子美「老去清晨梳白頭，玄者道士
來相訪」，此二句是起語，極平直，以鄙俗而實非鄙俗也：
「握髮呼兒延入戶，手提新畫青松障」，此二句是承，語便
春容：「障子松林靜窈冥」以下是轉，語意極變化之妙：「松
下丈人巾屨同」以下是合，乃惜松障中實景與當時人事感
慨結之，意兼比興，可謂淵永之至矣。及太白「憶昔洛陽
董糟邱，爲余天津橋南造酒樓」一詩，往昔看此等起處，
皆怪其樸陋，今以起處要平直之說求之，方知平生論詩未
及此也。先生曰，然此二詩起得有法，故下面承轉處自然，
春容變化。然詩法有正有變，如子美「一片花飛減卻春，
風飄萬點正愁人」，起處似突兀，然通篇是惜春，起處正合
如此，乃痛快語而非陡頓語也。……又若太白詩云：「君不
見黃河之水天上來」，又有云：「棄我去者昨日之日不可留，
亂我心者今日之日多煩憂」，又曰：「攀天莫登龍，走山莫
騎虎」：或以興爲起，或以比爲起，一皆不踰此法，未可以
矢口成文視之也。〔註216〕

論李、杜地位，同爲詩三百後之正宗，然同中有異，又皆摘句說明，
見解深刻而具體。又如：

或又謂古詩徑敘情實，去三百篇爲近，律詩牽於對偶聲律，
去三百篇爲遠，其亦有優劣乎？先生曰，此詩體正變也，

〔註215〕裴斐、劉善良編：《李白資料彙編：金元明清之部》第1冊，頁101。
〔註216〕同前註所揭書，頁101～102。

自《選》體以上皆純乎正，唐陳子昂、李太白、韋應物之
詩猶正者多而變者少，杜子全、韓退之以來則正變相半。
變體雖不如正體之自然，而音律乃人聲之所同，對偶亦文
勢之必有，如子美近體佳處，前無古人，亦何惡於聲律哉？
但人之才情各有所近，隨意所欲皆可成家，二者固並行而
不悖也。〔註217〕

以三百篇爲準，論詩之正變，鵠的既立，判讀朗然，有助於對李、杜
詩歌特質的認識，亦有助於對唐詩之發展歷程，及宋詩學杜者眾情形
的瞭解，就正、變二途，雖在承繼與開新的比重上略有不同，「但人
之才情各有所近，隨意所欲皆可成家，二者固並行而不悖也。」始終
爲持平而全面的觀點。至於劉履《風雅翼》一書對於李詩更有深入的
考證與評析，試舉例以明其說：

〈李翰林詩十九首〉李白天寶中爲翰林供奉，未幾，不合
去，遂浪跡天下。工爲古詩歌，言多諷刺。嘗曰：「齊梁以
來，艷薄斯極，沈休文又尚以聲律。將復古道，非我而誰！」
故所著五十九首詩，特以《古風》名題。今觀其詞，宏麗
俊偉，雖未必盡合軌轍，而才逸氣邁，蓋亦劉越石、鮑明
遠之儔歟？

古風「大雅久不作，吾衰竟誰陳」愚按：此篇「自從建安
來」，五字淺俚，而「躍鱗」「秋旻」及「映千春」等語，
尚多點綴，似未得爲純全。特以其居《古風》之首，有志
復古，姑存之。且太白所論，夸大殊過其實，其亦孔子所
謂狂簡者歟？

「蟾蜍薄太清，蝕此瑤臺月」按《唐書》：玄宗王皇后無子，
而武妃有寵，后不平，顯詆之，又以厭勝求子。事覺，帝
自臨劾，廢后爲庶人，進冊武妃爲惠妃，欲立爲后。

「羽檄如流星，虎符合專城」此蓋討南詔時作也。

「秦皇按寶劍，赫怒震威神」……此詩蓋玄宗好神仙之事，
故託言以諷之。

〔註217〕裴斐、劉善良編：《李白資料彙編：金元明清之部》第 1 冊，頁 102。

　　「殷后亂天紀，楚懷亦已昏」……自「蟾蜍薄太清」至此
五首，皆諷刺朝廷之詩。〔註218〕

對於李白詩中與政治、時事的關連性提出特殊的見解，說明了李白詩
中也飽含了憂國憂民的思想，對於部分宋人批判李詩的偏頗態度提出
了有力的反駁。

　　最後值得介紹的是，今日所知元代以李白爲題材的戲曲共有六
部，其中有元曲六大家中馬致遠的《凍吟詩踏雪尋梅》，已佚。鄭光
祖《李太白醉寫秦樓月》，是以李白〈憶秦娥〉爲事本，已佚。〔註
219〕此外，石君寶《柳眉兒金錢記》是目前所知最早有李白形象出
現的戲曲，元末賈仲明《錄鬼簿續編》題作《李太白匹配金錢記》，
此本於元曲選中多作喬吉撰。但據「鄭騫先生在元劇作者質疑一文
中考證，今存李太白匹配金錢記，實係石君寶所作，並非喬吉的作
品，喬吉所作，則爲唐明皇御斷金錢記，今尚未見流傳之本。」〔註
220〕而石君寶《李太白匹配金錢記》中李白直至末折方以沖末上場，
角色不甚重要。

　　而王伯成《貶夜郎》則以李白爲主角，全劇以四折加散場的聯套
組織，表現李白待詔翰林其間的傳說及被貶夜郎、撈月沉江而至水府
迎仙作結，足令看戲者爲李白起伏極端的一生喟嘆不已。范長華〈王
伯成《貶夜郎》雜劇探析〉一文認爲：「王伯成《貶夜郎》，以豪麗兼
至的曲詞、飽滿的氣勢、宏偉的組織，讓元代文士心目中所崇敬的李
白形象，有血有肉地重現戲曲舞台，堪稱一代巨構。」〔註221〕的確
值得李白研究者的重視與肯定。

〔註218〕 裴斐、劉善良編：《李白資料彙編：金元明清之部》第 1 冊，頁 113
　　　　　～114。

〔註219〕 王忠林、應裕康著：《元曲六大家》（臺北：東大圖書公司，1966 年
　　　　　2 月初版），頁 198。

〔註220〕 同前註所揭書，頁 224。

〔註221〕 范長華：〈王伯成《貶夜郎》雜劇探析〉（中國李白研究 1997 年集：
　　　　　中國李白研究會、馬鞍山李白研究所編，安徽文藝出版社，1998 年
　　　　　10 月），頁 340。

第四節　明代對李白的接受

李白詩歌被接受的情形，經過與杜甫相較下顯得寂寞冷清，甚至普遍被誤解扭曲的宋、金、元時期，歷史進入文學思想以「詩必盛唐，文必秦漢」，復古爲主流的明代，李白的詩歌作品獲得較宋代更大的肯定與學習。爲瞭解明代文人對於李白接受的情形，首先應先探討明代重要詩話作品中對李白的評論，其次則介紹明代題詠李白詩所關注題詠的重點，最後再探討明代以李白爲主角的戲曲、小說，如屠隆所著的傳奇《綵毫記》、馮夢龍的小說〈李謫仙醉草嚇蠻書〉，抱甕老人特將此篇選入所編的《古今奇觀》，更擴大了李白事跡傳播與被接受的階層。以下即依序加以探討：

一、明代詩話中對李白的接受

裴斐〈歷代李白評價述評〉一文強調：「如果說宋代是抑李揚杜盛行的時代，明代便是揚李抑杜盛行的時代」，〔註222〕而鄔國平〈李杜詩歌比較評述〉一文則主張「隨著明人並尊李、杜觀念的基本確立，兼學李、杜的主張也成爲明代大多數詩人一種共識。」〔註223〕事實如何呢？爲論述之需要，明初諸家雖無詩話著作，但對李白的評論，則散見於諸序文、書信之中，故仍汲引論述。如明初大家宋濂〈答章秀才論詩書〉：

> 近來學者多類自高，操瓢未能成章，輒闊視前古爲無物，且揚言曰：曹、劉、李、杜、蘇、黃諸作雖佳，不必師；吾即師，師吾心耳。故其所作往往猖狂無倫，以揚沙走石爲豪，而不復知有純和沖粹之意。……開元天寶中，杜子美復繼出，上薄《風》《雅》，下該沈、宋，才奪蘇、李，氣吞曹、劉，掩顏、謝之孤高，雜徐、庾之流麗，眞所謂集大成者，而諸作皆廢矣。並世而作有李太白，宗《風》《騷》

〔註222〕裴斐：〈歷代李白評價述評〉，《文學評論叢刊》第五期（1980 年 3 月），頁 58。
〔註223〕鄔國平：〈李杜詩歌比較評述〉，頁 118。

及建安七子，其格極高，其變化若神龍之不可羈。〔註224〕

批判當時「師吾心」之觀念，造成作品「往往猖狂無倫」的現象；繼而引述元稹之語而略更其抑李之論，掀開了明代復古詩論的第一道帷幕。而〈詹學士同文序〉亦云：

> 韓退之推李杜文章光焰萬丈。少陵之作頓挫沉鬱，高不可攀，深不可探；謫仙之辭飄飄然遊戲璇霄丹臺，吹鸞笙而食紫霞，絕去人間塵土思。此無他，精華發爲光耀，縱橫交貫，不自知其所止。退之言當不誣。〔註225〕

〈草閣集序〉云：

> 當是時也，惟杜子美、李太白爲冠絕古今，雖以韓子之才，而猶稱二公之文光焰萬丈，則其非人所及可知矣。自是以來，能詩之士代不乏人，終莫能追蹤李、杜。其間有能悉心探索、竭志模擬者，則亦各自名家，流傳不泯。蓋二公之天才力學，所以自得之妙，固未易深契，然其律呂可按，矩度可尋，故學之者眞積力久，未有不自成以至可傳者也。〔註226〕

又引韓愈之論爲底蘊，兼美李、杜，認爲「二公之天才力學，所以自得之妙，固未易深契，然其律呂可按，矩度可尋，故學之者眞積力久，未有不自成以至可傳者也。」更明確指出復古學習的對象爲李、杜並重。事實上這也是明初許多文人的「共識」，如元末明初名家張以寧其〈釣魚軒詩集序〉即共推李、杜云：

> 詩于唐，贏五百家，獨李、杜氏卓然爲之冠。近代諸名人類宗杜氏而學焉，學李者何其甚鮮也。嘗竊論杜，由學而至精義入神，故賦多於比興，以追二《雅》；李由才而入，妙悟天出，故比興多於賦，以繼《國風》。闚其藩籬者祇見其不同。而窺其閫奧者則謂其氣格渾完，骨肉勻稱，浩浩乎元氣塊圠，充兩間周萬彙而厚且重者，適兩相埒也。〔註227〕

〔註224〕裴斐、劉善良編：《李白資料彙編：金元明清之部》第 1 冊，頁 121。

〔註225〕同前註所揭書，頁 119。

〔註226〕同前註所揭書，頁 121。

〔註227〕同前註所揭書，頁 128。

〈蘇平仲文集序〉亦云：

> 繼漢而有九，有享國延祚最久者唐也，故其詩文有陳子昂
> 而繼以李、杜，有韓退之而和以柳。〔註228〕

貝瓊〈乾坤清氣序〉則認爲：

> 詩盛於唐，尚矣。盛唐之詩，稱李太白、杜少陵而止。〔註229〕

均對李杜持並尊的觀點。另瞿佑《歸田詩話》對於李、杜比較亦多有
評述：

> 老杜詩識君臣上下，如云「萬方頻送喜，無乃聖躬勞」，「至
> 今勞聖主，何以報皇天」，「周宣漢武今王是，孝子忠臣後
> 代看」，「神靈漢代中興主，功業汾陽異姓王」。上哥舒開府
> 題爲〈投贈哥舒開府翰〉及韋左相題爲〈奉贈韋左丞丈〉
> 長篇，雖極稱讚翰與見素，然必曰「君王自神武，駕馭必
> 英雄」，「霖雨思賢佐，丹青憶老臣」，可謂知大體矣。太白
> 作〈上皇西巡歌〉，〈永王東巡歌〉，略無上下之分，二公雖
> 齊名，見趣不同如此。〔註230〕

此是從君臣倫理角度論詩，謂杜甫「知大體」，評李白「無上下之分」，
其褒貶可知。又如：

> 崔顥題黃鶴樓，太白過之不更作。時人有「眼前有景道不
> 得，崔顥題詩在上頭」之譏。及登鳳凰臺作詩，可謂十倍
> 曹丕矣。蓋顥結句云：「日暮鄉關何處是，煙波江上使人愁。」
> 而太白結句云：「總爲浮雲能蔽日，長安不見使人愁。」愛
> 君愛國之意，遠過鄉關之念，善占地步矣！然太白別有「捶
> 碎黃鶴樓」之句，其於顥未嘗不耿耿也。〔註231〕

> 詩雖能致禍，然亦能解患。……太白坐永王璘事，繫潯陽
> 獄。朝命崔圓鞫問於獄中，上詩曰：「邯鄲四十萬，同日陷
> 長平。能回造化筆，或冀一人生。」得減死流夜郎。〔註232〕

〔註228〕裴斐、劉善良編：《李白資料彙編：金元明清之部》第1冊，頁122。
〔註229〕同前註所揭書，頁123。
〔註230〕明・瞿佑：《歸田詩話》，丁福保輯：《歷代詩話續編下》，頁1236。
〔註231〕同前註所揭書，頁1237。
〔註232〕同前註所揭書，頁1238。

薛令之爲太學正，有詩云：「初日上團團，照見先生盤。盤中何所有，苜蓿長闌幹。」明皇見之怒。續題云：「鵁鶄嘴爪長，鳳凰羽毛短。若嫌松柏寒，任逐桑榆暖。」因斥去之。王維攜孟浩然在翰林，適駕至，得見，命誦所爲詩，有「北闕休上書，南山歸故廬。不才明主棄，多病故人疏」之句。怒曰：「卿自棄朕，朕何曾棄卿？」即放還山。惟太白召見沉香亭，應製作〈清平調〉詞三首，頗見優寵，然僅得待詔翰林而已。及在禁中與貴妃宴樂，妃衣褪微露乳，以手捫之曰：「軟柔新剝雞頭肉。」祿山在傍接對云：「滑膩如凝寒上酥。」帝續之曰：「信是胡兒只識酥。」不怒而反以爲笑。謬戾如此，天下安得不亂？〔註233〕

太白〈廬山瀑布〉詩後，徐凝有「一條界破青山色」之句。東坡云：「帝遣銀河一派垂，古今惟有謫仙詞。飛流濺沫知多少，不爲徐凝洗惡詩。」及其自題〈漱玉亭〉云：「擘開青玉峽，飛出兩玉龍。蕩蕩白銀闕，沉沉水晶宮。願隨琴高生，腳踏赤鯶公。手持白芙蕖，跳下清泠中。」意氣偉然，眞可以追蹤太白矣。然太白又有「海風吹不斷，山月照還空」，亦奇妙句，惜世少稱之者。〔註234〕

多條所論，略引野史，雖不甚深刻，然慧視「海風吹不斷，山月照還空」，頗得李白詩歌風月之美矣。閩中十子的領袖林鴻亦認爲：

李唐作者，可謂大成，……開元天寶間，神秀聲律，粲然大備，故學者當以是楷式。〔註235〕

可見明初文學思潮是從批判時人師心，繼而推出復古的論述基礎，歸於「詩必盛唐，文必秦漢」的結論，此一思維脈絡幾乎影響了整個明代文壇。

　　同爲閩中十子的高棅，窮十餘年精力編選《唐詩品彙》九十卷這

〔註233〕明・瞿佑：《歸田詩話》，丁福保輯：《歷代詩話續編下》，頁1239。
〔註234〕同前註所揭書，頁1254。
〔註235〕明・高棅：《唐詩品彙・凡例》（臺北：學海出版社，1983年7月初版），頁14。

大部頭唐詩選本，共收唐詩約六千首。晚年更從其中精選九百餘首，另編《唐詩正聲》，目的即在方便學者。而《唐詩品彙》的總敘、各種詩體之前的敘目及凡例中，更充分顯現其選詩之標準。大體論之，《唐詩品彙》上承嚴羽《滄浪詩話》將唐詩分為初、盛、中、晚四期之說，並細分為「九品」。其〈凡例〉云：

> 大略以初唐為正始，盛唐為正宗、大家、名家、羽翼，中唐為接武，晚唐為正變、餘響，方外異人等詩為傍流。間有一二成家特立與時異者，則不以世次居之；如陳子昂與太白列在正宗。〔註236〕

將陳子昂、李白均列為「正宗」，並言明此因「成家特立與時異者」之故，餘則為大家、名家、羽翼。〈五言律詩敘目〉：

> 盛唐律句之妙者，李翰林氣象雄逸，孟襄陽興致清遠，王右丞詞意雅秀，岑嘉州造語奇峻，高常侍骨格渾厚，皆開元天寶以來名家。今俱列之為正宗。〔註237〕

〈五言古詩敘目〉又云：

> 詩至開元、天寶間，神秀聲律，粲然大備。李翰林天才縱逸，軼蕩人群，上薄曹、劉，下凌沈、鮑。其樂府古調，若使儲光羲、王昌齡失步，高適、岑參絕倒；況其下乎！朱子嘗謂太白詩如無法度，乃從容於法度之中，蓋聖於詩者。其〈古風〉兩卷，皆自陳子昂〈感遇〉中來。且太白去子昂未遠，其高懷莫尚也如此。今揭二公為正宗，共二百五十一首，分四卷。使學者入門立志，取正於斯，無他歧之惑矣。〔註238〕

〈七言古詩敘目〉：

> 太白天仙之詞，語多率然而成者，故樂府歌辭成善。或謂其始以〈蜀道難〉一篇見賞於知音，為明主所愛重，此豈淺才者徼幸際其時而馳騁哉？不然也。白之所蘊非止是。

〔註236〕裴斐、劉善良編：《李白資料彙編：金元明清之部》第 1 冊，頁 151。
〔註237〕同前註所揭書，頁 152。
〔註238〕同前註所揭書，頁 121。

今觀其〈遠別離〉、〈長相思〉、〈烏棲曲〉、〈鳴皋歌〉、〈梁
園吟〉、〈天姥吟〉、〈廬山謠〉等作，長篇短韻，驅駕氣勢，
殆與〈南山〉秋色爭高可也；雖少陵猶有讓焉，餘子瑣瑣
矣！揭爲正宗，不亦宜乎。〔註239〕

可見高棅與林鴻相同，均主張盛唐聲律大備，足爲學者楷式的觀點。
並引朱子說法，將李白列爲正宗，其中「使學者入門立志，取正於斯，
無他歧之惑矣。」的觀點，最能突顯李白詩歌在宋、明兩代不同的接
受角度，蓋宋人論李白詩歌，好以天才橫放爲說，認爲李詩非人力所
能學，而杜詩有法可循，如黃庭堅即云：「學老杜詩，所謂『刻鵠不
成尚類鶩』也」，〔註240〕而高棅卻認爲李詩爲入門取正者。然不論正
宗或大家，高棅對李、杜仍採並重的觀點，如陳國球〈復古詩論與「唐
代七律正典」〉即云：

高棅列杜甫爲「大家」，詩作自成卷帙（只有李白的「正宗」
七古有同等待遇），應該是尊崇之意，而不是說他「低人一
等」；同時高棅也看到他與盛唐諸人確有不同（「少陵七言
律法獨異諸家」），而且包含非常廣泛，蘊含了開展中晚唐
律詩的風格，所以不列「正宗」也是合理的。〔註241〕

可見明初復古詩論並尊李、杜已成一種共識，如方孝孺〈答閩鄉葉教論〉
則主張：「唐人之能詩者莫如李白、杜甫。」〔註242〕〈談詩五首〉：「舉
世皆宗李杜詩，不知李杜更宗誰。」〔註243〕但高棅之說卻更爲細膩的
看出李、杜的不同，及其在盛唐詩歌發展過程各異的影響與價值。

明成祖永樂以後，文壇由楊士奇、楊榮、楊溥「三楊」爲主導，
楊士奇〈玉雪齋詩集序〉也說：「如李太白之天縱，與杜齊驅。」〔註244〕

〔註239〕裴斐、劉善良編：《李白資料彙編：金元明清之部》第 1 冊，頁 152。
〔註240〕黃庭堅：《山谷刀筆》（上海：大達圖書供應社，1936 年出版），頁 35。
〔註241〕陳國球著：《唐詩的傳承──明代復古詩論研究》（臺北：學生書局，
　　　　1990 年 9 月出版），頁 100。
〔註242〕裴斐、劉善良編：《李白資料彙編：金元明清之部》第 1 冊，頁 154。
〔註243〕同前註所揭書，頁 157。
〔註244〕同前註所揭書，頁 159。

另〈題東里詩集序〉亦云：

> 國風、雅、頌，詩之源也，下此爲楚辭，爲漢魏晉，爲盛
> 唐，如李、杜及高、岑、孟、韋諸家，皆詩正派，可以泝
> 流而探源焉。〔註245〕

頗具代表性。後來李東陽繼掌臺閣，詩風開始轉變，據《明史・文苑
傳》指出此期詩歌變化特點云：

> 弘、正之間，李東陽出入宋、元，溯流唐代，擅聲館閣。
> 而李夢陽、何景明倡言復古，文自西京，詩自中唐而下，
> 一切吐棄，操觚談藝之士翕然宗之。明之詩文，於斯一變。
>
> 〔註246〕

李東陽，字賓之，號西涯，茶陵人，詩文派別稱茶陵派。論詩尊尚唐
代，主張辨體，特別注意詩歌的發展變化，及文辭內容與音律格調的
和諧統一，且多處爲「李、杜」並論，如所著《懷麓堂詩話》：

> 古律詩各有音節，然皆限於字數，求之不難。惟樂府長短
> 句，初無定數，最難調疊。然亦有自然之聲，古所謂聲依
> 永者。謂有長短之節，非徒永也，故隨其長短，皆可以播
> 之律呂，而其太長太短之無節者，則不足以爲樂。今泥古
> 詩之成聲，平側短長，句句字字，摹仿而不敢失，非惟格
> 調有限，亦無以發人之情性。若往復諷詠，久而自有所得，
> 得於心而發之乎聲，則雖千變萬化，如珠之走盤，自不越
> 乎法度之外矣。如李太白〈遠別離〉，杜子美〈桃竹杖〉，
> 皆極其操縱，曷嘗按古人聲調？而和順委曲乃如此。固初
> 學所未到，然學而未至乎是，亦未可與言詩也。〔註247〕
>
> 文章如精金美玉，經百煉歷萬選而後見。今觀昔人所選，
> 雖互有得失，至其盡善極美，則所謂鳳凰芝草，人人皆以
> 爲瑞，閱數千百年幾千萬人而莫有異議焉。如李太白〈遠

〔註245〕裴斐、劉善良編：《李白資料彙編：金元明清之部》第1冊，頁160。
〔註246〕清・張廷玉等撰：《明史・文苑一》（臺北：鼎文書局），頁7307。
〔註247〕明・李東陽：《懷麓堂詩話》，丁福保輯：《歷代詩話續編下》，頁
　　　　1370。

別離〉、〈蜀道難〉；杜子美〈秋興〉、〈諸將〉、〈詠懷古跡〉、
〈新婚別〉、〈兵車行〉，終日誦之不厭也。蘇子瞻在黃州夜
誦〈阿房宮賦〉數十遍，每遍必稱好，非其誠有所好，殆
不至此。然後之誦〈赤壁〉二賦者，奚獨不如子瞻之於〈阿
房〉，及予所謂李、杜諸作也邪。〔註248〕

作山林詩易，作臺閣詩難。山林詩或失之野，臺閣詩或失
之俗。野可犯，俗不可犯也。蓋惟李、杜能兼二者之妙。
若賈浪仙之山林，則野矣，白樂天之臺閣，則近乎俗矣。
況其下者乎？〔註249〕

太白天才絕出，真所謂「秋水出芙蓉，天然去雕飾」。今所
傳石刻「處世若大夢」一詩，序稱「大醉中作，賀生爲我
讀之」。此等詩皆信手縱筆而就，他可知已。前代傳子美「桃
花細逐楊花落」，手稿有改定字，而二公齊名並價，莫可軒
輊。稍有異議者，退之輒有「世間群兒愚，安用故謗傷」
之句，然則詩豈必以遲速論哉？〔註250〕

所謂「如李太白〈遠別離〉，杜子美〈桃竹杖〉，皆極其操縱，曷嘗按
古人聲調？」、「如李太白〈遠別離〉、〈蜀道難〉；杜子美〈秋興〉、〈諸
將〉、〈詠懷古跡〉、〈新婚別〉、〈兵車行〉，終日誦之不厭也。」「蓋惟
李、杜能兼二者之妙。」「而二公齊名並價，莫可軒輊。」不論是名
篇並舉，或以臺閣、山林比較，每則均爲李、杜合論，而并置雙峰。
至於朱諫《李詩選注》雖然辨疑較爲武斷，敘李白生平亦多謬誤，詹
鍈仍披沙檢金，摘用部分論述於《李白全集校注彙釋集評》中，可見
尚有可參酌之處。

　　而前七子之一的何景明，在〈與李空同論詩書〉一文中指出：「李
杜異曲同工，各擅其時。」〔註251〕但〈海叟集序〉卻認爲：

<hr/>

〔註248〕明·李東陽：《懷麓堂詩話》，丁福保輯：《歷代詩話續編下》，頁
　　　　1378。
〔註249〕同前註所揭書，頁1387。
〔註250〕同前註所揭書，頁1392。
〔註251〕裴斐、劉善良編：《李白資料彙編：金元明清之部》第1冊，頁283。

蓋詩雖盛稱於唐，其好古者自陳子昂莫若李杜二家；然二
家歌行近體誠有可法，而古作尚有離去者，猶未盡可法之
也。〔註252〕

可見何景明的復古之論，可謂切近嚴苛。其他前七子如徐禎卿曾註
解李白〈古風五十九首〉；而康海〈韓汝慶集序〉則認爲：「古今詩
人，……曹植而下，才杜甫、李白爾。」〔註253〕除此之外，當時詩
論家都穆的《南濠詩話》則云：

李太白、杜甫微時爲布衣交，並稱於天下後世。今考之杜
集，其懷贈太白者多至四十餘篇，而太白詩之及杜者，不
過沙邱城之寄，魯郡東石門之送，及飯顆之嘲一絕而已。
蓋太白以帝室之胄，負天仙之才，日試萬言，倚馬可待，
而杜老不免刻苦作詩，宜其爲太白所誚。洪容齋、胡苕溪
以飯顆詩不見太白集中，疑爲後人偽作。予謂古人嘲戲之
語，集中往往不載，不特太白爲然。然後之人作詩，乃多
學杜而鮮師太白，豈非以太白才高難及，而愛君憂民，可
施之廊廟者，固在於飯顆之人耶？〔註254〕

似乎認爲李白對於杜甫確有飯顆之嘲，且認爲「杜老不免刻苦作詩，
宜其爲太白所誚」，所論不免偏頗。

　　繼前七子之後，當時較著名詩評家是楊愼，論詩與李、何有別。
他推崇李白爲「古今詩聖」，卻頗貶抑杜甫，並批評宋人「詩史」之
說，甚至認爲杜甫詩作「類於訕訐，乃其下乖末腳，而宋人拾以爲己
寶，又撰出『詩史』二字以誤後人。」〔註255〕所著《升庵詩話》論
李白詩多條，摘要引述如下：

「賈生西望憶京華，湘浦南遷莫怨嗟。聖主恩深漢文帝，
憐君不遣到長沙。」賈至中書省舍人左遷巴陵，有詩云：「極
浦三春草，高樓萬里心。楚山晴靄碧，湘水暮流深。忽與

〔註252〕裴斐、劉善良編：《李白資料彙編：金元明清之部》第1冊，頁283。
〔註253〕同前註所揭書，頁220。
〔註254〕明・都穆：《南濠詩話》，丁福保輯：《歷代詩話續編下》，頁1347。
〔註255〕明・楊愼：《升菴詩話》，丁福保輯：《歷代詩話續編中》，頁868。

朝中舊，同爲澤畔吟。感時還北望，不覺淚沾襟。」太白
此詩解其怨嗟也，得溫柔敦厚之旨矣。〔註256〕

太白詩：「天山三丈雪，豈是遠行時。」又云：「水國秋風
夜，殊非遠別時。」「豈是」、「殊非」，變幻二字，愈出愈
奇。孟蜀韓琮詩：「晚日低霞綺，晴山遠畫眉。青青河畔草，
不是望鄉時。」亦祖太白句法。〔註257〕

「洞庭西望楚江分，水盡南天不見雲。日落長沙秋色遠，
不知何處弔湘君。」此詩之妙不待贊，前句云「不見」，後
句「不知」，讀之不覺其復。此二「不」字，決不可易。大
抵盛唐大家正宗作詩，取其流暢，不似後人之拘拘耳。聊
發此義。〔註258〕

盛弘之《荊州記》巫峽江水之迅云：「朝發白帝，暮到江
陵，其間千二百里，雖乘奔御風，不以疾也。」杜子美詩：
「朝發白帝暮江陵，頃來目擊信有徵。」李太白：「朝辭
白帝彩雲間，千里江陵一日還。兩岸猿聲啼不盡，扁舟已
過萬重山。」雖同用盛弘之語，而優劣自別。今人謂李、
杜不可以優劣論，此語亦太憒憒。白帝至江陵，春水盛時
行舟，朝發夕至，雲飛鳥逝不是過也。太白述之爲韻語，
驚風雨而泣鬼神矣。太白娶江陵許氏，以江陵爲還，蓋室
家所在。〔註259〕

楊慎或言太白詩得溫柔敦厚之旨，或言轉折用語之妙，甚至舉詩例以
證李、杜優劣，對李白可謂推崇備至。又如：

李太白過武昌，見崔顥〈黃鶴樓〉詩，嘆服之，遂不復作，
去而賦〈金陵鳳凰台〉也。其事本如此。其後禪僧用此事
作一偈云：「一拳搥碎黃鶴樓，一腳踢翻鸚鵡洲。眼前有景
道不得，崔顥題詩在上頭。」旁一遊僧亦舉前二句而綴之
曰：「有意氣時消意氣，不風流處也風流。」又一僧云：「酒

〔註256〕明・楊慎：《升菴詩話》，丁福保輯：《歷代詩話續編中》，頁652。
〔註257〕同前註所揭書，頁659。
〔註258〕同前註所揭書，頁817。
〔註259〕同前註所揭書，頁716。

逢知己，藝壓當行。」原是借此事設辭，非太白詩也，流傳之久，信以爲眞。宋初，有人僞作太白〈醉後答丁十八〉詩云：「黃鶴高樓已捶碎」一首，樂史編太白遺詩，遂收入之。近日解學士縉作〈弔太白詩〉云：「也曾捶碎黃鶴樓，也曾踢翻鸚鵡洲。」殆類優伶副淨滑稽之語。噫，太白一何不幸耶！〔註260〕

楊誠齋云：「李太白之詩，列子之御風也。杜少陵之詩，靈均之乘桂舟駕玉車也。無待者，神於詩者與？有待而未嘗有待者，聖於詩者與？宋則東坡似太白，山谷似少陵。」徐仲車云：「太白之詩，神鷹瞥漢；少陵之詩，駿馬絕塵。」二公之評，意同而語亦相近。余謂太白詩，仙翁劍客之語；少陵詩，雅士騷人之詞。比之文，太白則《史記》，少陵則《漢書》也。〔註261〕

前則頗爲太白盛名之累叫屈，後則引楊萬里之言，論太白詩如列子御風，頗得其飄逸神韻，而仙翁劍客及《史記》之喻，亦甚有味，可謂善喻者也。

　　另後七子代表之一李攀龍是以學杜出名的，王世貞《藝苑卮言》標榜他：「古惟子美，今或于鱗，驟似駭耳，久當論定。」〔註262〕可見同時代人即已將李攀龍與杜甫古今對舉，可見揄揚之高。而其《古今詩刪》唐詩部分李、杜詩入選最多，選杜詩八十五首，李詩五十八首，但在選詩各體的論述上卻各有抑揚，他說：

唐無五言古詩而有其古詩，陳子昂以其古詩爲古詩，弗取也。七言古詩，唯杜子美不失初唐氣格而縱橫有之；太白縱橫，往往強弩之末，間雜長語，英雄欺人耳。至如五七言絕句，實唐三百年一人，蓋以不用意得之，及太白亦不知其所至，而工者顧失焉。〔註263〕

〔註260〕明・楊慎：《升菴詩話》，丁福保輯：《歷代詩話續編中》，頁849。
〔註261〕同前註所揭書，頁850。
〔註262〕明・王世貞：《藝苑卮言》，丁福保輯：《歷代詩話續編中》，頁961。
〔註263〕裴斐、劉善良編：《李白資料彙編：金元明清之部》第1冊，頁

可見他重杜甫的七言古詩，此說與高棅略有不同，且批評李白七言古「往往強弩之末，間雜長語」，較為特殊；但卻高度贊美李白「五七言絕句，實三百年一人」，並指出刻意與無意，就五、七言絕句審美層次上產生的高下之分。而王世貞《藝苑巵言》更針對李攀龍批評李白部分提出再批評：

> 李于鱗評詩，少見筆劄，獨選唐詩序云：「唐無五言古詩，陳子昂以其古詩為古詩，弗取也。七言古詩，唯杜子美不失初唐氣格，而縱橫有之。太白縱橫，往往強弩之末，間雜長語，英雄欺人耳。」此段襃貶有至意。又云：「太白五七言絕句，實唐三百年一人。蓋以不用意得之，即太白亦不自知其所至，而工者顧失焉。五言律、排律，諸家概多佳句。七言律體，諸家所難，王維、李頎頗臻其妙，即子美篇什雖眾，隤焉自放矣。」餘謂七言絕句，王江陵與太白爭勝毫釐，俱是神品，而于鱗不及之。王維、李頎雖極風雅之致，而調不甚響。子美固不無利鈍，終是上國武庫，此公地位乃爾，獻吉當于何處生活？其微意所鍾，餘概知之，不欲盡言也。〔註264〕

李攀龍言唐無五言古詩，指的是唐五言古詩已失魏晉古味，而有屬於唐代風格的古詩，陳子昂亦變古詩之味而自鑄風格，故不選取。顯見在復古大纛之下，雖云詩必盛唐，然其中猶有小異，這正是因復古而識古延申的審美判斷。至於太白縱橫，為世所公認，然李攀龍論杜甫七言古乃眞縱橫，太白之縱橫為強弩之末，雖有「至意」（特殊見解），但恐非至論。又如：

> 李、杜光焰千古，人人知之。滄浪並極推尊，而不能致辨。元微之獨重子美，宋人以為談柄。近時楊用修為李左袒，輕俊之士往往傅耳。要其所得，俱影響之間。五言古、選體及七言歌行，太白以氣為主，以自然為宗，以俊逸高暢為貴；子美以意為主，以獨造為宗，以奇拔沈雄為貴。其

322。

〔註264〕明‧王世貞：《藝苑巵言》，丁福保輯：《歷代詩話續編中》，頁1005。

歌行之妙，詠之使人飄揚欲仙者，太白也；使人慷慨激烈，
歔欷欲絕者，子美也。《選》體，太白多露語率語，子美
多稚語累語，置之陶、謝間，便覺儈父面目，乃欲使之奪
曹氏父子位耶！五言律、七言歌行，子美神矣，七言律，
聖矣。五七言絕，太白神矣，七言歌行，聖矣，五言次之。
太白之七言律，子美之七言絕，皆變體，間爲之可耳，不
足多法也。〔註265〕

太白古樂府，窈冥惝恍，縱橫變幻，極才人之致。然自是
太白樂府。〔註266〕

青蓮擬古樂府，以己意己才發之，尚沿六朝舊習，不如少
陵以時事創新題也。少陵自是卓識，惜不盡得本來面目耳。
〔註267〕

「峨眉山月半輪秋，影入平羌江水流。夜發清溪向三峽，
思君不見下渝州。」此是太白佳境。然二十八字中，有峨
眉山、平羌江、清溪、三峽、渝州，使後人爲之，不勝痕
跡矣，益見此老爐錘之妙。〔註268〕

以上論列五、七言古等諸體，俱爲王世貞獨到而周密之見，然擬古舊
題而出以新意己意，未必不如即事名篇之新題。另同爲後七子之一的
謝榛論詩亦主格調，但在詩歌創作上兼取李、杜之長，所著《四溟詩
話》論述李白處甚多，茲舉要論之：

宋人謂作詩貴先立意。李白斗酒百篇，豈先立許多意思而
後措詞哉？蓋意隨筆生，不假佈置。〔註269〕

凡作詩，悲歡皆由乎興，非興則造語弗工。歡喜之意有限，
悲感之意無窮。歡喜詩，興中得者雖佳，但宜乎短章；悲
感詩，興中得者更佳，至於千言反覆，愈長愈健。熟讀李、

〔註265〕明‧王世貞：《藝苑巵言》，丁福保輯：《歷代詩話續編中》，頁1005
～1006。
〔註266〕同前註所揭書，頁1006。
〔註267〕同前註所揭書，頁1007。
〔註268〕同前註所揭書，頁1009。
〔註269〕明‧謝榛：《四溟詩話》，丁福保輯：《歷代詩話續編下》，頁1149。

杜全集，方知無處無時而非興也。〔註270〕

論太白詩法得自然之妙，不假布置，此說可得太白詩歌特質之一端；
而「凡作詩，悲歡皆由乎興，非興則造語弗工」之「興」，應亦有自
然眞實之意，此言李、杜詩均達到流露自然眞實情感，深刻動人之境。
又如：

> 「若妙識所難，其易也將至：忽之爲易，其難也方來。」此
> 劉勰明詩至要，非老於作者不能發。凡搆思當於難處用工，
> 艱澀一通，新奇迭出，此所以難而易也。若求之容易中，雖
> 十脱稿而無一警策，此所以易而難也。獨謫仙思無難易，而
> 語自超絕，此朱考亭所謂「聖於詩者」是也。〔註271〕

> 江淹有〈古離別〉，梁簡文、劉孝威皆有〈蜀道難〉，及太
> 白作〈古離別〉、〈蜀道難〉，乃諷時事，雖用古題，體格變
> 化，若疾雷破山，顛風簸海，非神於詩者不能道也。〔註272〕

> 太白金陵留別詩：「請君試問東流水，別意與之誰短長。」
> 妙在結語，使坐客同賦，誰更擅場？……太白能變化爲結，
> 令人叵測，奇哉！〔註273〕

> 詩中淚字若「沾衣」、「沾裳」，通用不爲剽竊。多有出奇者，
> 太白曰：「淚盡日南珠。」此太涉險怪矣。〔註274〕

> 凡作詩文，或有兩句一意，此文勢相貫，宜乎雙用。……
> 至於太白〈贈浩然〉詩，前云「紅顏棄軒冕」，後云「迷花
> 不事君」，兩聯意頗相似。劉文房〈靈祜上人故居〉詩，既
> 云「幾日浮生哭故人」，又云「雨花垂淚共沾巾」，此與太
> 白同病。興到而成，失於檢點。意重一聯，其勢使然；兩
> 聯意重，法不可從。〔註275〕

〔註270〕明・謝榛：《四溟詩話》，丁福保輯：《歷代詩話續編下》，頁1194。
〔註271〕同前註所揭書，頁1222。
〔註272〕同前註所揭書，頁1152。
〔註273〕同前註所揭書，頁1181。
〔註274〕同前註所揭書，頁1157。
〔註275〕同前註所揭書，頁1236。

認爲太白「思無難易，而語自超絕」，並認爲這正是朱熹盛讚太白「聖於詩者」之因；且對太白部分樂府詩用古題，諷時事，體格變化的絕倫表現，更譽爲「非神於詩者不能道」。但對於部分詩句亦提出獨到的批評，頗爲深刻。又如言太白詩之「氣象」：

> 作詩有三等語：堂上語、堂下語、階下語。知此三者，可以言詩矣。凡上官臨下官，動有昂然氣象，開口自別。若李太白「黃鶴樓中吹玉笛，江城五月落梅花」，此堂上語也。凡下官見上官，所言殊有條理，不免侷促之狀。若劉禹錫「舊時王謝堂前燕，飛入尋常百姓家」，此堂下語也。凡訟者說得顛末詳盡，猶恐不能勝人。若王介甫「茅簷長掃淨無苔，花木成蹊手自栽」，此階下語也。有學晚唐者，再變可躋上乘。學宋者，則墮下乘而變之難矣。〔註276〕

> 詩文以氣格爲主，繁簡勿論。或以用字簡約爲古，未達權變。善用助語字，若孔鸞之尾，不可少也。太白深得此法。〔註277〕

> 九言體，無名氏擬之曰：「昨夜西風搖落千林梢，渡頭小舟捲入寒塘坳。」聲調散緩而無氣魄。惟太白長篇突出兩句，殊不可及，若「上有六龍回日之高標，下有沖波逆折之回川」是也。〔註278〕

認爲太白詩爲「堂上語」，「動有昂然氣象」；並認爲「詩文以氣格爲主，繁簡勿論」而「太白深得此法」。並以無名氏所擬爲「聲調散緩而無氣魄」，對舉太白詩句，均顯現出謝榛對太白詩歌氣格宏闊之準確掌握。而對於李杜比較之觀點，大致如下所舉：

> 子美五言絕句，皆平韻，律體景多而情少。太白五言絕句平韻，律體兼仄韻，古體景少而情多。二公各盡其妙。〔註279〕

〔註276〕明・謝榛：《四溟詩話》，丁福保輯：《歷代詩話續編下》，頁1209～1210。
〔註277〕同前註所揭書，頁1138。
〔註278〕同前註所揭書，頁1166。
〔註279〕同前註所揭書，頁1170。

　　大篇決流，短章斂芒，李、杜得之。大篇約爲短章，涵蓄
　　有味；短章化爲大篇，敷演露骨。〔註280〕

　　格高似梅花，韻勝似海棠。欲韻勝者易，欲格高者難。兼
　　此二者，惟李、杜得之矣。〔註281〕

　　李靖曰：「正而無奇，則守將也；奇而無正，則鬥將也。奇
　　正皆得，國之輔也。」譬諸詩，發言平易而循乎繩墨，法
　　之正也；發言雋偉而不拘乎繩墨，法之奇也；平易而不執
　　泥，雋偉而不險怪，此奇正參伍之法也。白樂天正而不奇，
　　李長吉奇而不正，奇正參伍，李、杜是也。〔註282〕

　　古人作詩，譬諸行長安大道，不由狹斜小徑，以正爲主，
　　則通於四海，略無阻滯。若太白、子美，行皆大步，其飄
　　逸沉重之不同，子美可法，而太白未易法也。本朝有學子
　　美者，則未免蹈襲；亦有不喜子美者，則專避其故跡。雖
　　由大道，跬步之間，或中或傍，或緩或急，此所以異乎李、
　　杜而轉折多矣。夫大道乃盛唐諸公之所共由者，予則曳裾
　　躡屬，由乎中正，縱橫於古人眾跡之中；及乎成家，如蜂
　　采百花爲蜜，其味自別，使人莫之辨也。〔註283〕

　　比喻多而失於難解，嗟怨頻而流於不平，過稱譽豈其中心，
　　專模擬非其本色；愁苦甚則有感，歡喜多則無味；熟字千
　　用自弗覺，難字幾出人易見；逸然想頭，工乎作手，詩造
　　極處，悟而且精，李、杜不可及也。〔註284〕

　　詩乃模寫情景之具，情融乎內而深且長，景耀乎外而遠且
　　大。當知神龍變化之妙。小則入乎微罅，大則騰乎天宇。
　　此惟李、杜二老知之。〔註285〕

可見謝榛應是主張李、杜並重的，如「大篇決流，短章斂芒，李、杜

〔註280〕明・謝榛：《四溟詩話》，丁福保輯：《歷代詩話續編下》，頁1157。
〔註281〕同前註所揭書，頁1157。
〔註282〕同前註所揭書，頁1169。
〔註283〕同前註所揭書，頁1184。
〔註284〕同前註所揭書，頁1213。
〔註285〕同前註所揭書，頁1221。

得之。」、「兼此二者，惟李、杜得之矣。」、「詩造極處，悟而且精，李、杜不可及也。」且其說較重視個人情性之所至，不妄加褒貶抑揚，如「及乎成家，如蜂采百花爲蜜，其味自別，使人莫之辨也。」、「當充其學識，養其氣魄，或李或杜，順其自然而已。」且其中舉詩例、論詩法亦頗具慧眼、精妙獨到，甚值參閱。方弘靜《千一錄》有多條詩話持論公允：

> 王荊公以杜詩後來莫繼，信矣；若子美第一、太白第四，無乃太遠。……文人齊名如李、杜之相得者，足爲古今美談；後人乃以浮薄意妄測前賢耳。〔註286〕

> 楊用修好爲李、杜優劣，然非篤論。……要之，二家各負絕技，未易評也。近日于鱗《選唐詩序》，論尤憒憒。〔註287〕

> 李、杜交誼之厚，杜集中可見，李集則廖廖，蓋偶逸耳。……近世好相欺謾以薄爲厚耳，乃妄以窺高人之度，遂有李、杜相輕重之論，陋矣。〔註288〕

> 李、杜二集本難優劣，韓退之「李杜文章」之句並稱宜矣。元稹以李之排律未窺杜之藩籬，非確論也。夫詩千言數百鋪成排比，古未有其體也，杜始爲之耳，未可以此爲擅場。近時楊用修舉李「朝辭白帝彩雲間」與杜「朝發白帝暮江陵」之句爲優劣，又可謂不揣其本者。即以一人之作，莫能無得失哉？李于鱗又以李之歌行多長語，謂英雄欺人；欲以一時之見掩千古之定論，失言矣。〔註289〕

所論均中肯綮，對於楊慎之揚李抑杜，及李攀龍批評李七言古詩「英雄欺人」，評爲「欲以一時之見掩千古之定論」，甚得我心。除此之外，胡應麟所著《詩藪》二十卷，爲有明一代規模最大的詩話。該書中有多條詩話充分肯定李、杜在盛唐並駕齊驅的地位，他認爲：

> 李才高氣逸而調雄；杜體大思精而格渾。超出唐人而不離

〔註286〕裴斐、劉善良編：《李白資料彙編：金元明清之部》第1冊，頁336。
〔註287〕同前註所揭書，頁337。
〔註288〕同前註所揭書，頁337。
〔註289〕同前註所揭書，頁335。

唐人者，李也；不盡唐調而兼得唐調者，杜也。〔註290〕

唐人才超一代者李也，體兼一代者杜也。李如星懸日揭，
照耀太虛；杜若地負海涵，包羅萬彙。李惟超出一代，故
高華莫並，色相難求；杜惟兼總一代，故利鈍雜陳，巨細
咸蓄。〔註291〕

李、杜二公、誠爲勁敵。杜陵沉鬱雄深，太白豪逸宕麗。
短篇效李，多輕率而寡裁；長篇法杜，或拘局而靡暢。廷
禮首推太白，于鱗左袒杜陵，俱非篤論。〔註292〕

李、杜才氣格調，古體、歌行大概相埒。李偏工獨至者絕
句；杜窮變極化者律詩。言體格則絕句不若律詩之大，論
結撰則律詩倍於絕句之難。然李近體足自名家；杜諸絕殊
寡入彀。截長補短，蓋亦相當。〔註293〕

闔闢縱橫、變幻超忽、疾雷震霆、淒風急雨，歌也；位置
森嚴、筋脈聯絡、走月流雲、輕車熟路，行也。太白多近
歌，少陵多近行。〔註294〕

可見李、杜並重應爲其立論基礎，但胡應麟採取對比相形的筆法，細
繹兩人在才情、風格、影響，及所擅體調各有不同，不宜妄加軒輊的
看法。但事實上胡氏也難免軒輊之意，如：

太白五言沿洄魏晉，樂府出入齊梁，近體周旋開寶；獨絕
句超然自得，冠古絕今。子美五言〈北征〉、〈詠懷〉、樂府
〈新婚〉、〈垂老〉等作，雖格本前朝，而調出己創；五、
七言律廣大悉備，上自垂拱下逮元和，宋之蒼，元人之綺，
靡不兼總；故古體則脫棄陳規，近體則兼該眾善，此杜所
獨長也。〔註295〕

少陵不效四言，不傚《離騷》，不用樂府舊體，是此老胸中

〔註290〕裴斐、劉善良編：《李白資料彙編：金元明清之部》第2冊，頁403。
〔註291〕同前註所揭書，頁399。
〔註292〕同前註所揭書，頁400。
〔註293〕同前註所揭書，頁403。
〔註294〕同前註所揭書，頁399。
〔註295〕同前註所揭書，頁404。

壁立處；然《風》、《騷》、樂府遺意往往深得之。太白以〈百
憂〉等篇擬《風》《雅》，〈鳴皋〉等作擬《離騷》，俱相去
懸遠；樂府奇偉，高出六朝，古質不如兩漢；較輸杜一籌
也。〔註296〕

太白有大家之材，而局量稍淺，故騰踔飛揚之意勝，沉深
典厚之風微。昌黎有大家之具，而神韻全乖，故紛挐叫噪
之途開，蘊藉陶鎔之義缺。杜陵氏差得之。〔註297〕

太白筆力變化極於歌行；少陵筆力變化極於近體。李變化
在調與詞；杜變化在意與格。歌行無常嫮，易於錯綜；近
體有定規，難於伸縮。調詞超逸，驟如駭耳，索之易窮；
意格精深，始若無奇，繹之難盡。此其稍不同者也。〔註298〕

所謂「較輸杜一籌也」、「太白有大家之材，而局量稍淺，故騰踔飛揚
之意勝，沉深典厚之風微」，及在比較歌行、近體李、杜各爲極致之
後，又云歌行易近體難之別，其實均寓有揚杜之意。

而編著有《唐音癸籤》、《李詩通》的胡震亨，專從樂府詩論李、
杜，他說：

太白於樂府最深，古題無一弗擬，或用其本意，或翻案另出
新意，合而若離，離而實合，曲盡擬古之妙。嘗謂讀太白樂
府有三難：不先明古題辭意源委，不知奪換所自；不參按白
身世遭遇之槪，不知其因事傳題、借題抒情之本指；不讀盡
古人書，精熟離騷、選賦及歷代諸家詩集，無繇得其所伐之
材與巧鑄靈運之作略。今人第謂太白天才，不知其留意樂
府，自有如許功力在，非草草任筆性懸合者。〔註299〕

對於李白樂府詩的淵源及其理解閱讀之法，提出三難之說，頗有振聾
發聵之效。繼而又對李、杜樂府的異同提出見解：

擬古樂府，至太白幾無憾，以爲樂府第一手矣。誰知又有

〔註296〕裴斐、劉善良編：《李白資料彙編：金元明清之部》第 2 冊，頁 399。
〔註297〕同前註所揭書，頁 404。
〔註298〕同前註所揭書，頁 403。
〔註299〕胡震亨：《唐音癸籤》（臺北：世界書局，1985 年 4 月 5 版），頁 73。

　　杜少陵出來，嫌模擬古題爲贅瘤，別製新題，詠見事以合
　　風人刺美時政之義，盡跳出前人圈子，另換一番鉗鎚，覺
　　在古題中翻弄者仍落古人窠臼，未爲好手。〔註300〕

既言李白離合樂府舊題，寓創新於復古，又言杜甫別製新題，跳出前
人（如前引王世貞之言）圈子，亦能發人心目。

　　至於公安派之首的袁宏道，對李白亦頗爲推崇，曾寫有三首〈采
石蛾眉亭〉懷想李白，並認爲「至李、杜而詩道始大」〔註301〕（〈與
李龍湖書〉），十分稱贊李白的品行；「以生觀之，若晉之陶潛，唐之
李白，其識趣皆可大用，而特無能用之者。」〔註302〕對於李白有才
無命的遭遇感到惋惜。

　　至於竟陵派領袖鍾惺、譚元春所選《唐詩歸》中，李詩僅選兩卷，
不及杜詩六卷之多，對杜甫倍加贊譽，而對已入選的李白詩尚見貶抑
之詞，如評〈宮中行樂詞〉：

　　太白〈清平〉三絕，一時高興耳，其詩殊未至也。予既特去
　　之，恐千古俗人致駭，復收此一首，以塞聾俗之望。〔註303〕

然就所選李詩整體而言，所評較佳者，亦多泛泛淺近之言。而陸時雍
《詩鏡總論》則明顯有揚李抑杜之傾向：

　　魏人精力標格，去漢自遠，而始影之華，中不足者外有餘，
　　道之所以日漓也。李太白云：「自從建安來，綺麗不足珍。」
　　此豪傑閱世語。〔註304〕

　　太白長於感興，遠於寄哀，本於十五〈國風〉爲近。〔註305〕

　　太白〈古風〉八十二首，發源於漢、魏，而托體於阮公。
　　然寄託猶苦不深，而作用間尚未盡委蛇盤礴之妙。要之雅
　　道時存。〔註306〕

〔註300〕胡震亨：《唐音癸籤》（臺北：世界書局，1985 年 4 月 5 版），頁 73。
〔註301〕裴斐、劉善良編：《李白資料彙編：金元明清之部》第 2 冊，頁 478。
〔註302〕同前註所揭書，頁 478。
〔註303〕同前註所揭書，頁 481。
〔註304〕明・陸時雍：《詩鏡總論》，丁福保輯：《歷代詩話續編下》，頁 1404。
〔註305〕同前註所揭書，頁 1414。
〔註306〕同前註所揭書，頁 1414。

指出李白五言古詩（〈古風〉之作）本於漢魏，源於國風，寄興深遠，由此觀之，所謂「中不足者外有餘」者，實即李白詩論「自從建安來，綺麗不足珍。」之註腳，故云李白此語為「豪傑閱世語」。至於李、杜比較，陸氏則有偏於李白之傾向：

> 七言古，自魏文、梁武以外，未見有佳。鮑明遠雖有〈行路難〉諸篇，不免宮商乖互之病。太白其千古之雄乎？氣駿而逸，法老而奇，音越而長，調高而卓。少陵何事得與執金鼓而抗顏行也？〔註307〕

> 太白七古，想落意外，局自變生，真所謂「驅走風雲，鞭撻海嶽」。其殆天授，非人力也。〔註308〕

> 宋人抑太白而尊少陵，謂是道學作用。如此將置風人於何地？放浪詩酒，乃太白本行。忠君憂國之心，子美乃感輒發。其性既殊，所遭復異，奈何以此定詩優劣也？太白游梁、宋間，所得數萬金，一揮輒盡，故其詩曰：「天生我才必有用，黃金散盡還復來。」意氣凌雲，何容易得？〔註309〕

就七言古詩論李白，陸氏認為不論「氣」、「法」、「音」、「調」，太白均至上乘，非杜甫所能比擬，然此僅眾詩體之一端，不得盡窺全貌。

> 觀五言古於唐，此猶求二代之瑚璉於漢世也。古人情深，而唐以意索之，一不得也；古人象遠，而唐以景逼之，二不得也；古人法變，而唐以格律之，三不得也；古人色真，而唐以巧繪之，四不得也；古人貌厚，而唐以姣飾之，五不得也；古人氣凝，而唐以佻乘之，六不得也；古人言簡，而唐以好盡之，七不得也；古人作用盤礴，而唐以徑出之，八不得也。雖以子美雄材，亦踔躓於此而不得進矣。庶幾者其太白乎？意遠寄而不迫，體安雅而不煩，言簡要而有歸，局卷舒而自得。離合變化，有阮籍之遺蹤，寄託深長，有漢魏之委致。然而不能盡為古者，以其有佻處，有淺處，有游浪不根處，

〔註307〕明・陸時雍：《詩鏡總論》，丁福保輯：《歷代詩話續編下》，頁 1414。
〔註308〕同前註所揭書，頁 1414。
〔註309〕同前註所揭書，頁 1416。

有率爾立盡處。然言語之際，亦太利矣。〔註310〕

少陵五古，材力作用，本之漢魏居多。第出手稍鈍，苦雕
細琢，降爲唐音。夫一往而至者，情也；苦摹而出者，意
也；若有若無者，情也；必然必不然者，意也。意死而情
活，意跡而情神，意近而情遠，意僞而情眞。情意之分，
古今所由判也。少陵精矣刻矣，高矣卓矣，然而未齊於古
人者，以意勝也。假令以古詩十九首與少陵作，便是首首
皆意。假令以石壕諸什與古人作，便是首首皆情。此皆有
神往神來，不知而自至之妙。太白則幾及之矣。十五國風
皆設爲其然而實不必然之詞，皆情也。晦翁説詩，皆以必
然之意當之，失其旨矣。數千百年以來，憒憒於中而不覺
者眾也。〔註311〕

以五言古詩爲論，李攀龍即有漢魏五古及唐古的分別，陸氏的説法淵
源於此，蓋因古人創作重自然之情，因此用詞樸質，取象不即不離，
因此概括性高，且法式未定，因此自由靈動；又因落筆自然，情感往
往溫潤深厚，且意想凝聚因此詩旨集中而不散亂，遣言雖簡但饒有餘
韻，因此盡得婉曲之妙，此漢魏五古佳勝處，亦爲唐五古相異處，但
是唐音（按明詩論即指盛唐之音）的形成，自有其時代及個人因素，
瞭解古詩源頭的特質，而不瞭解盛唐之音變化的價值，愚意認爲這正
是明人由識古而復古，卻忽略了盛唐自陳子昂、李白於復古中仍保有
「變古」的主體情感，而喪失了主體情感的「復古」自然就近似於「模
擬」了，因此唐人於復古中自成「唐古」，而明人於「復古」中卻模
糊了明人的神貌。

　　至於「情」、「意」之辯，所謂「夫一往而至者，情也；苦摹而出
者，意也；若有若無者，情也；必然必不然者，意也。意死而情活，
意跡而情神，意近而情遠，意僞而情眞。情意之分，古今所由判也。」
所論甚明，誠如陳師冠甫〈與友人論詩主情或尚意書〉所云：

〔註310〕明‧陸時雍：《詩鏡總論》，丁福保輯：《歷代詩話續編下》，頁 1413。
〔註311〕同前註所揭書，頁 1414。

情與意二者，亦即唐宋詩之所由分也。蓋唐詩以情爲主，
宋詩以意爲尚；唐宋之優劣，自古早有定論。

故詩當以情爲主，意爲輔。然少陵五古，苦摹而出者主於意，故雖「精
矣刻矣，高矣卓矣，然而未齊於古人者」，此略失情味之故，因此陸氏
評子美云：「子美之病，在於好奇。作意好奇，則於天然之致遠矣。五
七言古，窮工極巧，謂無遺恨。細觀之，覺幾回不得自在。」〔註312〕
孔子曰：「質勝文則野，文勝質則史。」杜詩有「詩史」之號，此或即
肇因之一；而此亦爲李、杜大異之處。然陸氏論太白詩亦見其瑕疵處：

詩之所以病者，在過求之也，過求則眞隱而僞行矣。然亦
各有故在，太白之不眞也爲材使，少陵之不眞也爲意使，
高、岑諸人之不眞也爲習使，元、白之不眞也爲詞使，昌
黎之不眞也爲氣使。人有外藉以爲之使者，則眞相隱矣。
〔註313〕

材大者聲色不動，指顧自如，不則意氣立見。李太白所以
妙於神行，韓昌黎不免有蹶張之病也。氣安而靜，材斂而
開。張子房破楚椎秦，貌如處子，諸葛孔明陳師對壘，氣
若書生。以此觀其際矣。陶、謝詩以性運，不以才使。凡
好大好高，好雄好辯，皆才爲之累也。善用才者，常留其
不盡。〔註314〕

書有利澀，詩有難易。難之奇，有曲澗層巒之致；易之妙，
有舒雲流水之情。王昌齡絕句，難中之難；李青蓮歌行，
易中之易。難而苦爲長吉，易而脫爲樂天，則無取焉。總
之，人力不與，天致自成，難易兩言，都可相忘耳。〔註315〕

專尋好意，不理聲格，此中晚唐絕句所以病也。詩不待意，
即景自成。意不待尋，興情即是。王昌齡多意而多用之，
李太白寡意而寡用之，昌齡得之椎練，太白出於自然，然

〔註312〕明・陸時雍：《詩鏡總論》，丁福保輯：《歷代詩話續編下》，頁 1415。
〔註313〕同前註所揭書，頁 1417。
〔註314〕同前註所揭書，頁 1421。
〔註315〕同前註所揭書，頁 1418。

　　而昌齡之意象深矣。〔註316〕

　　青蓮居士文中常有詩意。韓昌黎伯，詩中常有文情。知其
　　所長在此。〔註317〕

太白材大，然「指顧自如」、「意氣立見」，往往一線之隔，豈可不慎，
否則將反爲才所累，陸氏之論，可謂深入。

　　今人朱易安認爲：「明人崇尙李白的地方，正是元稹以爲不如杜
甫的地方，明人的李杜比較以及李杜優劣的重心，在探詢詩歌的藝術
特質，雖然常常侷限於詩歌的外在形式，但對於把握藝術發展的內在
規律卻是極有價值的。」〔註318〕朱氏的看法的確深入而有其根據。

　　總之，明人對於李白的評論，包括李白的生平事蹟、爲人品行等，
不過還是較集中於詩歌本身的討論，尤其是詩歌創作的風格特色、遣詞
造句、體製聲律等的研究，均較前朝深入。至於李、杜優劣的傳統命題，
李白的地位的確有明顯的提高，但深入而言，明人對李杜的比較，不僅
是表面的「優劣」問題，而是立基於「復古」的基礎上，因此反而能從
詩史的發展角度及其影響，來觀察兩者的「差異」而非單純的優劣。

二、明代題詠李白詩

　　所謂「題詠李白詩」即是以李白爲題詠對象的詩歌創作，從裴斐、
劉善良編《李白資料彙編》中可以看出，自金、元以來，以李白爲主
題的詩歌創作，已普遍存在於文人的詩歌作品中；這些作品大多以李
白圖像、李白墓、太白酒樓或其他太白遺跡爲題詠對象，雖大多主觀
表達對李白的緬懷與歌頌，但也可從中略推作者對李白生平事蹟、思
想感情甚至詩歌藝術的評論與接受情形，值得加以介紹與討論：

　　自明太祖洪武至憲宗成化年間，爲明代前期。宋濂是明初極有名
望的文人，雖以古文名世，但也能詩。他在〈詹學士同文序〉一文談

〔註316〕明・陸時雍：《詩鏡總論》，丁福保輯：《歷代詩話續編下》，頁1420。
〔註317〕同前註所揭書，頁1421。
〔註318〕朱易安：〈明人李杜比較研究淺說〉，《李白學刊》第一輯（上海：
　　　　　上海三聯書店，1989年3月），頁106。

及「韓退之推李杜文章光焰萬丈，……退之言當不誣」，可見主張以
李、杜爲宗的。他有許多首詩文談到李白，如〈李太白像贊〉：

> 長庚降精，下爲列仙。陵屬日月，呼翕風煙。錦衣玉顏，
> 揮毫帝前。氣吞閶闔，視若烏鳶。頻挫萬象，隨機回旋。
> 金童來迎，絳節翠旄。下土穢濁，孰堪後先。囅然一笑，
> 騎鯨上天。〔註319〕

所謂「氣吞閶闔，視若烏鳶」，表現了他對李白醉使閶闔高力士脫靴的
肯定。而另一首〈題李白觀瀑布圖〉：「麾斥力士如犬羊，營營青蠅集
于房，金鑾不復承龍光。并州可識郭汾陽，不可丹陽逢永王。」〔註320〕
也有類似的看法。

而開國功臣劉基亦爲李白賦詩多首，如〈濟洲太白樓〉：

> 小邏迂行客，危樓舍酒星。河分洸水碧，天倚嶧山青。昭
> 代空文藻，斯人竟斷萍。登臨無賀老，誰與共忘形。〔註321〕

即表達了對李白的傾慕之意。至於明初大詩人高啓，號青邱子，則是
吳派代表作家，甚至被趙翼推爲明代詩人冠軍，《甌北詩話》卷八談
到：

> 惟高青邱才氣超邁，音節響亮，宗派唐人，而自出新意，
> 一涉筆即有博大昌明氣象，亦關有明一代文運論者。推爲
> 開國詩人第一，信不虛也。〔註322〕

甚至還說「高青邱後，有明一代，竟無詩人。」〔註323〕（卷九）給
高啓極高的讚譽，並進一步指出高啓是師學李、杜的：

> 李青蓮詩，從未有能學之者，惟青邱與之相上下，不惟形
> 似，而且神似。……然青邱非專學青蓮者，如〈游龍門〉
> 及〈答衍師見贈〉等作，骨堅力勁，則竟學杜。〔註324〕

〔註319〕裴斐、劉善良編：《李白資料彙編：金元明清之部》第 1 冊，頁 120。
〔註320〕同前註所揭書，頁 120。
〔註321〕同前註所揭書，頁 122。
〔註322〕清・趙翼：《甌北詩話》（臺北：木鐸出版社，1982 年 4 月初版），
　　　　頁 124。
〔註323〕同前註所揭書，頁 130。
〔註324〕同前註所揭書，頁 124～125。

高啓性格狂傲，不拘禮法，行事頗與李白相仿，後竟觸怒朱元璋，以〈上樑文〉而被腰斬。試就其〈夜聞謝太史誦李杜詩〉所言：「李供奉，杜拾遺，當時流落俱堪悲。嚴公欲殺力士怒，白首江海長憂饑。二子高才且如此，君今與我將何爲？」〔註325〕實寓以古諷今，自傷處境之慨。其〈鳳臺三益圖〉又云：

> 謫仙昔作供奉臣，詩語不合妃子嗔。鑾坡無地容侍直，錦
> 袍來醉金陵春。金陵臺高鳳凰去，西望長安竟何處。江聲
> 空打石城潮，山色猶橫歷陽樹。騎鯨一去五百秋，花車滿
> 徑埋春愁。瀛洲老客綠玉杖，笑領賓客還來遊。才氣風流
> 頗同調，曾入金門待明詔。當年流落不自悲，卻問前人欲
> 相弔。可憐二子遭清時，放逐江海空題詩。賴有高名足難
> 朽，何用粉墨他年垂。夕陽欄檻登臨後，誰復來遊酹杯酒。
> 屐痕寂寞隱蒼苔，棲鳥啼滿臺前柳。〔註326〕

所謂「謫仙昔作供奉臣，詩語不合妃子嗔。鑾坡無地容侍直，錦袍來醉金陵春」，實深刻理解李白供奉翰林而未實受官職的苦境，也爲其放浪詩酒找到一內在因素。

另胡應麟《詩藪・續編》亦談到：「國初，吳詩派昉高季迪，越詩派昉劉伯溫，閩詩派昉林子羽，嶺南詩派昉於孫蕡仲衍，江右詩派昉於劉崧。五家才力，咸足雄一方，先驅昭代。」〔註327〕除前述高啓、劉基之外，孫蕡亦有〈采石太白墓〉云：

> 冠履何年墮世塵，先生原是謫仙人。春雲彩筆驚飛燕，暮
> 雨滄江泣石麟。牢落清名元不沒，衰遲大雅竟難陳。翛然
> 我亦狂吟客，思殺風流賀季眞。〔註328〕

對於李白亦表達了同情與感嘆之意，並自比「狂吟客」，而恨無「賀季眞」。至於元末明初名家張以寧則有〈題李白問月圖〉、〈題李太白觀瀑

〔註325〕裴斐、劉善良編：《李白資料彙編：金元明清之部》第 1 冊，頁 141。
〔註326〕同前註所揭書，頁 140。
〔註327〕胡應麟：《詩藪》3・續編 1（臺北：廣文書局，1973 年），頁 761。
〔註328〕裴斐、劉善良編：《李白資料彙編：金元明清之部》第 1 冊，頁 139。

圖〉、〈題采石蛾眉亭〉等詩，所謂「異代登臨悲賦客，百年淪落憶雄
才。」〔註329〕有同是天涯淪落人之嘆。至於高棅，不單在《唐詩品彙》
中給予李白最高的「正宗」地位，亦有了〈李白問月圖〉、〈題李白邀
月圖〉等詩，表達他對李白精神的欽慕。此外如方孝孺〈弔李白〉：

> 君不見唐朝李白特達士，其人雖亡神不死。聲名流落天地
> 間，千載高風有誰似？我今誦詩篇，亂髮飄蕭寒。若非胸
> 中湖海闊，定有九曲蛟龍蟠。卻憶金鑾殿上見天子，玉山
> 已頹扶不起。脫靴力士祗羞顏，捧硯楊妃勞玉指。當時豪
> 俠應一人，豈愛富貴留其身？歸來長安弄明月，從此不復
> 朝金闕。酒家有酒頻典衣，日日醉倒身忘歸。詩成不管鬼
> 神泣，筆下自有煙雲飛。丈夫襟懷真磊落，將口談天日月
> 薄。泰山高兮高可夷，滄海深兮深可涸。惟有李白天才奪
> 造化，世人孰得窺其作。我言李白古無雙，至今采石生輝
> 光。嗟哉石崇空豪富，終當埋沒聲不揚。黃金白璧不足貴，
> 但願男兒有筆如長杠。〔註330〕

對李白極為推崇，「卻憶金鑾殿上見天子，玉山已頹扶不起。脫靴力
士祗羞顏，捧硯楊妃勞玉指。」頗見太白當年狂態，而「當時豪俠應
一人，豈愛富貴留其身」一句，不禁令人想起，方孝孺不為燕王草詔
而殉的悲劇，方氏以「聲名流落天地間，千載高風有誰似？」讚譽李
白，用以自讚，又何嘗有愧？又如解縉〈采石弔李太白〉：

> 吾聞學士真風流，豪氣直與元氣侔。金鑾殿上拜天子，叱
> 呼寵幸如蒼頭。貴妃捧硯恬不怪，力士脫靴慚復羞。平生
> 落魄贏得虛名留。也曾椎碎黃鶴樓，也曾踢翻鸚鵡洲。也
> 曾棄卻五花馬，也曾不惜千金裘。呼兒喚取采石酒，花間
> 滿泛黃金甌。醉來問明月，月映金波流。大呼陽侯出江海，
> 騎鯨直向北極遊。我來采石日已暮，潮生牛渚聊艤舟。白
> 浪一江雪滾滾，黃蘆兩岸風颼颼。我欲起學士，相與更唱
> 酬。恐驚水底魚龍眠不得，上天星斗散亂難為收。草草留

〔註329〕裴斐、劉善良編：《李白資料彙編：金元明清之部》第1冊，頁128。
〔註330〕同前註所揭書，頁156。

　　題弔學士，學士不須笑吾儔。磊落與爾同千秋。〔註331〕
解縉官至右春坊大學士，剛正敢言勇於任事，觸怒成祖而被殺。〈采
石弔李太白〉一首也能表現出李白的豪氣，所謂「也曾椎碎黃鶴樓，
也曾踢翻鸚鵡洲」，雖被楊慎譏云：

　　近日解學士縉作〈弔太白詩〉（按：題爲〈采石弔李太白〉）
　　云：「也曾椎碎黃鶴樓，也曾踢翻鸚鵡洲。」殆類優伶副淨
　　滑稽之語。噫，太白一何不幸耶！〔註332〕

然就全詩觀之，節奏明快，暗用李詩典故而不拖沓，而「貴妃捧硯恬
不怪，力士脫靴慚復羞」及「也曾椎碎黃鶴樓，也曾踢翻鸚鵡洲。也
曾棄卻五花馬，也曾不惜千金裘」的排比句勢，亦頗能表現出李白藐
視權貴、視金錢如糞土的氣概，尚稱佳作。

　　而李東陽是明代格調說的首倡者，對李白亦十分景仰，其〈再贈
彭民望三首用前韻〉之一：「明月千載恨，謫仙千古才。古風坐掃地，
此事亦堪哀。」〔註333〕〈采石登謫仙樓〉：「寸地未可容公軀，有才
如此不得意。」〔註334〕即表達對李白懷才不遇的哀嘆，又〈太白扶
醉圖〉：「玉堂記得風流事，知是吾宗老謫仙。」〔註335〕更將李白引
爲同宗，可見其鍾愛李白之情。

　　吳中畫家詩人沈周、祝允明、唐寅、文徵明等人，個性狷介，疏
狂不羈，生命情調頗類李白。如沈周〈題太白像〉：

　　風骨神仙品，文章浩蕩人。世間金鷺鷥，天上玉麒麟。江
　　月狂歌夜，宮花醉眼春。獨輸蕭穎士，不見永王璘。〔註336〕

祝允明〈濟陽登太白酒樓卻寄施湖州聘之〉：

　　知章不語先生笑，飛花亂撲過酒樓。金陵更無鳳凰遊，岳
　　陽莫將黃鶴留。……與爾相期釣鼇去，千年江海同悠悠。

〔註331〕裴斐、劉善良編：《李白資料彙編：金元明清之部》第 1 冊，頁 160。
〔註332〕明・楊慎：《升菴詩話》，丁福保輯：《歷代詩話續編中》，頁 849。
〔註333〕裴斐、劉善良編：《李白資料彙編：金元明清之部》第 1 冊，頁 199。
〔註334〕同前註所揭書，頁 200。
〔註335〕同前註所揭書，頁 199。
〔註336〕同前註所揭書，頁 193。

〔註337〕

唐寅〈把酒對月歌〉：

> 李白前時原有月，唯有李白詩能說。李白如今已仙去，月
> 在青天幾圓缺。今人猶歌李白詩，明月還如李白時。我學
> 李白對明月，月與李白安能知。李白能詩復能酒，我今百
> 杯復千首。我愧雖無李白才，料應月不嫌我醜。我也不登
> 天子船，我也不上長安眠。姑蘇城外一茅屋，萬樹桃花月
> 滿天。〔註338〕

文徵明〈題太白像〉：

> 宮袍錯落灑春風，玉雪淋漓殢酒容。殘夜屋樑棲落月，碧
> 天秋水洗芙蓉。麒麟豈是人間物，眉宇今從畫裡逢。一語
> 不酬千載諾，匡廬山下有雲松。〔註339〕

他們自抒胸臆，揮灑淋漓，效法李白自然詩風，活用李詩典故，其中
唐寅〈把酒對月歌〉「李白」、「明月」意象，回還往復，重疊搏揉，
幾乎合而為一，既寫李白，亦自述生活情狀。至於前七子中，計有李
夢陽、王九思等人有詩懷想李白；如李夢陽〈世不講曹李詩尚矣內弟
會余河上能章章道也驚有此贈〉即屬「效李白體六十四首」之一：

> 鯨飲傾百川，自稱吾酒星。今朝理酒船，來過子雲亭。高
> 談叫李白，八斗揮雷霆。霜雲連山海氣惡，柳枝簌簌冰花
> 落。此時萬里無人煙，誰信清吟動池閣。動池閣，生暮愁，
> 雪澤古龍寒啾啾。他時爾獻〈三都賦〉，我釣長長江萬里流。

〔註340〕

王九思〈种生過訪索李詩〉：

> 巖石看吾老，風流喜爾過。雲山猶舊識，杯酒一高歌。李
> 白詩偏好，吳剛斧重磨。明秋丹桂樹，垂影正婆娑。〔註341〕

〔註337〕裴斐、劉善良編：《李白資料彙編：金元明清之部》第1冊，頁207。
〔註338〕同前註所揭書，頁216。
〔註339〕同前註所揭書，頁217。
〔註340〕同前註所揭書，頁217。
〔註341〕同前註所揭書，頁210。

而哲學家王守仁亦有〈太白樓賦〉、〈李白祠二首〉及〈書李白騎鯨〉
等多首懷念李白，值得介紹，其中〈太白樓賦〉談到：

> 當天寶之末代兮，淫好色以信讒。惡來妹喜其猖獗兮，眾
> 皆狐媚以貪婪。判獨毅而不顧兮，爰命夫以僕妾之役。寧
> 直死以顅頷兮，夫焉患得而局促。……睹夜郎之有作兮，
> 橫逸氣以徘徊。亦初心之無他兮，故雖悔而弗摧。吁嗟其
> 誰無過兮，抗直氣之爲難。輕萬乘於褐夫兮，固孟軻之所
> 歎。〔註342〕

認爲李白對於眾皆狐媚的高力士、楊貴妃，獨能「判獨毅而不顧兮，
爰命夫以僕妾之役」，表現了不顧生死、藐視權貴的態度，並認爲此
種行爲更是抗直精神的具體表現，是亞聖孟子都會感嘆欽服的。尤其
「睹夜郎之有作兮，橫逸氣以徘徊。亦初心之無他兮，故雖悔而弗摧。」
似乎認爲太白有抵達流放之所夜郎，且其逸氣不減，雖悔而無摧，甚
符李白被赦後，仍以六十高齡請纓一用的事實。而對於後人廣傳李白
騎鯨之說亦提出理性的見解，其〈書李白騎鯨〉云：

> 李太白狂士也。其謫夜郎，放情詩酒，不戚戚於困窮，蓋
> 其性本自豪放，非若有道之士，眞能無入而不自得也。然
> 其才華意氣，足蓋一時，故既沒而人憐之；騎鯨之說，亦
> 後世好事者爲之，極怪誕，明者所不待辨；因閱此，間及
> 之爾。〔註343〕

認爲李白騎鯨之說，乃因好事者爲之，不待多辨。至於後七子懷想李
白的詩作亦甚多，如宗臣〈過采石懷李白〉十首之一：

> 閶闔天門夜不關，酒星何事謫人間？爲君五斗金莖露，醉
> 殺江南千萬山。〔註344〕

以「醉殺江南千萬山」寫太白詩酒豪情，頗得其妙。又〈過采石懷李
白〉十首之十：

〔註342〕明・王守仁：《王陽明全集・王陽明詩集》（臺北：文友書局），頁1。
〔註343〕裴斐、劉善良編：《李白資料彙編：金元明清之部》第1冊，頁116。
〔註344〕同前註所揭書第2冊，頁345。

西望匡盧接九華，當年醉色傲煙霞。可憐一片寒江月，猶
爲千峰護落花。〔註345〕

以「可憐一片寒江月，猶爲千峰護落花。」頗見其同情李白際遇之意，
清寂動人。而王世貞不單在詩論上肯定李、杜並尊的地位，並寫有多
首懷古詩推尊李白，如〈登太白樓〉云：

昔聞李供奉，長嘯獨登樓。此地一垂顧，高名百代留。白
雲海色曙，明月天門秋。欲竟重來者，淒淒濟水流。〔註346〕

即以「高名百代留」推崇李白，甚至〈菩薩蠻李白樓作〉以「乾坤一
酒徒」，〔註347〕歌呼李白。至晚明時期，出現一批反復古的文人，前
有徐渭、李贄先導，後有公安、竟陵承續，雖所提倡者各有偏重，但
反對前、後七子的模擬習氣，立場卻頗爲一致。徐渭有〈飲太白樓〉
一首，然僅自書感懷，公安派袁宏道有〈采石蛾眉亭〉三首，然所論
不深，惟喜以李白與蘇軾合論，觀點獨特。至於竟陵派鍾惺、譚元春
都無題詠李白詩，或許因其詩論揚杜抑李之故。而李贄狂筆〈李白詩
題辭〉卻頗有特色：

嗚呼！一個李白，生時無所容人，死而千百餘年，慕而爭
者無時而已。余謂李白無時不是其生之年，無處不是其生
之地。亦是天上星，亦是地上英，亦是巴西人，亦是隴西
人，亦是山東人，亦是會稽人，亦是潯陽人，亦是夜郎人。
死之處亦榮，生之處亦榮，流之處亦榮，囚之處亦榮；不
遊不囚不流不到之處，讀其書，見其人，亦榮亦榮！莫爭
莫爭！〔註348〕

爲李白生前不遇，死後卻爲諸多地方志爭錄而感到不平，眞是諷之愈
深而讚之益深！而依附閹宦魏忠賢的阮大鋮亦有〈采石弔太白先生〉：

煙波是處若爲家，鯨影空搖石上華。祠像幾人能縮酒，英
靈終古自懷沙。月當牛渚難爲夜，江在天門未可霞。山水

〔註345〕裴斐、劉善良編：《李白資料彙編：金元明清之部》第1冊，頁346。
〔註346〕同前註所揭書，頁348。
〔註347〕同前註所揭書，頁348。
〔註348〕同前註所揭書，頁364。

　　將君共寒碧，幽通何必薦疏麻。〔註349〕

可謂情采俱佳的表達了對李白的無盡懷想，只是一旦想起作者本身依
附閹宦的行徑，不禁令人對其詩情產生幾分質疑。楊文雄說的有趣：
「到底是認同李白或是同情李白被高力士讒言所害的反響。」〔註350〕
或許，只有真正與閹宦「周旋」過的人才瞭解其中苦處吧！

三、明代戲曲、小說中對李白的接受

　　明代今知李白題材的作品有雜劇 3 種、傳奇 7 種。雜劇中的《李
太白醉寫平夷書》、《搥碎黃鶴樓》已佚，而作者在元、明之間亦難遽
定，只有明初朱有燉的《孟浩然踏雪尋梅》今存。

　　明代李白題材的戲曲以傳奇為多，而所謂傳奇，是指與體制短小
的雜劇相較而言長篇的戲曲劇本。明代李白的傳奇有兩部是在敷演天
寶遺事劇中出現的，李白是其中的配角。自白居易《長恨歌》以來，
以唐明皇、楊貴妃故事為中心的天寶遺事就成為文學作品的重要題
材。其中穿插李白醉寫《清平調》的情節在「雪蓑漁隱」的《沉香亭》、
吳世美的《驚鴻記》均有表現，後者的第十五齣「學士醉揮」即寫李
白事，而《驚鴻記》在後世經演不衰者，也正是其中的李白戲片段。
屠隆對李白很尊崇，所著懷想李白詩文多篇，如〈弔李太白〉詩談到
李白「睥睨輕中使，沈吟賞貴嬪……國士汾陽淚，英雄劉孟身……異
時同調在，肝膽向誰陳」，〔註351〕對李白生平傲視權貴等事蹟頗為讚
賞。又因精通音律，所著《綵毫記》傳奇便以李白事蹟鋪陳，共有四
十二齣之多，其中「預識汾陽（按：郭子儀）」、「（力士）脫靴（貴妃）
捧硯」、「誓死不從（永王璘）」、「汾陽報恩」等齣，除了重複李白睥
睨權貴的精神之外，對於李、郭互救的情誼亦刻劃頗深，至於以「誓
死不從」為題編排從永王璘之事，更可見屠隆有為李白平反之意。

〔註349〕裴斐、劉善良編：《李白資料彙編：金元明清之部》第 1 冊，頁 543。
〔註350〕楊文雄：《李白詩歌接受史》，頁 226。
〔註351〕裴斐、劉善良編：《李白資料彙編：金元明清之部》第 2 冊，頁 428。

　　明代小說中對李白的接受，主要反應在馮夢龍〈李謫仙醉草嚇蠻書〉中，李白醉草嚇蠻書的情節，頗具創造性，可說在力士脫靴、貴妃捧硯的著名傳說之外，又添一椿「不可思議」的政治事功。

　　馮夢龍〈李謫仙醉草嚇蠻書〉首云：

　　　堪羨當年李謫仙，吟詩斗酒有連篇；蟠胸錦繡欺時彥，落
　　　筆風雲邁古賢。書草和番威遠塞，詞歌傾國媚新絃；莫言
　　　才子風流盡，明月長懸采石邊。〔註352〕

特別強調李白書草和番、威震遠塞的事功，頗有一新耳目之感。接著鋪陳賀知章推薦卻反而受到楊國忠、高力士的陷害：

　　　李白才思有餘，一筆揮就，第一個交卷。楊國忠見卷子上
　　　有李白名字，也不看文字，亂筆塗抹道：「這樣書生，只好
　　　與我磨墨。」高力士道：「磨墨也不中，只好與我著襪脫靴。」
　　　喝令將李白推搶出去。正是：
　　　不願文章中天下，只願文章中試官！
　　　李白被試官屈批卷子，怨氣沖天，回至內翰宅中，立誓：「久
　　　後吾若得志，定教楊國忠磨墨，高力士與我脫靴，方才滿
　　　願。」〔註353〕

「不願文章中天下，只願文章中試官！」兩句頗有以古諷今，自寫懷抱之意。然就小說言小說，若無這般屈辱，又怎引起玄宗為蠻書一事重用李白，命楊、高二人捧硯磨墨、脫靴結襪的高潮：

　　　天子一見李白，如貧得寶，如暗得燈，如飢得食，如旱得
　　　雲。……天子見其應對不窮，聖心大悅，即日拜為翰林學
　　　士。遂設宴於金鑾殿，宮商迭奏，琴瑟喧闐，嬪妃進酒，
　　　彩女傳杯。……李白紫衣紗帽，飄飄然有神仙凌雲之態，
　　　手捧番書立於左側柱下，朗聲而讀，一字不差，番使大
　　　駭。……李白奏道：「臣前入試春闈，被楊太師批落，高太
　　　尉趕逐，今日見二人押班，臣之神氣不旺。乞玉音吩咐楊

〔註352〕明・馮夢龍：《警世通言・李謫仙醉草嚇蠻書》（臺北：臺灣古籍出
　　　　版有限公司，2003 年 1 月初版），頁 133。
〔註353〕明・馮夢龍：《警世通言・李謫仙醉草嚇蠻書》，頁 135—136。

國忠與臣捧硯磨墨，高力士與臣脫靴結襪，臣意氣始得自
豪，舉筆草詔，口代天言，方可不辱君命。」天子用人之
際，恐拂其意，只得傳旨，教「楊國忠捧硯，高力士脫靴」。
二人心裡暗暗自揣，前日科場中輕薄了他，「這樣書生，只
好與我磨墨脫靴。」今日恃了天子一時寵幸，就來還話，
報復前仇。出于無奈，不敢違背聖旨，正是敢怒而不敢
言。……李白此時昂昂得意，脫襪登褥，坐於錦墩。楊國
忠磨得墨濃，捧硯侍立。論來爵位不同，怎麼李學士坐了，
楊太師倒侍立？因李白口代天言，天子寵以殊禮。楊大師
奉旨磨墨，不曾賜坐，只得侍立。李白左手將鬚一拂，右
手舉起中山兔穎，向五花箋上，手不停揮，須臾，草就嚇
蠻書。〔註354〕

此段最見馮夢龍為天下書生揚眉吐氣的心意，然其中也暗示了幾分必
然存在的危機──「天子用人之際，恐拂其意，只得傳旨」、「出於無
奈，不敢違背聖旨，正是敢怒而不敢言。」、「李白此時昂昂得意」將
天子的現實無情、寵臣的卑微陰險、李白狂妄而近乎無知的天真，描
寫的頗為透徹。接著鋪寫義救郭子儀、醉寫清平調及高力士進讒言於
楊貴妃事、賜金還山等情節，此不贅述。而儆戒華陰知縣貪財害民之
舉，亦頗有諷喻之意：

李白見眾官苦苦哀求，笑道：「你等受國家爵祿，如何又去
貪財害民？如若改過前非，方免汝罪。」眾官聽說，人人
拱手，個個遵依，不敢再犯。就在廳上大排筵宴，款待學
士飲酒三日方散。自是知縣洗心滌慮，遂為良牧。此事聞
于他郡，都猜道朝廷差李學士出外私行觀風考政，無不化
貪為廉，化殘為善。〔註355〕

此雖為一廂情願的想法，但卻也反應了庶民階層微小願望。最後以郭
子儀報恩救李白於危難，甚至為肅宗徵為左拾遺而不就，終以李白騎
鯨騰空而去作結：

〔註354〕明·馮夢龍：《警世通言·李謫仙醉草嚇蠻書》，頁137～141。
〔註355〕同前註所揭書，頁150。

李白在江頭暢飲，忽聞天際樂聲嘹亮，漸近舟次，舟人都
不聞，只有李白聽得。忽然江中風浪大作，有鯨魚數丈，
奮鬣而起，仙童二人，手持旌節，到李白面前，口稱：「上
帝奉迎星主還位」。舟人都驚倒，須臾甦醒。只見李學士坐
于鯨背，音樂前導，騰空而去。〔註356〕

整篇從落拓不羈的李白寫起，至此作結，情節頗為曲折，除較為熟爛
的清平調一事，馮夢龍也增加了頗多情節，使故事內容更顯豐富新奇。

而張介文編輯之《廣列仙傳・李白》云：

……安祿山反，永王璘辟為僚佐，璘起兵敗，當誅。初白
遊并州，見郭子儀，奇之，子儀嘗犯法，白為救免，至是
子儀請解官，并上所賜銀印以贖之。詔流夜郎，即會赦，
還潯陽，坐事下獄。……憲宗元和初，有人海上見白，與
一道士在高山上，笑語久之，後與道士於碧霧中，共跨赤
虯而去。白龜年，白居易樂天之後也，一日至嵩山，遙望
東巖，古木簾幕，往觀之，一人至前曰：「李翰林相招。」
龜年乃趨入。其人褒衣博帶，風姿秀發，曰：「吾李白也，
向水解，今為仙矣，上帝令吾掌牋奏于此，已將百年，汝
祖樂天，亦已為仙，見在五台，掌功德所。」又出書一卷，
遺龜年曰：「讀之可以識禽言。」〔註357〕

此篇除所引前段言流夜郎與潯陽下獄於史有誤之外，大至與太白生平
傳說事蹟相合；而後段則顯示太白得仙之說法，自中唐以來，歷千年
而未衰的特殊現象。

第五節　清代對李白的接受

談到清代對李白的接受情形，首先須介紹王琦注《李太白集輯
注》。王琦注本自乾隆二十三年（1758）刊行，二百四十多年人來，

〔註356〕明・馮夢龍：《警世通言・李謫仙醉草嚇蠻書》，頁151。

〔註357〕明・張文介編輯：《廣列仙傳》卷五（臺北：臺灣學生書局，1989
　　　　年11月初版），頁374。

成爲讀李白集者不可缺少的權威著作。

一、王琦注本的重要觀點

王琦注本的重要觀點大致有以下二項特色：

（一）李杜並重論

王琦在《李太白集輯注》自序開宗明義提出：

> 唐詩人首推李杜二公爲大家，古今註杜者百餘帙，李之註傳於世者乃少。余所見楊子見、蕭粹齋、胡孝轅三家，此外寥寥未及矣。世固軒李而輊杜哉！何言詩之士嚮往於太白不及嚮往於子美者多耶？夫二公之詩，一以天分勝，一以學力勝，同時角立雄視於文場筆海之中，名相齊，才亦相垺，無少遜也。自優劣之論出，而左右其袒者紛如，以作文喻，謂太白如史記，子美如漢書。以用兵喻，謂太白如李廣，子美如孫吳。以人物喻，謂太白仙而子美聖。以禪悟喻，謂太白頓而子美漸，此論之兩持其平者也。其餘甲杜而乙李者，大約十居七八。可異者，評杜則多恕辭，多過情之譽，評李則多深文而索垢，是何意見之辟耶？宋人黃介〈讀李杜優劣論〉曰：論文正不當如此。山谷嘆以爲知言。夫山谷固服膺子美者也，豈不能品其優劣，蓋亦見其沈雄俊逸之概，本於性而成於學者，分路揚鑣，各有登峰造極之美，不可以後人膚淺之見妄爲軒輊焉耳。〔註358〕

對於李、杜的詩歌特質先提出「一以天分勝，一以學力勝，同時角立雄視於文場筆海之中，名相齊，才亦相垺。」的觀點；就其歷史地位而言，則曰「各有登峰造極之美，不可以後人膚淺之見妄爲軒輊焉耳。」亦爲公允之論。

王琦對於歷來文人論李白毀譽過實的情形，亦於《李太白集輯注》跋文中提出客觀的評論：

〔註358〕清・王琦：《李太白全集》第 1 冊（臺北：中華書局，1980 年 11 月臺三版），頁 6～7。

世之論太白者，毀譽多過其實，譽之者以其脫子儀之刑責，俾得奮起而遂以成中興之功，辱高力士於上前，而稱其氣蓋天下，作〈清平調〉、〈宮中行樂詞〉得《國風》諷諫之體。毀之者謂十章之詩言婦人與酒者有九，而議其人品污下。又謂其當王室多難，海宇橫潰之日，作爲歌詩，不過豪俠任氣，狂醉花月之間，視杜少陵之憂國憂民，不可同年而語。試爲平情論之，……讀者當盡去一切偏曲泛駁之說，惟深泝其源流，熟參其指趣，反覆玩味於二體六義之間，而明夫敷陳情理、託物比興之各有攸當，即事感時、是非美刺之不可淆混，更考其時代之治亂，合其生平之通塞，不以無稽之毀譽入而爲主於中，庶幾于太白之歌詩有以得其情性之眞，太白之人品，亦可以得其是非之實夫。〔註359〕

首先將自宋代以來，對於李白毀譽的情形作一簡要的回顧，繼而要讀者「盡去一切偏曲泛駁之說」，並提出一套讀李白集之方法，所謂溯源、參趣，掌握比興大義，兼考時代、平生之史實，如此才能眞識其人品性情，所論詳贍而有條理，深値讀者參考實踐。

（二）廣搜太白流傳事跡

王琦注本另有一特色，即王氏於附錄六卷（卷三十一至三十六），廣搜有關李白序誌碑傳，李白詩文集序，贈李白或評論李白之詩文，及與李白有關故事材料（叢說）、李白年譜及外記等。其中外記又分爲逸事、遺跡、異聞、法書、圖畫、祠廟等六種，均爲研究李白之重要資料，亦可從中得知後世對李白接受的廣泛性，王琦最後並加注云：

太白事蹟，自新、舊二史外，其雜書所載半出於好事者僞纂，乃愛古嗜奇之士多樂引之，非以其人可思慕故耶？余既采正史及諸家文集之傳信者，以補薛氏年譜之闕，其附會巨信及流傳細瑣諸事，另錄爲外記一卷，並蒐輯後人詩賦碑記，綴於其下。自笑不免爲蛇畫足，蓋亦愛古嗜奇之癖，有明知而故蹈者。曹石倉作〈萬縣西山太白祠堂記〉，

有云「事在有無，語類不經。人心愛之，誇詡為眞。樹若曾倚，其色敷榮。泉若曾酌，其聲清泠」數語，余最喜其警策。夫非其人爲人所深思而極慕者，何以能至是？後之人茍得斯意，以讀斯編，一展卷而太白宛然在矣，彼事之雜於眞僞有無，又遑論乎哉！〔註360〕

「非其人爲人所深思而極慕者，何以能至是？」誠哉斯言！王氏之觀點超乎時人之上，以今日學術研究之多元角度言，「外記」所搜，頗有田野調查及文化社會學之價值。當年知名文人杭世駿對於王琦客觀而深入的整理態度，給予極高的評價：

太白之集，歷五百年而始有蕭、楊二家，又歷五百年而始有鹽官胡氏孝轅。孝轅亡後，今且百餘年矣。文士林立，未有起而補其闕者。吾友王君載庵以三家之注之典未核也，結轖之未疏瀹也，疵繆之未劃削也，專精覃思，寤寐太白於千載之上，一一扣其出處而究其指歸。太白之精神與前注之得失，軒然若揭日月，其諸太白之功臣與。〔註361〕

而王琦友人趙信也談到：

載菴窮半生之精力以成此書，一註可以敵千家。李、杜光焰並昭耀於兩間，有功後學，良非淺尠。〔註362〕（《李太白集輯注》序）

由此可知，王琦注本係在楊、蕭、袁三家注的基礎上，不但增加了大量的注釋，又增加五卷文集且加以註釋，另廣搜六卷外記，才成爲有歷代《李白集》最完善的注本，的確是有功於後學甚著。

二、清代詩話中對李白的接受

由於清代思想箝制嚴密，統治者屢興文字獄，致使一般文士大都用心於學術，故而樸學大盛，而古文詩詞之創作仍以復古爲主，大抵以「尊唐」與「宗宋」爲主，然其下又因取捨有別，又產生不同流派。

〔註360〕清・王琦：《李太白全集》，第1冊，頁54。
〔註361〕同前註所揭書，頁1～2。
〔註362〕同前註所揭書，頁1～2。

而詩話類之著作亦甚夥，據《中國叢書綜錄》著錄，清代詩話就有五十四部，而據郭紹虞〈清詩話續編序〉云：

> 詩話之作，近清代而登峰造極。清人詩話約有三、四百種，不特數量遠較前代繁富，而評述之精當亦超越前人。〔註363〕

張健〈清代詩話研究・自序〉亦云：

> 清代詩話的數量相當驚人，現在還流存於世間的，大約三百種以上，固然有的詩話份量既薄，內容亦不免簡陋，但僅就其較佳勝者言，亦有數十種。〔註364〕

欲從如此龐大的專著資料中，理出對李白的接受情形，雖然耗費相當心力，仍不免疏漏，以下擬分四個階段來探討清代詩話中對李白的接受情形：

（一）明清之際

明清之際，首先應留意影響當時學風甚大的應是錢謙益，錢氏主盟明清之際詩壇五十年，他對於當時批評界的態度頗為不滿，〈答徐巨源書〉：

> 兼併古人未已也，已而復排擊之以自尊；稱量古人未已也，已而復教責之以從我。權史則曄、壽、廬陵折抑為皂隸，評詩則李、杜、長吉鞭撻如群兒。其於詩，枚、蔡、曹、劉、潘、陸、陶、謝、李、杜、元、白，各出杼軸，互相陶冶，譬諸春秋日月，異道並行。〔註365〕

故而批評這種情形為「狂易」。並一反復古派「詩必盛唐」之說，主張兼取宋詩而另闢蹊徑，提倡「轉益多師」的態度；其〈范璽卿詩集序〉亦有同樣的觀點：

> 沈不必似宋也，杜不必似李也，元不必似白也。有沈、宋，又有陳、杜也；有李、杜，又有高、岑，有王、孟也；有

〔註363〕郭紹虞：《清詩話續編・序》（臺北：木鐸出版社，1983 年 12 月初版），頁 1。

〔註364〕張健著：《清代詩話研究》（臺北：五南圖書公司，1993 年 1 月初版），頁 4。

〔註365〕錢謙益：《有學集》卷三十八，《四部叢刊初編》集部，頁 381。

元、白，又有劉、韓。各不相似，各不相兼也。〔註366〕

然實探究之，錢氏之論是以杜甫論詩主旨「別裁僞體親風雅，轉益多師是汝師」爲依歸的。故對於李白詩歌的接受，錢氏亦是立基於此的。

王夫之爲清初著名思想家、政治家及文藝理論批評家，他的論詩代表作爲《夕堂永日緒論》及《詩繹》，丁福保取二書部分材料而成《薑齋詩話》。其論詩以「意」爲主，並以之延伸闡述立意與寫景傳情的關係：

> 無論詩歌與長行文字，俱以意爲主。意猶帥也。無帥之兵，謂之烏合。李、杜所以稱大家者，無意之詩十不得一二也。煙雲泉石，花鳥苔林，金鋪錦帳，寓意則靈。〔註367〕

> 艷詩有述歡好者，有述怨情者，《三百篇》亦所不廢。顧皆流覽而達其定情，非沉迷不反，以身爲妖冶之媒也。嗣是作者，如「荷葉羅裙一色裁」，「昨夜風開露井桃」（此二句係王昌齡詩句），皆艷極而有所止。至如太白〈烏棲曲〉諸篇，則又寓意高遠，尤爲雅奏。其述怨情者，在漢人則有「青青河畔草，鬱鬱園中柳」，唐人則「閨中少婦不知愁」，「西宮夜靜百花香」（此二句系王昌齡詩句），婉變中自矜風軌。迨元、白起，而後將身化作妖冶女子，備述衾裯中醜態；杜牧之惡其蠱人心，敗風俗，欲施以典刑，非已甚也。〔註368〕

故其評〈古風〉之七「天空彩雲滅，地遠清風來。」即云：「本情語，而命景正麗，此爲雙行。雙行者，古今文筆之絕技也。」〔註369〕可見其「寓意則靈」之說，的確落實於實際批評之中。甚至對「金鋪錦帳」的豔情詩仍抱持相同觀點。其他對於李白的讚賞尙多，如：

> 太白胸中浩渺之致，漢人皆有之，特以微言點出，包舉自

〔註366〕裴斐、劉善良編：《李白資料彙編：金元明清之部》第2冊，頁567。

〔註367〕清・王夫之：《薑齋詩話》，丁福保輯：《清詩話》（臺北：木鐸出版社，1988年9月初版），頁8。

〔註368〕同前註所揭書，頁21。

〔註369〕清・王夫之：《唐詩評選》（北京：文化藝術出版社，1997年4月2刷），頁52。

宏。太白樂府歌行，則傾囊而出耳。如射者引弓極滿，或
即發矢，或遲審久之：能忍不能忍，其力之大小可知已。
要至於太白止矣。〔註370〕

歌行，鮑、庾初制，至李太白而後極其致。〔註371〕

然對於李白七言絕句則頗有疵議：

七言絕句，爲王江寧能無疵纇；儲光羲、崔國甫其次者。……
若「水盡南天不見雲」（李白〈陪族叔刑部侍郎曄及中書賈舍
人至遊洞庭〉詩句），「永和三日蕩輕舟」（常健〈三日尋李九
莊〉詩句），「囊無一物獻尊親」（杜甫〈重贈鄭煉絕句〉詩句），
「玉帳分弓射虜營」（杜甫〈奉和嚴鄭公軍城早秋〉詩句），
皆所謂滯累，以有襯字故也。其免於滯累者，如「只今唯有
西江月，曾照吳王宮裡人」，「黃鶴樓中吹玉笛，江城五月落
梅花」，「此夜曲中聞〈折柳〉，何人不起故園情」，（此三聯均
系李白詩句。）則又疲颯無生氣，似欲匆匆結煞。〔註372〕

此外，王夫之從《唐詩評選》選詩情形亦可看出對李白的評價，卷一
「樂府歌行」李白十六首、杜甫十二首；卷二「五言古」李白十七首、
杜甫十九首；卷三「五言律」李白七首、杜甫十九首；附「五言排律」
李白一首、杜甫四首；卷四「七言律」李白二首、杜甫三十七首；就
其所選數量言，李白僅樂府歌行略勝杜甫一籌，頗可玩味。以下試舉
王夫之對李詩評語加以探討：

「青山」句天授，非人力。〔註373〕（〈烏棲曲〉評語）

太白於樂府歌行，不許唐人分半席。〔註374〕（〈設辟邪伎鼓
吹雉子斑曲辭〉評語）

詩文至此，只存一片神光，更無形跡矣。〔註375〕（〈采蓮曲〉

〔註370〕清・王夫之：《薑齋詩話》，丁福保輯：《清詩話》，頁10。
〔註371〕同前註所揭書，頁18。
〔註372〕同前註所揭書，頁19。
〔註373〕清・王夫之：《唐詩評選》，頁18。
〔註374〕同前註所揭書，頁20。
〔註375〕同前註所揭書，頁20。

評語）

題中偏不欲顯，象外偏令有餘，一以爲風度，一以爲淋漓，
嗚呼！觀止矣。〔註376〕（〈長相思〉評語）

後人稱杜甫爲詩史，乃不知此九十一字中有一部開元天寶
本紀在內。俗子非出像則不省，幾欲賣陳壽《三國志》以
雇說書人打區鼓說赤壁鏖兵。可悲可笑，大都如此。〔註377〕

（〈登高丘而望遠海〉評語）

從「天授」、「觀止」、「一片神光」等評語，可見王夫之對李白樂府歌
行的高度肯定，尤其「此九十一字中有一部開元天寶本紀在內」，指
出李詩中亦寓有詩史成分，觀點特殊。但對杜甫樂府歌行的評價則曰：

推蕩饒有強送之力，乃歌行之變，至此止矣。過此則入鬼
陣。〔註378〕（〈短歌行贈王郎司直〉評語）

杜于歌行自是散聖、庵主家風，不登宗乘。于他本色處檢
別便知。〔註379〕（〈乾元中寓居同谷縣作歌七首〉）

可見就樂府而言李白的歷史地位是不容質疑的，而杜甫的樂府歌行雖
有其可觀處，乃歌行變體，其正變差異不言而喻。至於古詩則評李白
曰：

三四本情語，而命景正麗，此謂雙行。雙行者，古今文筆
之絕技也。〔註380〕（〈古風七首〉評語）

前四語是天壤間生成好句，被太白拾得。〔註381〕（〈子夜吳
歌〉評語）

十全古詩，一無纇跡。……杜得古韻，李得古神，神韻之
分，亦李杜之品次也。〔註382〕（〈擬古西北有高樓〉評語）

〔註376〕清・王夫之：《唐詩評選》，頁19。
〔註377〕同前註所揭書，頁21。
〔註378〕同前註所揭書，頁25。
〔註379〕同前註所揭書，頁25。
〔註380〕同前註所揭書，頁52。
〔註381〕同前註所揭書，頁55。
〔註382〕同前註所揭書，頁54。

對於李白古詩的評價仍居首選，但對杜甫古詩則時加貶斥譏刺，如：

> 杜陵敗筆，有「李瑱死歧陽」，「來瑱賜自盡」，「朱門酒肉
> 臭，路有凍死骨」一種詩，爲宋人謾罵之祖，定是風雅一
> 厄。〔註383〕（〈後出塞〉評語）

評杜甫五言律則曰：

> 「致君堯舜上，再使風俗淳」擺忠孝爲局面，皆此老人品、
> 心術、學問、器量大敗闕處。〔註384〕（〈漫成〉評語）

總之，船山認爲李白詩（尤其是歌行樂府及古詩），符合「興觀群怨」的詩教原則。而杜甫卻被指爲「謾罵之祖」，認爲杜詩過於直露，甚至認爲「致君堯舜上，再使風俗淳」，爲「擺忠孝爲局面」的場面話，進而譏其人品、心術，似亦太過矣！

顧炎武詩論頗爲通達，主張詩體代降，《日知錄》卷二十一云：

> 詩文之所以代變，有不得不變者。一代之文沿襲已久，不
> 容人人皆道此語。今且千數百年矣，而猶取古人之陳言一
> 一而摹倣之，以是爲詩可乎？故不似則失其所以爲詩，似
> 則失其所以爲我。李、杜之詩所以獨高於唐人者，以其未
> 嘗不似而未嘗似也。知此者可與言詩也已矣。〔註385〕

對於李、杜的推尊，在於其有承有變，而自成其風格面目。而詩論家葉燮所著《原詩》，是一部體系周密的詩論專著，分內篇（上、下）與外篇（上、下），旨在窮溯詩源，循末還本，以揭示詩歌創作中的主、客觀因素及其互動關係，並進而呈現詩歌因時遞變的發展規律，是清初頗爲重要之詩論作品，其對李白詩的評論如下：

> 李白天才自然，出類拔萃，然千古與杜甫齊名，則猶有間。
> 蓋白之得此者，非以才得之，乃以氣得之也。……此正文
> 章之氣也。氣之所用不同，用於一事則一事立極，推之萬
> 事，無不可以立極。故白得與甫齊名者，非才爲之，而氣
> 爲之也。立觀千古詩人之有大名者，舍白之外，孰能有是

〔註383〕清・王夫之：《唐詩評選》，頁60。

〔註384〕同前註所揭書，頁115。

〔註385〕裴斐、劉善良編：《李白資料彙編：金元明清之部》第2冊，頁604。

氣者乎？〔註386〕

歷來評太白詩，均以天才橫決當世爲多，葉氏特拈出一「氣」字爲論，頗有特色。葉氏論詩之另一殊見爲「面目」二字：

> 作詩者在抒寫性情，此語夫人能知之，夫人能言之，而未
> 盡夫人能然之者矣。作詩有性情，必有面目，此不但未盡
> 夫人能然之，并未盡夫人能知之而言之者也。……如陶潛、
> 李白之詩，皆全見面目：王維五言則面目見，七言則面目
> 不見。讀古人詩，以此推之，無不得也。余嘗於近代一二
> 文人，展其詩卷，自始至終，亦未嘗不工，乃讀之數過，
> 卒未能睹其面目何若？竊不敢謂作者如是也。〔註387〕

可見葉氏對此說頗爲自負。而所謂「如陶潛、李白之詩，皆全見面目；王維五言則面目見，七言則面目不見。」則以全見者爲佳，蓋風格明顯、讀其詩想見其爲人者也。又如：

> 詩是心聲，不可違心而出，亦不能違心而出。功名之士，
> 絕不能爲泉石淡泊之音；輕浮之子，必不能爲敦龐大雅之
> 響。故陶潛多素心之語；李白有遺世之句；杜甫興廣廈萬
> 間之願；蘇軾師四海弟昆之言。凡如此類，皆應聲而出，
> 其心如日月，其詩如日月之光，隨其光之所至，即日月見
> 焉。〔註388〕

可見葉氏對陶、李、蘇、杜推尊之高。至於持論略近錢謙益的馮班，對李白樂府歌行更是推贊有加，其《鈍吟雜錄》云：

> 李太白之歌行，祖述《騷》、《雅》，下迄梁、陳七言，無所
> 不包，奇中又奇，而字字有本，諷刺沈切，自古未有也。
> 後之擬古樂府，如是焉可已。〔註389〕

> 歌行之名，本之樂章，其文句長短不同，或有擬古樂府爲之，
> 今所見鮑明遠集中有之，至唐天寶以後而大盛，如李太白其

〔註386〕清・葉燮：《原詩》，丁福保輯：《清詩話》，頁603。
〔註387〕同前註所揭書，頁596。
〔註388〕同前註所揭書，頁597。
〔註389〕清・馮班：《鈍吟雜錄》，丁福保輯，《清詩話》，頁38。

尤也。太白多效三祖及鮑明遠，其語尤近古耳。〔註390〕

李太白崛起，奄古人而有之，根於《離騷》，雜以魏三祖樂府，近法鮑明遠，梁、陳流麗，亦時時間出，譎辭雲搆，奇文鬱起；後世作者，無以加矣。歌行變格，自此定也。〔註391〕

可見馮氏認爲李白樂府歌行乃「奇中又奇，而字字有本，諷刺沈切，自古未有」之作。但對杜甫樂府亦大加讚揚云：「子美獨搆新格，自製題目，……太白、子美二家之外，後人蔑以加矣。」〔註392〕故就樂府歌行一體而言，馮班採李、杜並尊之態。但吳喬《圍爐詩話》卻認爲：

詩如陶淵明之涵冶性情，杜子美之憂君愛國者，契于三百篇，上也；如李太白之遺棄塵事、放曠物表者，契於莊、列爲次之。〔註393〕

子美之詩，雖如太白，猶不及焉。蓋太白詩如屬鄉漆園，世外高人，非有關於生民之大者也。〔註394〕

詩出於人。有子美之人，而後有子美之詩。子美于君親、兄弟、朋友、黎民，無刻不關于念。置之聖門，必在閔子、有子間，出仲、冉之上；生於唐代，故以詩發其胸臆。有德者必有言，非如太白，但欲於詩道中復古者也。余嘗置杜詩于六經之中，朝夕焚香致敬，不敢輕學。〔註395〕

子美只〈宿昔〉一篇，壓倒太白〈清平樂〉、〈宮中行樂〉諸詩。〔註396〕

可見吳氏極推尊子美，並從道德教化的角度，對李、杜詩作比較，顯然持揚杜抑李之論。然如暫且拋開狹隘的道德教化觀點，吳氏亦認爲李杜均爲學詩者之正道：

〔註390〕清・馮班：《鈍吟雜錄》，丁福保輯：《清得話》，頁40。
〔註391〕同前註所揭書，頁41。
〔註392〕同前註所揭書，頁41。
〔註393〕清・吳喬：《圍爐詩話》（臺北：廣文書局，1973年9月初版），頁16。
〔註394〕同前註所揭書，頁288。
〔註395〕同前註所揭書，頁289。
〔註396〕同前註所揭書，頁303。

學問安可無師？無師則杜撰。而書家貴學師，舍短取長。
詩學李杜，正道也。〔註397〕

太白五律，平易天眞，大手筆也。〔註398〕

張健〈圍爐詩話研究〉即認爲：

平易天眞四字，在五律中得來不易，非有大才具不能奏功。
常人不宜輕學之。但過求雕刻之作者，當思如太白之保全
天眞，以爲針砭。〔註399〕

所論甚爲中肯，「平易天眞」談何容易！又如：

「大雅久不作」諸詩，非太白斷不能作，子美亦非此體。
上之回，刺學仙也。妾薄命，刺武惠妃之專寵也。邯鄲才
人，身去而不忘宗國也。月下獨酌，「月既不解飲」，是敷
衍，似宋詩。送裴十八之「歸時莫洗耳」四語，亦是敷衍，
無味。「春風不相識，何事入羅帷」，思無邪而詞清麗，妙
絕可法。〔註400〕

太白云：君王雖愛蛾眉好，無奈宮中妒煞人。無餘味。襄
陽歌無意苟作。聽新鶯歌，首敍境，次出鶯，次以鶯合境：
次出人，次收歸鶯，而以自意結，甚有法度。〔註401〕

太白祖述騷雅，下逮齊梁。七言無所不包，奇之又奇，而
字字有本。諷刺沉切，自古未有也。後人宜以爲法。〔註402〕

可見吳氏對於太白之評論，褒貶俱見，正反兼顧，實非所謂抑李揚杜
四字所能概括矣！至於賀裳《載酒園詩話》則對太白詩讚譽有加：

〈蜀道難〉一篇，眞與河嶽並垂不朽。即起句「噫吁嚱，
危乎高哉」七字，如纍碁架卵，誰敢併於一處？〔註403〕

〔註397〕清・吳喬：《圍爐詩話》（臺北：廣文書局，1973年9月初版），頁
89。
〔註398〕同前註所揭書，頁179
〔註399〕張健：《清代詩話研究》，頁155。
〔註400〕清・吳喬：《圍爐詩話》，頁126。
〔註401〕同前註所揭書，頁158～159。
〔註402〕同前註所揭書，頁111。
〔註403〕裴斐、劉善良編：《李白資料彙編：金元明清之部》第2冊，頁682。

> 太白高曠人，其詩如大圭不琢，而自有奪虹之色。讀者如
> 泛江海，忽而鼉怒龍吟，金支翠旃；忽而波澄如練，一日
> 千里，不可以溪潭沼沚之觀概之也。鍾、譚細碎人，喜於
> 幽尋暗摸，與光明豁達者氣類固自不侔。《詩歸》所選李、
> 杜尤舛，論李之失，視杜尤甚。〔註404〕

以「眞與河嶽並垂不朽」形容太白〈蜀道難〉，可見其讚譽之高；而
對於譚元春、鍾惺所選《詩歸》更表舛誤甚多之嘆，然以「細碎人」
目鍾、譚二人，則不免人身攻擊矣！至於李、杜二人風格不同，賀裳
有極公允之論：

> 不讀全唐詩，不見盛唐之妙；不遍讀盛唐諸家，不見李、
> 杜之妙。太白胸懷高曠、有置身雲漢、糠粃合意，不屑屑
> 爲體物之言，其言如風卷雲舒，無可蹤跡。子美思深力大，
> 善於隨事體察，其言如水歸墟，靡坎不盈。兩公之才，非
> 惟不能兼，實亦不可兼也。杜自稱「沈鬱頓挫」，謂李「飛
> 揚跋扈」：二語最善形容。後復稱其「筆落驚風雨，詩成泣
> 鬼神」，推許至矣。〔註405〕

所謂「沈鬱頓挫」、「飛揚跋扈」均爲子美之言，可見子美非僅爲盛唐
大家，更能讀詩、評詩，蓋其識見非凡之故也。吳喬《圍爐詩話》自
序云：「一生困阨，息交絕遊，唯常熟馮定遠班、金壇賀黃公裳所見
多合。」〔註406〕又《潛邱箚記》所載喬自譽之言：「賀黃公載酒園詩
話，馮定遠鈍吟雜錄，及某圍爐詩話，可稱談詩之三絕。」〔註407〕
故取三家論太白詩者，次敘述介，以見其概。而吳偉業〈與宋尚木論
詩書〉則云：

> 夫詩之尊李、杜，文之尚韓、歐，此猶山之有泰、華，水
> 之有江、河，無不仰止而取益焉，所不待言者也。使泰山
> 之農人得拳石而寶之，笑終南、太乙爲培塿；河濱之漁父

〔註404〕裴斐、劉善良編：《李白資料彙編：金元明清之部》第2冊，頁681。
〔註405〕同前註所揭書，頁681。
〔註406〕清・吳喬：《圍爐詩話》，頁1。
〔註407〕見引張健：《清代詩話研究》，頁111。

捧勺水而飲之，目洞庭、震澤爲汎鰛，則庸人皆得而揶瑜
之。今之學者何以異於是？彼其於李、杜之高深雄渾者未
嘗望其崖略，而剽舉一二近似以號於人曰：「我盛唐，我王、
李。」則何以服竟陵諸子之心哉！〔註408〕

吳氏以「山之有泰、華，水之有江、河」喻李、杜詩，並認爲「詩之
尊李、杜，……無不仰止而取益焉」，是不待言辨的正道。然雖同爲
學唐，但楊氏特別指出「剽舉一二近似以號於人」的惡劣現象，故雖
宗李、杜，但卻頗爲反對模擬。另有程正揆著《讀書偶然錄》，對於
宋人曲解李白的詩話多所抄錄：

李太白當王室多難海宇橫潰之日，作爲歌詩，不過豪俠使
氣，狂醉於花月之間耳，社稷蒼生曾不繫其心膂，其視杜
少陵之憂國憂民，豈可同日語哉。唐人以李、杜並稱，韓
退之識見邁，亦惟曰「李杜文章在，光焰萬丈長」，無所優
劣也。至宋朝諸公始推尊少陵，東坡云：「古今詩人多矣，
而惟杜子美爲首，豈非以其飢寒流落，而一飯未嘗忘君也
歟。」又曰：「〈北征〉詩識君臣大體，忠義之氣與秋色爭
高，可貴也。」朱文公云：「李白見永王璘反，便從諛之，
詩人沒頭腦至於如此。杜子美以稷、契自許，未知做得與
否。然子美卻高。其救房琯亦正。」〔註409〕

足見其抑李揚杜態度，及此類言論遺毒之烈。又如孫枝蔚《溉堂文集》
卷一云：

昔太白詩爲唐一代領袖，而荊公獨不取，謂才高而識卑，
十首九首多說婦人與酒；陸放翁謂其淺陋，有索客之風，
以布衣得一翰林供奉此何足道，遂云「當時笑我微賤者，
卻來請謁爲交歡」，宜其終身坎壈也。以太白識度尚如此，
詩人其可不究心聖賢之學乎。〔註410〕

以王安石《四家詩選》爲談柄，即陸游所評「索客之風」云云，皆

〔註408〕裴斐、劉善良編：《李白資料彙編：金元明清之部》第 2 冊，頁 592。
〔註409〕同前註所揭書，頁 582。
〔註410〕同前註所揭書第 2 冊，頁 626。

未深究其說之眞僞，及時代風氣所致等客觀因素所下的惡評。李詩雖非全美，然子美極推尊之，子美之忠愛殆無可疑，然不得以此對比太白爲不忠，觀太白夜郎赦放後，以六十高齡，猶圖爲社稷一用，豈可云太白「社稷蒼生曾不繫其心膂」，宋人淺論遺害百代，於此再一辨之。

（二）康、雍時期

　　清初康、雍時期，政治相對安定，思想的箝制也越發嚴密，「徐增在康熙元年（1662 年）把他論評詩歌的著作結集，共二十二卷，命名《而庵說唐詩》，卷首爲「與同學論詩」語，同時文人張潮將其輯錄出來，改名爲《而庵詩話》，徐氏認爲：「作詩之道有三：曰寄趣，曰體裁，曰脫化。」〔註411〕此其基論。至於詩人本身才性，亦爲創作之關鍵：

> 詩總不離乎才也，有天才，有地才，有人才。吾於天才得李太白，於地才得杜子美，於人才得王摩詰。太白以氣韻勝，子美以格律勝，摩詰以理趣勝。太白千秋逸調，子美一代規模，摩詰精大雄氏之學，篇章字句，皆合聖教。今之有才者輒宗太白；喜格律者輒師子美；至於摩詰而人鮮有窺其際者，以世無學道人故也。合三人之所長而爲詩，庶幾其無愧於風雅之道矣。〔註412〕

可見徐增認爲李、杜、王三人才性各異，不宜妄加軒輊。而本期最重要之詩論家，應是主張神韻說的王士禎。字子眞，號阮亭，別號漁洋山人。著有《帶經堂集》、《池北偶談》、《漁洋詩話》、《分甘餘話》等書，後門人綜採各書論詩之語，編爲《帶經堂詩話》三十二卷。王氏《分甘餘話》中論列李白云：

> 或問「不著一字，盡得風流」之説。答曰：太白詩：「牛渚西江夜，青天無片雲。登高望秋月，空憶謝將軍。余亦能

〔註411〕清・徐增：《而菴詩話》，丁福保輯：《清詩話》（臺北：木鐸出版社，1988 年 9 月初版），頁 426。
〔註412〕同前註所揭書，頁 427。

高詠，斯人不可聞。明朝掛帆去，楓葉落紛紛。」襄陽詩：
「掛席幾千里，名山都未逢。泊舟潯陽郭，始見香爐峰。
常讀遠公傳，永懷塵外蹤。東林不可見，日暮空聞鐘。」
詩至此，色相俱空，政如羚羊挂角，無跡可求，畫家所謂
逸品是也。〔註413〕

余偶論唐宋大家七言歌行，譬之宗門，李、杜如來禪，蘇、
黃祖師禪也。〔註414〕

王氏「神韻」之說，與司空圖「不著一字，盡得風流」若相符合，而
王氏舉李白〈夜泊牛渚懷古〉為例，正表現出「不涉理路，不落言筌」
之妙境，而有不盡之意，見於言外之感，這都符合其「神韻」之說的
審美理想。故其選《唐賢三昧集》以司空圖、嚴羽之論為旨歸，以「雋
永超詣」為標準，選王維而下四十二人，而不錄李、杜詩，便可明其
內在因素了。其他如：

七言歌行，杜子美似《史記》，李太白，蘇子瞻似《莊子》，
黃魯直似《維摩詰經》。〔註415〕

及〈戲倣元遺山論詩絕句三十六首〉（錄二）：

青蓮才筆九州橫，六代淫哇總廢聲。白紵青山魂魄在，一
生低首謝宣城。李杜光芒萬丈長，昌黎石鼓氣堂堂。吳萊
蘇軾登廊廡，緩步崆峒獨擅場。〔註416〕

均可見其對太白的推崇之意。此外其與平原張篤慶歷友、鄒平張實居
蕭亭合答之《師友詩傳錄》亦有多則言及太白：

阮亭答：……七言古若李太白、杜子美、韓退之三家，橫
絕萬古；後之追風躡景，惟蘇長公一人而已。

蕭亭答：五言之興，源於漢，注於魏，汪洋乎兩晉，混濁
乎梁、陳，風斯下矣。……開元、天寶間，則有李翰林之
飄逸，杜工部之沉鬱，孟襄陽之清雅，王右丞之精緻，儲

〔註413〕裴斐、劉善良編：《李白資料彙編：金元明清之部》第2冊，頁662。
〔註414〕同前註所揭書，頁662。
〔註415〕同前註所揭書，頁662。
〔註416〕同前註所揭書，頁657。

光羲之眞率，王昌齡之聲俊，高適、岑參之悲壯，李頎、
常建之超凡。……安得謂唐無古詩？至於七言，前代雖有，
唐人獨盛。他人勿論，如李太白之〈蜀道難〉、〈遠別離〉、
〈長相思〉、〈烏棲曲〉、〈鳴皋歌〉、〈梁園吟〉、〈天姥吟〉、
〈廬山謠〉等篇，杜子美〈哀江頭〉、〈哀王孫〉、〈古柏行〉、
〈劍器行〉、〈漢陂行〉、〈兵車行〉、〈洗兵馬行〉、〈短歌行〉、
〈同谷歌〉等篇，皆前無古而後無今。安得謂唐無古詩乎？
試取漢、魏、六朝絜量比較，氣象終是不同。謂之唐人之
古詩則可。滄溟先生其知言哉！〔註417〕

問：「七言長短句，波瀾卷舒，何以得合法？」阮亭答：「七
言長短句，唐人惟李太白多有之。李滄溟謂其英雄欺人者
是也。或有句雜騷體者，總不必學，乃爲大雅。」〔註418〕

均見其對於太白五、七言古詩的推崇。

（三）乾嘉時期

乾、嘉時期之詩論，可以沈德潛「格調說」爲代表，除《歸愚詩
文鈔》、《古詩源》、《唐詩別裁》、《明詩別裁》、《清詩別裁》外，《說
詩晬語》則爲其論詩專著。對李白也是多方肯定，並主李、杜爲宗，
〈許竹素詩序〉說：

然青蓮之詩，非可學而至也。青蓮負曠世才，有浩然之氣，
識郭汾陽於患難中，視高將軍輩如鼠子。故其爲詩，落想
天外，局自生變：此由天授，非關人力者然。後之爲詩者，
亦必負曠世才有浩然之氣，而後發而爲言，不求合而自然
吻合：彼舍神理襲形似，沾沾焉以率易狂縱求之，去青蓮
遠矣！〔註419〕

太白想落天外，局自生變，大江無風，濤浪自湧，白雲卷
舒，從風變滅。此殆天授，非人力也。集中〈笑矣乎〉、〈悲

〔註417〕清・王士禎：《師友詩傳錄》，丁福保輯：《清詩話》，頁129。
〔註418〕同前註所揭書，頁134。
〔註419〕裴斐、劉善良編：《李白資料彙編：金元明清之部》第2冊，頁797。

來乎〉、〈懷素草書歌〉等作，開出淺率一派。王元美稱爲
「百首以後易厭」，此種是也。或云：此五代庸妄子所擬。
〔註420〕

李供奉鞭撻海嶽，驅走風霆，非人力可及，爲一體；杜工
部沈雄激壯，奔放險幻，如萬寶雜陳，千軍競逐，天地渾
奧之氣至此盡洩，爲一體……七言楷式稱大備云。〔註421〕

五言律，……開寶以來，李太白之穠麗，王摩詰孟浩然之
自得，分道揚鑣，並推極勝。〔註422〕

五言絕句，右丞之自然、太白之高妙、蘇州之古澹，純是
化機，不關人力。〔註423〕

七言絕句，……開元之時，龍標供奉，允稱神品。〔註424〕

可見沈氏對於李白各類詩作及其爲人事蹟的評價均高。而著有《養一
齋李杜詩話》的潘德輿，則主張李、杜不應優劣，他說：

前賢抑揚李杜，議論不同，累幅難盡，歐公、荊公，特其
一端耳。要之，論李杜不當優劣也。尊杜抑李，已非解人；
尊李抑杜，尤乖風教。自昌黎不能不並尊李杜，而永叔、
介甫欲作翻案，殆亦不量邪。後此紛紛，益無足計。〔註425〕

簡言之，潘氏認爲不當以單純孰優孰劣的觀點論李杜。至於主張「性
靈說」的袁枚，其觀點與沈德潛格調說的某些見解不同，而較近於王
士禎之神韻說。他認爲：

楊誠齋曰：「從來天分低拙之人，好談格調而不解風趣，何
也？格調是空架子，有腔口易描；風趣專寫性靈，非天才
不辨。」余深愛其言。須知有性靈便有格律，格律不在性

〔註420〕　清・沈德潛：《說詩晬語》，丁福保輯：《清詩話》，頁536。
〔註421〕　清・沈德潛：《唐詩別裁》（臺北：臺灣商務印書館，1956年4月臺
　　　　　初版），頁2。
〔註422〕　同前註所揭書，頁2。
〔註423〕　同前註所揭書，頁3。
〔註424〕　同前註所揭書，頁3。
〔註425〕　清・潘德輿：《養一齋李杜詩話》（北京：北京出版社，2000年），
　　　　　頁125。

情外。〔註426〕

此外，袁枚亦反對詩的教化功能，而更重視詩歌的審美功能。正因為重視性情在詩中的作用，故論詩常以此為標的：

> 凡作詩，寫景易，言情難。何也？景從外來，目之所觸，
> 留心便得；情從心出，非有一種芬芳悱惻之懷，便不能哀
> 感頑艷。然亦各人性之所近；杜甫長於言情，太白不能也；
> 永叔長于言情，子瞻不能也。王介甫、曾子固偶作小歌詞，
> 讀者笑倒，亦天性少情之故。〔註427〕

此論頗為特殊，杜甫、歐陽脩長於言情，而李白、蘇軾則不能言情。不知其論據何在？他更在《隨園詩話》卷十四特別指出杜詩之深情：

> 人但知杜少陵每飯不忘君；而不知其于友朋、弟妹、夫妻、
> 兒女間何在不一往深情耶？觀其冒不韙以救房公，感一宿
> 而頌孫宰，要鄭虔于泉路，招李白于匡山：此種風義，可
> 以興，可以觀矣。〔註428〕

由此觀之，則袁枚認為杜甫「長於言情」，此情指的當是詩歌之內涵，「每飯不忘君」，更在於友朋、弟妹、夫妻、兒女之「深情」，簡言之即廣義的人倫日用之情。以太白之高逸灑脫，對此或不若杜甫著墨之深，然若以此認為李白不能言情，豈不亦太過矣；故本文特於題材論一章，列「親情詩」一節，以供讀者參考，其他如：

> 余嘗教人：古風須學李、杜、韓、蘇；近體須學中、晚、
> 宋、元諸名家。或問何故？曰：李、杜、韓、蘇才力大，
> 不屑抽筋入細，播入管絃，音節亦多未協；中、晚名家，
> 便清脆可歌。〔註429〕

> 吾鄉王百朋先生〈過李白廟〉云：「氣吞高力士，眼識郭汾
> 陽。」只此十字，可以概太白生平。〔註430〕

〔註426〕清・袁枚：《隨園詩話》（臺北：宏業書局，1987年3月初版），頁1。
〔註427〕同前註所揭書，頁99。
〔註428〕同前註所揭書，頁121。
〔註429〕同前註所揭書，頁132。
〔註430〕同前註所揭書，頁221。

> 詩家百體，嚴滄浪《詩話》臚列最詳，謂東坡、山谷詩如
> 子路見夫子，終有行行之氣；此語解頤。即我規蔣心餘能
> 剛而不能柔之說也。然李、杜、韓、蘇四大家，惟李、杜
> 剛柔參半；韓、蘇純剛，白香山則純柔矣。〔註431〕

總之，袁枚整體而言仍認爲詩人之作，各隨才性而顯其妙，李、杜、
韓、蘇亦各有特點，而不妄加軒輊。「江右三大家」之一的趙翼，素
與袁枚聲氣相投而同尊李、杜，他說：

> 韓昌黎生平所心摹力追者，惟李、杜二公。顧李、杜之前，
> 未有李、杜，故二公才氣橫恣，各開生面，遂獨有千古。
> 至昌黎時，李、杜已在前，縱極力變化，終不能再闢一徑。
> 惟少陵奇險處，尚有可推擴，故一眼覷定，欲從此開山闢
> 道。〔註432〕

> 李、杜詩垂名千古，至今無人不知；然當其時，則未也。
> 惟少陵則及身預知之。……自此以後，北宋諸公皆奉杜爲
> 正宗，而杜之名遂獨有千古。然杜雖獨有千古，而李之名
> 終不因此稍減。讀者但覺杜可學，而李不敢學，則天才不
> 可及也。〔註433〕

> 李杜詩篇萬口傳，至今已覺不新鮮。江山自有才人出，各
> 領風騷數百年。〔註434〕〈論詩〉

由上可知趙翼論詩特別能從史的角度立論，所謂「李、杜之前未有李、
杜」，唯有各開生面，才能獨步千古。此外，趙氏雖李、杜並重，但
卻也標舉出杜詩可學，而李詩不「敢」學的看法，易「不可」爲「不
敢」，頗見新意。並認爲「杜雖獨有千古，而李之名終不因此稍減。」
亦即站在歷史的不變看、「眞理」的永恆看，則太白在宋代雖遇冷落

〔註431〕清・袁枚：《隨園詩話》（臺北：宏業書局，1987 年 3 月初版），頁
　　　　 195。
〔註432〕清・趙翼：《甌北詩話》（臺北：木鐸出版社，1982 年 4 月初版），
　　　　 頁 28。
〔註433〕同前註所揭書，頁 20。
〔註434〕清・趙翼：《甌北詩鈔》（上海：上海商務印書館，1936 年 1 月初版），
　　　　 頁 484。

之境，千古詩名長存。而〈論詩〉一首，則站在歷史的變化看，人才代出，風騷百年，固然也，只是李杜文章久傳千載，卻未必不新鮮，從「接受美學」的角度看，古典雖陳舊，萬古可常新，蓋因每一階段的接受（或詮釋），均加入了「當代」的新觀念，歷史的變與不變，一體兩面，不可偏執。至於肌理說的倡論者翁方綱，在《石洲詩話》中大多主李杜並尊，其〈與友論太白詩〉亦云：

> 太白詩逸氣橫古今，不待言矣，顧其中有順逆乘承之秘，不可順口滑過。……大約古今詩家，皆不敢直擂鼓心，惟李、杜二家能從題之正面實作，所以義山云：「李杜操持事略齊，三才萬象共端倪。」蓋非具此胸次者，亦無由而知也。不然，李與杜何以得並稱乎？李之沈鬱頓挫，全於飛揚宕逸得之，又與杜不同耳。〔註435〕

此說又於翁氏《七言詩三昧舉隅‧李翰林金陵城西樓月下吟》中強調：

> 太白詩無一首不可作三昧觀。……義山云：「李杜操持事略齊，三才萬象共端倪」，青蓮、少陵可以齊名千古者，此二語道盡矣。……若義山之論，可謂真能知詩，真能知李、杜者矣。至於漁洋所謂三昧，其說出于嚴滄浪，雖以此義言李、杜，亦無不可，而實未足以盡李、杜耳。〔註436〕

所謂「三昧」者，以翁氏之言即：「格調實而神韻虛，格調呆而神韻活，格調有形而神韻無跡也。……即先生（按指：王漁洋）述前人之言曰：『不著一字，盡得風流。』」〔註437〕故肌理說正如郭紹虞所云：「覃溪雖有意矯神韻之弊，卻並不反對神韻之說。……他以為一般誤解神韻之說者，每以空寂解神韻，又以空寂論漁洋之詩，是大不然。」〔註438〕可見翁方綱欲以肌理之實補神韻之虛，而太白詩乃

〔註435〕裴斐、劉善良編：《李白資料彙編：金元明清之部》第3冊，頁955。
〔註436〕清‧翁方綱：《七言詩三昧舉隅》，丁福保輯：《清詩話》，頁288～289。
〔註437〕同前註所揭書，頁285。
〔註438〕郭紹虞：《中國文學批評史》（臺北：文史哲出版社，1988年4月初版），頁1056。

虛實兼美者。至於其弟子門人中梁章鉅亦主李、杜並尊，梁氏所著
《退庵隨筆》云：

> 唐詩自以李杜韓白爲四大家。李詩不可不讀，而不可遽
> 學。……竊謂太白之神采，必有迥異乎常人者，司馬子微
> 一見，即謂其有仙風道骨，可與神遊八極之表。賀知章一
> 見，即呼爲謫仙人；甚至唐玄宗一見，即若自失其萬乘之
> 尊者，其人如此，其詩可知。故斷非學力所能到。惟古風
> 五十九首，語多著實不徒爲神仙縹緲之談，則後學所當熟
> 復之。第一首開口便說大雅不作，騷人斯起。……此與少
> 陵文章千古事，同一抱負。〔註439〕
>
> 太白本是仙靈降生，其視成仙得道，如其性所自有，然未
> 嘗不以立功爲不朽。……其意總欲先有所樹立於時，然後
> 拂衣還山，登眞度世。此與少陵之一飯不忘何異？以此齊
> 名萬古，良非無因。〔註440〕

前則以李、杜、韓、白爲唐四大家，並認爲李詩古風系列，後學更應
熟讀，並認爲與杜甫的文章抱負無異；後則以李白「仙靈降生」的觀
點看「功成身退」的主張，頗爲獨特，並認爲與杜甫的忠悃之心無異，
因此整體而言梁氏雖主李、杜並重，然究其原因則不免有些野狐味。
另方東樹《昭昧詹言》〈總論七古〉一文則談到：

> 詩莫難於七古。七古以才氣爲主，縱橫變化，雄奇渾顥，
> 亦由天授，不行強能。杜公、太白，天地元氣，直與《史
> 記》相埒，二千年來，只此二人。〔註441〕

可見方氏是主李、杜並尊的。而洪亮吉《北江詩話》中對李、杜亦有
所評價：

> 李、杜爲唐大家，即詠月詩而論，亦非人所能到。杜云：「四

〔註439〕清・梁章鉅：《退庵隨筆》卷二十一（臺北：新興書店，1978 年 3
　　　　月），頁 507。
〔註440〕同前註所揭書，頁 508。
〔註441〕清・方東樹：《昭昧詹言》（臺北：漢京文化事業公司，1985 年 9 月），
　　　　頁 232。

更山吐月，殘夜水明樓。」李云：「青天中道流孤月。」又
云：「五峰轉月色，百里行松聲。」寫月有聲有色如此，後
人復何能著筆耶！〔註442〕

杜工部之於庾開府，李供奉之於謝宣城，可云神似。至謝、
庾各有獨到處，李、杜亦不能兼也。〔註443〕

李青蓮之詩，佳處在不著紙。杜浣花之詩，佳處在力透紙
背。〔註444〕

謫仙獨到之處，工部不能道隻字；謫仙之於工部亦然。〔註445〕

對於李白推崇備至，尤其以「不著紙」及「透紙背」對舉為喻，意象
頗為新穎。並認為其李、杜之詠月詩均非常人所能到，慧眼獨具。

（四）清代末期

　　自道光以至宣統五朝，屬清代末期，重要詩論家龔自珍〈書湯海
秋詩集後〉云：

人以詩名，詩尤以人名。唐大家若李、杜、韓及昌谷、玉
谿，及宋、元，眉山、涪陵、遺山，當代吳婁東：皆詩與
人為一，人外無詩，詩外無人，其面目也完。〔註446〕

龔氏所謂「人外無詩，詩外無人，其面目也完」，即是「詩與人為一」，
此說與葉燮《原詩》「面目」之說略同。兩人均重視真情在詩中的作
用和自我面目全見的感染力，非僅李、杜，自古能成大家者莫不如此。
而〈最錄李白集〉則最能彰顯他對李白之推崇，其言曰：

委巷童子，不窺見白之真，以白詩為易效。是故效杜甫、
韓愈者少，效白者多。予以道光戊子夏，費再旬日之力，
用朱墨別真偽，定李白真詩百二十二篇。於是最錄其指意
曰：莊、屈實二，不可以并，并之以為心，自白始。儒、

〔註442〕清・洪亮吉：《北江詩話》卷一（臺北：廣文書店，1971年9月），
　　　　頁27～28。
〔註443〕同前註所揭書，卷二，頁52。
〔註444〕同前註所揭書，卷二，頁66。
〔註445〕同前註所揭書，卷六，頁197。
〔註446〕裴斐、劉善良編：《李白資料彙編：金元明清之部》第3冊，頁1176。

仙、俠實三，不可以合，合之以爲氣，又自白始也。其斯
以爲白之眞原也已。〔註447〕

龔氏認爲李白詩容易效法，並認爲「效杜甫、韓愈者少，效白者多」，此恐略微不符歷史事實，且其刪定眞僞，所謂李白眞詩僅存百二十二首，實過於嚴酷，按其說「宋人各出其家藏，愈出愈多，補綴成今本」云云，然唐時李陽冰所編《草堂集》爲十卷本，且爲太白病中枕上所授。而《新唐書》所謂「二十卷」者，或爲范傳正所編。此當即唐代就已流布的二十卷本《草堂集》。蓋范傳正乃就李陽冰所集而增廣者，書名仍爲《草堂集》，故亦署李陽冰名。由此觀之，龔氏所刪者，必及於唐選者，安有此理哉？故所謂「最錄」者，可視爲龔氏之偏愛，而不可據以定其眞僞。

　　然其「莊、屈實二，不可以并，并之以爲心，自白始。儒、仙、俠實三，不可以合，合之以爲氣，又自白始也」之論，乃千載以下，言太白思想之最具創見者。莊、屈實二，然莊子無「明世之智慧」，「內七篇」何以解入世之苦；屈原無「出世之曠達」，入世又何以保其赤子之純眞。一爲出世，一爲入世，然精神實有暗合之處，李白之并其心而爲用，融儒、仙、俠於一身，化虛爲實，搏造化之精思，融撼格于清逸，龔氏實慧眼高論者。而劉熙載《藝概》對於李、杜之討論亦頗爲深入：

太白詩以莊、騷爲大源，而於嗣宗之淵放，景純之雋上，明遠之驅邁，玄暉之奇秀，亦各有所取，無遺美焉。〔註448〕
太白與少陵同一志在經世，而太白詩中多出世語者，有爲言之也。屈子〈遠遊〉曰：「悲時俗之迫阨兮，願輕舉而遠遊。」使疑太白誠欲出世，亦將疑屈子誠欲輕舉耶！〔註449〕
太白云「日爲蒼生憂」，即少陵「窮年憂黎元」之志也；「天地至廣大，何惜遂物情」，即少陵「盤飧老夫食，分減及溪

〔註447〕裴斐、劉善良編：《李白資料彙編：金元明清之部》第 3 冊，頁 1176。
〔註448〕清・劉熙載：《藝概》（臺北：華正書局，1988 年 9 月），頁 57。
〔註449〕同前註所揭書，頁 58。

魚」之志也。〔註450〕

論李、杜詩者，謂太白志存復古，少陵獨開生面；少陵思
精，太白韻高。然眞賞之士，尤當有以觀其合焉。〔註451〕

首則言太白詩之淵源，學無遺美，故能成其大。次則揭示「太白與少陵
同一志在經世」，然亦點出太白多出世語，故論太白詩者多疑「太白誠
欲出世」，並認爲若以此爲論，則屈子亦必「誠欲輕舉」，此有所諷也，
概所謂「出世語」者，「悲時俗之迫阨」而生之「激憤語」也。第三則
之論甚篤實，而其所舉之例，適足以明「盛唐氣象」歷安史亂後之變也。
施補華《峴傭說詩》也是晚清重要詩論，其論太白詩頗爲簡妙：

1. 有清空一氣不可以煉句煉字求者，最爲高格。如太白「牛渚
   西江夜」，「蜀僧抱綠綺」，……所謂「羚羊掛角，無跡可求」。
   〔註452〕

2. 律有全首不對者，如「牛渚西江夜」是也。須一氣揮灑，妙
   極自然。初學人當講究對仗，不能臻此化境。〔註453〕

3. 七古不易學，然一種清靈秀逸之氣不可不學，得其一二，俗
   骨漸輕。〔註454〕

4. 語須含蓄，如……太白「漢宮誰第一？飛燕在昭陽」、「只
   愁歌舞散，化作彩雲飛」，皆刺明皇、楊妃事，何等婉曲！
   〔註455〕

5. 花落盡子規啼，聞道龍標過五溪。我寄愁心與明月，隨風直
   到夜郎西。」深得一「婉」字訣。〔註456〕

6. 七古，體兼樂府，變化無方。然古今學杜者多成就，學李者

〔註450〕清・劉熙載：《藝概》（臺北：華正書局，1988年9月），頁58。
〔註451〕同前註所揭書，頁61。
〔註452〕清・施補華：《峴傭說詩》，丁福保輯：《清詩話》，頁893。
〔註453〕同前註所揭書，頁894。
〔註454〕同前註所揭書，頁904。
〔註455〕同前註所揭書，頁894。
〔註456〕同前註所揭書，頁918。

少成就。聖人有矩矱可循，仙人無蹤跡可躡也。〔註457〕

7. 城南〉：「乃知兵者是兇器，聖人不得已而用之。」〈蜀道難〉：
「其險也若此，嗟爾遠道之人胡爲乎來哉！」要是野調。太
白天才揮灑，人遂不敢議耳。〔註458〕

8. 七絕，天才超逸，而神韻隨之。如「朝辭白帝彩雲間，千里
江陵一日還」，如此迅捷，則輕舟之過萬山不待言矣。中間卻
用「兩岸猿聲啼不住」一句墊之；無此句，則直而無味，有
此句，走處仍留，急語仍緩。可悟用筆之妙。〔註459〕

張健認爲：「（施補華）重視詩的渾成與起結的經營，也注意字
句的鍛鍊。講究清新空靈；表現要曲折，又不違寫實的原則。」〔註
460〕可說在太白詩的評論中充分體現了。如前三則之論清新空靈；
四、五則論譏刺之婉曲；六、七、八則言太白之天才超逸，所論甚
當。另陳廷焯所著《白雨齋詞話》雖言「詞話」，乃有深入論李、杜
詩云：

世人論詩，多以太白之縱橫超逸爲變，而以杜陵之整齊嚴
肅爲正，此第論其形骸，不知本源也。太白一生大本領，
全在〈古風〉五十五首，今讀其詩，何等樸拙，何等忠厚；
至如〈蜀道難〉、〈行路難〉、〈天姥吟〉、〈鳴皋行〉等篇，
粗而不精，枝而不理，絕非太白高作。若杜陵忠愛之忱，
千古共見，而發爲歌吟，則無一篇不與古人爲敵，其陰狠
在骨，更不可以常理論。故余嘗謂：太白詩謹守古人繩墨，
亦步亦趨，不敢相背；至杜陵乃眞與古人爲敵而變化不可
測矣；固由讀破萬卷，研琢功深，亦實爲古今邁等絕倫之
才，斷不能率循規矩，受古人羈縛也。但可爲知者道，難
與俗人言。〔註461〕

〔註457〕清・施補華：《峴傭說詩》，丁福保輯：《清詩話》，頁904。
〔註458〕同前註所揭書，頁904。
〔註459〕同前註所揭書，頁918。
〔註460〕張健：《清代詩話研究》，頁349。
〔註461〕清・陳廷焯：《白雨齋詞話》卷七（臺北：開明書店），頁5～6。

> 今之尊李抑杜者，每以李之劣處，爲李之優，而以杜之優
> 處，爲杜之劣，不獨非杜之知己，非並李之知己矣。楊升
> 庵其甚焉者也。〔註462〕
> 太白之詩，東坡之詞，皆是異樣出色，只是人不能學，烏
> 得議其非正聲。〔註463〕

陳氏言「至如〈蜀道難〉、〈行路難〉、〈天姥吟〉、〈鳴皋行〉等篇，粗
而不精，枝而不理，絕非太白高作。」恐非確論，但認爲太白復古而
杜甫爲新變，頗中肯綮；然言「太白詩謹守古人繩墨，亦步亦趨，不
敢相背」，似亦太過。且李杜優劣，千古聚訟，無一定論，其不足者
豈僅楊愼一人，且平心而論，細繹優劣之理，亦必有所得也。

三、清代題詠李白詩

　　眾所皆知，滿清以少數的異族身份入主中原後，歷康、雍、乾三
朝，均大興文字獄以箝制文人思想，這種情形對於整個清代的文學創
作，當然有極負面的影響。陳衍〈小草堂詩集序〉曾對此種現象加以
說明：

> 道咸以前，則懾於文字之禍，吟詠所寄，大半模山範水，
> 流連景光；即有感觸，決不敢顯然露其憤懣，間借詠物詠
> 史以附於比興之體，蓋先輩之矩矱類然也。〔註464〕（《石遺
> 先生集・文四集》）

故而清代李白題詠詩的創作，大致還是集中在太白傳說、太白酒樓、
太白墓、李白畫像以及醉吟捉月等主題。如周亮工〈李太白靴〉：

> 安能見此輩，不醉復不憤。吾足有奇氣，莫使刑餘近。
> 〔註465〕

跳出於吟風弄月之外，反用「力士脫靴」的典故，藉詠物、甚至詠
史的的觀點來表達對李白的崇敬甚至是內心的憤慨。除此之外，清

〔註462〕清・陳廷焯：《白雨齋詞話》卷七（臺北：開明書店），頁6。
〔註463〕同前註所揭書，頁9。
〔註464〕陳衍：《小草堂詩集・序》（臺北：藝文印書館，1964年），頁45。
〔註465〕裴斐、劉善良編：《李白資料彙編：金元明清之部》第2冊，頁598。

初較重要的詩人群中，尤以遺民詩人最具特色。他們在思想上具有強烈的抗清意識，和同情人民疾苦的共同特點。如顧炎武〈金陵雜詩〉其一：

> 江上懸孤影，還窺李白樓。詩人長不作，千載尚風流。鄰壁三山古，池臺六代幽。長安佳麗日，夢繞帝王州。〔註466〕

　　（《亭林詩集》卷一）

「長安佳麗日，夢繞帝王州。」即以詠史的角度寄寓故國之思。屈大均〈太白祠〉：

> 翰林餘俎豆，宮錦至今香。光復眞由汝，功名亦可王。山川增氣勢，風雅有輝光。一片郎官水，風沄未忍忘。〔註467〕

　　（《道援堂詩集》卷五）

屈大均一生以反清復明爲職志，明亡後，削髮爲僧，後還俗，漫遊各地。其詩中「翰林餘俎豆，宮錦至今香。光復眞由汝，功名亦可王。」亦寄託了強烈的復明熱望。而陳子升〈題李太白像〉：

> 詞林鳥歸鳳，千載想斯人。恩向汾陽重，情連雲夢親。少陵非匹敵，小謝契精神。甚矣吾衰也，時無賀季眞。空然對遺像，文采映千春。〔註468〕

更認爲李白爲詞林鳳凰，非杜甫可匹敵，實有溢美之成分。

　　康熙年間，清政權日益穩固，一些新起的詩人論詩作詩，多重技巧形式，門戶林立，尊唐宗宋互相標榜。因文字獄及思想箝制嚴酷，民族感情及反清復明的心態已漸淡薄。本朝主盟詩壇的領袖，是提倡「神韻」的王士禎，其〈許雙峒重建太白樓於采石遙寄〉：

> 常懷牛渚西江夜，回首開元去不留。天上已歸宮錦客，人間何處謫仙樓。使君登眺能懷古，江閣風煙迥散愁。遙憶蛾眉亭上月，何時鯨背醉高秋。〔註469〕

寫來情深意摯，頗爲感人。其他如宋詩派的查愼行〈題張浦畫太白

〔註466〕裴斐、劉善良編：《李白資料彙編：金元明清之部》第 2 冊，頁 603。
〔註467〕同前註所揭書，頁 651。
〔註468〕同前註所揭書，頁 614。
〔註469〕同前註所揭書，頁 656。

像〉：

> 芒角生酒星，仙才謫人世。清平三絕調，醉裡一噴嚏。可
> 憐高將軍，不中作僕隸。脫卻夜來靴，飄然從此逝。〔註470〕

也是以力士脫靴為背景，並以「清平三絕調，醉裡一噴嚏。」誇飾李
白的謫仙之才，頗為新奇。而孔尚任〈鳳凰臺依太白置酒原韻〉：

> 鳳凰自來去，遊者弔其臺。臺荒江已遠，女牆對眼開。青
> 蓮有佳句，浮雲蔽日來。歌終頭欲白，望望日幾回。遠臣
> 無羽翼，帝座在三台。……所幸古時月，能照今人杯。川
> 原多墟墓，酹酒滿綠苔。大聖悲鳳鳥，吾衰亦相催。〔註471〕
> （節錄）

則借「鳳凰臺」之題譬喻李白正似鳳凰一般，瀟灑自來去，最終轉為
「大聖悲鳳鳥」作結，可謂意象明確而推崇至高之作。而陳廷敬甚至
有太白入夢之作，〈夢太白五月初六日作〉云：

> 太白天上人，入世思沈冥。昔遇酒樓下，扁舟繫客情。昨
> 夜忽夢公，千載猶崢嶸。花月十年醉，聲名一日榮。此義
> 我贈君，出處亦甚明。年至不歸去，怪哉身後名。風雅亦
> 細故，所患在有生。無生斯無死，天人渾一成。餘語不可
> 悉，孤篷急晨征。明當過酒樓，靈爽使人驚。〔註472〕

「昨夜忽夢公，千載猶崢嶸。」讀來令人神迷，可惜不知夢境如何？
太白何語？而《聊齋誌異》作者蒲松齡的〈登李白酒樓〉則對當年宴
飲酒樓的歡樂產生無限遐想：

> 任城風月足千秋，靈傑長應話此樓。盡日壺觴拌爛醉，當
> 年笠屐姿清遊。登臨騁興欲窮目，倡和吟詩最上頭。想見
> 當年賓主樂，忘機一樣是閒鷗。〔註473〕（《聊齋詩集》卷下）

結語亦頗清新可喜，風韻散逸。而趙執信〈太白酒樓歌〉寫來意氣雄
健：

〔註470〕 裴斐、劉善良編：《李白資料彙編：金元明清之部》第2冊，頁711。
〔註471〕 同前註所揭書，頁656。
〔註472〕 同前註所揭書，頁676。
〔註473〕 同前註所揭書，頁677。

君不見少陵詩臺留魯郡，秋草蕪沒飛流螢。又不見曹王陵
墓碮磝北，殘松積蘚荒碑亭。雪泥鴻爪半漸滅，雄名空自
馳風霆。文章故是身外物，敢與麴糵相爭衡。文章殉人酒
殉己，此論雖創堪服膺。舒州杓，力士鐺，公昔與之同死
生，我亦欲與尋前盟。重來大醉槌黃鶴，吾言不食星辰聽。
〔註474〕（《飴山詩集》卷七）

「文章殉人酒殉己」，讀來豪放而悲壯，千古同慨。

乾隆、嘉慶朝，清詩稱盛，派別繁多，一方面或主格調詩派、或
言肌理，復古傾向較重，如沈德潛有〈為椒園題李太白像〉：

金鑾殿如蓬門裡，視高將軍如鼠子。眼中早識郭汾陽，尋
常狂士那有此。詩人酒人復仙人，三公之位糠粃耳。埋骨
青山山亦靈，斯人至今常不餐。披圖意氣餘浩浩，高空朗
朗長庚懸。〔註475〕（《歸愚詩鈔》卷十一）

對於李白糠粃權貴，傲視王侯的個性有頗形象的描寫。又如王鳴盛〈任
城李太白酒樓歌〉：

任城酒樓高入雲，遊絲飛絮何紛紛。竹溪六逸今安往，斷
碣蒼苔蔽榛荇。汶水東流去不回，徂徠秀色空森爽。紅泥
亭子赤闌干，當年豪飲來盤桓。沈香牡丹看不足，騎鯨徑
去埋青山。〔註476〕（節錄）（《西沚居士集》卷七）

對竹溪六逸階段的李白及待詔翰林等事蹟均有懷想慨嘆之意。另一方
面，想擺脫拘束，標榜性靈，破除尊唐或宗宋迷思的性靈派領袖袁枚
和蔣士銓、趙翼等亦有詩作懷想李白，如袁枚〈考志書知園基即謝公
墩李白悅謝家青山欲終焉而不果即此處也〉：

人好土亦好，一墩屬謝公。青蓮悅其景，慨然思送終。舒
王爭其名，欲住爭雷同。我領石城尹，頗有晉人風。偶寫
買山券，竟與此墩逢。疑是謝公靈，相貽冥漠中。地美懼
不稱，景闊欣難窮。將假煙巒勢，重增亭臺功。死則李白

〔註474〕裴斐、劉善良編：《李白資料彙編：金元明清之部》第2冊，頁768。
〔註475〕同前註所揭書第3冊，頁796。
〔註476〕同前註所揭書，頁925。

妒，住乃安石恫。蒼生如予何，大笑東山東。〔註 477〕

對於自己能幸運置園於謝公墩，「疑是謝公靈，相貽冥漠中。」是謝安英靈於冥漠中相助，甚至大發「死則李白妒，住乃安石恫。」的狂言，令人莞爾。蔣士銓〈采石磯登太白樓四首之一〉：

江水一樓空，登臨萬古同。將軍渺何處，有客更懷公。才大難爲用，恩深竟不終。騎鯨問誰見，流恨意無窮。〔註 478〕

則對李白騎鯨的傳說提出質疑，反倒對「才大難爲用，恩深竟不終。」的悲運發出慨嘆。而趙翼〈采石太白樓和韻〉：

沈香亭下脱靴行，此地曾傳泛月明。白浪一江鎖醉骨，青山萬古屹詩名。錦袍當日人爭看，金粟何年世再生。百尺高樓俯空闊，爲君長寫氣崢嶸。〔註 479〕

對於李白生平事蹟及傳說略有著墨，而「白浪一江鎖醉骨，青山萬古屹詩名。」一聯，對仗工整，意涵深遠，値得咀嚼。

至於桐城詩派名家，如姚鼐、方東樹等人多有題詠李白之作，如姚鼐〈太白樓〉：

太白樓頭空復空，滄洲晴照碧流東。久傷白髮生明鏡，每見青山憶謝公。萬壑鬣松鳴水上，九秋霜鶻入雲中。不妨無客聞高詠，自有江山興未窮。〔註 480〕

方東樹〈池陽弔李白〉：

秋浦聞猿白髮生，不關淪謫那無情。九泉欲共冤魂語，佳句何須謝朓驚。〔註 481〕

對於李白一生的奮鬥，以「白髮生」的形象點出其蒼茫落拓的結局，「九泉欲共冤魂語」一句更令人感到深沈的悲哀。又如常州詩派作家計有洪亮吉、孫星衍等人，如洪亮吉〈采石重謁太白樓〉：

枯僧驚爲起蓬關，三十年前棹始還。身後名輸一杯酒，眼

〔註 477〕裴斐、劉善良編：《李白資料彙編：金元明清之部》第 2 冊，頁 768。

〔註 478〕同前註所揭書，頁 932。

〔註 479〕同前註所揭書，頁 934。

〔註 480〕同前註所揭書，頁 951。

〔註 481〕同前註所揭書，頁 1103。

中人隔幾重山。夢留蔥嶺煙雲外，月挂蛾眉杳靄間。公謫
夜郎余更遠，得歸公亦代開顏。〔註482〕

孫星衍〈采石同舟〉：

採石有絕壁，大書「珠聯璧合」四字，俗傳是李白、崔宗
之醉月處。歲丁酉，予與洪君亮吉客安徽學使幕中，登黃
山白嶽，上天都峰，熟游青山、白紵之間，釃酒太白樓前
而返。

我遊皖公山，直造天都峰。萬松傴蓋石礐空，鋪海千頃雲
溶溶。琴高溪淺魚可數，八公山空鶴喉苦。就中秀異不可
忘，白紵青山熟遊處。江光接天一葉舟，東山月出同拍浮。
竹君學士文章伯，想像高樓醉佳客。洪生當杯感陳跡，我
亦題詩臨絕壁。江山如此不逢人，酹酒大呼李太白。〔註483〕

常州詩派懷想李白詩詞特別多，洪亮吉即有十餘首篇幅很長的詩，凸
顯此派人對李白的眷念之情。而孫星衍〈采石同舟〉感慨「江山如此
不逢人，酹酒大呼李太白」，更表現出對集詩仙、酒仙於一體的李白，
有著極深刻的崇敬想望之情。

清朝後期，鴉片戰爭前後，遭逢前所未有的變局。滿清末造，光
緒、宣統兩朝，短短五十年內憂外患，紛至沓來，尤以列強割據迫在
眉睫，詩人痛定思痛，發諸歌詠，其中有封疆大臣如張之洞即作有〈黃
鶴樓太白堂〉：

江上危磯九丈樓，雄奇只稱謫仙遊。看花送客逢三月，放
筆題詩臨九州。青嶂猶橫漢陽渡，浮雲難掃日邊愁。多君
詞客饒英氣，目笑蒼蠅狎白鷗。〔註484〕

其中「浮雲難掃日邊愁」、「目笑蒼蠅狎白鷗」，均有明顯憂心時政，
痛惡佞臣之意。而清末客家詩人丘逢甲亦有〈題太白醉酒圖〉：

天寶年間萬事非，祿山在外內楊妃。先生沈醉寧無意，愁
看胡塵入帝畿。早在妙句擅沈香，晚作流人下夜郎。誰識

〔註482〕裴斐、劉善良編：《李白資料彙編：金元明清之部》第2冊，頁993。
〔註483〕同前註所揭書，頁1008。
〔註484〕同前註所揭書，頁1270。

先生非酒客，當時慷慨爲勤王。〔註485〕

指出天寶年間政事糜爛的事實，而李白並非只是牢騷酒客，而是想積極勤王，清除胡塵的有志之士，頗能抓住李白的精神特質。

四、清代戲曲中對李白的接受

清代有多部出現李白形象的戲曲作品，其中的傳奇作品如薛旦的《九龍池》、謝臻的《十二金錢》一佚一存，均遠承元雜劇石君寶舊作《李太白匹配金錢記》，這是一部愛情戲，演唐代詩人韓翃與京兆尹王輔之女柳眉兒的曲折故事，中間穿插李太白宣旨等關目，李白的角色並不突出。

李玉的《清平調》、洪昇的《沉香亭》均佚，但反映翰林供奉時事，從題目中即可推知。洪昇在《長生殿例言》中說：

> 憶與嚴十定隅坐皐園，談及開元、天寶間事，偶感李白之遇，作《沉香亭》傳奇。尋客燕台，亡友毛玉斯謂排場近熟，因去李白，入李泌輔肅宗中興，更名《舞霓裳》。優伶皆久習之。後又念情之所鍾，在帝王家罕有，馬嵬之變，已違夙誓，而唐人有玉妃歸蓬萊仙院、明皇遊月宮之說，因合用之，專寫釵合情緣，以《長生殿》題名，諸同人頗賞之。樂人請是本演習，遂傳于時。蓋經十餘年，三易稿而始成。〔註486〕

這段文字提供了《長生殿》創作的基本情況，即從《沉香亭》到《舞霓裳》到《長生殿》是「三易稿而始成」的，而整個創作過程「經十餘年」。而「偶感李白之遇」所作的《沉香亭》傳奇，無疑爲其濫觴，雖然稿本已無從得見。但從《例言》的內容來看，《沉香亭》主要寫李白的懷才不遇，李白是劇中的主角。

此前，明屠隆的《彩毫記》傳奇和清尤侗的《清平調》雜劇均以

〔註485〕裴斐、劉善良編：《李白資料彙編：金元明清之部》第2冊，頁1289。
〔註486〕洪昇著、徐朔方校注：《長生殿》（臺北：里仁書局，1996年5月），頁1。

李白爲主角。《彩毫記》共四十二齣，劇情敘述李白應唐玄宗之召，入長安，作《清平調》三章，高力士替他脫靴，楊貴妃爲他捧硯。終因高力士進讒，掛冠而去。永王李璘叛亂，李白因不受其聘而被囚禁，妻子許湘娥等人協力將他救出。後來卻因李璘牽連而貶夜郎，經郭子儀解救，夫妻終得團聚。李白從此無意功名，慕道修行，與妻子同升蓬萊仙界。

　　而尤侗《清平調》又名《李白登科記》，一折。此劇以離奇的構思，寫唐玄宗將天下舉人試卷交給楊貴妃批閱，李白以《清平調》三章爲壓卷，被擢爲狀元，杜甫、孟浩然分別爲榜眼、探花同時及第。唐玄宗賜宴曲江，李白插宮花走馬遊街。路遇氣燄囂張的范陽節度使安祿山，李白揮鞭詬擊，安祿山負痛逃竄。實也寄寓了作者在科舉制度下的身世之痛。而洪昇《長生殿例言》中毛玉斯指出《沉香亭》「排場近熟」，大蓋指的就是劇情與《彩毫記》、《清平調》基本相似，沒有什麼突破，這也是促使洪昇改《沉香亭》爲《舞霓裳》的原因所在。

　　孫鬱的《天寶曲史》今存，大抵翻演天寶遺事的內容。而其中最成功的傳奇是蔣士銓的《采石磯》，該劇八齣，乾隆四十六年（西元 1781 年）重九日一天寫出，創古來撰曲記錄。劇本寫長安三年及遭讒流放、捉月騎鯨仙去的故事，其中穿插了李白孫女故事、范傳正在其死後爲之改葬，增添了故事的人情之美和時空的錯綜變換，頗具匠心。

　　張韜《李翰林醉草清平調》爲其《續四聲猿》的第四折，劇情即李白醉賦《清平調》，也是藉古喻今之作。

　　楊潮觀《賀蘭山謫仙贈帶》又名《賀蘭山太白救汾陽》，是其《吟風閣雜劇》的一種，描寫李白拔救郭子儀的故事，讚頌其識鑑之精與俠義之品。

　　此外又有黃之雋的《飲中仙》事本杜甫《飲中八仙歌》，而以張旭爲主，李白在最後一折中與眾人聚成八仙之數。

結　語

　　李白詩歌接受史之建立，實非易事，即使以讀者閱讀反應爲基準，這一千二百年左右，相關李白的批評文獻資料，其數量之龐大，實無法想像。大體而言自中唐元稹、白居易的「李杜優劣論」及韓愈的「李杜並重論」以來，即成爲後代討論李白詩歌內涵及藝術價值的論述核心，而仙、聖雙峰並峙的現象，更成爲中國詩歌藝術發展及討論的特殊景致。

　　而宋、元、金時代對李白的接受，本章主要分從詩話、詩文集、筆記小說三大類討論，詩話類引述有歐陽脩《六一詩話》、劉攽《中山詩話》、《王直方詩話》、陳師道《後山詩話》、吳可《藏海詩話》、吳开《優古堂詩話》、許顗《彥周詩話》、呂本中《童蒙詩訓》、曾季貍《艇齋詩話》、葛立方《韻語陽秋》、蔡啓《蔡寬夫詩話》、張戒《歲寒堂詩話》、南宋楊萬里《誠齋詩話》、嚴羽《滄浪詩話》等，一般而言，江西詩派諸家之說，雖以尊杜爲宗旨，但對於李白詩藝仍持肯定態度，而葛立方、黃徹對於李白的攻擊最爲偏頗。至於葛立方李杜相輕之說，若韓愈地下有知，更不知將以何言相對？而南宋最重要之嚴羽《滄浪詩話》對於李、杜二人的評論，歷來均認爲比較全面而客觀公正，並認爲李杜相輕之說，是以「庸俗之見而度賢哲之心」，以上即宋代詩話對於李白接受情形之大概。

　　至於宋代文言筆記小說則舉羅大經《鶴林玉露》、趙德麟《侯鯖錄》、岳珂《桯史》、僧惠洪《冷齋夜話》、何薳《春渚紀聞・東坡事實》、趙德麟《侯鯖錄》、謝維新《合璧事類》、南宋洪邁《容齋隨筆》、陳正敏《遯齋閒覽・雜評・編詩》、陸遊《老學菴筆記》等多種，除對李白成仙之說的一再重覆外，陳正敏所記王安石編四家詩之次第及對李白的惡評，更形成後代對李白人品認識上的成見，即使陸游對此持否定的態度，卻似乎也難挽頹勢。

　　其他詩文及對於李白的論述甚多，如蘇軾、蘇轍及朱熹之論對後代的影響亦大，而郭功父爲李白後身及其對李白詩歌的學習，更是李

白詩歌接受史上的特例。

　　金、元文人對於李白的接受，本章則聚焦於元好問，主要針對其〈論詩絕句〉關於李白二首之探討，及陳志光《元遺山詩論》研究統計出遺山所襲李白詩句為十三句，經筆者翻閱元氏詩集，發現襲用者有二十一句、以李白入詩者有九句，更能凸顯元好問肯定李白的意義。

　　明代文人對李白的接受則分「詩話」、「題詠李白詩」、「戲曲、小說」三小節分論之，使之更形系統明晰，「詩話」前部以高棅編選《唐詩品彙》為首，細論其編選去取原則，以探明代詩論之源，繼之以李東陽、前七子重要詩論，接之以楊慎《升庵詩話》、後七子李攀龍《古今詩刪》、王世貞《藝苑巵言》、謝榛《四溟詩話》等，其他如胡應麟所著《詩藪》、胡震亨《唐音癸籤》、《李詩通》、陸時雍《詩鏡總論》之說亦頗精詳，故亦多所引述申論之。

　　進而統論明人對於李白的評論，雖包括李白的生平事蹟、為人品行等，然仍較集中於詩歌本身的討論，尤其是詩歌創作的風格特色、遣詞造句、體製聲律等的研究，均較前朝深入。而李、杜優劣的傳統命題，李白的地位的確有明顯的提高，但深入而言，明人對李、杜的比較，不僅是表面的「優劣」問題，而是立基於「復古」的基礎上，因此反而能從詩史的發展角度及其影響，來觀察兩者的「差異」而非單純的評置優劣。

　　清代對李白的接受則分從「王琦注本的重要觀點」、「詩話」、「題詠李白詩」、「戲曲」四點加以論介，王琦注本的重要觀點主要有：1. 李杜並重論，2. 廣搜太白流傳事跡。詩話部分則王夫之《薑齋詩話》、《唐詩評選》之引論較多，下接葉燮《原詩》、馮班《鈍吟雜錄》、吳喬《圍爐詩話》、賀裳《載酒園詩話》、徐增《而菴詩話》、王士禎《師友詩傳錄》、沈德潛《說詩晬語》、《唐詩別裁》、潘德輿《養一齋李杜詩話》、袁枚《隨園詩話》、趙翼《甌北詩話》、翁方綱《七言詩三昧舉隅》、方東樹《昭昧詹言》、洪亮吉《北江詩話》、龔自珍〈最錄李白集〉、劉熙載《藝概》、施補華《峴傭說詩》等近二十種重要

的清代詩話。

　　至於宋、明、清三代之題詠李白詩，大抵以李白傳說爲主題，嚴格論之，實逾越接受美學讀者對於文本閱讀反應的評論範疇，然廣義言之，「題詠詩」亦不失爲一種反應樣式，故在嚴格去取後，仍保留上述資料並嘗試加以品評。

　　而以李白爲主角之戲曲、小說爲數雖然不多，但李白卻仍是歷代文人中，最被此較通俗的文學形式所接受者，故亦對於此類作品廣泛閱讀，進而介紹論述之。總之，本文主要參考資料爲史傳文獻及各家著作，雖逐一耙梳，難免罅漏，然亦整理所得如下：

（一）接受對象的廣泛性

　　李白詩歌的接受對象，上自帝王下至平常百姓，及文人雅士的批評頌揚、歌女戲班的搬演傳唱，其接受的廣泛性實爲千古第一人。就帝王而言，共時接受的唐玄宗，允爲李白詩歌傳播的一大功臣，而唐文宗時復將李白詩歌視爲三絕之一。而文人雅士部分，則以杜甫爲李白千古不二的知己，後代對於李白詩歌之價值、風格、影響，及李白之人格風範，均可從其贈李白詩中得窺梗概。至於平常百姓則可從其詩作中，觀察出中都小吏、釀酒翁、五松山下之荀媼、隱者、禪師、道士等等民間友人，對李白的喜愛，當然亦有認爲李白狂妄大言者，然此皆爲對李白「接受」之反應，即使他們並無實際的批評流存下來。

（二）批評探討的持續性

　　對於李白詩歌的批評探討，自其生前便已開展，此與杜甫略有不同，然自元、白提出所謂「李杜優劣論」後，李、杜二人便歷時性的被相提並論，歷晚唐、五代、宋、金、元、明、清及至當代而不衰。雖歷時接受上，兩人之地位或因詩論主張或個人主觀偏好，而互有軒輊，然大體上仍以雙峰並峙，各具其美爲論者多。

（三）表現接受的多元性

　　李白詩歌被接受的情形，主要當然表現在詩話評論上，此是歷代

重要詩人的共通性；但就李白而言，除此之外，舉凡題詠李白詩、筆記
小說、傳奇及戲曲、小說等體裁，均成爲接受李白的載體，這種多元性
的表現方式，肇因於李白本身豐富的傳說、獨特的個性及其非凡的際
遇，故而這種多元性接受的特殊性，李白亦爲千古文學人物中的第一人。

（四）詩學研究的影響性

　　理論與創作的互相影響，在整個古典詩學的發展中十分明顯，尤
其在閱讀歷代詩話作品及相關詩論、詩評的過程中，更發現李白的作
品，一直是歷代重要詩論家或詩派，不論從正面或反面的，均成爲標
榜其觀點時的重要論據。而其主要藉以探討的範疇甚廣，如論及詩人
主體思想、情感及詩歌內容上的教化功能，此點宋人普遍採抑李揚杜
的觀點如蘇轍、羅大經、葛立方、陸游等，甚至有所謂李杜相譏之謬
說產生，只有少數幾家能從比興婉曲的角度，探得李白的忠忱之心不
亞於杜甫，如蔡啓對於李白從璘一案的同情。至於其詩歌風格、創作
才力、佳句摘賞等客觀的評論上，則普遍給予較高的評價，從此角度
看，宋人較能接受李杜並重的說法，甚至如郭祥正即以李白後身之名
而享譽詩壇。

　　而明、清兩代，詩學之論漸細，明代宗唐復古之說從未間斷，然
亦因其復古、識古的要求，對於唐詩的分期、分類的學習與批評，顯
得更加細膩而深入，如對於李白五、七言古詩及絕句均持極高的評
價，甚而認爲此有杜所不能及者，又如高棅提出李、杜各爲盛唐正、
變之異的觀點，及顯示出其詩學理論的深刻性，凡此均與李白詩歌在
被接受過程中，所衍生的論題有密切關連。至於清代神韻、格調、肌
理、性靈諸說詩論家，對於李白詩歌風格、內涵、形式等，不論從情、
意、氣、韻諸角度探討，大多能中其肯綮，既擴大了對李白詩歌欣賞
的視角，亦深化了本身所主張的理論。

第十章　世界的李白──李白詩歌外譯情形述介

　　在中國傳統詩歌的長河中，李白的詩篇，無疑是極具特色而蘊含巨大能量的一條長江大河；他對整個中國文學土壤的灌溉與滋養，可說歷千年而不衰，育百花而長盛，李白在中國文學史上佔據著崇高地位，應是毫無疑問的。然而正如同德國科隆大學現代中國學系呂福克教授所言：「李白不僅是屬於中國的詩人，同時也是屬於全世界的詩人。」〔註1〕但國內對於李白詩作在世界翻譯、流布的情形，卻殊少有較完整的介紹，本文嘗試整合這方面的諸多資訊及研究成果，就李白作品譯介的情形，分從一、李白詩歌在歐洲，二、李白詩歌在美洲，三、李白詩歌在日本，四、李白詩歌在韓國四節，世界性、全面性的作一介紹，使讀者對於李白作品的價值與意義，能有更具廣度及現代性的理解與認識。

第一節　李白詩歌在歐洲

　　早在唐代，李白的詩歌就傳入東方的日本與朝鮮等國，但他的詩

〔註1〕德‧呂福克：〈西方人眼中的李白〉（中國李白研究：李白與天姥國際會議專輯，安徽文藝出版社，2000年10月），頁358。

歌被譯介到西方最早的紀錄則在十八世紀以後，據任職於中國國家圖書館的王麗娜女士所言：

> 法國耶穌會士、著名漢學家錢德明編著的《北京傳教士關於中國歷史、科學、藝術、風格、習慣錄》（又譯爲《北京耶穌會士札記》叢書十六卷，逾 1776 年至 1814 年陸續出版），該書第四卷（1779）及第五卷（1780）中載有關於唐詩及李白、杜甫等唐代詩人的介紹，這是迄今我們能夠查到的西方有關唐詩及西方最早介紹李白的文字。〔註2〕

中國李白與西方世界的第一次接觸，已是「謫仙人」死後約一千年。至於李白詩歌正式被譯介到歐美國家則是十九世紀。

一、英　國

> 在進入十九世紀以前，我們不妨先來看看一條有趣的記載：
> 1782 年（乾隆四十七年），英國詩人約翰·斯科特（John Scott）題爲《賢官李白：一首中國牧歌》（Li-Po：or,The Good Governor:A Chinese Eclogue）的長詩在倫敦出版。此詩長達一百餘行、以英雄偶句詩體寫成，爲西方最早以李白爲主人公的長詩。……主人公李白是一個王子，還是一個地方官，可見這是個虛構的人物，與我國唐代詩人有很大出入。……長詩一開頭就寫李白面對政務繁雜，頗感焦慮厭煩，經過一番內心的矛盾思索，終於振作起來，微服私訪，關心民情，辦案理政。〔註3〕

李白生前所有的願望，幾乎都在一千年後西方的一首長詩中實現了。標榜身上留著李唐皇室血統的李白，在詩中搖身變成一位王子，並真正落實了他的政治理想，成爲一位勤政愛民的「賢官」，然而這不過是一位異國詩人造成的——「美麗的錯誤」。只是，這「錯誤」在某

〔註2〕　王麗娜：〈李白詩歌在國外〉（中國李白研究：中國李白研究會、馬鞍山李白研究所編，黃山書社，2002 年 12 月），頁 616。

〔註3〕　葛桂錄著：《中英文學關係編年史》（上海：上海三聯書店，2004 年 9 月），頁 65～66。

種程度上，竟「準確」的呈現了李白部分隱而未顯的「心象」，然而這位「賢官李白」，似乎在西方人心中，也未獲得普遍的認同。

十九世紀，東、西方文化主要溝通者之一、英國漢學家德庇時爵士繼法國漢學家耶穌會士錢德明之後，向西方介紹唐詩，「他所撰〈關於中國的詩〉一文中，譯有兩首李白的詩，一首題爲〈桃花潭〉（原題〈贈汪倫〉），一首題爲〈春天的一場夜雨〉（原題〈曉晴〉），載《皇家亞洲學會雜誌》（倫敦版）第二卷（1830，408，429～430頁）。〔註4〕其實，在此之前，「1829年，倫敦出版了他的專著《漢文詩解》，1834年澳門東印度公司出版社予以再版，1870年倫敦阿謝爾出版公司又出版了增訂版。該書在講述漢詩風格時，介紹了李白的生平，翻譯了杜甫的五律〈春夜喜雨〉和王涯的五絕〈送春詞〉。德庇時很贊賞錢德明開創的向西方讀者介紹中國唐詩的功績，並且認爲李白、杜甫和王涯的詩各具獨特風格，均富有情趣和想像力。不過，在德庇時之前，索姆・詹尼（S. Jennyne, 1707～1787）就翻譯過唐詩，他的遺作整理出版的時間卻在本世紀40年代，即1940年倫敦出版的《唐詩三百首選》（Selections from the Three Hundred Poems of the T' ang Dynasty）和1944年在倫敦出版的《唐詩三百首選續集》（A Further Selections from the Three Hundred poems of the T' ang Dynasty）。繼德庇時之後，翻譯唐詩最著名的漢學家爲翟理斯和亞瑟・韋利。翟理斯著有《中國文學史》，他以全書正文部分440頁中的46頁介紹唐詩，並譯介了孟浩然、王維、崔灝、李白、杜甫、白居易、韓愈等人的詩篇。」〔註5〕至於「韋利是1910年左右就著手唐詩翻譯的，在英國學術界頗有影響。據梁錫華《徐志摩新傳》說，1921年徐志摩去英國跟伯特蘭・羅素求學，無意中將中國唐詩帶到英國。後來馳名世界的漢學家韋利當時只不過是默默無聞的圖書館工作人員，見到了徐志摩以後，就迫不及待地請教許多有

〔註4〕　王麗娜：〈李白詩歌在國外〉，頁616。
〔註5〕　馬祖毅、任容珍著：《漢籍外譯史》（湖北教育出版社，1997年10月），頁240～241。

關唐詩方面的問題。以後在與徐志摩通信中還常常談及。韋利的第一本中國古典詩歌譯作《中國詩選》（Chinese Poems）是 1916 年由私人出資在倫敦印刷的，僅有 16 頁，其中包括先秦至唐宋的詩歌 52 首，唐詩則譯有李白、杜甫、白居易的作品。」〔註6〕此後他繼續從事中詩英譯的工作，譯作頗多，直接以李白爲主題者據《漢籍外譯史》的記載有以下數種：

　　《詩人李白》，1919 年倫敦出版，譯李白詩 23 首。
　　《李白的詩歌與生平》（The Poetry and Career of Li Po），1950 年倫敦阿倫與昂汶公司出版，1958 年再版。此書列爲「東西方倫理學與宗教經典著作」叢書第 3 種。在該書的結語部分，韋利是這樣評價李白的：「確實，如果我們作爲講道德的人來衡量他，那很明顯，會有許多人出來聲明，反對他的道德品行。在他的作品裡，李白表現得自夸自負，冷漠無情，揮霍放蕩，不負責任和不誠實。他本人自稱有一大美德，即慷慨大度。但只有他自己一人提到它，看來只對最不需幫助的他才這樣做。然而有一點很清楚，凡是見到他的人，都被他的個人特徵所迷惑，立刻感到自己面對的是一個非凡的天才。我們發現，其中有兩個人提到眼睛裡的奇異亮光——正像布萊克的朋友提到布萊克奇特的眼睛一樣。」（轉引自張弘《中國文學在英國》）由於韋利對李白的評價失當，因此他在評傳裡對所翻譯的李白詩作，不是不明其精髓所在，便是理解錯了意思。〔註7〕

韋利對於李白的評價當然有其失當之處，即使如此，我們還是必須肯定其譯介李白詩的功勞，畢竟，即使是本國讀者而言，站在禮教與道德立場批判李白的亦所在多有，時至今日，這樣的誤解應已日漸減少了。王麗娜即認爲：「譯文經過譯者認眞校訂並加註釋，講究節奏和押韻，其譯法是採取 1916 至 1923 年間流行的吉羅德‧曼利‧霍普金

〔註 6〕　馬祖毅、任容珍著：《漢籍外譯史》（湖北教育出版社，1997 年 10 月），頁 242。
〔註 7〕　同前註所揭書，頁 243～244。

斯的譯詩格律（Sprung rhythm）。」〔註8〕

「至於日本著名翻譯家小畑薰良英譯本《李白詩集》（The Work of Li Po, the Chinese Poet），1922 年在紐約出版，1923 年倫敦登特出版社重印，書中收詩 124 首。」〔註9〕「1935 年東京北星堂重印本和 1965 年紐約拉崗重印圖書公司重印本。此書共 236 頁，分三個部分：第一部分為 124 首李白詩的譯文，包括〈江上吟〉、〈夏日山中〉、〈秋浦歌〉、〈白雲歌送劉十六還山〉、〈寄遠〉、〈清平調〉三首、〈送韓準裴政孔巢父還山〉、〈經亂離後天恩流夜郎憶舊游書懷贈江夏韋大守良宰〉等，是全書的主要部分（1～182 頁）。第二部分為唐代詩人所寫的有關李白的詩作，包括杜甫的〈飲中八仙歌〉、〈與李十二同尋范十隱居〉，白居易的〈李白之墓〉（183～195 頁）。第三部分為史料附錄，包括李陽冰〈草堂集序〉、《舊唐書・李白傳》、《新唐書・李白傳》以及英文版李白詩翻譯論著要目等（197～236 頁）。此譯本在世界有較大影響。據小畑薰良在此譯本的〈序言〉中介紹，書中收 124 首詩，多半譯於 1916 年，其中有一小部分曾發表於 1917～1918 年威斯康辛大學出版的《威斯康辛大學雜志》，〈侍從宜春苑奉詔賦龍池柳色初青聽新鶯囀歌〉一首（見該書第 10 首）曾發表于 1919 年美國出版的《藝術與生活》（Art and Life）。由於小畑薰良認為逐字翻譯的方法需要附加許多注釋，且不易使西方讀者理解原詩的精神，故而他主要也采取了散體意譯法。」〔註10〕

呂叔湘先生的《中詩英譯比錄》一書，曾選錄了此譯本中的八首李白詩的譯文，即：〈春日醉起言志〉，〈月下獨酌〉，〈訪戴天山道士不遇〉，〈送友人〉，〈怨情〉，〈靜夜思〉，〈金陵酒肆留別〉，〈長干行〉。在《中詩英譯比錄》的〈序言〉中，呂先生對小畑等的譯文也曾有所評論，他說：「不同之語言有不同之音律，歐洲語言同出一系，尚且

〔註8〕 王麗娜：〈李白詩歌在國外〉，頁 618。
〔註9〕 馬祖毅、任容珍著：《漢籍外譯史》，頁 245。
〔註10〕 王麗娜：〈李白詩歌在國外〉，頁 620～621。

各有獨特之詩體，以英語與漢語相差之遠，其詩體自不能苟且相同。初期譯人好以詩體翻譯，即令達意，風格已殊，稍有不慎，流弊叢生。故後期譯人 Waley、小畑、Bynner 諸氏率用散體爲之，原詩情趣，轉易保存。此中得失，可發深省。……小畑譯太白，常不爲貌似，而語氣轉折，多能曲肖。」〔註11〕

　　聞一多先生於一九二六年曾發表過〈英譯李太白詩〉一文專門評論小畑譯作：「李太白本是古詩和近體詩中間的一個關鍵。他的五律可以說是古詩的靈魂蒙著近體的軀殼，帶著近體的藻飾。形式上的穠麗許是可以譯的，氣勢上的渾璞可沒法子譯了。但是去掉了氣勢，又等於去掉了李太白。」〔註12〕並引「人煙塞橘柚，秋色老梧桐」的譯文評論：

　　　　The smoke from the cottages curds

　　　　Up around the citron trees,

　　　　And the hues of late autumn are

　　　　On the green paulownias.

　　　　這到底是怎麼回事？怎麼中文的「渾金璞玉」，移到英文裡
　　　　來，就變成這樣的淺薄，這樣的庸瑣？我說毛病不在譯者
　　　　的手腕，是在他的眼光，就像這一類渾然天成的佳句，它
　　　　的好處太玄妙了，太精微了，是經不起翻譯的。你定要翻
　　　　譯它，只有把它毀了完事！……「美」是碰不得的，一黏
　　　　手它就毀了，太白的五律是這樣，太白的絕句也是這樣的。

　　〔註13〕

聞一多先生還引了小畑譯的太白絕句：「峨嵋山月半輪秋，影入平羌江水流。夜發青溪向三峽，思君不見下渝州。」說道：

　　　　在詩後面譯者聲明了，這首詩譯得太對不起原作了。其實
　　　　他應該道歉的還多著，豈只這一首嗎？……這一類的絕

〔註11〕呂叔湘、許淵沖：《中詩英譯比錄》（臺北：書林出版有限公司，1995
　　　　年 2 月 2 刷），頁 20、21。
〔註12〕聞一多：《唐詩雜論‧詩與批評》（北京：三聯書店，1999 年 11 月 1
　　　　版），頁 66。
〔註13〕同前註所揭書，頁 67。

句，恐怕不只小畑薰良先生，實在什麼人譯完，都短不了
要道歉的。所以要省了道歉的麻煩，這種詩還是少譯的好。
〔註14〕

然而，話雖如此，我們對於這兩位譯介者的篳路藍縷之功，還是心存
感謝的，即使他們的成績未必盡如人意，因就文化交流上來說，確有
其意義在。

其他相關李白的譯作如「康拉德・波特・艾肯譯著的《李白的一
封信及詩》，1955 年於倫敦出版。謝利・布萊克譯著《李白、杜甫及
〈浮生六記〉》，1960 年於倫敦出版。」〔註 15〕另據王麗娜〈李白詩
歌在國外〉一文，李白詩歌在英國翻譯的情形尚有以下五十餘種：

郭施拉（查爾斯・古次拉夫 Charles Gutzlaff 1803～1851），德國
人，精通中、英、荷、日、泰等國文字。他所譯李白詩，收入他
編著的兩卷本《開放的中國：中華帝國概述》（China Opened）一
書（461～462 頁），1838 年于倫敦出版。

理雅各（詹姆士・萊格 James Legge 1814～1891），英國著名漢
學家。他所譯中國的《四書》、《五經》，書名《中國的經典》（The
Chinese Classics）（1861～1886 年出版），此書第四卷第一部分的
序言（22 頁）中引有李白詩一首。

道格思爵士（R・K・Douglas，道格拉斯），英國著名漢學家，他
所譯〈春日獨酌〉，收入他的專著《中國的語言和文學》一書中
（107 頁），1875 年倫敦出版。另外，道格思譯〈登金陵鳳凰台〉，
收入 1882 年基督教促進學會出版的專著《中國》（China）一書
（394～395 頁）。

此詩在譯文以外還附有原詩的拼音，可以供學習漢語的讀者按漢
語語音唱頌。

詹姆士・米靈頓（James Millington），英國傳教士、漢學家，他

〔註14〕聞一多：《唐詩雜論・詩與批評》，頁 67～68。
〔註15〕馬祖毅、任容珍著：《漢籍外譯史》，頁 246。

所譯李白詩四首，收入《中國人自畫像》一書（170，179～180頁），1885年于倫敦出版。此書是以陳季同法文原著選譯的。

艾約瑟（J. dkins）譯著《論李白及其代表作》，一文，其中譯有李白詩多首，載《北京東方學會會志》（JPOS）第2期（1890）。

馬丁（W. A. P. Mastin）翻譯的李白詩《一個士兵的妻子對丈夫說的話（原題〈長干行〉）及〈月下獨酌〉，收入其譯著《中國傳奇與詩歌集》一書中，1894年別發洋行出版；此兩首詩又以《中國的詩》為題，分別收入1901年172期《北美評論》（North American Review）和《凱薩的學問》（The Lore of Cathay）（84～85頁），1901年于紐約出版。又，馬丁譯李白詩〈旅行者的苦惱〉（原題〈行路難〉）等兩首，收入蓋爾（W. E. Geil）編著的《中國十八行省》（Eighteen Capitals of China）一書（121～122、291～292頁），1911年于費城與倫敦出版。又，馬丁譯著《中國傳奇與抒情詩》（1912）一書中，譯有〈長干行〉、〈月下獨酌〉及〈行路難〉。

謝拉德（R. H. Sherard）譯的李白詩，收入《在本土的中國人》（Chin-Chin：or the Chinaman at Home）一書（179～181頁）1895年于倫敦出版。此書是由陳季同法文原作選譯的。

克蘭默──賓（L. Cranmer-Byng）編譯的《翠玉琵琶》，1911年倫敦出版，《燈宴》，1924年于倫敦出版；《亞洲大觀：中國藝術與文化概述》，1932年于倫敦出版；以上三種書均收有克蘭默──賓所譯的李白詩。

馬瑟斯（E. P. Mathers）譯有李白的一首詩，收入他的譯著《五光十色的星星》（Coloured Stars）一書（33頁），1919年于牛津出版。又，馬瑟斯所譯〈神奇的長笛〉（即〈洛陽聞笛〉）及〈玉階怨〉，收入他的譯著《清水園》一書（66～67，69～70頁），1920年于牛津出版。

巴德（G. Budd）譯〈從軍行〉、〈送別〉、〈天山道士〉（原題〈訪戴天山道士不遇〉），收入巴德譯著《古今詩選》（Chinese Poems）

一書（47～49，131～138，169 頁），1922 年於倫敦出版。

Lee, A. S.譯〈閨情〉，收入其編譯的《花影》一書（11 頁），1925 年於倫敦出版。

翟理思（H. A. Giles 翟理斯、賈艾斯，赫柏特‧艾倫 1845～1935），英國著名的漢學家，他編譯的《古今詩選》（Chinese Poetry in English Verse）一書（58～79 頁），收李白詩 2 1 首，1898 年于倫敦出版。又翟理思編譯《中國文學選珍》（Gems of Chinese Literature）一書（75～98 頁），收李白的詩 21 首，1923 年于倫敦出版。又翟理思譯著的《中國文學史》（A History of Chinese Literature）一書（151～156 頁），收李白詩 9 首，1923 年于紐約出版。

伯塞爾（V. W. W. S. Parcell）編譯的《中國詩的靈魂》一書中，收有〈烏棲曲〉、〈夢遊天姥吟留別〉等四首，1929 年上海別發洋行出哈特（H. Hart），譯〈釀酒者死後的哀歌〉（原題〈哭宣城善釀紀叟〉）、〈黃鶴樓〉（原題〈送孟浩然之廣陵〉）、〈青年人乘騎前進〉（原題〈少年行〉），收入哈特編譯《百姓》（100 Nanes）一書（101～103 頁），1933 年于貝克萊出版。此書有施賴奧克（J. K. Shryock）的評論文章，載《美國東方學會雜誌》（Journal of the American Oriental society）54 期（1934，225～226 頁）；又有莫爾（A. C. Moule）的評論文章，載《皇家亞洲學會雜誌》（Journal of the Asiatic Society）1935 年號（190、191 頁）。又，哈特譯著的《牡丹園》一書，1938 年于倫敦出版，收有李白詩 16 首的譯文（39～51 頁）。此書有特里薩李（Teresa Li）撰寫的評論文章，載《天下月刊》（THM，8，1938，227～283 頁）。

赫夫特（J. Hefter）與阿德利雅 R.霍爾（Ardelia R. Hall）合作譯著〈中國敘事詩先鋒：5 世紀 B.C.～13 世紀 A.D〉一文，譯有李白的〈山中問答〉一詩。此文載《中國科學與美術集志》（China Journal of Science and Arts）20 期（1934，222 頁）。

林語堂（Lin yutang）編著的、1942 年紐約出版的《中印智慧》
（Wisdom of Chinese & India）（898～908 頁）和 1944 年倫敦出版
的《中國之智慧》（Wisdom of China）（391 頁）二書，均收有李白
詩數首，譯文采自賓納與江亢虎合譯的《唐詩三百首》全譯本。

Noguchi,Yone 翻譯李白詩一首，見其所撰〈這與那〉（This and
That）一文，載《天下月刊》第四期（1937，141 頁）。

吳經熊（Wu, John C. H.）譯李白詩多首，見其所撰《哀怨勝于幽
默》（Moer Pathos than Humor）一文，載《天下月刊》第 5 期（1937，
261～289 頁），文中附原詩。又，吳經熊撰《唐詩之四季》（The
Four Seasons of T'ang Poetry）一文中，引錄了小畑薰良、翟理思、
特理薩等所譯李白詩多首，見《天下月刊》第六期（1938，343、
346、347、348、360～471、474 頁）。此文還載《東方文學雜誌》
（Journal of Oriental Literature）第四期（1，1953 年 12 月）。又，
吳經熊撰《唐詩之四季》一文中吳經熊自譯的李白詩，載《天下
月刊》第 7 期（1938，366～367 頁），並載于《東方文學雜誌》
第四期（1，1953）。

英國漢學家葉女士（E. D. Edwards,愛德華茲 1888～1957）。她編
譯的《龍》（The Dragon Book）一書（105～114 頁），收有韋理
等所譯李白詩 14 首。此書 1938 年于倫敦出版，1943～46 年再版。

休斯（E. R. Hughes）編輯的《中國的骨與魂》（China Boby and
Soul）一書中，收英尼斯‧傑克遜（Innes Jackson）選譯的李白
詩數首，（該書 70，71，73 頁）1938 年于倫敦出版。

李特里薩（Li Teresa）譯的李白詩，見其編譯的〈14 首詩〉（14
Poems）一文，載《天下月刊》第 6 期（1938，277 頁）。又，特
里薩譯李白詩〈夜吟戲曲〉（原題〈春夜洛城聞笛〉），見其編譯
的〈詩選〉Poems）一文，載《天下月刊》第 6 期（1938，232
頁）。又，特里薩譯李白詩〈謝朓樓即席作〉（原題〈宣州謝朓樓
餞別校書叔雲〉），載《天下月刊》第 9 期（1939，290～291 頁）。

威廉斯（E. T. Williams）撰〈中國詩〉（Poetry in China）一文中，錄有小畑薰良譯〈楊貴妃〉即〈清平調〉及羅斯・西科勒・威廉斯（R. S. Williams）譯〈清平調〉另一首，載《中國雜錄》（China・s Miscellanies）第 1 期（馬尼拉，1939，96～97 頁）。

盧卡斯（Yu，Lucas）撰〈思惟與幻想〉（Thoughts and Fancies）一文中，譯有李白詩一首，載《天下月刊》第 10 期（1940，46 頁）。

杜頓（Dutton）譯〈獨坐敬亭山〉等二首，收入其所著《竹林中私語》一書中，此書 1940 年出版。

詹尼斯（S. Jennyns）譯 11 首李白詩，收入 1940 年于倫敦出版的《唐詩三百首選讀》一書（27～28，35～44，47～49，55～56，82～84，86，97～98 頁），此書是根據詹尼斯的遺作整理出版的，附中文原詩。又，詹尼斯譯李白詩 9 首，收入《唐詩三百首選讀續集》一書（29～33，59，67～68，76，80，88～89，92 頁）1944年于倫敦出版。

小法蘭克・安肯布蘭德（Frank Ankenbrand. Jr）編譯的《李白詩選》，譯有李白詩 9 首。此書于 1941 年由哈登海茲 N. J. W. L.沃什伯恩出版。

鄧恩（S. T. Dunn）譯李白詩一首，見其所撰〈詞，中國多韻律譯作〉一文，載《中國科學與美術集志》（China Journal of Science and Arts）34 期（5 月號 1941，195 頁）。

朱比（P. Juby）譯著《中國詩選》（Chinese Poetry, With an Essay by Phyllis Juby）一書，收翟理思、理雅各（James Legge）、弗萊徹、西瑞爾・德拉蒙德（Cyril Drumm ond）、勒・格羅・格拉爾克（Le Gros Clark）等和他自己所譯李白詩 12 首（13、14、27～32 頁），1943 年于普雷托多亞出版。

特里維廉（R. C. Trvelyan）編著的《中國詩選》（From the Chinese）一書共收 62 首中國古代著名詩人的作品，其中有洛厄爾所譯〈宣州謝朓樓餞別校書叔雲〉，惠特・賓納所譯〈長干行〉、〈將進酒〉、

〈蜀道難〉以及翟理思所譯〈淚〉（Tears 即〈閨怨〉）、〈夜思〉等李白詩（18～23 頁），1945 年于牛津出版。書中所選 62 首詩還曾全部收入阿克頓（Acton）及 Chen 合編的《現代詩選》（Modem Chinese Poetry）一書，此書 1936 年于倫敦出版。

斯汪（P. C. Swann）譯《中國古詩三首》（Three Chinese Poems），其中有李白詩。載《東方藝術》（Oriental Art）1（1948，116，121 頁）。

羅伊·厄爾·蒂爾（Roy Earl Teele）譯李白五律一首，收入其編譯的《透過微暗的鏡子：中詩英譯研究》（Through a Glass Darkly：a Study of English Translations of Chinese Poetry）一書（34～35 頁）。此書于 1949 年由安阿伯出版社出版，附有注釋。

《李白的一封信及詩》，康拉德·波特·艾肯譯著，1955 年于倫敦出版。

威廉·阿克（William Acker）譯李白詩 3 首，收入他著譯的《道，隱士》（T'ao the Hermit）一書，1952 年倫敦出版。《李白、杜甫及〈浮生六記〉》，謝利·布萊克（Black）譯著，1960 年于倫敦出版。

劉師舜（Liu,Shih Shun）輯譯《中詩英輯》（101 Chinese Poems），1967 年香港出版，附布倫登所撰〈導言〉一篇及凱恩克羅斯所撰〈序言〉一篇。書中包括李白詩作 12 首，即：〈怨情〉、〈秋浦歌〉、〈下江陵〉、〈烏夜啼〉、〈關山月〉、〈春日醉起言志〉、〈月下獨酌〉。此書列入《聯合國代表著作選：中國集》。

林如斯譯《花影：唐詩四十首》（Flower Shadows：40 Poems from the Tang Dynasty），1971 年出版，其中包括李白詩。

《唐詩三百首》（Three Hundred Poems of The T'ang Dynasty），英尼斯·赫登（Innes Herdan）譯，1973 年于英國出版。

漢斯·H·佛蘭克爾（Hans H. Frankel）撰〈唐詩中的懷舊〉一文論及李白詩，收入阿瑟·F·賴特（Reite）、丹尼斯·特威·切爾合編的《唐覽》一書中，1973 年于紐黑文出版。

《中國歷代詩歌的金寶》（A Gollen Treasury of Chinese Poetry），
約翰‧特納（Turner）編譯，1976 年香港出版，書中包括李白詩
作八首。

20 世紀 90 年代英國倫敦出版了維克拉姆‧塞思（Vikram Seth）
的譯著《三位中國詩人——王維、李白、杜甫》，這是一部具有
研究性的專著。

在 20 世紀末的 1996 年，美國紐約出版了《李白詩選》一書。更
可喜的是美國中青年學者西蒙‧埃勒根特（Simon Elegant 1996～）的
專著《流動的日子：李白游歷的生涯》，1997 年由霍普韋爾 N. J. Ecco
年版社出版，312 頁，這部著重探索李白游蹤的專著代表了美國漢學
界新一代學者研究李白的最新成果。〔註16〕

從以上的介紹，我們大致可以看到英國自十八世紀末至二十世
紀關於李白詩翻譯與研究的盛況。

二、法　國

法國對於李白詩歌的翻譯始於十九世紀中期的埃爾韋‧聖一德尼
侯爵，據《漢籍外譯史》云：

19 世紀中葉歐洲漢學界無可爭辯的大師儒蓮的弟子埃爾
韋‧聖一德尼侯爵於 1874 年繼儒蓮而任法蘭西學院教授席
位。他是歐洲最早對中國古典詩歌感興趣的人之一。在他
之前，中國詩歌對歐洲公眾實際是一片空白，因為耶穌會
漢學界完全忽略了中國詩歌，對于《詩經》他們是當作儒
家經典進行譯介的。聖一德尼侯爵的功績是把唐詩和楚辭
引進了法國。1862 年，巴黎阿米奧出版社出版了他的譯著
《唐詩選》（Poesies des Thang）共 301 頁，主要根據日文版
《唐詩和解》、《唐詩和選譯解》、《李太白文集》、《杜甫全
集譯注》選譯的。計選譯李白（24 頁）、杜甫、王維、白居
易、李商隱等 35 位詩人的 97 首詩。每個重要詩人都附有

〔註16〕王麗娜：〈李白詩歌在國外〉，頁 617～630。

簡介，每首詩都有詳細注釋。〔註17〕

王麗娜亦認為：「此書撰有長達百頁的序言，題作〈中國的詩歌藝術和韻律〉，文中對李白等唐代詩人的寫作技巧與作品風格都有深入的研究與評論。這部書不僅對法國文學界甚至歐美學術界均產生深遠的影響。」〔註18〕

另有「法國著名漢學家、翻譯家朱迪特・戈蒂埃（J. Gautier），原名朱迪特・瓦爾特（Judith Walter）的譯著《玉書》，1867 年由巴黎 A. 梅梅雷出版社出版。該書選擇包括李白作品在內的 71 首中國古代詩歌，譯文自由靈活，比較通俗且富有意象色彩和戲劇性，為廣大法國讀者所喜愛。此書在 20 世紀上半葉多次再版，並被轉譯為多種歐洲文字，可見其影響之大。」〔註19〕其實本書是他的中國教師丁敦齡的口授翻譯而成，錢鍾書《談藝錄・補訂》對其人及事蹟有詳細的論述：

> 丁敦齡即 Tin-Tun-Ling，曾與戈蒂埃女共選譯中國古今人詩集成，題漢名曰《白玉詩書》，頗開風氣。張德彝記丁「品行卑污」，拐誘人妻女，自稱曾中「舉人」，以周外夷，「現為歐建（按：即戈蒂埃）之記室。據外人云，恐其做入幕之賓矣。」戈氏之友記丁本賣藥為生，居戈家，以漢文授其兩女，時時不告而取財物。其人實文理不通，觀譯詩漢文命名，用「書」字而不用「集」或「選」字，足見一斑。文理通順與否，本不係乎舉人頭銜之真假。然丁不僅冒充舉人，亦且冒充詩人，儼若與杜少陵、李太白、蘇東坡、李易安輩把臂入林，取己惡詩多篇，俾戈女譯而強期間。顏厚於甲，膽大過身，欺遠人之無知也，後來克洛岱爾擇《白玉詩書》中十首，潤色重譯，赫然有丁詩一首在焉。〔註20〕

以現代的眼光看這件中國古典詩歌傳播到法國的舊事，不覺有些好氣

〔註17〕馬祖毅、任容珍著：《漢籍外譯史》，頁 191。

〔註18〕王麗娜：〈李白詩歌在國外〉，頁 631。

〔註19〕王麗娜：〈李白詩歌在國外〉，頁 631。

〔註20〕錢鍾書：《談藝錄》，（北京：中華書局，1996 年 1 月初版 6 刷）頁 372～373。

又好笑，這位丁敦齡人品低下，從錢氏的記載已可見一斑，只是李白詩的重要法譯作品集居然經由這樣的人口授翻譯而成，甚至還被轉譯爲多種歐洲文字，影響頗大，想來眞有些不可思議。然而兩種文化在互相接觸之始，難免有些主觀的想像甚至誤解，只是這種出自於有意的造假，廉價「販賣」文化的行徑，實在令人遺憾。

還好，繼丁敦齡之後，曾任中國駐巴黎公使駐軍事參贊的陳季同亦有李白詩的譯作出版，據王麗娜的考察有以下兩種：

陳季同（Tcheng-Ki-Tong〔Chen Chi-t'ung〕），譯李白詩〈夜訪朋友〉（La Nuit chez un ami，原題〈下終南山過解斯山人宿置酒〉）、《春日》）等四首，收入其編著的《中國人的自畫像》（Les Chinois peints Par euxmemes）一書，（244～245，255，256 頁），1884 年巴黎，卡爾曼萊雅書局出版。米靈頓曾將此書轉譯爲英文，見前英譯文介紹。

又，陳季同編譯的《在本土的中國人》（Chin-Chin; or the Chinaman at Home）一書中（179～181 頁），亦收有李白的詩數首。此書有謝拉德的英文轉譯本，見前英譯文。陳季同于上世紀 80 年代曾任中國駐巴黎公使駐軍事參贊。〔註21〕

其他法文的李白詩譯作此後亦陸續推出：

阿爾萊斯（C. de Harlez）譯著《中國詩作》（La Poesie Chinoise）一文，譯有李白詩作，載《比利時皇家學院學報》（Bulletins de l'Academie royale de Belgique）第 25 期（1893，173～174 頁），此文並收入衛三畏輯《中國文學手冊》。

蘇利埃德莫朗（Soulie de Morant）譯〈洞庭湖〉、〈夜坐吟〉，收入其所著《中國文學論集》（Essai sur la literature chinoise）一書，（203～204 頁），1912 年巴黎維加出版社出版。

又，莫朗著《楊貴妃的愛情》（La Passion de Yang Keifei）一文中，譯有 17 首李白詩，此文載《法國信使》雜志（Mercure de France）

〔註21〕王麗娜：〈李白詩歌在國外〉，頁 631。

158 期（8～9 月號，1922，439～478 頁，724～762 頁）及 159 期（10～11 月號，1922，116～179 頁）。1924 年巴黎 H.皮亞扎出版社出版單行本。貝德福德——瓊期曾據單行本轉譯爲英文，見前英譯文介紹。

沙畹（Chavannes, Emmanuel-Edouard 夏瓦納，埃馬紐埃爾——愛德華，法國著名漢學家）譯有李白詩 2 首，見其所著《斯坦因于東土爾其斯坦沙漠發現的文物》（Les Documents chinois decouverts par Aurel stein dans les sables du Turkestan Oriental）一書（18，19 頁），1913 年牛津大學出版社出版。

布律諾·貝爾佩爾（Bruno Belpaire）譯《李太白詩作四十首》，1921 年巴黎國家印刷局出版。附有注釋。

又，貝爾佩爾所撰〈論中國水墨畫〉一文，載《博物館》（Museon）第 64 期（1931，362～366 頁），文中譯有四首李白詩，即：〈盧山東林寺夜懷〉、〈瑩禪師房觀山海圖〉、〈同族弟金城尉叔卿燭照山水壁畫歌〉、〈草書歌行〉。

又，貝爾佩爾所撰〈道教與李太白〉一文，收入布魯塞爾出版的《中國與佛教論文集》（Melanges Chinoise et Bouddhiques）第一集（1931～32，2～14 頁），文中譯有李白詩作 13 首，並附注釋。

又，貝爾佩爾〈唐代的一些碑文〉（Sur certaines inscripionsdeldpoque des T'ang），收入《中國與佛教論文集》第 3 集（1934～35，61～91 頁），文中對李太白集第 28 卷的記、頌、贊作了譯注。

曾仲鳴（Tsen Tsonming）編著《中國歷代詩選》一書中（93～94 頁），收有貝爾佩爾（Belpaire）所譯李白詩作兩首：〈宣州謝朓樓餞別校書叔雲〉與〈靜夜思〉。1922 年里昂德維涅公司出版。

另，曾仲鳴編譯的《溪水滴滴短詩集》（Goutte d'Eau）一書中，譯有李白詩作數首。1925 年巴黎 E.勒魯出版社及里昂 L.德維涅出版社出版。

讓·瑪麗·吉斯蘭（Jean Marie guislain）與姚昌複（Yau Chang-foo）

合作編譯《狂熱的蟬：李太白詩譯注》，1925 年巴黎阿爾貝·梅塞恩出版社出版。

圖森（F. Toussaint）編譯的《玉笛》（La Fiute de jade）一書，收有 S. L. Tsao 所譯李白詩 4 首。此書 1926 年由巴黎藝術出版社出版。此 41 首詩由喬里森轉譯爲英文，收入其所編《失笛記》一書，見前英譯文介紹。

徐仲年（Hsu Sung-nien）譯〈春夜洛城聞笛〉，見其所撰〈唐詩十二首〉一文，載《中法年鑑》（Annales franco-Chinoises）第 7 期（1928，第 1 頁）。

又，徐仲年譯李白詩 13 首，收入其譯著的《中國詩文選》（Antholngie de la literature chinoise）一書（146～154 頁），1933 年巴黎德拉格拉夫書局出版。

又，徐仲年著《李太白：時代、生平、著作》（Li Thai-Po , son temps, sa vie et son ceuvre）一書，譯有李白詩多首，1935 年里昂博斯克兄弟公司出版。此書爲作者發表于里昂大學的博士論文。

Ho, A 所著《詞》（Le'Tse'）一書（11～13 頁），譯李白詞〈菩薩蠻〉、〈清平調〉，1934 年圖盧茲利菲斯出版社出版。附有注釋。

阿列克塞耶夫（B. Alexeiev）譯李白詩〈靜夜思〉、〈古風〉十二及〈淥水曲〉，收入其編著的《中國文學》（La Litterature chinoise）一書（71，110～111 頁），1937 年巴黎 P.熱斯勒出版社出版。

保羅·克洛代爾（Paul Claude）所撰《中國模式》一文中，譯有兩首李白詩，即〈送別〉等 2 首，載《巴黎評論》（Revue de Paris）46（8. 1939，721，722 頁）。

另，〈送別〉一詩的譯文又載《法國研究》（Etudes Frang-aises）Ⅱ（5. 1941，404 頁，405 頁），並附中文原詩。

魯瓦耶（P. Royere）所撰《李白詩五首》一文，譯李白詩〈擬古〉、〈陽春歌〉、〈對酒〉等五首，載《法國研究》（EF）4（1943，298～301 頁）。

馬爾古利埃（G. Margolies）編著的《中國文學論集》一書譯有李白詩 18 首，1948 年巴黎帕約出版社出版，456 頁。

羅大剛（Lo Ta-Kang）編譯《唐人絕句百首》一書中，選譯李白詩〈怨情〉、〈玉階怨〉、〈靜夜思〉等 10 首，1942 年納夏泰爾巴孔尼埃爾出版社出版，書前冠有斯塔尼斯拉斯・菲梅（S. Fumet）的序文及羅大剛的導言。此書有德文轉譯本。

又，羅大剛譯李白詩 20 首，收入其譯著《首先是人，然後是詩人》一書，1949 年納夏泰爾巴孔尼埃爾出版社出版。

法國著名漢學家戴密微（保羅・德米埃維爾 Paul Demieville）譯著的《中國古詩選》一書，收有李白詩作。1962 年巴黎伽利瑪出版社出版，列爲「聯合國東方學選輯 16」。

20 世紀 80 至 90 年代，法國漢學界關於李白傳記與詩作的研究專著陸續出版，如：《大地上被放逐的不朽者：肖像與詩歌》（L'immortel banni Sur terre：）（1985 第二版）；《我們土地上的流放者》（1990）；達尼埃爾・吉羅（Daniel Giraud）的《道的不實性：李白、游歷者、詩人與哲學家》（1989）；維托里奧・薩爾蒂尼（Vittorio Saltini 1934～）的《李白的作品》；王，弗朗索瓦茲（Wang, Francoise）的《尋覓李白自身的不朽》（1997）等。這些研究專著都具有相當的深度，代表著法國 20 世紀後期李白研究的深層次的學術水平。〔註22〕

此外，法譯本中國古典詩集對後世影響極大的除瑞蒂・戈蒂耶的《玉書》外，尚有「巴黎 H.皮亞薩出版社出版了弗朗茲・圖森和曹商令選編的以散文形式譯成法文的中國古典詩詞《玉笛》（1920），內收李白、杜甫、王維等六十八位詩人的 170 篇作品。此書的法文版，到 1958 年爲止，至少出了 131 版，還部分的轉譯成英文、西班牙文和葡萄牙文。」〔註23〕對拉丁美洲國家的影響頗大。

〔註22〕王麗娜：〈李白詩歌在國外〉，頁 632～634。
〔註23〕馬祖毅、任容珍著：《漢籍外譯史》，頁 194。

三、德　國

德國漢學界19世紀下半葉至20世紀下半葉在評介和研究李白詩歌方面亦有豐碩的成果。如：

弗洛倫斯（C. A. Florenz）著〈中國詩論〉一文，譯有李白詩 12首，載《德國東亞學會會報》（Deutsche Gesellschaft Ostasiens, Mitteilugen）V，42（7. 1889）。此文將朔特（Schott）編譯《中國作品》一書中李白詩的譯文及聖──德尼編譯《唐詩選》一書中李白詩的譯文作比較研究，並附注釋和中文原詩。

阿爾弗雷德‧福克（Alfred Forke）著《中國詩的繁盛時期》一書中，譯有李白詩 27 首。1899 年馬格德堡（東德）商務出版社出版。

又，阿爾弗雷德‧福克譯 27 首李白詩，收入「漢堡大學中國語言及文化研究室出版物」（Veroffentlichungen des Semiars fiir Sprecheund Kultur Chinas der Hamburgischen Universitat）《唐宋詩集》3 及 4。書中附有中文原詩，1929 年漢堡弗里德里西森德格呂伊特爾公司出版。

格羅貝（Wilhelm Grube）爲柏林大學東方語教授，在其編著的《中國文學史》一書中，譯有李白詩一首。1902 年萊比錫阿梅朗格出版社出版。〔註24〕

另據《漢籍外譯史》的記載，德國對於李白詩的譯介，影響較大的應是海爾曼（Hans Heilmann）的譯著《中國古今抒情詩選》：

20 世紀初，德國出版的第一部中國古典詩集是海爾曼（Hans Heilmann）的譯著《中國古今抒情詩選》，1905 年分別由萊比錫、慕尼黑的 R.派帕公司出版。據出版人 R.派帕在回憶錄裡說：「1898 年 6 月的一天，在柏林訪問詩人阿爾諾‧霍爾茨（Arno Holz）時，發現了法譯本中國詩集，詢問霍爾茨，知道是聖一德尼譯成法文的。其中多數是李

〔註24〕王麗娜：〈李白詩歌在國外〉，頁 635。

白和杜甫的詩。霍爾茨非常喜歡這些詩，並給了高度評價，說這些詩簡直到了登峰造極的地步。他把那本書借給了我，我立即抄下其中很多詩。正好趕上一個機會，我當時正在經營出版業務，出版一種叫『果物皿』的叢書，我就決定把它放在第 1 卷，作爲單獨的中國詩歌集出版發行。到了 1904 年，我詢問霍爾茨誰能擔任翻譯，他向我推荐了他的朋友，正在擔任一份報紙的編輯部主任的漢斯‧海爾曼，海爾曼就把這些零散的中國詩全譯成了德文。」以後德國所出現的中國詩的翻譯，幾乎都與海爾曼的《中國古今抒情詩選》有關，在許多詩歌的譯著中最引人注目的是理查德‧戴默爾（Richard Dehmel）所翻譯的中國詩。戴默爾對中國詩，尤其對李白的詩，是通過海爾曼了解的，因爲他們是至友，在《中國古今抒情詩選》出版之前，戴默爾就從海爾曼那裡得到了李白的幾首詩。戴默爾最早翻譯的李白的詩是被收在苦戀》（Aber die Liebe, 1893 年）中的《中國飲酒詩》。戴默爾所譯李白詩僅五首而已，但在當時的德國詩人中卻收到意外的反響。這大概與戴默爾在德國詩壇上的名聲有關。由於戴默爾這五首譯詩，最初對李白注目的詩人並非少數。這些詩人中首推霍夫曼斯塔爾，其次是里爾。里爾古在 1907 年 8 月 30 日寄給妻子克拉拉的信中說：「我幾乎每天早晨都要列出讀書的清單，然後到國立圖書館去。在兩三天前我弄到了優美的中國詩的譯文。李白這些詩人，他們是何等了不起的詩人，他們揮手之間即可寫出詩來，他們出口成章，輕鬆自如，毫無壓力。他們的詩在這裡長期保留著，我們在經過了千年後的現在，熟練地掌握了某種外國語才能有這種感覺。」（轉引自富士川英郎《李白和德意志近代詩》，劉海章譯）里爾古在信中所說的中國詩的譯文，是指法國聖一德尼的《唐代詩》和戈蒂埃的《玉書》。可見這兩部法譯本，在德國產生了很大影響。〔註25〕

〔註25〕馬祖毅、任容珍著：《漢籍外譯史》，頁 305～306。

至於李白詩的其他翻譯，還有以下二十餘種：

奧托・豪塞爾（Otto Hauser）編譯的《李太白：中國詩歌Ⅰ》譯
注李白詩 26 首，收入《外國園地Ⅰ》（Aus fremden Garden 1）一
書，魏瑪亞歷山大東克爾出版社 1906 年初版，1922 年再版。

又，奧托・豪塞爾編譯的《李太白：中國詩歌Ⅱ》，譯注李白詩
31 首，收《外國園地 7》一書，1920 年魏瑪亞歷山大東克爾出版
社出版。

又，豪塞爾編譯的《中國詩作》（Die Chinesische Dichtung.
Mitvielen Kunstbeilagen. Bis sechstes Tausen）一書中，譯有李白
詩〈靜夜思〉、〈春日醉起言志〉、〈觀獵〉、〈春思〉、〈八荒〉、及
〈尋山僧不遇作〉等六首。1921 年柏林市布蘭杜斯出版社出版。

漢斯・貝特格（Hans Bethge）譯著《中國的笛子》（Die Chinesische
Flote）一書中，譯李白詩 15 首，曾參考漢斯・海爾曼和 J.戈蒂
埃等的譯文。1907 年由萊比錫島社出版。

克拉邦德（Klabund）譯著《花壇：中國抒情詩集》一書中，譯
李白詩〈自遣〉一首。柏林埃里克賴斯出版社出版。

又，克拉邦德的譯著《李太白詩集》，譯有李白詩 44 首，譯文採
取自由體方式。萊比錫島社出版，出版年不詳。

又，克拉邦德的譯著《鑼鼓隆隆：中國戰鬥抒情詩集》一書中，
譯有李白詩 12 首，譯文採取自由體方式。1915 年萊比錫島社出
版。

又，克拉邦德的譯著《中國、日本、波斯詩集》一書中，譯有李
白詩 43 首。1930 年維也納菲東出版社出版。

安納・貝爾哈蒂（Anna Bernhardi）譯著的《李太白》（Li T'ai-po）
長文，譯有李白詩 41 首。此文載柏林版《東方語言學院通報》
（Mtteilungen des Seminars fiir Orientalisch-Sprachen）19
（1916），文中並譯李陽冰的〈草堂集序〉，附中文原文。

衛禮賢（尉禮賢，里夏德・威廉 R.Wilhelm 1873～1930），為德國

同善會傳教士，漢學家，曾譯李白詩數首，收入其編譯的《中德對照詩歌集》一書，1922 年詹納尤金迪德里奇斯出版社出版。

又，衛禮賢譯李白詩 12 首，收入其編譯的《中國文學》一書，1926 年由威爾帕克──波士坦雅典大學出版社出版。

又，衛禮賢著《中國精神》一書中，譯有李白詩兩首，曾參考韋理的英譯文。

又，衛禮賢著〈詩與東方真情〉一文，譯有李白詩兩首，載《中國學》（Sinica）3（1928）。

生于奧地利的德國著名漢學家、翻譯家馮‧察赫（E. Von Zach 1872～1942 年），是《昭明文選》和杜甫詩歌的全譯者，他于 20 世紀 20 年代至 30 年代的十餘年間，在《大亞細亞》（Asia major）及《德國勇士》（Deutsche Wacht）兩刊物上連續發表李白詩歌的德譯文，共約 600 首，譯筆暢達、貼近原詩，受到德語讀者的歡迎和學界的高度讚揚和欽佩。1942 年察赫不幸死于海難，譯事遂告終止。〔註 26〕

洪濤生（V. Hundhausen）為德國詩人，漢學家，曾譯李白詩 29 首，收入其譯著《中國詩人：德文版》一書，1926 年萊比錫島社出版，附有中文原詩。

弗萊舍爾（M. Fleischer）譯李白詩 12 首，收入其譯著《瓷亭：中國抒情詩歌模式》一書，1927 年柏林 P.措爾奈出版社出版。

漢斯‧伯姆（Hans bohm）譯李白詩 12 首，收入其譯著《中國詩人：中國抒情詩歌模式》一書，1929 年芒切喬治 W.卡爾魏出版社出版，譯文曾參考英國漢學家韋理的譯文。

〔註 26〕關於察赫資料《漢籍外譯史》一書所錄如下：「單篇翻譯最多者為察赫（E. von Zach）。他刊載在 1924 至 1930 年《大亞細亞》雜誌上的李白樂府詩計 179 首，古近體詩計 153 首；刊載在 1930 至 1931 年《德國衛報》上的李白詩計 440 首；他還著有〈李太白古體詩的隱寓〉、〈李太白詩作〉諸文，均附有譯詩。」見馬祖毅、任容珍著：《漢籍外譯史》，頁 306。

阿爾貝特・埃倫施泰因（Albert Ehrenstein）譯著〈李白：詠華山雲詩〉（Li Po:Gesang der Wolken am Berge Hwa），一文中，譯有李白詩，載《阿特蘭提斯》（Atlantis）1，4（1929）。

恩斯特・伯爾施曼（Ernst Boerschmann）譯著〈唐代詩歌〉一文中，譯有李白詩〈元丹丘歌〉，載《中國學》（Sinica）7（1932）。

庫特・埃格斯（Kurt Eggers）著《東方的中堅：詩人李白的故事》一書，譯有李白詩及李白傳記資料，約1935年前後由斯圖加特安斯塔爾特出版社出版。

措爾坦・馮・弗郎約（Zoltan von Franyo）編譯的〈中國詩歌〉一文中，譯有李白詩〈月下獨酌〉、〈早發白帝城〉、〈夜宿〉、〈結客〉、〈丹陽湖〉、〈子夜吳歌〉等六首，載《中國學》15（1940）。又，弗朗約編譯的〈中國詩歌〉一文，續譯李白詩2首：〈北上行〉與〈戰北〉，載《中國學》17（1942）。

卡爾・阿爾貝特・蘭格（Carl Albert Lange）譯著《瓷亭：李太白詩歌選珍》一書，譯有李白詩。1946年韋德爾（霍爾斯坦因）阿爾斯特爾出版社出版。

埃里希・馮・貝克拉特（Erich von Beckerath）譯著《李太白通俗敘事詩》一書，譯有李白敘事詩，1947年符騰堡洛爾希布格爾出版社出版，附有插圖。

保羅・呂特（Paul E. H. Liith）譯著《絲之光澤的月亮：老子與李太白傳奇》一書，譯有李白詩，威斯巴登林梅斯出版社出版。

漢斯・席貝爾胡爾特（Hans Schiebelhurth）的譯著《詩：不朽的李太白》一書，譯有李白詩，1948年達姆施塔特（西德）達姆施塔特出版社出版。

馮M.施蒂阿斯尼（Von M. Stiassny）編著〈瑞士私藏中國肖像畫〉一文，載《亞洲研究》（Asiatische Studien）1／2，192（1948），其中轉引了馮・恰爾納（E. H. von Tscharner）所譯李白的〈襄陽歌〉。

羅大綱編譯法文本《唐文絕句百首》一書，選有李白詩〈怨情〉等十首，1944 年由蘇黎世拉舍爾出版社出版。

京特・德邦（Giinther Debon）譯著《李白詩選》一書，1962 年斯圖加特雷克拉姆出版社出版。〔註27〕

可見李白詩在德國受到重視的情形，及其受到英法譯本的影響。

但這些李白詩歌的譯者，大多都不懂中文，他們僅憑別人的譯本，及自己心中的靈氣與想像，即將詩歌意譯而成。如克拉朋《李太白詩集》裡有一首詩是這樣譯的：

> Wolken Kleid
>
> Und Blume inr Gesicht
>
> Wohlgeruche wehen
>
> Verliebter Fruhling!
>
> Wind sie auf dem Berge Stehen,
>
> Wage ich den Aufstieg nicht,
>
> Wenn sie sich dem Monde weight,
>
> Bin ich weit,
>
> Verliebter Fruhling!

其原詩是：「雲想衣裳花想容，春風拂檻露華濃，若非群玉山頭見，會向瑤臺月下逢。」而看譯詩，內容完全大異其趣。但克拉朋的詩歌形式由於模仿中國絕句，因而多去掉動詞，使主語、賓語分不清而造成特殊的美感，這與德文創作不同。（轉錄於宋柏年主編的《中國古典文學在國外》）〔註28〕

除了翻譯的特殊性之外，李白詩與二十世紀德國的音樂創作，亦結下了深厚的緣分，其中尤以漢斯・貝特格（Hans Bethge）譯著的《中國的笛子》（Die Chinesische Flote）最爲特殊，筆者十分喜愛的德國作家、一九四六年諾貝爾文學獎得主赫塞（1877～1962）在當年所寫的評論裡說：「這是一部中國各世紀的優秀抒情詩選，構成其峰頂的

〔註27〕王麗娜：〈李白詩歌在國外〉，頁 637～639。

〔註28〕馬祖毅、任容珍著：《漢籍外譯史》，頁 307。

是李白，他的豪放氣質使我們想起希臘人、義大利人和戀歌詩人。」
〔註29〕本書「出版後，其中許多詩被作曲家譜成歌曲。如李白的〈春夜洛陽聞笛〉，就先後由瑞典作曲家斯約倫格和奧地利作曲家威伯恩譜成了歌曲。德國作曲家和指揮家馮·弗蘭肯施泰因甚至把李白一生故事寫成了歌劇《皇帝與詩人》。」〔註30〕更值得一提的是：

> 奧地利作曲家瑪勒（1860～1911）根據《中國的笛子》中的唐詩創作了一部交響聲樂套曲。1907 年，瑪勒橫遭王公貴族的攻擊，毅然辭去維也納皇家歌劇院的職務。次年，他來到阿爾卑斯山下的一個村莊，讀了隨身帶回的《中國的笛子》，李白等中國詩人的悲壯情懷和瑰麗詩章激起他的強烈共鳴。他從詩集中選了七首為歌詞，譜寫了《大地之歌》。第一樂章《悲傷的塵世飲酒歌》是根據李白〈悲歌行〉寫成；第三樂章《少年》是根據李白詩而作；第四樂章《美女》是根據李白〈採蓮曲〉寫成；第五樂章《春日的醉漢》是根據李白〈春日醉起言志〉而作；末章《送別》是根據王維〈送別〉和孟浩然〈宿業師山房期丁大不至〉寫成。《大地之歌》是瑪勒的代表作，於 1911 年 11 月 20 日在慕尼黑首次公演，以後一直被譽為東西方文化交流的輝煌結晶。遺憾的是，瑪勒在《大地之歌》首演的當年 5 月 18 日在維也納與世長辭了。〔註31〕

馬勒《大地之歌》六部樂章的歌詞來源除上述說法之外，王麗娜的看法卻略有不同：

> 《大地之歌》六部樂章的歌詞來源包括李白的〈將進酒〉、〈短歌行〉、〈采蓮曲〉、〈春日醉起言志〉，以及孟浩然的〈宿業師山房期丁大不至〉、王維的〈送別〉這六首詩作。而第二樂章歌詞所採用的是錢起詩〈效古秋夜長〉，第三樂章《青春》歌詞來源于李白的〈宴陶家亭子〉。1998 年德國交響樂

〔註29〕馬祖毅、任容珍著：《漢籍外譯史》，頁 308。
〔註30〕同前註所揭書，頁 311。0
〔註31〕同前註所揭書，頁 311。

團曾來華演出《大地之歌》，當時該團尚不知第二、第三樂章歌詞源于何人之作品。經趙毅衡教授及錢仁康教授的考證，今既知《大地之歌》六個樂章所採用的 8 首唐詩，李白詩作即占了 5 首，由此亦可見出李白詩歌在西方所產生的巨大影響。〔註32〕

兩則說法略有差異，現據羅基敏〈世紀末的頹廢：馬勒的《大地之歌》〉加以整理，提供一更完整的看法：

馬勒在《大地之歌》的每一個樂章前，都依照貝德格的書，標明了詩的名字；無論是有心或無意，馬勒選取的詩均出自唐朝。因此，比較貝德格的著作何他所提出的這些法文（按指聖──德尼編譯《唐詩選》）、德文書（按指海爾曼的譯著《中國古今抒情詩選》），我們可以很清楚的看出這幾手中國詩經過多層轉化，成為馬勒《大地之歌》歌詞的過程。這些詩人的名字自然成為尋找原詩的最佳線索，不同的研究結果找到的可以和第一、第四、第五和第六樂章對應之原始中國詩歌詞之作者，均無出入。對於第二和第三樂章的中國詩來源，則有各種不同的看法，馬勒標示的第二樂章歌詞之作者為 Tschang-Tsi，有可能是錢起或張繼；第三樂章為 Li-Tai-Po，無疑的是李白。〔註33〕

該文在最後更附錄《大地之歌》歌詞中譯，可知第一樂章〈大地悲傷的飲酒歌〉源自李白〈悲歌行〉、第二樂章〈秋日寂人〉源自張繼、第三樂章〈青春〉源自李白〈宴陶家亭子〉、第四樂章〈美〉源自李白〈採蓮曲〉、第五樂章〈春日醉漢〉源自李白〈春日醉起言志〉、第六樂章〈告別〉源自王維〈送別〉及孟浩然〈宿業師山房期丁大不至〉。當然，第二樂章到底源自錢起或張繼仍有異說，然無關本文主旨，茲不贅述。最後引述一段貝特格《中國的笛子》中對李白的描述做結：

他的詩寫出人世間消失的、散滅的、說不出的美，道出了

〔註32〕王麗娜：〈李白詩歌在國外〉，頁 636。

〔註33〕羅基敏：《文話／文化音樂：音樂與文學之文化場域》（臺北：高談文化出版公司，1999 年 2 月），頁 158。

永恆的痛苦、無盡的悲傷和所有似有若無的謎象。在他胸中根植著世界深沈陰暗的憂鬱，即使在最快樂的時刻，他也無法忘卻大地的陰影。倏忽消逝正是他情感裡一直呼喊的印記。〔註34〕

四、義大利

義大利對李白詩歌的譯介，晚至二十世紀中期才開始。據《漢籍外譯史》的記載：

> 1956 年米蘭意大利中國文化學院出版了馬里亞・阿特塔爾多・馬格里尼（Maria Attardo Magrini）的譯著《偉大的中國詩人李白》（I grandi poeti inesi:Li-Po），包括李白傳記介紹和 42 首詩作的翻譯、注釋與評述。其後近 30 年裡義大利對中國古典詩歌譯介幾乎處於停滯狀態，直到 1980 年義大利都靈 UTET 出版社才出版我國唐代詩人李白、杜甫、白居易的詩歌合集《玉樽》，這是義大利第一次較爲系統介紹我國唐代詩壇三傑的譯本。這部詩集精選了三大詩人的 120 首詩作，其中李白詩 41 首，杜甫 38 首，白居易詩 41 首。譯者是維爾瑪・科絲坦蒂妮（Vilma Costantinis）。
> 維爾瑪・科絲坦蒂妮是義大利女漢學家，曾翻譯過巴金長篇小說《憩園》及其他中國文學家的作品，還經常撰寫有關中國文學的評論，熱心中、義文化交流。《玉樽》是她近 5 年辛勤勞作的成果。科絲坦蒂妮在該書序言中對中國古典詩歌的概貌與發展以及李白、杜甫、白居易的詩歌創作都作了詳盡的論述。在翻譯過程中，她一絲不苟，每句譯文都要反覆推敲。她採用嚴格、整齊的節奏、音步，較爲成功地表達了中國古典詩歌的意境和音韻。〔註35〕

另有「維托里奧・薩爾蒂尼（Vittorio Saltini 1934～）著《位居首位的李白著作》（Ⅱ Primo Libro di Lipo），該書 20 世紀 90 年代被轉

〔註34〕羅基敏：《文話／文化音樂：音樂與文學之文化場域》，頁 182。
〔註35〕馬祖毅、任容珍著：《漢籍外譯史》，頁 341。

譯爲法文，巴黎出版，353 頁。」〔註36〕

五、蘇　聯

俄羅斯科學院東方學研究所 H.C.李謝維奇教授指出：

> 十九世紀最著名的漢學家、科學院院士 B. H.華西里耶夫在
> 他所著《中國文學史》一書中寫道：「中國的詩人成千上萬。
> 當然，我們可以只去研究像司馬相如、杜甫、李太白、蘇東
> 坡這樣的大詩人。但要從他們的詩歌中做出取捨，也需要更
> 爲詳盡的專門研究。而這正是我們未能做到的。」在當時的
> 一般性文獻中，……我們能夠查找到的有關李白的資料，僅
> 限於「李白是中國最著名的詩人之一」這一類的話。〔註37〕

就整體而言，俄羅斯對中國古詩的翻譯要比英譯、法譯等晚約
一世紀。「時間快進入二十世紀時，……問世不少有關中國的翻譯作
品，廣大讀者才得以或多或少地瞭解到李白，儘管某些敘述來源於
並不十分準確的二手，甚至是三手資料。比如，在《中國詩歌概況》
（譯自義大利語，1896 年）中的兩頁有好幾處拿歐洲詩人跟李白做
簡單幼稚比較的文字；說李白儘管有『崇高的精神境界，但卻是嗜
酒如命的人』；還說李白喜歡粉飾太平，詩歌創作中充滿享樂主義等
等。」〔註38〕可見十九世紀的俄國，對於李白的認識仍極爲膚淺片
面。「直到世紀交替之際的 1896 年才出現俄譯本《中國日本詩選》，
〔註39〕內收李白、杜甫的詩歌，而這些中國古詩也都是從西方文種
轉譯而來的。」〔註40〕另據王麗娜所云：「多布羅霍多夫譯李白詩一
首，載《外國文學通報》5～7 期（1908）。又，多布羅霍多夫譯李

〔註36〕王麗娜：〈李白詩歌在國外〉，頁 640。
〔註37〕俄‧H.C.李謝維奇〈俄羅斯漢學家怎樣學習及翻譯李白詩歌〉（中國
李白研究：李白與天姥國際會議專輯），頁 395。
〔註38〕同前註所揭書，頁 395～396。
〔註39〕該書據王麗娜所云：「諾維奇譯李白詩《紅花》（原題〈宣城見杜鵑
花〉），收入其翻譯的《中國日本詩選》一書，1896 年聖彼得堡出版。」
見王麗娜：〈李白詩歌在國外〉，頁 641。
〔註40〕馬祖毅、任容珍著：《漢籍外譯史》，頁 424。

白詩《異鄉》等 2 首，載《外國文學通報》2 期（1910）。」可說是
以俄文直譯中國古詩的最早文獻資料了。

　　然而「俄羅斯讀者得以真正了解李白，應歸功於著名漢學家、科
學院院士 B. M.阿列克塞耶夫和他的學生們。1906 年至 1909 年阿列
克塞耶夫院士在中國作了長時間的旅行。其間，他感受到詩人李白在
他的祖國所受到的愛戴，為之震撼。……他把李白的詩歌譯成了散
文。但這卻是嚴肅認真和忠實的譯文。……他在 1920 年出版的《中
國文學簡史》中稱讚李白是『先知詩人』、『語言大師』、『民族巨人』。
在該書中阿氏寫道：『李白在詩歌創作中達到了前人所未能達到的廣
闊境界。李白的天才有待於俄羅斯文學界去發現，而俄羅斯文學界對
他的了解很少，而且很膚淺。』」〔註41〕

　　阿列克賽耶夫對於李白的譯作及研究著作相當多，「〈天才詩人李
白的散文詩〉一文，載《俄羅斯東方古文獻學會會刊》，1911 年聖彼
得堡科學院印刷所出版。又，阿列克賽耶夫譯李白詩〈春日醉起言
志〉、〈春怨〉、〈秋日〉、〈怨情〉、及散文〈春夜宴從弟桃花園序〉，載
《俄羅斯古文獻學會東方分會會刊》20 卷（1911）。又，阿列克賽耶
夫著《中國文學》一書中，譯有李白詩並有對李白詩歌創作的評論，
1911 年初版，1917 年再版。又，阿列克賽耶夫譯《古詩》，選自李白
的自序詩，載《東方》（Boctok）第 2 卷（1923），附導言簡介及注釋。
又，阿列克賽耶夫譯李白「四行詩」，即〈王昭君〉、〈相遇〉、〈玉階
怨〉、〈襄陽歌〉、〈清平調〉、〈洛陽陌〉、〈少年行〉、〈白鼻騧〉、〈高句
驪〉、〈靜夜思〉、〈賈客樂〉、〈渡漢江〉與〈秋溪〉等 13 首，載《東
方》（Boctok）5（1925）。」〔註42〕

　　此外如「葉戈里耶夫及馬爾科夫合作譯《中國詩歌》一書中，譯
有李白詩四首〈河邊〉、〈紅木槿〉、〈玉階怨〉、〈春日漁夫〉，此書 1917
年聖彼得堡出版。

〔註41〕俄・H.C.李謝維奇〈俄羅斯漢學家怎樣學習及翻譯李白詩歌〉，頁 396。
〔註42〕王麗娜：〈李白詩歌在國外〉，頁 642。

別斯多夫斯科克著《中國唐代關於佛教的詩歌綜論》一文中，譯有李白詩〈綠水曲〉、〈寄宿〉、〈靜思夜〉，此文收入《土耳其斯坦論文集，獻給東方學院什米德特教授》一書，1923年塔什干出版。

前蘇聯1923年和1927年兩次出版的《七至九世紀中國抒情詩選》一書，譯有李白、杜甫、白居易等54位詩人的詩作，此書並列克謝耶夫撰寫的序言。

瓦西里耶夫撰「李白詩」（Lipo）辭條，收入前蘇聯版《文學百科全書》第6卷（1932）。」〔註43〕其辭條內容至此尚可見到「諸如：『李白是那個時代最高官僚階層的代表人物』、『他的詩歌創作是典型的封建貴族詩歌』一類的解釋」，〔註44〕當然，這樣的評論與當時的政治環境與思潮有關，似乎也不必過於苛責。

時至「1946年12月，在列寧格勒大學O. JI.費舍曼答辯了以研究詩人李白為題的副博士論文。這是研究中國文學的第二篇學位論文。第一篇是研究屈原詩歌創作的論文。……這種順序恰好符合兩位偉大詩人的歷史順序，先是屈原，後來是李白。費舍曼論文的題目是《西方學者論李白》，因為論文是利用西方文獻資料寫成的。……她的第一本書《李白生平和創作》寫成後十二年才得以出版。確切些說，這也許夠不上一本書，只是一本小冊子，一共才五十頁。」〔註45〕

「戰後蘇聯讀者重新接觸李白詩歌始於1955年。當時除諷刺性畫報《鱷魚》外，唯一的一份畫報《星火》雜誌刊載了偉大女詩人阿赫瑪托娃選譯的幾首李白的詩。」〔註46〕據王麗娜一文所載：「阿赫馬多沃伊譯李白詩〈灞陵行送別〉、〈關山月〉、〈金陵城西樓月下吟〉等首，載《星火》23（1955）。」〔註47〕

〔註43〕王麗娜：〈李白詩歌在國外〉，頁642。
〔註44〕俄·H.C.李謝維奇〈俄羅斯漢學家怎樣學習及翻譯李白詩歌〉，頁397。
〔註45〕同前註所揭書，頁397。
〔註46〕同前註所揭書，頁398～399。
〔註47〕同前註所揭書，頁643。

「不久之後，一位失寵的詩人阿‧基多維奇的翻譯引起讀者的注意。1957 年他的單行本《李白抒情詩選》問世，收集李白譯詩一百餘首。基氏譯詩以其明快的節奏感，邏輯的完整性以及淺顯的文字，得到俄羅斯讀者的認可。」〔註48〕阿‧基多維奇的翻譯作品極多，茲分列如下：

阿‧基多維奇譯著的〈詩作〉一文中，譯有李白詩〈靜思夜〉、〈獨坐敬亭山〉、〈玉階怨〉、〈自遣〉、〈憶東山〉等 5 首，載《新世界》1953 年 10 月號。

又，阿‧基多維奇譯李白〈詩一首〉，載《星》1953 年 10 月號。

又，阿‧基多維奇譯李白詩〈長干行〉與〈怨情〉兩首，載《星》1955 年 8 月號號。

又，阿‧基多維奇譯李白詩〈蘇武〉與〈寄遠〉。載《星》1956 年 1 月號，附孟澤列勒的注譯。

又，阿‧基多維奇譯李白詩〈月下獨酌〉，載《涅瓦》1956 年 1 月號。

又，阿‧基多維奇譯著《中國抒情詩選珍》一書，1957 年莫斯科文學出版社出版，書中包括李白詩選文多首，附班科拉多夫序言，孟澤列勒的注譯，由費德林總校。〔註49〕

其他李白詩的譯介作品如：

艾德林譯〈桃花潭〉（原題《贈汪倫》），載《新世界》10（1954、119 頁）。

又，艾德林、索洛金合著《中國文學》，1962 年出版：艾德林著《中國現代文學》；艾德林著《唐代簡訊》，載 1970 年出版的《東方各民族文學》一書等，都有對李白生平介紹和李白詩作的論述。

〔註48〕俄‧H.C.李謝維奇〈俄羅斯漢學家怎樣學習及翻譯李白詩歌〉，頁399。

〔註49〕王麗娜：〈李白詩歌在國外〉，頁 643。

費德林著《中國文學簡史》，書中對唐代文學及李白詩作等作爲重點介紹，1956 年出版。

又，費德林著《偉大的詩人李白》，載《蘇聯科學院學報，文學語言類》第 3 輯（1973）。

又，費德林著《中國古典文學與現代文學》一書，有李白介紹及李白《菩薩蠻》等作品的譯文，並附有關李白的論著目錄索引，1981 年莫斯科文學出版社出版。

潘克拉托夫譯《李白抒情詩選》，前蘇聯 1957 年出版。

菲什曼著《李白生平與創作》，前蘇聯 1958 年出版。

多羅布切夫譯《白頭吟》，收入《中國語文學問題》一書（44～45），1974 年莫斯科出版。

巴斯馬洛夫譯〈春夜洛陽聞笛〉，載《貝加爾》6（1972）。

又，巴斯馬洛夫譯李白〈菩薩蠻〉詞一首，收入費德林主編的《中國古典文學與現代文學》一書，又載《眞理報》1975・9・15。

又，巴斯馬洛夫譯李白詩，載《新世界》12（1973）；《外國文學》3（1973）。

另，前蘇聯出版的綜合性詩集，如《中國詩選》四卷集（1957～58）、《中國古典詩歌集》（1957）、《中國古代抒情詩選》（1969）、《印度、中國、朝鮮、日本古代詩歌集》（1977）、《中國抒情詩選》（1979）以及《唐宋詩選》等，亦收有李白詩詞的譯文及研究文章。

李謝維奇教授也曾試著翻譯過李白的詩歌，他說：「青年時代我曾寫過詩，參加過《中國詩歌選集》的翻譯工作，譯過魯迅的詩、樂府詩和一些其他的東西。不過，當我試圖翻譯令我如此陶醉的李白詩，我推敲翻譯的結果，發現我的譯文缺少最重要的東西，那就是李白所特有的那種磅礴的氣勢和豪放。」〔註 50〕後來他將二十餘

〔註 50〕俄・H.C.李謝維奇〈俄羅斯漢學家怎樣學習及翻譯李白詩歌〉，頁

首李白詩歌的譯文，及可能的譯法、詞語意義的解釋、全詩意境的
說明提供給烏克蘭詩人瓦列里・依里，然後他再將其創作爲烏克蘭
詩歌。後來譯詩載於《世界》雜誌 1973 年最後一期，署名即是他們
倆人的名字。〔註 51〕

　　另據《漢籍外譯史》的資料顯示：「70 年代，蘇聯對中國古典
詩歌，特別是唐詩的譯介有增無減，80 年代末，蘇聯文藝出版社計
劃出版的 40 部中國文學叢書之一——《中國唐詩集》在莫斯科出
版。蘇聯著名漢學家費德林院士在《蘇維埃文化報》上撰文介紹這
部詩集時說，中國古代以詩才輩出而著稱於世，它的美好詩歌至今
生機盎然，並成了全人類永恆的文化寶庫的一個組成部分。1984 年
12 月在第五屆『莫斯科之秋』音樂節上演出了蘇聯作曲家根據杜甫
詩歌編寫的合唱組曲《四川悲歌》，其中有〈茅屋爲秋風所破歌〉、〈夢
李白〉等 22 首。1986 年 4 月在原蘇聯哈薩克斯坦共和國的首都阿
拉木圖舉行的音樂會上，音樂家們演奏了爲李白詩歌譜寫的樂曲。」
〔註 52〕顯見俄國的音樂界同德國、瑞典、奧地利一樣，都對李白的
作品產生極高的興趣。

六、捷　克

　　捷克斯洛伐克對於李白詩的譯介，首見於「1976 年布拉格 Odcon
出版社出版了馬爾塔・呂薩瓦翻譯的《李白詩選》（Lipo:Mesic　nad
Prusmykem），譯注本是東歐同類譯本中最爲出色的一種，該譯本中
每首詩後有詳盡的注釋，彩色水墨插圖，插圖說明由魯伯爾・哈傑克
（Lubor Hajek）撰寫，還附有指導性的序言及跋文，介紹唐代詩歌及
李白的生平，對捷克讀者了解李白有很大的幫助。」〔註 53〕

　　　400。
〔註 51〕俄・H.C.李謝維奇〈俄羅斯漢學家怎樣學習及翻譯李白詩歌〉，頁
　　　400。
〔註 52〕同前註所揭書，頁 424～425。
〔註 53〕馬祖毅、任容珍著：《漢籍外譯史》，頁 473。

七、匈牙利

匈牙利對於李白詩歌的譯介情形，據《漢籍外譯史》記載有以下三種：

1959 年布達佩斯出版了佐爾丹・弗蘭尼奧（Zoltan Franyo）編譯的《中國詩選》，譯有李白等人的詩，附阿馬爾塔、魯薩瓦（M. Rysava）撰寫的〈李白〉跋文一篇。

1961 年出版了巴爾納巴斯・宗喀爾（Barnabas Csongor）等譯的《李太白詩選》（歐羅巴），附插圖及宗喀爾撰寫的「跋」。

1976 年出版了由德麥尼・奧托（Dcmeny Otto）、伊斯特萬（S. Istvan）、奧爾班・奧托（O. Otto）等人合譯的《李太白詩選》（歐羅巴）。〔註54〕

八、羅馬尼亞

《漢籍外譯史》記載羅馬尼亞在李白詩譯介情形，有以下幾種：

1957 年布加勒斯特文學藝術出版社出版的門德里安・馬尼烏（Adrian Maniu）的譯著《李太白》（Din cintecele lui li-Tai-pe），內收李白詩作 100 首的譯文與評述和李白傳記，並附「李白月下獨酌」古畫一幅。

1961 年，布加勒斯特迪內勒杜魯伊出版社出版了尤瑟賓・卡米拉爾（Eusebin Camilar）編譯的《李太白》（Li-Tai-Pe）一書，附譯者序一篇和李白畫像一幅。

1978 年，布加勒斯特宇宙出版社出版了《唐代三詩人：李白、王維與杜甫》（Trei Poetidin Tang:Li Pai-Pe, Van Vei, Dufu），共 188 頁，譯有李白〈贈孟浩然〉、〈敬亭山〉、〈贈杜甫〉等 31 首，杜甫詩 15 首及王維詩多首，附序言、插圖及注釋，譯者是韋什庫和伊夫・馬爾丁諾維奇。〔註55〕

〔註54〕馬祖毅、任容珍著：《漢籍外譯史》，頁 480～481。
〔註55〕同前註所揭書，頁 489。

此外，「1982 年 2 月 10 日羅馬尼亞作家協會舉行了唐詩晚會。會上介紹了我國初唐、盛唐、中唐和晚唐各個時期的傑出詩人及其代表作品，用中、羅兩種語言朗誦了陳子昂、李白、杜甫、白居易、李商隱等名家詩作。作家鮑烏爾・安蓋爾發表講話說：『有三千多年歷史的中國詩歌，其意境之深邃，格律之嚴整，都是值得借鑒的。但願今後有更多的中國詩詞介紹到羅馬尼亞。』」〔註56〕

九、阿爾巴尼亞

「伊斯麥爾・卡塔爾（Ismail Kadare）編譯《中國唐詩選》（Poezi Klaasikc Kineze〔epoka Tan〕）一書，譯有李白詩多首。1961 年地拉那出版。」〔註57〕

十、瑞　典

據《漢籍外譯史》所云：「瑞典的漢學已有 70 多年歷史，其首創者爲語言學家高本漢（Berhard Kanlgren）。但在這半個多世紀中，譯介中國文學的數量與時間相比頗不相稱。第二次世界大戰前，在瑞典幾乎看不到中國文學作品的瑞典文本，就是有些唐詩之類，也是從英、德、法文轉譯的。戰後，中國文學才被逐漸介紹過去。目前的瑞典斯哥爾摩東方語言學院中文系，已成爲北歐中國研究的重要單位之一，由高本漢的學生馬悅然（Goran Malmqvist 1924～）擔任該系的系主任和漢學教授。……瑞典對中國古典文學譯介的不多，馬悅然譯有《唐代三首詩譯注》。……20 年代初瑞典作家的格倫和奧地利作曲家威伯恩合作，把李白名作〈春夜洛陽聞笛〉、〈春日醉起言志〉、〈靜夜思〉譜成曲子，廣爲傳唱。」〔註58〕

十一、西班牙

〔註56〕馬祖毅、任容珍著：《漢籍外譯史》，頁 489。
〔註57〕王麗娜：〈李白詩歌在國外〉，頁 641。
〔註58〕馬祖毅、任容珍著：《漢籍外譯史》，頁 497。

西班牙對於李白詩的譯介有以下三種：

「馬塞洛・德・胡安（Marcela de Juan）編譯《中國詩精華錄》（Breve anthologia de la poesia China）一書，譯有李白詩，1948年馬德里西方雜志社出版。

馬塞洛・德・胡安（M. de Juan）編譯《中國詩歌精華錄續集》（Segunda antologia de la poesia China）一書，亦譯有李白詩，1962年馬德里西方雜志社出版。

路易斯・恩里克・德拉諾（Luis Enrque Delano）譯著《李白詩選》（Poemas de Li Po），1962年智利聖地亞哥大學出版社出版。」〔註59〕

十二、葡萄牙

葡萄牙對於李白詩的譯介有以下二種：

「1922年，葡萄牙出版了由安東尼斯・卡斯特羅・費若（Antonis Castro Feijo）譯注的《中國詩選》（Cancionerio Chines）。1922年，斯特布勒（Jordan Herbert stabler）將其轉譯成英文，書名《李太白詩選》（Songs of Li-Tai-Pe），在紐約出版。」〔註60〕

「《李白詩選》（Poemas de LiBai），1996年澳門文化研究出版第2版，328頁。」〔註61〕

第二節　李白詩歌在美洲

一、美　國

美國翻譯中國古典詩的第一部結集，據《漢籍外譯史》記載是詩人埃茲拉・龐德（Ezra Pound, 1885～1082）所譯的《華夏集》（Cathay），

〔註59〕王麗娜：〈李白詩歌在國外〉，頁639。
〔註60〕馬祖毅、任容珍著：《漢籍外譯史》，頁497。
〔註61〕王麗娜：〈李白詩歌在國外〉，頁639。

該書於 1915 年 4 月首版於倫敦，〔註62〕但從王麗娜的資料中卻另有「梅里爾（S. Merill）譯李白詩〈神祕的笛子〉（原題〈春夜洛陽聞笛〉）、〈紅花〉（原題〈宣城見杜鵑花〉）等 6 首，收入梅里爾著《散文中的輕鬆小品》（Pastels in Prose）一書（91，93～96 頁），1890 年于紐約出版。這六首詩都是從戈蒂埃所著《玉書》法文本選譯的。」〔註63〕

　　然而從影響層面言，美國翻譯中國古典詩影響最深遠的結集，應是詩人埃茲拉‧龐德（Ezra Pound, 1885～1082）的《華夏集》（Cathay），《漢籍外譯史》對本書完成的過程有頗為詳細的敘述：

> （本書於）1915 年 4 月首版於倫敦，收詩 14 首，內譯《詩經》一首，餘為屈原、李白、王維的詩。1916 年 9 月以《祓除》（Lustra）為題重印，並增添了 4 首。這時，龐德還不懂中文，他是怎麼翻譯的？這裡不得不提一提俄尼斯特‧費諾羅薩（Ernest Fenoollosa）。費諾羅薩畢業於哈佛大學神學院，對哲學頗有研究，1877 年應聘去日本新成立的東京大學哲學系任系主任，1890 年回美國，任波士頓藝術博物館日本館館長。因離婚事在波士頓引起極大反響，迫於輿論，只好辭職，於第二次結婚後再度去日本。此時，開始廣泛涉獵日本古典戲劇和中國哲學與文學。他跟日本漢學家毛利教授學習中國古詩時，詳細記下講課筆記，回到美國便著手寫《中國和日本的藝術時代》一書，因突然死於心臟病而未能完成。他的夫人瑪麗‧費諾羅薩久聞龐德之名，請他整理丈夫留下的數百頁讀書筆記，其中有粗譯成英文的日譯漢詩 150 餘首。龐德對日語和漢語幾乎一無所知，僅憑費諾羅薩的詳細筆記和注釋，從中選出十幾首中國古詩整理出版為《華夏集》。如其中一首李白原詩是「故人西辭黃鶴樓，煙花三月下揚州。孤帆遠影碧空盡，惟見長江天際流。」龐德予以英譯，現回譯成中文是：
>
> 「Ko-jin 從 Ko-KaKu-ra 向西行／煙霧的花朵在江上迷迷茫

〔註62〕馬祖毅、任容珍著：《漢籍外譯史》，頁 348。
〔註63〕王麗娜：〈李白詩歌在國外〉，頁 617。

茫。／他的孤帆在遠方的天空留下斑點，而我現在只能看到江水，／那長長的 Kiang，接著天宮。」按"Ko-jin"是「故人」的日文譯音，而不是人名，「西辭」意爲離開西方往東走，龐德卻以爲一如英文中的"Leave for the west."大概費諾羅薩也不清楚"Ko-KaKu-ro"是日文「黃鶴樓」的發音，因此龐德更不明眞象了。（見郭爲《埃茲拉‧龐德的中國湯》）盡管譯本存在著某些缺點，但《華夏集》在英語世界的影響卻是巨大的。1992 年諾貝爾文學獎得主聖盧西亞島作家德里克‧沃爾科特（D. Walcott, 1930～）說他的詩歌在追求簡明詩體方面就曾受到中國古典詩歌的影響。在獲獎後接受記者採訪時，他談到中國詩給他印象最深的是李白的作品，他讀的唐詩譯本便是龐德和韋利兩位的。他說，中國古典詩歌對他的影響主要是明晰（Clarity）和寧靜（Calm）兩個方面。不過，他承認這是兩個不容易做到的素質。另外，他對中國文字使中國詩顯得洗淨稱羨不已，因爲英文做不到這一點。可見，他的詩歌風格與形式的轉變，變得簡潔明晰，與中國古典詩歌存在著一段不尋常的淵源關係。（參見常沛文《艾茲拉‧龐德——傳播中國文化的使者》）

《華夏集》這本僅有 18 首詩的薄薄小冊子，被人稱爲龐德本人對文學的「最持久的貢獻」，在美國現代文學史中總忘不了提及這本書。美國專攻龐德詩學和詩歌的專家傑夫‧特威切爾博士，對這本小書的翻譯，曾作過如下的評述：「龐德加工費諾羅薩有關中國詩的筆記時，根本不懂中文⋯⋯費諾羅薩抄下每首中國詩，每個中國字下面都注上日語發音並加以直譯，然後對每行進行初譯，在必要之處加上注釋。這些充其量不過是學習筆記。⋯⋯龐德就是在這樣的基礎上進行加工的。龐德完全忽視了原作的音韻（當時他不可能了解）。⋯⋯他對保留原作的傳統詩歌結構不感興趣。值得一提的是，龐德翻譯用其它他所熟悉的語言寫的詩歌時，他通常最關心原作的音韻。但在完全不通曉中文和費諾羅薩的筆記非常粗糙的情況下從事加工改寫，這就

給他探索自由詩結構以最大的自由。結果,《華夏集》的語
言在他所有譯文中最簡樸,最不受古語影響。換言之,大
大出乎意料之外的是,它的語言最當代化,盡管在時間和
文化上存在極大的差別。龐德的譯文保留了古風和異國情
調,主要是通過詩歌中真實性的內容獲得的,或者說通過
詩歌狹窄的意象成分以及保留中國地名(雖然通過日譯轉
譯)獲得的。不過,龐德選擇使用當代語言是強調詩歌的
人本主義性質,即強調這些外來文化的作品所表達的思想
感情和體驗與西方讀者的思想感情何其相似。若批評龐德
的中國詩歌翻譯不精確,而不考慮他譯文後面的總體觀念
和設想,那是沒有什麼意義的。有些錯誤也許源出於費諾
羅薩的筆記,其餘的則屬於龐德有意識的改動。……例如,
龐德改譯的李白〈長干行〉一詩第十三和第十四行有兩個
民間傳說,如不加注,西方讀者當然不可領會,龐德於是
把這兩行中的典故改成一個大致與詩的整個主題和口氣相
稱的意象。與原作對照,他的譯文出現了許多所謂的「失
誤」,但這可以理解,因為龐德努力讓西方讀者理解譯文而
不需加注。(《龐德的〈華夏集〉和意象派詩》,張子清譯)〔註64〕

這樣的翻譯過程想來真有些不可思議,然而也因著他不懂中國古語,
反而造成他譯文最簡樸、最不受古語影響的特色,更因為他選擇使用
當代語言是強調詩歌的人本主義性質,即強調這些外來文化的作品所
表達的思想感情和體驗,與西方讀者的思想感情何其相似。

彼得‧艾克洛德(Peter Ackroyd):「在這本書問世之後,艾略特
稱譽龐德為:『我們這個時代之中國詩的發明者。』然而《華夏》的
成就並不僅限於此;它以鮮明的影像與輪廓為英詩開創了新局面。它
的鏗鏘有力來自於清楚的陳述,而非濫情傷感或駢文贅字;以一種慷
慨的抒情對焦慮、失落和悔恨的本質直接陳辭。但其長處在於白描而
非聯想,在於直接的意象而非類推。」〔註65〕或許,這種不執著語言

〔註64〕馬祖毅、任容珍著:《漢籍外譯史》,頁350～351。
〔註65〕彼得‧艾克洛德著‧謝瑤玲譯:《龐德》(臺北:貓頭鷹出版社,2001

形式的譯作，在某種程度上反而更深入、更能打動人心。

繼龐德之後，對於中國詩的翻譯，影響亦極深遠的是美國女詩人艾米・洛威爾（Amy Lowell 1874～1925）的《松花箋》（Fir-Flower Tablets）：

推出《松花箋》（Fir-Flower Tablets）的是美國女詩人艾米・洛威爾（Amy Lowell 1874～1925）。當然，龐德譯中國詩受到當時英美人的讚賞，對艾米一定有所啓發。1917 年秋天，艾米遇到了她原來認識的女友弗洛倫斯・埃斯考孚夫人（Mrs Florlence Agscough）。艾米在《松花箋》一書的序言裡描述了她們這次會面和以後合作的情況：「她（埃斯考孚）帶來了一大批供展覽用的中國畫，其中許多是所謂『字畫』。她粗略地翻譯了這些字畫，想用來爲她的演講做例證。她帶這些來是請我把它們譯成詩的形式。當時我被這些詩迷住了，在談論了這些詩之後，我們意識到這是我們樂於進行合作的一片領域。她回中國去後，我們商定要出一個集子、專門翻譯中國古典作家的作品。這種翻譯與她通常的工作倒是相符的，而我則急於想盡我所能去閱讀中國詩人的原著。」（轉引自美國邁克爾・卡茨《艾米・洛威爾與東方》，韓邦凱譯）埃斯考孚夫人的父親是加拿大人，母親是美國人。由於她父母旅居中國，在上海從事商業活動，她又出生在上海，後來她就成了漢學家，被皇家亞細亞協會華北分會吸收爲名譽會員。埃斯考孚夫人於 1918 年末返回中國，便開始這項工作，還找了南京一位中國學者 Nung Chu 從中協助。他們的做法是，先寄給艾米一份譯文的粗稿，同時還有詩中每個漢字的音譯、韻律的大致情況、所用的韻腳和對仗，以及對每個漢字的分析，艾米據此加工，埃斯考孚夫人和 Nung 先生再檢查艾米英譯文的錯誤，再寄去給艾米潤飾，這樣往往重複三四次之後才定稿。經過 4 年的努力，《松花箋》才於 1921 年在波士頓出版。內

年 5 月）頁 52～54。

收譯詩 137 篇，160 餘首，以李白詩占一大半。該書第 1 版一售而空，第 2 版又重印。據艾米說，他們的譯稿簡直是精確無誤，但有人認爲他們的譯文過於冗長。邁克爾・卡茨以李白〈靜夜思〉爲例，拿《松花箋》中的譯文與威特・賓納和江亢虎的譯文作比較來證實上述論點，前者的譯文是：”In front of my bed the moonlight is very bright.／I wonder if that can be frost on the floor?／I lift up my head and look at the full moon, the dazzling moon／I drop my head, and think of the home of old days.”

後者的譯文是：”So bright a gleam at the front of my bed ／Could there have been a frost already?Lifting myself to look, I found that it was moonlight／Sinking back again, I thought suddenly of ome.”可見前者不如後者簡潔。

盡管如此，艾米把中國古典詩歌與詩的藝術介紹給西洋人，對早期的中西文化交流作出了貢獻，《松花箋》以及她本人模仿中國詩的風格所寫的詩，在英美詩壇上曾經起過一定的影響，此功不可抹煞。〔註66〕

此後，美國翻譯中國古典詩歌者踵起輩出，據《漢籍外譯史》資料有以下幾種：

斯特布勒（Jordan Herbert Stabler）譯著《李太白詩選》（Songs of Li-Tai-Pe），1922 年紐約出版，轉譯自葡萄牙文《中國詩選》，注釋也譯自葡文。

惠特爾（J. Whitall）有《中國抒情詩》（Chinese Lyrics）一本，1923 年由紐約 B. W.許布希出版社出版，轉譯自戈蒂埃《玉書》的法譯本。〔註67〕

另王麗娜〈李白詩歌在國外〉一文亦有以下幾種介紹：

阿靈敦（L. C. Arlington 阿林頓、劉易斯・查理斯 1859～1942），

〔註66〕馬祖毅、任容珍著：《漢籍外譯史》，頁 351～352。
〔註67〕同前註所揭書，頁 352～353。

美國漢學家，他所譯〈蜀道難〉，載 1925 年版《中國科學與美術集志》第三期（133 頁）。此譯文之後，同時發表了阿靈敦所著短文，對翟理思、艾咪·洛厄爾、弗萊徹三人所譯〈靜夜思〉之譯文作比較分析。阿靈敦認為，翟理思的譯文是較為優秀的。

美國詩人弗倫奇（J. L. French）譯李白詩多首，收入其編譯的《荷與菊》（Lotus and Chrysantyemum）一書（6～11，20，24，25，26～30，75～79，93，99～103 頁），1927 年紐約出版。

路易絲·斯特朗·哈蒙德（Louise Strong Hammond）譯《中國詩調》（The Funs of Chinese Poetry，原題〈清平調〉其一、其二），收入《東方藝術與文化年鑑》第 1 期）（1924～25，125 頁）。又譯〈牡丹節的另一支歌〉（原題〈清平調〉其三），收入尤妮絲·蒂特仁斯（Eunice Tietjens）編輯的《東方詩歌》一書（216 頁），1928 年于紐約出版。斯特朗的譯文是採取逐字直譯法。

貝德福德——瓊斯（H. bedford-Jones）由莫朗法文原著轉譯的《楊貴妃的愛情》（The Passion of Yang Kwei-fei）一書中，包括李白詩多首。（25，47，83，103，145，153，175，181 頁）1928 年于紐約出版。

阿瑟·克里斯蒂（A. Christy）譯李白詩 25 首，收入其編譯的《玉中的映像：中國古今詩選譯》一書（95～119 頁），1929 年于紐約出版。

美國新詩派詩人威特·賓納（Witter Bynner）與江亢虎合作翻譯的《群玉山頭：唐詩三百首》（The Jade Mountain, a Chinese Anthology Being Three Hundred Poems of the T'ang Dynasty 618～906），共譯李白詩 27 首（見該書 53～72，252 頁）。此書是衡塘退士所編《唐詩三百首》的全譯本，1929 年於紐約出版。」〔註68〕

賓納譯詩是採取散體意譯法，其譯筆活潑生動，能傳達原作情意，在西方學術界獲得好評。呂叔湘先生編著的《中詩英譯比錄》一書，對

〔註68〕王麗娜：〈李白詩歌在國外〉，頁 620～622。

賓納等的譯文曾有很多評論。他在此書的《序言》中說：「嚴格言之，譯詩無直譯意譯之分，唯有平實與工巧之別。散文體諸譯家中，洛維爾、韋理、小畑皆以平實勝，而除洛維爾外，亦未嘗無工巧；至於賓納，則頗逞工巧，而亦未嘗無平實處。所謂平實，非一語不增，一字不減之謂也。」〔註69〕其他譯作又如：

美國詩人弗萊徹（Fletcher）譯李白詩 36 首，收入其編譯的《英譯唐詩選》一書中，此書 1932 年由上海商務印書館出版。又，1933 年出版《英譯唐詩選續集》；亦收有李白詩 16 首。

蔡廷干（Tsai,T. K）譯〈獨坐敬亭山〉、〈夜思〉、〈秋浦歌〉、〈游者歌〉（A Traveller's Song）及〈紀念碑頌〉（Lines On a Memorial Tablet），收入蔡氏編譯《唐詩英韻》（Chinese Poems In English Rhyme）一書（5、29、30、61、95 頁），1932 年于芝加哥出版，附中文原詩。（原書未見）

諾拉‧沃恩（Nora Waln）譯李白詩一首，收入其譯著的《離鄉的房子》（The House of Exile）一書（333 頁）。1933 年于波士頓出版。

克拉克（Robert Wood Clack）譯李白詩 15 首，收入其譯著的《竹林與荷塘》（Bamboo Glade and Lotus Pool）一書（37～43 頁），1934 年于雅特蘭大出版。

喬治‧丹頓（George H. Danton）譯李白詩一首，收入《中國人》一書（179 頁），1938 年波士頓出版。

惠塔爾（J. Whitall）譯李白詩 9 首，收入其所譯《中國的抒情詩》（Chinaese Lyrcs）一書（25～26，28，34，37，39，41，45 頁），1938 年于紐約出版。此書是惠塔爾以戈蒂埃（J. Gautier）編譯的法文本轉譯的。

加拿大聖公會教士懷履光（威廉‧查爾斯‧懷特 W. C. White）譯

〔註69〕呂叔湘、許淵沖：《中詩英譯比錄》，頁 22。

李白詩〈慈姥竹〉詩，收入《中國竹畫：關于 1785 年的一套竹墨畫的研究》（An Album Chinese Bamboo, A Study of a Set of Ink-Bamboo Drawings, A. D. 1785）一書（40～41 頁）。此書 1939 年于多倫多出版。

無名氏（Anonymous）編譯的《中國古今愛情詩選》（Chinese Love poems from Ancient to Modem Times）一書中收彼得‧魯道爾夫譯李白詩五首（14，15，21，27，29 頁）並收喬里森（G. L. Joerissen）譯李白詩 18 首（9，11，16，22，27，28，33，34～35，36，39，41，43，49，54，60，64 頁），此書 1942 年于紐約出版。

熱耐威夫‧溫薩特（Grenevive Wimsatt）將小畑薰良所譯〈蜀道難〉（Terrible Road to Shu），錄入其譯著《香水井》（A Well of Fragrant Waters）一書（20 頁），此書 1945 年于波士頓出版。

美國著名詩人佩恩（R. Payne）編著的《白駒集》（White Pony）一書，收有蔣紹易（Chiang Shao-yi）譯〈聽蜀僧濬彈琴〉Nee Wen-yei 譯〈白日與明月〉（原題〈烏棲曲〉）及 Tsang Bing-Ching 譯〈月下獨酌〉等 39 首李白詩，此書 1947 年于紐約出版。又，佩恩譯〈明月〉（原題）〈靜夜思〉等兩首李白詩，收入其編譯的《永恆的中國》（Forever China）一書（133，137 頁）。

保羅‧麥克法林（Paul Mcpharlin）主編的《中國古今抒情愛情詩選》一書中，收有彼得‧魯道夫（Peter Rudolph）所譯李白詩〈烏夜啼〉、〈漁夫〉及喬里森（C. J. Joerissen）所譯李白詩〈朝陽宮〉、〈若耶溪〉、〈玉樹〉（即〈梁苑〉）、〈空室〉、〈採蓮曲〉、〈兩隻燕子〉，共八首。此書 1964 年于紐約出版。

美國著名漢學家雷克斯羅思（Kenneth Rexroth 漢名王紅公）譯《中國古詩百首》（One Hundred Poems from the Chinese）一書，1968 年于紐約出版，其中包括李白詩。

《不繫船集：唐詩選譯》（The Boat Untied and Other Poems:A Translation of T'ang Poems），王惠民（Wang Hui-Min）編譯。1971

年于馬薩諸塞出版。此書選譯王維、李白、杜甫等詩人的詩作，英中對照，配以木刻彩色圖案，印刷精美。所選李白詩有三首，即：〈山中問答〉、〈山中與幽人對酌〉、〈自遣〉。

阿瑟・庫珀（Arthur Cooper）所著《李白與杜甫》（Li Po and Tu Fu）一書中，譯有李白詩多首。此書 1973 年于巴爾的摩出版。

美國著名華裔學者柳無忌（Liu, Wu-Chi）與羅郁正（Irving Lo, Yu-Cheng）合作編譯的《蔡暐集：三仟年中國詩選》（Sunflower Splendor:Three Thousand years of Chinese Poerty）一書，1975 年于紐約出版。書中包括李白詩作〈訪戴天山道士不遇〉、〈送孟浩然之廣陵〉、〈襄陽歌〉、〈關山月〉、〈擬古〉、〈蜀道難〉、〈戰城南〉、〈月下獨酌〉二首、〈獨坐敬亭山〉、〈聽蜀僧濬彈琴〉、〈秋浦歌〉、〈登金陵鳳凰台〉等 19 首。

休・斯廷森（Hugh M. Stimson）譯著《唐詩五十五首講解》（Fifty-five T'ang poems）一書，1976 年美國耶魯大學遠東出版物編輯部作爲教學讀本出版。書中第四章爲李白的九首詩作的英譯文，即：〈怨情〉、〈靜夜思〉、〈勞勞亭歌〉、〈古風大雅久不作〉、〈古風桃花開東園〉、〈月下獨酌〉、〈把酒問月〉、〈長干行〉、〈蜀道難〉，並附注釋。

《步虛──從唐詩看唐代對星的研究》，愛德華 H.謝菲爾譯著，論及李白詩，1977 年于貝克萊出版。

《唐抒情詩的透明性》，斯蒂芬・歐文著，論及李白詩載《哈佛亞洲研究》39 卷 2 斯（1979）。

斯蒂芬・歐文（Stephen Owen 1946～）爲美國當代著名的漢學家，又名宇文所安。他的專著《盛唐詩》（The great Age of Chinese Poetry the High T'ang）第八節專論李白，文中附譯李白的〈訪戴天山道士不遇〉、〈烏棲曲〉、〈蜀道難〉、〈將進酒〉、〈清平調〉等詩篇。1981 年于紐黑文出版。在美國現代漢學家中，歐文研究唐詩的成績比較突出。除《盛唐詩》（1981）外，他的專著還有《初

唐詩》（1977），《韓愈和孟郊的詩》（1976）等。《盛唐詩》第八
節的標題是〈李白，天才的新概念〉，這一節詳細分析了李白詩
歌的藝術特點，並把李白與其同齡人王維的詩歌藝術作了較多對
比，指出李白的詩包括著不可缺一的兩個方面，即：「才華與獨
創性」。他認爲：杜甫在〈飲中八仙歌〉中所寫的「李白一斗詩
百篇，長安市上酒家眠。天子呼來不上船，自稱臣是酒中仙」，
這四句詩標舉出李白形象的基本要素。這些要素李白本人一生始
終保持著，因此，他成爲一流芳百世的不同凡響的詩人。唐代沒
有任何一位詩人（包括杜甫）像李白那樣在詩歌中強烈地表現自
己的個性。作爲一名卓越的詩人，李白給後來的詩人們留下了大
量珍貴遺產，這些遺產的風格是如此獨特，致使後世的評論家們
告誡有志于學詩的人寧可多模仿杜甫，而少去模仿李白。在許多
評論家的眼中，李白與杜甫的詩歌成就是難分高下的，兩人在詩
歌史上的地位是相等的，但杜甫的創造才能如和李白相比，卻顯
得較爲容易接近。李白的詩歌藝術是純自然的，不可駕馭的，他
似乎具有天賜的靈感。在李白地詩歌中，不論自己的出現與否，
他總要融進他自己的形象，所以他的詩是難以模仿的。當然，對
于任何詩人來說，單純的模仿都必定要失敗，模仿與優秀詩歌應
有的獨特風格是不相容的。歐文還說：評論家們經常探討李白對
道教的興趣，研究他是否迷信神仙和不死。看來，李白受時代風
氣影響，的確信奉道教，但他信奉道教的程度似乎不及王維信佛
教那樣虔誠，他一生並不全然迷信道教的教文和煉丹術。李白認
爲人間會有另一個世界，但人總是要死的。爲此，與他的詩的藝
術風格之形成幾乎是密不可分的，這一點也頗值注意。

本世紀七八十年代以來，美國成爲西方世界唐詩研究的中心，正
如密執安大學李珍華教授所說：「圖書的豐富，師長深邃的學問
和他們對後進的獎掖，學術風氣的開放，是造成目前美國唐詩研
究高潮的先決條件。」目前作爲領銜的、有深邃造詣的研究者是
美國中國文學研究的第二代學者，他們繼承前輩學者的風度，對

第三代學者的培養不遺餘力，這就形成了美國學者對中國詩歌，尤其是唐代詩歌的研究，在原有的基礎上獲得空前的成就。美國專門設有全國性的唐詩研究會，並舉辦過李白專題學術研討會。1981 年，美國又成立了唐代學會，世界各國唐代文學研究者均可申請入會。80 年代以來，美國每年還出版帶有年鑒性的唐詩研究專輯。〔註70〕

由上述可知美國漢學界對李白詩歌譯介及研究的重視與蓬勃，而 20 世紀一二十年代，正是美國新詩運動活躍的時期，新詩運動主將即是埃茲拉‧龐德、威特‧賓納、埃米‧羅額爾以及艾斯庫等人，有趣的是，他們也都是對中國古詩特別是唐詩人李白極為熱愛和推崇的美國現代派詩人，現代派詩歌是否受到李白詩歌藝術的影響？極其影響的程度與向度如何，想必也是一個值得探討的課題。而斯蒂芬‧歐文對於李白的評論，可謂深入淺出，眼光準確，除談到李白生命與創作兩者風格一致的獨創性外，更涉及到後代對李、杜接受的差異性及其原因，至於對於李白與道教的關係，以王維與佛教的關係作對比，視角獨特，令人深思。

　　而李珍華教授所言：「1981 年，美國又成立了唐代學會，世界各國唐代文學研究者均可申請入會。」而其中的獨立學者，唐代研究學會會長艾龍（EIDE，ELLING O.），更是其中翹楚，據《北美漢學家辭典》介紹：「（艾龍）主要著作：《李白詩集》，Anvil 出版社，1984；《論李白》，收入《唐代研究透視》（Arthur Wright 與 Denis Twitchett 主編），耶魯大學出版社，1973；……當前課題：……2. 李白家庭成員姓名中土耳其語與中亞語的成份——對新材料的研究；……」〔註71〕其研究觸角可謂極為深刻而細微，此外在李白詩集古籍版本的收集上亦頗有斬獲，如上章所介紹，其私人藏書處「縹囊齋」，即收有據稱購自日本的《分類李太白詩》二十五卷，分訂五冊，正德十年乙亥（1515）解

〔註70〕王麗娜：〈李白詩歌在國外〉，頁 623～630。
〔註71〕中‧安平秋、美‧安樂哲主編：《北美漢學家辭典》（北京：人民文學出版社，2001 年 11 月二刷），頁 105。

州刊本。可說在典藏版本及開創課題上均見眼力及功力。

二、墨西哥

在《漢籍外譯史》中，曾介紹到一首墨西哥學者的譯作，茲轉介如下：

> 在墨西哥，著名學者、文學史家弗朗西斯科・蒙德斯・德・奧（Francisco Mentes de Oea）曾在他的《文學的過程》中分析過中國唐代詩歌成熟的原因。他曾翻譯過李白和杜甫的詩歌。如李白的〈月下獨酌〉，譯文與原詩的意思完全吻合。該詩譯文轉譯成中文是：「在花間有一壺／欲飲之酒，／然而此時我身邊／卻無一人相伴。／先舉杯邀約／那凝望著我的明月，／繼而邀請我的影子，／於是成三人對飲。／但明明不懂飲酒之事／──並非良伴；／而影子，只會隨我而動。／月兒隨歌徘徊，／影子隨動而消散，／直到夜色闌珊時，／我們已相處得非常愉快，／酣醉後，便各自分散了。／啊，永恆的朋友們，／讓我們拋開煩惱，／相約於遙遠的天空再會。〔註72〕

頗能掌握李白詩境之美，譯詞亦簡潔明淨。另據趙振江《西班牙與西班牙語美洲詩歌導論》：「在墨西哥先鋒派詩歌的發展可以追溯到何賽・胡安・塔夫拉達（1874～1945）……他的詩作有《在太陽和月亮下面》（1918）、《一天》（1919）、《李白與其他詩人》（1920）、《花瓶》……」〔註73〕可見墨西哥文學界對於李白這位大詩人的注目與重視，絲毫不亞於其他歐美諸國。

三、拉丁美洲國家

據《漢籍外譯史》所云，拉丁美洲國家對於中國古典詩歌可說十

〔註72〕馬祖毅、任容珍著：《漢籍外譯史》，頁 508。
〔註73〕趙振江：《西班牙與西班牙語美洲詩歌導論》（北京：北京大學出版社，2002 年 12 月 1 版），頁 348。

分熱愛，所受影響也頗深遠：

中國古典詩歌，對拉丁美洲的一些作家曾兩次產生過較大影響，第一次是在 19 世紀末，第二次是在 20 世紀初。那些作家，本身不懂中文，乃是靠法譯本作媒介。瑞蒂‧戈蒂埃的法譯本《玉書》於 1867 年出版後，在拉丁美洲也十分流行。據美國伊利諾斯大學哲學博士阿德里亞娜‧加西亞‧奧爾德理奇（Adriana Garcia de Aldridge）在〈中國對拉美作家的一些影響〉一文中說：「1890 年，尼加拉瓜詩人魯文‧達里奧在其名著《生》（Azal）的第二版裡收進了一篇題為〈中國皇后之死〉（La Muerte de la Emperatriz China）的短篇小說。這故事說的是，一位年輕的雕塑家和他的新婚妻子收到一位在香港的朋友寄來祝賀新婚的禮物──一尊美麗的瓷像，題有「中國皇后」數字。據說這雕塑家崇拜兩位法國作家，即瑞蒂‧戈蒂埃和與她同時代、也像她那樣醉心於東方文化的皮爾‧洛蒂。塑像家收到這禮物後，專門為之闢一小室，置之於尊位的位置。可他們的夫妻關係卻開始惡化了。雕塑家完全為那瓷美人傾倒了，妻子十分妒嫉，直到把瓷像打碎，夫妻才得重溫舊好。」根據魯文‧達里奧的生平得知，他對中國的興趣部分地產生於他與一個曾在中國住過的智利人彼得羅‧巴爾馬賽達‧杞洛的友誼。給這位詩人撰寫傳記的一個人指出，上述故事就是取材於他那位智利朋友的生活，這人就有那麼一尊像。作品中提到戈蒂埃和洛蒂，則是表明詩人在創作上是以這些法國人為榜樣的。

「達里奧在他晚些時候發表的長詩〈題外話〉（Digresion）裡再次提到戈蒂埃。……詩人在寫給一位婦人向她表示愛慕之情的四行詩句裡，說她像東方玫瑰一樣令他心醉，期望她能用漢語，用李白的悅耳語言給他一個深情的回答。假如他得到這樣的回答，他自然也會學著那些解釋命運的聰明詩人們的樣子，說她比月亮還美麗，她的象牙扇下的溫柔比天上的珍寶還貴重。最後他還將自己與瑞蒂‧戈蒂

埃本比。他爲自己的狂言辯解說，那位法國女先生也曾崇拜過中國公主。……」

另一位受瑞蒂·戈蒂埃影響的是墨西哥詩人何塞·胡安·塔布拉達。他在 1920 年出版了一部有影響的書《李白與其他的詩》（Li-Po y otros peomas），這是他從戈蒂埃《玉書》摘譯的李白等中國詩人的作品和另外一些根據中國詩歌改寫的東西。該書分兩個部分：第一部分題爲《李白》；第二部分是《其他一些象形詩》。第一部分介紹李白是「飲中七仙之一」（按理應是八仙），而後又描述了李白詩歌中的主要形象。這些描寫詩人醉酒，就把詩句排成彎彎曲曲的形狀，給人以醉後走路搖搖擺擺的感覺。這部書中所有的詩都是用這種組字圖畫來表達的。他是學習戈蒂埃的《玉書》，寫出了自己的李白。在這集子裡就有三首不折不扣從戈蒂埃的法譯轉譯成西班牙文的。

第二次中國影響的潮流發源於 1920 年巴黎出版的曹商令和弗朗茲·圖森法譯中國詩歌《玉笛》。1929 年，現代派最重要的詩人之一、哥倫比亞的吉列爾莫·瓦倫西亞發表了《玉笛》的西班牙文譯本，題名爲《震旦》。〔註74〕

第三節　李白詩歌在日本

　　日本翻譯李白詩之多，在世界上首屈一指，對日本文學的影響亦極深遠。而唐代文學，更是日本學界研究重點之一。中國唐詩，對日本的詩界影響至深，「日本著名漢學家青木正兒教授論證李白的詩歌傳入日本時間應是他生活時期的唐代，因爲與李白約略同時的日本奈良時代萬葉詩人大伴旅人曾寫過〈贊酒歌〉13 首，其中有些詩句明顯模仿過李白的〈月下獨酌〉詩歌，可見大伴旅人讀過李白的詩，並受到他的影響。據今所知，江戶時期（1603～1867 年）以前，蕭士贇本《分類補注李太白集》，已傳入日本，延寶七年（1679）日本出

〔註74〕馬祖毅、任容珍著：《漢籍外譯史》，頁 508～510。

版了此書的評點重刻本，而李白詩的日文翻譯，則是從江戶時期大量翻譯李攀龍的《唐詩選》同時開始的。」〔註75〕

　　認爲李白詩歌傳入日本的時間應是他生活時期的唐代，大致說來沒錯，但從大伴旅人的生卒年（667～731）〔註76〕看，說他讀過李白的詩，且其名作〈贊酒歌〉13 首，某些詩句明顯模仿過李白的〈月下獨酌〉詩歌，恐怕是據詩推論，相當然爾的說法，畢竟李白約生於七○一至七六二年，三十一歲前的李白詩名不顯，正在酒隱安陸的階段，想起賀知章長安一見李白，首次讀〈蜀道難〉未盡，而大嘆「謫仙人」之際，已是唐玄宗天寶元年（742），從此李白詩名大顯於天下，而大伴旅人此時已逝十二年矣，如何有機會讀到李白的詩？

　　日本文學史大致可分下列五階段：

　　一、上古文學─自神代到平安朝時代。（按：約至 794 年）

　　二、中古文學─自平安時代到鎌倉幕府時代。（按：約 794 年至 1332 年）

　　三、近古文學─自鎌倉到江戶時代。（按：約 1332 年至 1603 年）

　　四、近世文學─自江戶到明治維新。（按：約 1603 年至 1868 年）

　　五、現代文學─明治以後。〔註77〕（按：1868 年以後）

　　上古文學時代的奈良朝，雖受中國文物的影響，如前述的大伴旅人，但仍未見李白明確的身影，誠如熊慧芬所言：

> 縱觀日本古典文壇，從日本平安朝開始到室町後期，雖然李白的詩集也出現在各種書目裡，但他的詩文卻很少在文學作品中被引用。和白居易的詩相比，流傳的範圍就顯得相對狹窄。例如在匯集中日詩人佳作的《和漢郎詠集》中，白居易的詩收錄了 130 多首，而李白的詩卻一首也沒有入選。類似

〔註75〕王麗娜：〈李白詩歌在國外〉，頁 644～645。

〔註76〕余我編著：《日本古典文學評介》（臺北：臺灣商務印書館，1995 年 7 月 2 版 2 刷），頁 12。

〔註77〕同前註所揭書，頁 1。

這樣的現象在日本近世以前一直存在的。〔註78〕

然而，進入江戶時代後，這種現象開始有了轉變：

> 近世漢詩壇的日本詩人中，有許多人很推崇李白，引用李
> 詩的也不乏其人。而在《澹餘雜錄》、《甲子夜話》等隨筆
> 中，還可看到對李白生平、傳聞等的記述。另外，在《通
> 俗唐玄宗軍談》之類據中國小說史籍加以改編的小說中，
> 李白作為作品中的人物，其形象也得到了描述。〔註79〕

至於日本近世中對李白的推崇則始於漢詩人：

> 如初期的詩人石川丈山（1583～1672年），在其《北山紀聞》
> 中有這樣的一句：「若說名人，則古今首推李杜。李白為詩
> 神、杜甫稱詩聖。」祇園南海（1676～1751年）亦曾說過：
> 「須戒讀樂天及宋元之詩。欲治此俗病，唯熟讀李太白及
> 岑參之詩。常頌此二集，可自然免得俗病（出《南海詩訣》
> （1787））」。在此，南海將李白詩作為治療俗病的靈丹妙
> 藥，其後的古賀侗庵（1788～1847年），也在其《侗庵非詩
> 話》（1814）中對李杜大加讚賞：「盛唐太白少陵，足以雄
> 視一代，凌屬千古。」〔註80〕

除上述漢詩人對於李白的推崇與肯定之外，鶴見大學文學部山下一海
更針對李白對松尾芭蕉（1644～1694）的影響提出許多看法：

> 松尾芭蕉的俳號「芭蕉」系取自他宅院中種植的植物芭
> 蕉。以後很快又另號「桃青」，一直與「芭蕉」并用，有
> 時署名為「芭蕉庵桃青」等。……最有力的說法是，由于
> 「李白」，所以才取名「桃青」。……不二叟宇橋編著的《茗
> 荷》（1822）一書中，曾說：「與李白相對稱，所以取名桃
> 青。芭翁既然經常自述他對李杜寒拾的仰慕之情，可以說
> 一定會有此仿效。」田宮仲宣在他的《愚雜俎》（1825、

〔註78〕熊慧芬：〈略論日本近世文學中的李白〉（中國李白研究：中國李白
　　　　研究會、馬鞍山李白研究所編，黃山書社，2002年12月1版），頁
　　　　668。
〔註79〕同前註所揭書，頁668。
〔註80〕熊慧芬：〈略論日本近世文學中的李白〉，頁669。

1833）中也説：「桃青二字系芭翁自比於唐之李白，所以
取桃紅李白一句俗語，而把紅改爲青的。」這是兩個具有
代表性的例子。〔註81〕

而芭蕉的作品中，清楚寫有李白姓名的有以下二例：

在名爲《虛栗》的書中，其味有四。第一是，汲取李白、
杜甫心田的靈感。……江戸俳諧書等，也多有不成熟表現
不足的詩句，因此，如把他們當作範本進行創作，自然多
少會有錯誤。《虛栗》等書中，不成熟句也屢見不鮮。望只
把李白、杜甫、定家、西行等人的大作，視爲範本。〔註82〕

此外，在芭蕉極爲有名的紀行文〈奧州小道〉（1689～1694）中也可
見到李白的影響，山下一海即舉其例加以說明：

「日月是永久的旅客，年年歲歲流逝而去的歲月，也同樣
是行旅。在舟船上度過其一生，攬馬轡而任年華逝去，朝
朝暮暮都在游旅，以游旅爲歸宿，如此而已。」這是襲用
李白〈春夜宴桃李園序〉中的：「夫天地者萬物之逆旅，光
陰者百代之過客，而浮生若夢……。」這幾句話的意境，
早已人所共知。在芭蕉的作品中，明顯受到李白影響的，
上文可說是獨一無二的。〔註83〕

其他名句如：「『有酒無花月，舉杯對影單。』也近於李白的『舉杯邀
明月，對影成三人。』」〔註84〕總之，由芭蕉筆名「桃青」可能源自
於與「李白」相對稱的愛慕之情，以及其詩文作品中明顯的李白身影，
的確可以肯定芭蕉受到李白的影響是具體而深刻的。

　　此外，與謝蕪村「俳境清新明爽，爲天明時代俳壇最具異色的人
物，成爲『天明調』的代表作者，……比芭蕉更傾心於漢詩。在《春
泥集》序文裡曾說：『詩與俳諧豈遠哉。』又說，『而詩當以李杜爲貴。』」

〔註81〕日・山下一海：〈李白對松尾芭蕉的影響〉（中日李白研究論文集：
　　　　馬鞍山李白研究所編，中國展望出版社，1986 年 10 月 1 版），頁
　　　　224。
〔註82〕同前註所揭書，頁 226。
〔註83〕同前註所揭書，頁 227。
〔註84〕余我編著：《日本古典文學評介》，頁 77。

〔註85〕又如「近世前期的詩人島山芝軒（1655～1715），就針對李白的〈月下獨酌〉之詩，寫下了這樣充滿詼諧的〈月下對酌〉詩句：『嫦娥爲我致嘉賓，引向樽前飲數興。堪笑青蓮老居士，強將獨酌當三人。』俳句家其角擬李白的〈望廬山瀑布〉詩，『飛流直下三千尺，疑是銀河落九天』的意境，寫下了『酒之瀑布如冷麥（按：即涼麵）從九天落下』之句。」〔註86〕可見李白對於日本近世俳壇著名詩人的影響並非單一而是眾多而廣泛的。

除了對李白詩的引用或轉化運用外，日本近世文壇對李白人物形象的描寫及傳說的流布也很感興趣，如：

1628 年出版的《醒睡笑》，是安樂庵策傳以愚人談、失敗談、風流談等各種笑話爲分類寫成的新本，全書分爲八卷。其中第五卷題爲〈上戶（善飲之人）〉，將有關李白的部分全集中在這裡。據順序羅列幾處如下：

……

「李白一斗詩百篇，長安市上酒家眠。天子呼來不上船，自稱臣是酒中仙。」正李太白醉中、主上禮義忘卻，此非無分別智境界乎。……

李白意在酒，則所見無非酒。漢水皆葡萄，高台皆糟丘、白之胸襟亦大矣。〔註87〕

又如，柳尺淇園的隨筆《獨寢》是在 1725 年寫成的，其中就以「李白詩中亦有『甕中百斛金陵春』之句。……來證明用『春』爲酒名之中，有『金陵春』酒之名。平賀源內所著小說《根南志具佐》（1763年），……其第四卷中有一段對東京兩國橋一代繁華景象的描寫。在寫賣酒者的叫賣聲和酒醉者的醉態時，有這樣幾句：『田樂酒、諸白酒。汝陽之涎、李白之吐。』其中『李白之吐』之句，是寫酒醉者的狀態，作者在此將酒醉之人喻爲李白。引用的是李白『龍巾拭吐』的

〔註85〕余我編著：《日本古典文學評介》，頁 80、83。
〔註86〕熊慧芬：〈略論日本近世文學中的李白〉，頁 669。
〔註87〕同前註所揭書，頁 671。

典故。」〔註 88〕這是寫李白與酒有關的一些作品，其他如 1653 年出版的《膾餘雜錄》即記錄了一些「鐵杵磨成繡花針」、「李白騎鯨」等傳聞趣談。〔註 89〕

另有「《俳諧類船集》（1676 年）是高瀨梅盛所編輯的俳句關連語書。其中也有幾處引用李白詩及有關傳說。例如在對『沓（靴）』一語的說明裡，有一『李白醉使高力士脫沓』之句，引用了『力士脫靴』的趣聞。還有對『月』一語的說明，也引用了『李白於船中捉月溺死云云』的『采石捉月』的傳說。

漢詩人入江若水在其 1734 年出版的《西山樵唱集》裡，有一首〈題五城洞嚴老人所畫清平調圖〉的詩：『太白詩豪冠李唐，一斗百篇醒亦狂。天寶年間承聖旨，醉中高唱郢人章。由來此曲韻尤勝，必在梨園第一坊。自從采石捉明月，日夜江流正渺茫。』……著名漢學家荻生徂徠的詩集《徂徠集》這第六卷中，有一首題爲〈李白觀瀑圖〉的詩：『匡廬瀑布三千尺，李白題詩映紫煙。知是騎鯨從此去，至今山色似青蓮。』」〔註 90〕

就上述的資料可以看出，整個近世文學史中較重要的幾位詩人多少都受到李白的影響，或者對李白有相當的熟悉度或頗高的評價。然而到底從何種管道閱讀到李白的詩作呢？這就不得不提到《古文眞寶》一書了：

> 《古文眞寶》在日本的室町時代（1392～1603 年）因得到五山學僧的喜愛，開始廣爲流傳。作爲詩文的教科書，是初學者必讀的書籍。……到了江户時期，《古文眞寶》的流傳就更爲廣泛。……《古文眞寶》不但收入較多李白詩文，還同時收有許多他人寫的涉及到李白的詩。如杜甫的〈夢李白〉、〈寄李白〉、〈飲中八仙歌〉，梅堯臣〈采石月贈郭功甫〉……。作爲自近世早期就開始成爲漢詩文教材的《古

〔註 88〕熊慧芬：〈略論日本近世文學中的李白〉，頁 672。
〔註 89〕同前註所揭書，頁 672。
〔註 90〕同前註所揭書，頁 673～674。

文眞寶》，其中的詩文典故當然會引起人們的興趣與重視。
讀者對其中所塑造的李白形象產生興趣，並對其詩文典故
加以引用也勢成一種必然。〔註91〕

由此可見，日本近世文學對於李白的接受與喜愛，很大的原因可說是
在於《古文眞寶》的影響了。

至二十世紀初，隨著日本教育制度的改革，許多帝國大學中，先
後都成立了漢學、東洋史等有關課程。據李慶《日本漢學史》：

1908 年京都大學設文學科，鈴木虎雄教授主持「李杜韓白
詩論」。

在出版方面則有近藤元粹編《李太白詩集》，青木嵩山堂於
1901 年出版、森槐南《李（白）詩講義》，文會堂於 1913
～1916 年間出版。

1912 年，佐久節〈李白的前半生〉（《東亞研究》，2～12）、
1913 年，〈李白的前半生〉（《東亞研究》，3～5）。1926 年
佐伯復堂〈李白杜甫的比較研究〉（《東洋文化》）。1927～
1933 年，漆山又四郎《譯注李太白詩選》上、下，於岩波
書店印行。1928 年，久保天隨《李太白詩集》二十五卷（國
民文庫刊行會《續國譯漢文大成》本），這是日本最早的全
譯本。1944 年，田中克己《李太白研究》由日本評論社出
版，1954 年，元元社再版。〔註92〕

另據王麗娜〈李白詩歌在國外〉一文的資料，尚有以下幾種較重要的
李白研究著作：

《（放浪詩人）李白》上村忠治著，於 1939 年東京春科社
出版。《（詳解）李太白詩集》大槻徹心譯解。1940 年東京
京文社出版。

1955 年武部利男譯著《李白小傳》於東京新聞社出版。《李
白》（上、下）於 1957～1958 年在岩波書店出版，列屬「中
國詩人選集」7～8。花房英樹《李白歌詩索引》，1957 年於

〔註91〕熊慧芬：〈略論日本近世文學中的李白〉，頁 678～679。
〔註92〕李慶：《日本漢學史》貳，頁 395、425、426、154。

京都大學人文科學研究所出版，1969 年平凡社再版。此書
內容有總論，詩歌篇名、人名、地名索引，李白文集各本
編次表，總集所收李白詩文編次表，繆本宋本對校表，繆
本補遺。1958 年，平岡武夫譯著《李白的作品》於京都大
學人文科學研究所出版。此外，著名的英國漢學家韋利所
著《李白的詩與生涯》，由小川環樹、栗山稔合譯，於 1957
年岩波書店出版。大野實之助著《李太白研究》二卷，1959
年在早稻田大學出版部出版。〔註 93〕

李慶先生認爲大野實之助著《李太白研究》二卷對現代日本學界的李
白研究頗爲重要：

> 此書是作者多年來研究的匯總。所用的底本是《全唐詩》
> 本，包括所有詩的編年、注釋和翻譯。編年主要按中國詹
> 鍈之說，間有自己的考證。解說主要根據南宋的楊齊賢、
> 元代的蕭士贇和清代王琦諸說，同時對詩歌的韻，以宋代
> 《禮部韻略》注釋。並將所有的詩譯成日語。〔註 94〕

本書「1971 年東京有明書房發行『改訂增捕版』，全書共 1059 頁。
1980 年，東京早稻田大學出版部出版大野實之助譯解《李太白詩歌
全解》，全書按年代編排，爲日漢對照本。『序說』一文介紹了唐詩與
李白、李白詩歌的編集、李白詩歌的押韻、李白詩歌本文的異同與其
詩體、李白詩歌的通釋與語義、李白詩歌所反映的李白思想等內容，
這是一部系統的、較新的李白全部詩作的譯解本。

　　1965 年，青木正兒譯著《李白》於集英社出版。列爲『漢詩大
系』。

　　1966 年集英社再出版前野直彬譯著的《李白》列入『中國詩人
選 2』；1972 年再版列入『中國詩人選 3』。

　　1982 年東京筑摩書房出版武部利男譯著《李白的夢》，書中包
括：『李白的夢』、『李白的花』、〈靜夜思〉等詩的講解、『李白詩的比

〔註 93〕王麗娜：〈李白詩歌在國外〉，頁 646。
〔註 94〕李慶：《日本漢學史》參，頁 351。

喻』、『關於漢詩的翻譯講解』等文章。1983 年出版武部利男譯注《新
修中國詩人選集 2——李白》。

　　1984 年，松浦友久《李白：詩與心象》於東京社會思想社出版。」
〔註95〕

　　由上述可知，日本漢學界自近世文學時代迄今，關於李白詩歌的
翻譯與研究，可說既繁盛又深入，其他單篇論文的發表更是數以百
計，以下就不再贅述了。

第四節　李白詩歌在韓國

　　韓國金世煥〈韓國人心目中的李太白〉云：

> 李太白是位偉大詩人，因爲韓國有一首童謠裡就提到李太
> 白。小孩兒可能不知他是中國人，不過唱這首歌是很普遍的。
> 一般韓國人從幼小已經開始認識。歌詞的第一句是這麼開始
> 的：「月啊，月啊，光亮的月啊，曾與李太白游玩的月啊。」
> 他的一生僅過六十甲子之歲數，不過已過千數百年的今日，
> 他活在韓國人的心目中，可能比他生存時更爲生動。〔註96〕

由一首童謠來認識李白，這的確是一個頗爲有趣而親切的角度，（韓）
林貞玉〈李白詩對李朝詩歌之影響〉即指出：

> 韓國民眾特別愛吟詠李白，這由韓國民謠中之「月呀月呀，
> 明亮的月啊，李白曾經吟詠的月啊，那邊那邊那月裡，矗
> 立著一棵桂樹，砍之以玉斧，琢之以金斧，築起華屋，承
> 歡膝下，千載萬年。」詩句可得證明。李白時常吟頌的中
> 國名山（峨眉、東山、天門山、廬山、靈山等）不時出現
> 在韓國古詩人作品中。〔註97〕

〔註95〕王麗娜：〈李白詩歌在國外〉，頁 647～653。
〔註96〕韓・金世煥：〈韓國人心目中的李太白〉（中國李白研究 2001～2002：
　　　　中國李白研究會、馬鞍山李白研究所編，黃山書社，2002 年 12 月），
　　　　頁 659。
〔註97〕韓・林貞玉：《李白文學之研究》（臺北：臺灣師範大學，1982 年 5
　　　　月碩士論文），頁 165～166。

李白實爲韓國民眾心中耳熟能詳的人物，並特別指出李氏朝鮮（明末清初建立至 1910 年止）時，因韓國文字的創造，遂產生用韓文作的律文──時調，一種定型詩。其原意爲「時節歌調」，即當時流行的歌調，可唱。〔註98〕即深受李白詩歌的影響，且舉例曰：受「登金陵鳳凰台」影響之時調有李鼎輔（1693～1766）作品：

江山도　죠흘시고　鳳凰臺　써왓는가
三山은　半落青天外들
二水는　中分白鷺洲ㅣ로다
李白이　이제　잇셔도
이 景　밧거　못쓰리라　〔註99〕

同窗好友（韓）薛元鍾先生〔註100〕並加以翻譯爲：

江山秀麗，是否鳳凰臺被搬過來了呢？
三山啊半落青天外，
二水啊中分白鷺洲
李白即使再世，這兒的景色也只能這麼描寫。

林文再舉例曰：如受〈襄陽歌〉影響的時調如載於「珍本青丘永言」的時調：

李太白의　酒量은 긔 엇더ᄒ며
一日須傾三百杯ᄒ며
杜牧之의　風度는 긔 엇더ᄒ며
醉過揚州ㅣ橘滿車ᄒ던고
아마도 이둘의 風度는
못내 부러하노라　〔註101〕

薛元鍾先生翻譯爲：

〔註98〕「時調」之解釋參見韓・林貞玉：《李白文學之研究》，頁 190。
〔註99〕韓・林貞玉：《李白文學之研究》，頁 173。
〔註100〕韓・薛元鍾先生現爲國立臺灣師範大學國文研究所博士生。
〔註101〕韓・林貞玉：《李白文學之研究》，頁 174。

李白的酒量如何呢？聽說是一日須傾三百杯

杜牧之的風采如何呢？認爲是醉過楊州橘滿車

或許是他們的豪氣與風采，讓我非常羨慕啊！

又如孝宗堂叔，亦即宣祖之孫，朗原君的時調，則受李白「把酒問月」一詩的影響：

돌은 언제나며 술은 뉘 삼긴고

劉伶이 업슨後에 太白이도 간듸없다

아마도 무를듸 업스니 홀로 醉코 놀러라 〔註102〕

薛元鍾先生翻譯爲：

月亮何時高掛天空，酒被那人喝得精光，

劉伶走後，太白也跟著離開

既然無處打聽他們的去向，只好獨酌了

該文又指出李氏朝鮮的歌辭也受到李白莫大影響，並舉松江鄭澈在讚美關東景色的關東別曲爲例：

小香爐、大香爐 눈아래 구버보며

正陽寺 真歇臺 고텨 올라 안즌말이

廬山真面目이 여긔야 다뵈ᄂ다

어와 造化翁이 헌ᄉ토 헌ᄉ흘샤 〔註103〕

薛元鍾先生翻譯爲：

小香爐大香爐都在眼下，

重上正陽寺眞歇臺，不禁感嘆。

好像廬山眞面目在這兒重現。

啊，造物主的能力眞是神奇啊！神奇啊！

其末句即出自李白〈望廬山瀑布二首〉之一「仰觀勢轉雄，壯哉造化功！」〔註104〕凡此均可看出李白詩歌對於李氏朝鮮時調及歌辭的影

〔註102〕 韓・林貞玉：《李白文學之研究》，頁175。

〔註103〕 同前註所揭書，頁180。

〔註104〕 詹鍈主編：《李白全集校注彙釋集評》第6冊，頁3023。

響。然誠如金世煥所說：

> 關於太白的詩文傳來韓國的過程以及時期，現在不容易考
> 究。眉叟（李仁老：1152～1220 年）的《破閑集》可能是
> 最早提到太白的文獻記載：「是以自孔孟荀楊，以至韓柳李
> 杜，雖文章德育足以聳動千古，而位不登於卿相矣。」這
> 是太白過世已過四百多年，又如言「韓柳李杜」之年次的
> 顛倒，都表示太白上韓國之路並不很容易，也可能難於蜀
> 道之難了。……不過文獻之記載常會晚，如看「文章德育
> 足以聳動千古」之句，我們可以知道李杜之名望已經足以
> 與孔孟並提。〔註105〕

這樣高的評價，即使在中國歷代詩人中也極爲少見，也顯示出李白在
傳統韓國文人心中的份量。「《破閑集》三卷，爲韓國詩話的開創之作。
書稿成於韓國高麗朝高宗七年（1220 年），當南宋寧宗嘉定十三年。」
〔註106〕

　　繼《破閑集》之後，樹德（崔滋：1188～1260 年）《補閑集》中
更將李白視爲詩人的理想標準：「……見文順公文藁，作小序略云：
發言成章，頃刻百篇，天縱神授，清新俊逸，人以公爲李太白，蓋實
錄。」〔註107〕及「今觀文順公詩，雖氣韻逸越，侔於李太白；其明
道德，陳諷喻，略與白公契合。」〔註108〕文順公即李奎報，號春卿
（1168～1241 年）；爲高麗朝（918～1392 年）著名詩人，時人把它
比爲李太白，可見李白的爲人與詩風已爲時人所熟悉與認同。如崔滋
引閣東叟對李白的評論：「閣東叟曰：『詩率意立成者，如李太白「柳
色黃金嫩，梨花白雪香」，婉麗精巧，略無留思苦求者。』」〔註109〕
可一窺韓國文士對於李白詩歌藝術瞭解之層次，實不亞於中國古典詩

〔註105〕金世煥：〈韓國人心目中的李太白〉，頁 660。
〔註106〕鄺健行、陳永明、吳淑鈿選編：《韓國詩話中論中國詩資料選粹》（香
　　　　港：中華書局，2002 年 10 月），頁 3。
〔註107〕同前註所揭書，頁 26。
〔註108〕同前註所揭書，頁 8。
〔註109〕同前註所揭書，頁 9。

話論著之深刻矣。

李白詩歌在朝鮮的流傳與影響，還可以從眾多的韓國詩話性質著作中一窺端倪，由鄺健行、陳永明、吳淑鈿選編的《韓國詩話中論中國詩資料選粹》有極詳盡的搜集，試從其中選錄有關李白的評論如下：

李齊賢《櫟翁稗說》：「薛司成文遇言：『李太白〈清平詞〉：「一枝仙豔露凝香，雲雨巫山枉斷腸。且問漢宮誰得似，可憐飛燕倚新粧。」倚者，賴也。謂趙后專寵漢宮，只賴脂粉耳。可憐者，嘲之之辭也。』」〔註110〕「李齊賢（1287～1367 年），嘗入中國，與諸儒名士交遊，所至之處皆賦詩。是書成於高麗忠惠王三年（1342），當中國元順帝至正二年；初刊於高麗忠愍王十二年（1363），當中國元順帝二十三年。」〔註111〕

徐居正《東人詩話》：「況太白詩『燕山雪片大如席』，又曰『白髮三千丈』，蘇子瞻『大繭如甕盎』，是不可以辭害意，但當意會爾。」〔註112〕「本書撰成於朝鮮成宗五年（1474），當明憲宗成化十年。本書純粹論詩，且為韓國第一本以『詩話』為名的著作。」〔註113〕

許筠《鶴山樵談》：「為詩，則先讀《唐音》，次讀李白。蘇、杜則取才而已。」〔註114〕「本書撰成於朝鮮宣祖二十六年（1593）當明神宗萬曆二十一年。」〔註115〕

車天《五山說林》：「〈贈漢陽輔錄事〉：『應念投沙客，空餘吊屈悲。』注：『投沙客，屈原也。』注誤。屈原作〈懷沙賦〉，非投沙也。按《史記》，賈誼為長沙王太傅，及渡湘水，為賦以弔屈原。今曰「投沙客」者，白被謫，故自言如誼之投長沙也。又有詩曰：『投沙吊楚

〔註110〕鄺健行、陳永明、吳淑鈿選編：《韓國詩話中論中國詩資料選粹》（香港：中華書局，2002 年 10 月），頁 14。
〔註111〕同前註所揭書，頁 13。
〔註112〕同前註所揭書，頁 18。
〔註113〕同前註所揭書，頁 18。
〔註114〕同前註所揭書，頁 45。
〔註115〕同前註所揭書，頁 44。

臣。』又曰：『已作投沙伴。』」〔註116〕「本書撰成於朝鮮光海君三年（1611），當明神宗萬曆三十九年。此書論詩達七十二則，論及唐宋詩者頗多，尤其對李白、杜甫詩注之分析辯證，殊有見裁，若干議論闡釋，極有參考價值。」〔註117〕

李睟光《芝峰類說》：「世謂李白以詩為文，故曰：『生不用封萬戶侯，但願一識韓荊州。』韓愈以文為詩，故曰：『破屋數間而已矣。』然余按李詩有云：『秦人相謂曰，吾屬可去矣。』此亦詩而文者。」〔註118〕「此書始刊於朝鮮光海君六年（1614），當明神宗萬曆四十三年。」〔註119〕

另有梁慶遇《霽湖詩話》、高尚顏《笑讟雜記》（1623）對於李白詩風亦多有評論；而申欽《晴窗暖談》，「作於朝鮮仁祖二年（1629），當明思宗崇禎二年，三卷之中，前面三分之二篇幅論中國詩，態度公允，不強以唐宋為高下，也不拘於流行見解。」〔註120〕如「太白之〈清平調〉、〈行樂詞〉、〈黃鶴樓〉，皆世間所未有之語。如『五月天山雪，無花只有寒』，讀之令人飄然遐舉。」〔註121〕又如「太白，仙人也，集中所載，無一可疵。雖有後之善摘瑕者，亦難容其三尺喙矣。如〈上雲樂〉、〈菩薩蠻〉、〈獨漉篇〉、〈天姥吟〉等作，俱是鈞天帝律，豈世間嗢噂者所彷彿耶？」〔註122〕可見其對李白詩有極高的評價。

李植《學詩準的》：「李白古詩飄逸難學。杜詩變體，性情辭意，古今為最。」〔註123〕又云：「絕句則律詩類也。五言絕則無出右丞（王維）。同時名作近於右丞者，略取之。七言絕則初唐不可學，太白以

〔註116〕鄺健行、陳永明、吳淑鈿選編：《韓國詩話中論中國詩資料選粹》（香港：中華書局，2002年10月），頁49。
〔註117〕同前註所揭書，頁49。
〔註118〕同前註所揭書，頁56。
〔註119〕同前註所揭書，頁55。
〔註120〕同前註所揭書，頁107。
〔註121〕同前註所揭書，頁109。
〔註122〕同前註所揭書，頁114。
〔註123〕同前註所揭書，頁125。

下皆可取，晚唐絕句亦佳，並抄誦數百首，以爲準的。七言歌行最難學，才高學淺者，韋、柳、張（籍）、王（建），如權石洲所學，庶可企及，然未易學也。李、杜歌行，雄放馳騁，必須健筆博才，可以追躡。然初學之士學之，易於韋、柳諸作，以其詞語平近故也。必不得已，姑學李、杜，參以蘇、黃諸作，以爲準的。」〔註124〕可見在李植的心目中，李白七言絕、歌行均有深值學習之處，且須健筆博才，方可追躡其蹤。本書撰於「朝鮮仁祖二十五年（1647），當清世祖順治四年。」〔註125〕

　　南龍翼《壺谷詩評》：「李杜之五言古，如古風紀行可以相埒※。而如杜之〈石濠吏〉、〈潼關吏〉、〈無家別〉、〈新婚別〉、〈遣懷〉諸篇，李固不可敵；〈北征〉、〈赴奉先〉二長篇，又勝於〈憶舊遊〉、〈王屋山人〉；則五言杜實優矣，而不論於神聖之中。至於七言歌行，李之〈遠別離〉、〈蜀道難〉、〈天姥吟〉、〈憶秦娥〉諸篇，杜亦無可對，豈有神聖之別歟？」〔註126〕南龍翼對於李杜優劣論提出獨到的見解，也頗具參考價值。本書「撰成於朝鮮肅宗六年（1680），當清聖祖康熙十九年。」〔註127〕

　　金萬重《西浦漫筆》：「李、杜齊名，而唐以來文人之左右祖者，杜居七八。白樂天、元微之、王介甫及江西一派並尊杜。歐陽永叔、朱晦菴、楊用修又李。韓退之、蘇子瞻並尊者也。若明弘嘉諸公，故亦並尊，而觀其旨意，率皆偏向少陵耳。詩道至少陵而大成，古今推而爲大家無議論，李固不得與也。然物到盛便有衰意，邵子曰：『看花須看未開時。』李如花之始開，杜如盡開，夔後則不無離披意。」〔註128〕引邵雍詩爲喻，評說頗爲精當。本書「成於朝鮮肅宗

〔註124〕鄺健行、陳永明、吳淑鈿選編：《韓國詩話中論中國詩資料選粹》（香港：中華書局，2002年10月），頁126。
〔註125〕同前註所揭書，頁125。
〔註126〕同前註所揭書，頁142。
〔註127〕同前註所揭書，頁141。
〔註128〕同前註所揭書，頁149。

十八年（1680），當清聖祖康熙三十一年。」〔註129〕

　　申景濬《旅菴詩則》，「此書一卷，撰於朝鮮英祖十年（1734），當清世宗雍正十二年。書中詳論詩的各種體格聲律，特別是聲律，結合宮、商、角、徵、羽作精細解說。此外還論及詩法、修辭種種，書中多引李白之詩說明，不無見地。」〔註130〕如「鋪陳影描○鋪陳者，直敘其實也。影描者，繪象其影也。同一山嶽，而韓退之之〈南山〉詩是爲鋪陳，李太白之〈蜀道難〉是爲影描。體用○凡一篇中，本爲體，末爲用；始爲體，終爲用。如李白〈梁甫吟〉，是將體用分說以去。……主賓○凡一篇中，主意爲主，對立者爲賓，如李白〈上留田行〉，所謂『兄不葬』是主也，所謂一鳥、一獸、桓山禽、紫荊、交柯木、孤竹、延陵、尺布之謠，是賓也。」〔註131〕又如「詩中筆例 攻原之例○如受人服饌之賜，先言凍慄之狀，飢餒之苦到十分，而後乃言受賜，則不下感謝字，而感謝之意自已盡矣。以古樂府〈公無渡河〉言之，極道河之難渡，是爲攻原。古來作者非一，獨李白能得此例。……連類之例○類必連而後言益明而文益華，有以弓彈之同其類者而爲之連，亦有以薰蕕之反其類者而爲之連。如李白〈箜篌謠〉，以嚴陵、光武與管、鮑同其類者也，周公、管、蔡與漢謠反其類者也。」〔註132〕等等，可見其分析頗爲深入，值得研究者重視。

　　李宜顯（1669～1745）撰《陶谷雜著》：「余於陶、謝以後，劇喜鮑明遠。蓋宋齊以來，駸駸趨於靡麗，多姿而少骨，西京建安之音節，幾乎絕矣。而明遠之詩，乃獨俊快矯健，骨氣高強，類非後來諸人所可幾及；是以李、杜亦極宗尚。朱夫子謂李太白專學之者，得之。太白天仙之才，雖出天授，而其奇逸之氣，固自有所從來矣。」〔註133〕

〔註129〕鄺健行、陳永明、吳淑鈿選編：《韓國詩話中論中國詩資料選粹》（香港：中華書局，2002 年 10 月），頁 149。
〔註130〕同前註所揭書，頁 168。
〔註131〕同前註所揭書，頁 176～177。
〔註132〕同前註所揭書，頁 182～183。
〔註133〕同前註所揭書，頁 195。

　　李瀷（1681～1763）撰《星湖僿說》：「李白詩：『朱子觀廣成子像，因寫李白詩云：「今人含命作詩，開口便說李、杜，以此觀之，何曾夢見他腳板耶？」余因朱子之意，解之曰：世與道交喪，非道之欲喪世，即世之澆風散道之淳源矣。君子何嘗忘天下耶？其世所以喪道也，於善不曾扳援枝葉，而於惡則透入根本，故以採枝棲根爲喻。採則以手，棲則以身，即如登如崩之驗也。君子雖不以世之污下而損己之節行，亦須言異而免禍，故以吐花不言爲喻。大抵此莫非大數之隆替，而中人以下從而淪沒，莫之能違，故以群動飛奔爲喻。然其間不無高智卓見不與之隨風逐浪，而有出世特立之操，故以廣成子爲喻。莫非嗜仙好怪之意也。其意可謂深厚有餘味，孰謂白一詩人哉？』〔註134〕論述深刻而有獨到的見解。其它尚有「明皇求仙」、「飲仙」、「律詩路程」、「下枕」、「白髮三千丈」、「八詠樓」、「烏夜啼」、「李白五言絕句」、「白頭吟」、「李杜韓詩」、「沈約八詠」、「退之效李杜」、「歐詩」、「李杜所祖」、「詩家增光」等均對李白詩頗多自得之見，值得李白詩歌研究者重視。

　　朝鮮正祖李祘（1752～1800）撰《日得錄》，「正祖字亨運，號弘齋。公元 1777～1800 年在位。相當於清高宗乾隆四十二年至嘉慶五年。……其書云：『李白上薄曹、劉，下凌沈、鮑，縱逸跌宕，若無法度而從容於法度之中，飄飄凌雲，信乎其爲謫仙人。』」〔註135〕

　　馬祖毅、任容珍《漢籍外譯史》云：「至於李白的詩，有 17 世紀蕭士贇的《分類補注李太白詩》。譯著則有漢學家張基槿的《中國古典漢詩人選・李太白》一書，共譯李白詩 110 首，分『自然與閑適』、『風情與閨怨』、『感懷與醉興』、『脫俗與報國』四類加以評論。譯筆流暢，忠於原詩之意旨。對朝鮮漢學研究唐詩，具有指導意義。所附譯者撰的長序〈詩仙李白〉，對李白的生平、思想、藝術、評價以及

〔註134〕鄺健行、陳永明、吳淑鈿選編：《韓國詩話中論中國詩資料選粹》（香港：中華書局，2002 年 10 月），頁 198。
〔註135〕同前註所揭書，頁 265、269。

漢詩均作了詳盡的論述。」〔註136〕

　　綜上所述，可知李白詩歌在韓國影響的久遠性、廣泛性與深刻性；而韓國詩話中對於李白詩歌的評論與賞析，更值得我們的重視與深入研究。

結　語

　　李白作爲中國的偉大詩人，他的詩篇不僅是盛唐的高音，更惠及百代，不論是後代的詩人甚至是販夫走卒、平凡百姓，均能從其創作獲得啓發與慰藉。不止如此，據上所述可知李白詩歌對於世界的影響，更是既深且廣；而本文的撰寫，書目資料大多數引自馬祖毅、任容珍著《漢籍外譯史》、王麗娜〈李白詩歌在國外〉、H. C.李謝維奇〈俄羅斯漢學家怎樣學習及翻譯李白詩歌〉及鄺健行、陳永明、吳淑鈿選編《韓國詩話中論中國詩資料選粹》等文的整理，雖不免掠人之美，然因筆者認爲以專書言，李白詩歌的譯介情形散見於個章節或各詩話中，檢索查證不易，故從中加以檢擇彙整；至於王麗娜〈李白詩歌在國外〉一文，是筆者所見單篇論文介紹李白詩歌譯介情形之最詳盡者，然與其他諸文及專書詳加比對後，發現仍有遺珠之憾；而鄺健行、陳永明、吳淑鈿選編《韓國詩話中論中國詩資料選粹》一書，資料翔實珍貴，但有關李白之評論者散如滿天星斗，故詳加閱讀檢整，以便考察。而其外譯情形約可歸納爲以下四端：

一、重要的譯介者及作品

　　就西方世界而言，介紹唐詩的先行者英國漢學家德庇時爵士的開創之功值得肯定，但談到影響層面較廣的有英人亞瑟・韋利的《李白的詩歌與生平》、日本著名翻譯家小畑熏良英譯本《李白詩集》、

〔註136〕馬祖毅、任容珍著：《漢籍外譯史》，頁608。

法國聖—德尼侯爵的《唐詩選》、法國著名漢學家、翻譯家朱迪特·
戈蒂埃的譯著《玉書》，這兩種法文譯作對德國、拉丁美洲的影響極
大；弗朗茲·圖森和曹商令選編的以散文形式譯成法文的中國古典
詩詞《玉笛》、德國海爾曼的譯著《中國古今抒情詩選》、德國著名
漢學家、翻譯家馮·察赫于 20 世紀 20 年代至 30 年代的十餘年間，
在《大亞細亞》及《德國勇士》兩刊物上連續發表李白詩歌的德譯
文，共約 600 首。俄國著名漢學家、科學院院士 B. M.阿列克塞耶夫
的《中國文學簡史》。阿·基多維奇的單行本《李白抒情詩選》，收
集李白譯詩一百餘首。美國詩人埃茲拉·龐德所譯的《華夏集》、美
國女詩人艾米·洛威爾的《松花箋》。美國新詩派詩人威特·賓納與
江亢虎合作翻譯的《群玉山頭：唐詩三百首》等，均是十分重要的
李白詩歌譯介作品。

二、翻譯方式

（一）小畑薰良認爲逐字翻譯的方法需要附加許多注釋，且不易使
　　　西方讀者理解原詩的精神，故而他主要也采取了散體意譯
　　　法。

（二）義大利女漢學家維爾瑪·科絲坦蒂妮的《玉樽》每句譯文都
　　　要反覆推敲，採用嚴格、整齊的節奏、音步，較爲成功地表
　　　達了中國古典詩歌的意境和音韻。

（三）阿·基多維奇譯詩以其明快的節奏感，邏輯的完整性以及淺
　　　顯的文字，得到俄羅斯讀者的認可。

（四）李謝維奇教授將二十餘首李白詩歌的譯文，及可能的譯法、
　　　詞語意義的解釋、全詩意境的說明提供給烏克蘭詩人瓦列
　　　里·依里，然後他再將其創作爲烏克蘭詩歌。

（五）龐德的譯文保留了古風和異國情調，主要在於明確的理解詩
　　　歌中真實性的內容。屬於新派自由體。不同于翟理斯、埃德
　　　金斯等舊派譯者的譯法。他的譯文生動活潑，不拘泥于音步

　　與韻腳，以傳達原作的意境爲主。

（六）美國女詩人艾米・洛威爾的做法是，先將一份有譯詩中每個
　　　漢字的音譯、韻律的大致情況、所用的韻腳和對仗，以及對
　　　每個漢字的分析的譯文粗稿初步加工，埃斯考孚夫人和 Nung
　　　先生再檢查艾米英譯文的錯誤，再寄去給艾米潤飾，這樣往
　　　往重複三四次之後才定稿。經過 4 年的努力，《松花箋》才於
　　　1921 年在波士頓出版。

（七）賓納譯詩是採取散體意譯法，其譯筆活潑生動，能傳達原作
　　　情意，在西方學術界獲得好評。

（八）墨西哥詩人何塞・胡安・塔布拉達《李白與其他的詩》，這部
　　　書中所有的詩都是用組字圖畫來表達的。他是學習戈蒂埃的
　　　《玉書》，寫出了自己的李白。

三、詩歌譯作與音樂界的結合

　　奧地利作曲家馬勒的《大地之歌》，第一樂章〈大地悲傷的飲酒
歌〉源自李白〈悲歌行〉、第三樂章〈青春〉源自李白〈宴陶家亭子〉、
第四樂章〈美〉源自李白〈採蓮曲〉、第五樂章〈春日醉漢〉源自李
白〈春日醉起言志〉。李白的〈春夜洛陽聞笛〉，就先後由瑞典作曲家
斯約倫格和奧地利作曲家威伯恩譜成了歌曲。德國作曲家和指揮家
馮・弗蘭肯施泰因甚至把李白一生故事寫成了歌劇《皇帝與詩人》。

四、東西方對於李白詩歌接受的差異

　　西方歐美諸國對於李白詩的認識，大約始於十九世紀末，與日本
約八、九世紀及朝鮮十二、十三世紀均晚約數百年。又因日本及朝鮮
鄰近中國，除因地利之便外，十八、十九世紀西力東漸之前，可說同
屬漢文化圈，日、韓在尙未自創文字之前，均使用過漢文，這可從上
述日、韓早期推崇李白者多爲所謂「漢詩人」可知，因而在此之前並
無所謂翻譯問題，而韓國眾多時調、歌辭及詩話對李白詩歌的學習評

論，更令人印象深刻，且頗具參考價值。至於歐美諸國則或始於受騙於假舉人、或依據日本漢學教授的上課筆記等二手或三手資料來認識李白，雖不免有誤讀之憾，但憑藉著始譯者熱情與想像及本身的才華與靈氣，倒也頗能掌握李白的詩歌特質與生命情調。

　　總之，對於李白詩歌譯介的情形，本章僅作一初步的探討，囿於對翻譯學的所知有限，無法針對各家的翻譯特色加以比較，且搜輯資料有限，遺珠難免，但畢竟對於李白詩歌譯介的情形做大概全面的介紹，顯示這的確是李白研究領域中，一個值得重視的課題，而如何深化此課題的研究，則有待於中文系所與相關外文系所及翻譯學者的共同努力了。

結　論

　　李白，一位名顯當代，澤惠千古，詩傳九州，譯遍四海的偉大詩
人；千載以下，多少文人雅士為其傾倒，多少評論著作，為其人及詩
歌的影響和藝術價值，做出鞭闢入裡、宏闊多元的論述；本文的撰寫，
即立基在此堅實而豐厚的基礎上，進一步閱讀、分析、歸納後，分從
「李白生平及其傳說」、「李白詩集版本述略」、「李白詩歌的創作淵源
及其思想特質」、「李白詩歌修辭論」、「李白詩歌題材論」、「李白詩歌
風格論」、「李白詩歌與其他藝術之融通」、「李白詩歌中的『萬種風
情』」、「李白詩歌接受史概論」、「李白詩歌外譯情形探析」十章，都
三十萬餘言，整體所得，茲結論如下：

一、獨特的生命歷程和豐富的民間傳說

　　李白一生的開始和結束，恍若一團迷霧，然筆者衡諸李白詩文、
集序、墓誌銘及近代諸家學說，傾向接受李白先祖於隋末因罪遠謫於
今新疆碎葉，年約五歲時隨父李客潛返廣漢，於今四川生活近二十
年，開元十三年（725 年）二十五歲時出蜀，開始其干謁諸侯，遊說
萬乘之階段，天寶元年（742 年）南陵別兒童入京，金鑾殿賦詩，翰
林院待詔，極一時之寵幸，享千古之美名，此為其前期生命梗概。天
寶三載（744 年），李白被讒，賜金還山，流落江湖之際，逢安史亂

起，遂幕客於永王，中因蕭牆之禍，受池魚之殃，而繫獄江漢，長流夜郎，晚年則落拓重病，寄寓當塗，卒因醉酒落水？病重身故？傳說風起，終成千載迷案。

而其中待詔翰林階段，因非實受官職，在朝之地位低下，李白內心實極憂悶，且頗受翰林院學士排擠，故表象風光榮寵，而實質卻落寞不遇，且權傾一時之高力士、李林甫，更無為其脫靴磨墨之可能。至於長流夜郎一事，以法律觀點論之，長流與一般流刑不同，況流放之途，每日行程，法有所定，故筆者認同張才良〈李白流夜郎的法律分析〉及陳俊強〈從法律史的角度看李白流夜郎〉二文見解，李白實至夜郎後才遇赦放回。至於遇赦時間張氏認為乾元二年（759）至夜郎不久後即赦回，而陳氏卻認為遲至肅宗上元二年（761）始因特赦放還，大同中仍有小異，筆者學淺，仍未定論。

然對這位謎一樣的布衣詩人，歷代卻給予極高的評價，而其一生中虛實真假的經歷與傳說，卻反而成為人們歌頌、再創造及詠懷之素材，並明顯的反映在為數甚多的題詠李白詩及小說、戲曲的創作上，進而成為中國文學史上家喻戶曉、影響最為廣大的詩人，故而除專研李白之專家學者外，千古以來，人們所見之李白，實為虛實共構下彷彿其形的李白身影。

二、創作理論復古而納新，思想內涵渾融而殊異

李白號為天才，其詩奔放縱逸，可讀而不可學，然李白詩學之建立，上溯源於詩經，下納新於當代，讀學淵廣，兼容並蓄，其中尤以詩經之寫實精神、楚辭之浪漫情懷、建安之凜冽氣骨、南朝之鮑庾二謝、初唐之文儒學風，搏揉慎習，終成李白千古不二的廣大詩風。

至於其思想歷來多以雜家、縱橫家、道教徒、或儒釋道合一之思想角度討論，筆者認為，此類說法如同拆卸七層寶塔，美則美矣，恐成片面一端之論，故以〈李白詩用「我」、「吾」、「余」、「自」、「予」、「李白」篇目及摘句統計表〉為立論基礎，闡釋李白思想內在的主旋

律——自我，以明其統攝諸家思想，形成自我、渾融、奮發三大特質之因。

三、修辭技巧靈活而多變

　　李白天才橫逸，心象萬千，故其詩歌藝術有「無法之法」的美譽，本文特揭「夸飾」、「譬喻」、「示現」、「轉化」、「對偶」、「用典」諸項修辭技巧論述，以明其變化縱恣中隱含的詩歌法度，其中誇飾之運用甚爲普遍，許多千古傳頌之名句，大多與此相關。而譬喻手法之使用，更可視爲詩家印記，尤其是喻依之選擇及聯想，李白尤好雪及白色之物，亦爲李白之明顯特色。而示現及轉化則能見出太白對外在事物敏銳的觀察，及與宇宙萬物的情感融通。而對偶則可感受到太白對於六朝綺麗手法的學習，尤其是對偶形式的廣泛運用於古詩作品中，亦展現出傳統與新創的綿密結合，進而形成太白古詩的另一特色。至於用典技巧的探討，更能見太白學養之厚，及搏揉內化之妙。

四、題材運用豐富而獨特

　　李白詩歌題材含括「山水」、「飲酒」、「詠月」、「游俠」、「詠史」等主題，其豐富性自不待言，可貴的是李白能在傳統的題材中，挹注自己生命及時代的特質，除了承繼傳統之外，更能開闢新境界，尤以山水詩中充滿李白精神情感之投射與反應，既立足於六朝模山範水之傳統，又能從中顯發主體生命情態，開創山水詩之新境。而李白飲酒詩之創作，既用以澆胸中塊壘，復高唱千載文士不遇之悲辛，尤能引起高度概括之共鳴。而詠月詩之創作，足顯李白內心之浪漫與奇想，令人讀之，飄飄然得清遠之趣。李白除詩仙、酒仙之名，復有詩俠之稱號，故其游俠詩之創作意氣噴灑、磊落不羈，亦堪稱盛唐詩歌一絕。而詠史詩則展現太白對於時空變化及人事滄桑的感嘆，及其借古諷今高妙的比興諷喻手法。而親情詩的探討，則將太白的家庭生活及人倫情感的表現，作一系統性的論述，使我們更能瞭解太白複雜的婚姻及

聚少離多的親子關係。

五、風格型態多樣而變化

李白詩歌風格歷來認為以豪壯飄逸為主，本文透過生平、題材及修辭技巧的綜合分析，認為應分為「奇麗」、「清新」、「豪放」、「婉曲」四種；簡言之，奇麗的風格，著重於創意奇特，遣辭新麗，而以構思勝；清新的風格，著重於意境清新，用語自然，而以韻味勝；豪壯的風格，則著重於情感奔放，形象壯闊，而以氣勢勝；婉曲的風格，著重於意在言外，含蓄蘊藉，而以情味勝。如此方能較全面的掌握李白詩歌的風格特質。

六、藝術家李白──以歌詩為中心的藝術會通者

宏闊的盛唐氣象，造就了一個中國文化藝術史上無與倫比的興盛時代，李白正是這個時代具體而微的一個象徵；然而，歷來對李白的研究大多聚焦於詩歌的部分，殊不知其詩歌中正蘊含了諸多訊息，顯示李白不僅在歌詩的創作上有崇高的地位，在音樂、舞蹈方面亦極擅長。而從其題畫詩的探討分析及書法真跡的重新面世，在在顯示出李白實為悠遊藝海的多元藝術家，在中國數以萬計的詩人群中，李白更可允為出其類而拔其粹者。故本章透過文化社會學之角度，繼而從全集中，擇取隱含舞蹈、音樂等方面之詩例，並探究李白題畫詩藝術評析之內涵，及李白書法藝術及其論書詩等，最後歸結出李白實為一多才多藝之藝術家，是以詩歌為中心的藝術會通者。

七、筆端風情萬種，詩韻風月無邊

本章以〈李白詩用「風」字分類、篇目、摘句一覽表〉為立論基礎，分從李白用「風」字詩的思想連結、類型及其豐富意象、奇幻手法和美學特質等角度整理分析，歸結李白用「風」字與《莊子》思想之深刻連結，及其豐富多樣，共 326 首多達九十種的表現類型。而其移覺、誇飾、轉化、譬喻等手法的廣泛運用，更顯奇幻多變，至於其

中所形成的通感之美、無理而妙之趣，更足以使人咀嚼再三而回味無窮。而「風月無邊」美學特質之標舉，更顯示此特質非僅只言風月之情狀，而實融涉於飲酒、詠月、山水等四大意象之中，實為李白詩學詩歌美學的一大特色。

八、名揚一世，杜聖煮酒細論文；澤惠百代，騷人推心苦學詩

　　對於李白詩歌特色的討論，起於「共時接受」的階段，主要在賀知章、任華、杜甫諸人，尤其是詩聖杜甫的見解影響尤深。而中唐元縝、白居易的「李杜優劣論」及韓愈的「李杜並重論」更成為後代討論李白詩歌內涵及藝術價值的論述核心。仙、聖雙峰並峙的現象，成為中國詩歌藝術發展及討論的特殊景致，本章討論重點不在李杜優劣的結論如何，而是在於檢視歷時接受的討論與分析之際，亦從中理解歷代詩論及傳統詩學之內涵，故而李白詩歌接受史之建立，既有李白詩學建構之意義；另一方面，也顯示出在褒貶李白詩歌的同時，中國詩歌批評理論為之深化與細膩，這可說是李白詩歌價值之再創造。

九、名動四海的世界詩人

　　李白詩歌的譯介遍佈歐美及亞洲二十餘國，並往往受到各國重要詩人及詩論家的重視與學習，如英國的亞瑟・韋利的《李白的詩歌與生平》、日本著名翻譯家小畑薰良英譯本《李白詩集》、法國聖一德尼侯爵的《唐詩選》、法國著名漢學家、翻譯家朱迪特・戈蒂埃的譯著《玉書》，這兩種法文譯作對德國、拉丁美洲的影響極大；以及德國海爾曼的譯著《中國古今抒情詩選》、美國詩人埃茲拉・龐德所譯的《華夏集》、美國女詩人艾米・洛威爾的《松花箋》。美國新詩派詩人威特・賓納與江亢虎合作翻譯的《群玉山頭：唐詩三百首》等，均是十分重要的李白詩歌譯介作品，並產生頗大的影響。甚至日本的俳句詩人芭蕉也受到李白的影響，而李白詩歌譯作更受到歐洲音樂界的重

視，如奧地利作曲家馬勒的《大地之歌》，第一樂章〈大地悲傷的飲酒歌〉源自李白〈悲歌行〉、第三樂章〈青春〉源自李白〈宴陶家亭子〉、第四樂章〈美〉源自李白〈採蓮曲〉、第五樂章〈春日醉漢〉源自李白〈春日醉起言志〉。李白的〈春夜洛陽聞笛〉，就先後由瑞典作曲家斯約倫格和奧地利作曲家威伯恩譜成了歌曲。德國作曲家和指揮家馮‧弗蘭肯施泰因甚至把李白一生故事寫成了歌劇《皇帝與詩人》。這樣的影響也是中國詩人中獨一無二的。

　　總之，李白詩歌的研究範疇及內涵，既廣且深，本文容或廣度略具，然學淺何足以論深，最後僅以至誠之心，徵引陳師冠甫〈李白五章〉之五鴻作，以示李太白詩藝之巨大回響：

　　　　歌詩傳唱連歐美，萬種風情誰敢鄙？
　　　　明月前身本謫仙，青蓮開向無窮水！〔註137〕

〔註137〕陳師冠甫著：《文林秘笈‧千古詩心》，心月樓刊行手稿本。

附錄一 〈李白詩傳〉二十五首并序

陳師冠甫著

李白（西元 701～762）字太白，自號青蓮居士，以生於西域，長於蜀地，自小沈浸仙俠世界之氛圍中，深受羌戎與南蠻文化之影響。故其詩雋逸豪邁，兀傲不群，喜藉大鵬形象爲超塵之象徵，最足以代表蓬勃之盛唐氣象。今所存詩詞約一千零六十三首，茲錄其一生以詩爲之傳云。

一
　　誕生碎葉薰胡俗，五歲遷綿長在斯。
　　賦誦子虛超記憶，金星轉世更誰疑。

二
　　綿州今屬江油市，阻隔群山當日視。
　　白也天生豪俠風，蠻夷雜處令如此。

三
　　學數干支早發蒙，經研長短百家通。
　　蘇張自許揉奇正，暫隱岷山劍術攻。

四
　　居家本近紫雲山，求道學仙甘寂寞。
　　登覽峨眉訪戴天，神思醞釀懷丘壑。

五

　弱冠投刺謁蘇公，待以布衣褒語崇。
　下筆不休才秉異，比肩司馬衍文風。

六

　耿耿男兒志四方，離川出峽友于亡。
　存交重義權營殯，江入大荒舟遠航。

七

　任俠雙眸光炯炯，江湖手刃負心人。
　仙風道骨游天外，司馬子微言竟眞。

八

　喜愛名山入剡中，匡廬先賞瀑飛虹。
　金陵憑弔東山迹，六代繁華已逐風。

九

　天台曉望赤城霞，直下無窮溟渤漲。
　散盡黃金樂善施，維揚一載心胸廣。

十

　遷葬指南於鄂東，多方丐貸了深衷。
　壽山小隱圖鴻展，許府招婚喜氣融。

十一

　白桃山中暫隱名，幾回自薦終無濟。
　漫遊得識孟襄陽，臨別贈詩金石契。

十二

　求仕兩京頻往返，嵩山隱後又終南。
　玉眞薦舉玄宗召，供奉翰林春色酣。

十三

　承恩入侍幾回聞，神氣飛揚醉草文。
　力士脫靴妃捧硯，軒然霞舉欲離群。

十四

　首見知章紫極宮，謫仙名喚倚仙風。
　東方朔豈眞前世，酒後遭讒亦料中。

十五

異文通曉答蕃書，調譜清平垍齟齬。
傾國名花飛燕擬，天才受忌是狂疏。

十六

見傷同列賜金還，杜甫交親汴宋間。
高適成三添異彩，登臺縱獵極歡顏。

十七

與杜重逢魯郡東，同遊共被友情融。
文壇千古留佳話，日月交輝照碧空。

十八

夢游天姥忽成吟，遂作南行經白下。
小住揚州轉四明，賀監故宅追風雅。

十九

再回梁苑家宗府，贅婿誠難事順心。
魯婦同居劉氏訣，婚姻悲劇別中尋。

二十

魏州新自幽燕過，韋令盛情相款留。
南下宣城懷謝朓，山光水色入高樓。

二十一

又向金陵與廣陵，交親魏顥意何深。
妻兒與白居三地，空負平生江海心。

二十二

安史胡兵陷兩京，詩人挈眷廬山避。
永王禮聘與東巡，大禍臨頭猶未識。

二十三

子春三顧慚諸葛，割據江東愧魯連。
璘幕顯然非正統，有妻勸阻卻仍前。

二十四

崔宋聲援方免死，夜郎流放路迢迢。
朝廷赦至夔州日，重獲新生恨頓消。

二十五

　東下巴陵逢賈生，天涯淪落病同憐
　往依族叔人垂死，囑理遺編幸保全。

附錄二　李白詩用「我」、「吾」、「余」、「自」、「予」、「李白」篇名及摘句統計表

＊本表出處據詹鍈主編：《李白全集校注彙釋集評》1～8 冊

序號	詩　題	詩　句	我	吾	余	自	予	李白	冊／頁	備考
1	古風之一	我志在刪述。 吾衰竟誰陳。2	1	1					1／19	儒家
2	古風之二	感我涕沾衣。4	1						1／30	
3	古風之四	此花非我春。 吾營紫河車。	1	1					1／44	道教
4	古風之五	我來逢眞人。 吾將營丹砂。3	1	1					1／50	道教
5	古風之七	我欲一問之。 遺我金光草。	2						1／57	道教
6	古風之十一	春容捨我去。 吾當乘雲螭。3	1	1					1／74	
7	古風之十二	使我長歎息。3	1						1／77	
8	古風之十五	棄我如塵埃。	1						1／93	
9	古風之十七	我願從之遊。	1						1／104	道教
10	古風之十九	邀我登雲臺。	1						1／113	道教
11	古風之二十	昔我遊齊都。1 秦帝如我求。3 安得閒余步。 自挾兩青龍。 撫己忽自笑。 借予一白鹿。	2		1	2	1		1／115	道教
12	古風之二十二	感物動我心。	1						1／119	
13	古風之二十三	我行忽見之。 胡乃自結束。	1			1			1／122	
14	古風之三十七	而我竟何辜。	1						1／180	
15	古風之四十一	呼我遊太素。	1						1／196	道教
16	古風之五十二	美人不我期。3	1						1／233	
17	古風之五十七	飛者莫我顧。3	1						1／250	道教
18	古風之五十八	我到巫山渚。1	1						1／252	

19	遠別離	**我**縱言之將何補。 皇穹竊恐不照**余**之忠。	1		1				1／267	儒家
20	梁甫吟	**我**欲攀龍見明主。 世人見**我**輕鴻毛。 白日不照**吾**精誠。	2	1					1／316	儒家
21	將進酒	天生**我**材必有用。 請君爲**我**側耳聽。	2						1／357	儒家
22	天馬歌	惻然爲**我**悲。	1						1／380	儒家
23	行路難三首之二	**我**獨不得出。2 **吾**觀自古賢達人。	1	1					1／396	儒家
24	春日行	萬姓聚舞歌太平，**我**無爲。	1						1／419	道家
25	雉朝飛	**我**獨七十而孤棲。	1						1／442	
26	白鳩辭（一作夷則格上白鳩拂舞辭）	胡爲啄**我**葭下之紫鱗。	1						1／463	儒家
27	獨漉篇	**我**欲彎弓向天射。	1						2／501	
28	有所思（一作古有所思行）	**我**思仙人乃在碧海之東隅。1	1						2／564	道教
29	久別離	**我**吹行雲使西來。	1						2／567	
30	司馬將軍歌以代隴健陳安	**我**見樓船壯心目。	1						2／591	
31	門有車馬客行	歎**我**萬里遊。	1						2／661	
32	來日大難	誘**我**遠學。	1						2／715	
33	大堤曲	吹**我**夢魂散。	1						2／737	
34	君馬黃	君馬黃，**我**馬白。2	1						2／857	
35	擬古	映**我**青蛾眉。2	1						2／862	
36	猛虎行	**我**從此去釣東海。3	1						2／907	
37	西嶽雲臺歌送丹丘子	**我**皇手把天地戶。	1						2／1024	道教
38	元丹丘歌	**我**知爾遊心無窮。4	1						2／1032	道教
39	扶風豪士歌	**我**亦東奔向吳國。 橋邊黃石知**我**心。4 脫**吾**帽。	2	1					2／1035	
40	梁園吟	**我**浮黃雲去京闕。1	1						3／1055	
41	鳴皋歌奉餞從翁清歸五崖山居（河南府陸渾縣有鳴皋山）	我家仙翁愛清眞。	1						3／1079	道教
42	勞勞亭歌（在江寧縣南十五里。古送別之所。一名臨滄觀。）	我乘素舸同康樂。	1						3／1097	

43	東山吟（土山去江寧城二十五里。晉謝安攜妓之所。一作醉過謝安東山作東山吟。）	我妓今朝如花月。 酣來自作青海舞。	1			1		3／1117	
44	僧伽歌	有時與我論三車。2 嗟予落魄江淮久。	1				1	3／1082	佛教
45	笑歌行	我愛眼前酒。 還道滄浪濯吾足。	1	1				2／1008	道家
46	悲歌行	聽我一曲悲來吟。 天下無人知我心。 我有三尺琴。	3					2／1014	儒家
47	秋浦歌十七首之一	為我達揚州。4	1					3／1120	
48	峨眉山月歌送蜀僧晏入中京	我在巴東三峽時。1 我似浮雲滯吳越。	2					3／1202	
49	赤壁歌送別	我欲因之壯心魄。4	1					3／1208	
50	懷仙歌	仙人浩歌望我來。 我欲蓬萊頂上行。4	2					3／1216	道教
51	清溪行（一作宣州清溪）	清溪清我心。1	1					3／1222	
52	酬殷明佐見贈五雲裘歌	我吟謝朓詩上語。1 故人贈我我不違。 詩興生我衣。	4					3／1225	
53	山鷓鴣詞	欲銜我向雁門歸。 我今誓死不能去。3	2					3／1246	
54	草書歌行	我師此義不師古。 吾師醉後倚繩床。	1	1				3／1237	
55	贈范金卿二首之一	我有結綠珍。	1					3／1283	
56	贈瑕丘王少府	我隱屠釣下。	1					3／1292	道家
57	東魯見狄博通	去年別我向何處。1	1					3／1295	
58	贈韋祕書子春二首之二	訪我來瓊都。	1					3／1316	道教
59	贈韋侍御黃裳二首之二	我如豐年玉。	1					3／1326	
60	雪讒詩贈友人	不我遐棄。3 其如余何。 嗟予沈迷。1 誰察予之貞堅。	1		1		2	3／1373	儒家
61	贈清漳明府姪聿	我李百萬葉。1 賢人宰吾土。	1	1				3／1397	
62	贈郭季鷹	盛德無我位。	1					3／1407	

63	鄴中贈王大（一作鄴中王大勸入高鳳石門山幽居）	問<u>我</u>將何行。 <u>我</u>願執爾手。 爾方達<u>我</u>情。 富貴<u>吾</u>自取。	3	1					3／1408	道家
64	贈新平少年	而<u>我</u>竟何爲。	1						3／1422	
65	口號贈徵君鴻（此公時被徵）	<u>我</u>尋高士傳。	1						3／1448	道家
66	上李邕	世人見<u>我</u>恆殊調。 聞<u>余</u>大言皆冷笑。	1	1					3／1364	儒家
67	秋日鍊藥院鑷白髮贈元六兄林宗	卷舒固在<u>我</u>。3	1						3／1452	道家
68	書情題蔡舍人雄	<u>我</u>縱五湖櫂。	1						3／1458	
69	憶襄陽舊遊贈馬少府巨	白髮<u>我</u>先秋。	1						3／1469	
70	訪道安陵遇蓋還爲余造眞籙臨別留贈	爲<u>我</u>草眞籙。	1						3／1474	道教
71	贈崔郎中宗之（時謫官金陵）	草木爲<u>我</u>儔。	1						3／1485	
72	贈別從甥高五	使<u>我</u>驚心魂。 <u>自</u>笑<u>我</u>非夫。 能成<u>吾</u>宅相。 <u>自</u>顧寡籌略。	2	1		2			3／1497	
73	贈裴司馬	顧<u>我</u>莫相違。4	1						3／1506	
75	敘舊贈江陽宰陸調	<u>我</u>昔鬥雞徒。 <u>我</u>昔北門厄。 脫<u>我</u>如貔牢。 脫<u>余</u>北門厄。	3		1				3／1510	縱橫家
76	贈僧崖公	持爲<u>我</u>神通。 授<u>余</u>金仙道。	1		1				3／1560	佛教
77	醉後贈從甥高鎮	<u>我</u>被秋霜生旅鬢。	1						3／1575	
78	崔秋浦柳少府	而<u>我</u>愛夫子。3	1						3／1580	
79	望九華贈青陽韋仲堪	<u>我</u>欲一揮手。	1						3／1588	
80	贈王判官時余歸隱居廬山屛風疊	何處<u>我</u>思君。 苦笑<u>我</u>誇誕。 <u>吾</u>非濟代人。	2	1					3／1595	儒家
81	贈武十七諤（并序）	君爲<u>我</u>致之。	1						3／1610	
82	流夜郎贈辛判官	夫子紅顏<u>我</u>少年。 <u>我</u>愁遠謫夜郎去。3	2						4／1652	

			我	吾	余	自	予	李白		
83	贈劉都使	而我謝明主。	1						4／1656	
84	贈易秀才	竄逐我因誰。	1						4／1664	
85	經亂離後天恩流夜郎憶舊遊書懷贈江夏韋太守良宰	仙人撫我頂。 曠然散我愁。 謂我不愧君。 送余驃騎亭。 學劍翻自哂。 空名適自誤。	3		1	2			4／1666	儒家、道教
86	贈漢陽輔錄事二首之一	我抱漢川湄。2	1						4／1719	
87	江夏贈韋南陵冰	我竄三巴九千里。 我且爲君槌碎黃鶴樓， 君亦爲吾倒卻鸚鵡洲。	2	1					4／1722	
88	贈盧司戶	待我蒼梧間。	1						4／1735	
89	贈從弟南平太守之遙二首之一	當時笑我微賤者。 使我長價登樓詩。	2						4／1738	
90	贈張相鎬二首之二	我揮一杯水。 自笑何區區。 （本家隴西人，先爲漢邊將。）	1			1			4／1619	
91	贈別舍人弟臺卿之江南	謫居我何傷。 吾將撫爾背。3	1	1					4／1729	
92	對雪醉後贈王歷陽	君家有酒我何愁。	1						4／1749	
93	贈宣城宇文太守兼呈崔侍御	卻掩我之妍。	1						4／1753	
94	贈從弟宣州長史昭	我行倦過之。	1						4／1779	
95	於五松山贈南陵常贊府	於我少留情。	1						4／1792	
96	自梁園至敬亭山見會公談陵陽山水兼期同遊因此贈	我隨秋風來。1 爲余話幽棲。 令予解愁顏。4	1		1		1		4／1796	
97	贈友人三首之二	爲我揚波瀾。	1						4／1807	
98	贈從弟洌	知我在磻溪。4 顧余乏尺土。	1		1				4／1821	
99	贈閭丘處士	爲我結茅茨。4	1						4／1828	道家
100	贈僧行融	待我適東越。3 吾知有英骨。	1	1					4／1844	佛教
101	贈黃山胡公求白鷳（并序）	我願得此鳥。	1						4／1848	
102	經亂後將避地剡中留贈崔宣城	我垂北溟翼。	1						4／1859	

103	書懷贈南陵常贊府	獨與我心諧。 問我心中事。 君看我才能。	3					4／1784	儒家
104	贈汪倫（白遊涇縣桃花潭。村人汪倫常醞美酒以待白。）	不及汪倫送我情。4 李白乘舟將欲行 1	1				1	4／1855	
105	寄弄月溪吳山人	待我辭人間。3	1					4／1893	道家
106	春日獨坐寄鄭明府	我在河南別離久。	1					4／1912	
107	沙丘城下寄杜甫	我來竟何事。1	1					4／1917	
108	聞王昌齡左遷龍標遙有此寄	我寄愁心與明月。3	1					4／1935	
109	寄王屋山人孟大融	我昔東海上。1	1					4／1939	
110	憶舊遊寄譙郡元參軍	我向淮南攀桂枝。 邀我吹玉笙。 手持錦袍覆我身。 我醉橫眠枕其股。 使我醉飽無歸心。 為余天津橋南造酒樓。2 余既還山尋故巢。 問余別恨知多少。	5	3				4／1942	
111	新林浦阻風寄友人	我來定幾時。 我來復幾時。	2					4／1966	
112	寄韋南陵冰余江上乘興訪之遇尋顏尚書笑有此贈	恨我阻此樂。	1					4／1971	
113	題情深樹寄象公	白雲見我去，3 亦為我飛翻。4	2					4／1976	
114	寄東魯二稚子（在金陵作）	我家寄東魯。 此樹我所種。 我行尚未旋。 折花不見我。3	4					4／1983	
115	獨酌清溪江石上寄權昭夷	我攜一樽酒。1	1					4／1989	
116	禪房懷友人岑倫（時南遊羅浮，兼泛桂海。自春徂秋不返。僕旅江外，書情寄之。）	而我安得群。	1					4／1992	
117	廬山謠寄廬侍御虛舟	我本楚狂人。1 開窺石鏡清我心。	2					4／1999	道家

118	書情寄從弟邠州長史昭	我行定幾時。2	1					4／2012	
119	寄王漢陽	別後空愁我。3	1					4／2021	
120	流夜郎至西塞驛寄裴隱	我行望雷雨。	1					4／2033	
121	望漢陽柳色寄王宰	春風傳我意。	1					4／2040	
122	江夏寄漢陽輔錄事	我書魯連箭。	1					4／2043	縱橫家
123	江上寄巴東故人	佳人與我違。	1					4／2048	
124	寄從弟宣州長史昭	邀我敬亭山。	1					4／2054	
125	涇溪東亭寄鄭少府諤	我遊東亭不見君。1	1					4／2056	
126	宣州九日聞崔四侍御與宇文太守遊敬亭余時登響山不同此賞醉後寄崔侍御二首之一	棄我如遺鳥。4	1					4／2059	
127	涇溪南藍山下有落星潭可以卜築余泊舟石上寄何判官昌浩	使我自驚惕。	1					4／2071	
128	遊敬亭寄崔侍御（一本作登古城望府中寄崔侍御）	我家敬亭下。1 時來顧我笑。	2					4／2077	
129	秋日魯郡堯祠亭上宴別杜補闕范侍御	我覺秋興逸。1	1					4／2091	
130	夢遊天姥吟留別（一作別東魯諸公）	我欲因之夢吳越。 湖月照我影。 送我至剡溪。 使我不得開心顏。4	4					4／2101	
131	留別曹南群官之江南	我昔釣白龍。1	1					4／2115	
132	留別于十一兄逖裴十三遊塞垣	爾為我楚舞， 吾為爾楚歌。 吾徒莫歎抵觸藩。	1	2				4／2124	
133	留別西河劉少府	謂我是方朔。 余亦如流萍。	1		1			4／2146	
134	潁陽別元丹丘之淮陽	我有錦囊訣。 吾將元夫子。1	1	1				4／2151	

135	感時留別從兄徐王延年從弟延陵	與我特相宜。	1					4／2162	
136	竄夜郎於烏江留別宗十六璟	我非東床人。	1					4／2193	
137	留別龔處士	我去黃牛峽。	1					4／2200	
138	將遊衡嶽過漢陽雙松亭留別族弟浮屠談皓	憶我初來時。	1					4／2207	
139	留別賈舍人至二首之一	不肯銜我去。	1					4／2216	
140	留別賈舍人至二首之二	延我於北堂。 我獨之夜郎。	2					4／2219	
141	別韋少府	贈我以微言。	1					4／2235	
142	南陵別兒童入京	我輩豈是蓬蒿人。4 余亦辭家西入秦。 高歌取醉欲自慰。	1		1	1		4／2238	儒家
143	別山僧	平明別我上山去。	1					4／2245	
144	贈別王山人歸布山	我心亦懷歸。	1					4／2247	道家
145	送王屋山人魏萬還王屋（并序）	訪我三千里。 五月造我語。 且知我愛君。 我苦惜遠別。 吾友揚子雲。	4	1				5／2257	
146	送當塗趙少府赴長蘆	我來揚都市。1	1					5／2286	
147	送友人遊梅湖	有使寄我來。	1					5／2295	
148	送崔十二遊天竺寺	待我來歲行。3	1					5／2296	
149	送楊山人歸天台	我家小阮賢。	1					5／2299	
150	送溫處士歸黃山白鵝峰舊居	鳳吹我時來。	1					5／2303	
151	送方士趙叟之東平	爲我弔孔丘。	1					5／2309	道家
152	送楊少府赴選	我非彈冠者。 吾君詠南風。	1	1				5／2317	
153	魯郡堯祠送竇明府薄華還西京（時久病初起作）	我歌白雲倚窗牖。 山公酩酊何如我。 爾向西秦我東越。 爲余掃灑石上月。4	3		1			5／2329	
154	金鄉送韋八之西京	狂風吹我心。	1					5／2339	

155	送薛九被讒去魯	我笑薛夫子。	1				5／2341	
156	單父東樓秋夜送族弟沈之秦（時疑弟在席）	問我何勞苦。2	1				5／2347	
157	魯城北郭曲腰桑下送張子還嵩陽	我行懵道遠。	1				5／2355	
158	灞陵行送別	我向秦人問路岐。	1				5／2374	
159	送裴十八圖南歸嵩山二首之一	我獨與君言。	1				5／2402	
160	送裴十八圖南歸嵩山二首之二	為我洗其心。	1				5／2404	
161	送崔度還吳（度。故人禮部員外〔國輔〕（輔國）之子。）	我乃重此鳥。	1				5／2436	
162	送楊燕之東魯	我固侯門士。	1				5／2457	
163	送蔡山人	我本不棄世，1世人自棄我。2	2				5／2461	儒家
164	送蕭三十一之魯中兼問稚子伯禽	我家寄在沙丘傍。	1				5／2463	
165	送楊山人歸嵩山	我有萬古宅。1	1				5／2466	道家
166	送通禪師還南陵隱靜寺	我聞隱靜寺。1	1				5／2485	佛教
167	送麴十少府	我有延陵劍。	1				5／2508	
168	送張秀才謁高中丞（并序）	我無燕霜感。	1				5／2510	
169	江西送友人之羅浮	我還憶峨眉。	1				5／2561	
170	宣州謝朓樓餞別校書叔雲（一作倍侍御叔華登樓歌）	棄我去者昨日之日不可留，亂我心者今日之日多煩憂。12	2				5／2566	儒家、道家
171	宣城送劉副使入秦	我詠北門詩。	1				5／2574	
172	涇川送族弟錞	仙人不見我。問我何事來。吾家稱白眉。	2	1			5／2583	道教
173	登黃山凌歊臺送族弟溧陽尉濟充泛舟赴華陰（得齊字）	使我心魂悽。	1				5／2595	
174	五月東魯行答汶上君（一作翁）	我以一箭書。顧余不及仕。	1		1		5／2614	儒家
175	早秋單父南樓酬竇公衡	我閉南樓看道書。賴爾高文一起予。4	1			1	5／2619	

176	酬崔五郎中	立談乃知我。 贈我以新詩。	2					5／2648	
177	以詩代書答元丹丘	與我忽飛去。 憶我勞心曲。	2					5／2654	道教
178	金門答蘇秀才	我留在金門。 眷我情何已。	2					5／2659	
179	酬坊州王司馬與閻正字對雪見贈	假我青雲翼。	1					5／2667	儒家
180	酬張卿夜宿南陵見贈	我昔辭林丘。 輕我土與灰。	2					5／2677	
181	酬岑勳見尋就元丹丘對酒相待以詩見招	憶我腸斷續。 對酒忽思我。 憶君我遠來。 我懽方速至。 我情既不淺。 蹇予未相知。	5			1		5／2684	
182	酬王補闕惠翼莊廟宋丞泚贈別	鸞翮我先鎩。	1					5／2691	
183	翫月金陵城西孫楚酒樓達曙歌吹日晚乘醉著紫綺裘烏紗巾與酒客數人棹歌秦淮往石頭訪崔四侍御	我憶君到此。 贈我數百字。	2					5／2718	
184	江上答崔宣城	問我將何事。	1					5／2724	
185	張相公出鎮荊州尋除太子詹事余時流夜郎行至江夏與張公去千里公因太府丞王昔使車寄羅衣二事及五月五日贈余詩答以此詩	贈我慰相思。	1					5／2738	
186	醉後答丁十八以詩譏余搥碎黃樓	一州笑我爲狂客。 作詩調我驚逸興。	2					5／2742	
187	答高山人兼呈權顧二侯	我於鴟夷子。	1					5／2748	
188	至陵陽山登天柱石酬韓侍御見招隱黃山	見我傳秘訣。	1					5／2764	道教
189	酬崔十五見招	疑君在我前。	1					5／2772	
190	答王十二寒夜獨酌有懷	魚目亦笑我。 懷余對酒夜霜白。 榮辱於余亦何有。	1		2			5／2699	儒家、 道家

191	遊泰山六首之一（天寶元年四月。從故御道上泰山。）	遭**我**流霞杯。 **自**愧非仙才。	1			1		5／2791	道教
192	遊泰山六首之二（天寶元年四月。從故御道上泰山。）	遭**我**鳥跡書。	1					5／2796	
193	遊泰山六首之三（天寶元年四月。從故御道上泰山。）	笑**我**晚學仙。	1					5／2798	道教
194	遊泰山六首之四（天寶元年四月。從故御道上泰山。）	眾神衛**我**形。	1					5／2801	道教
195	下終南山過斛山人宿置酒	**我**醉君復樂。3	1					6／2823	道家
196	朝下過盧郎中敘舊遊	**我**入銀臺門。2	1					6／2827	
197	邯鄲南亭觀妓	**我**輩不作樂。3	1					6／2832	
198	春陪商州裴使君遊石娥溪時欲東歸遂有此贈	**我**來屬芳節。	1					6／2837	
199	春日陪楊江寧及諸官宴北湖感古作	**我**來不及此。	1					6／2848	
200	宴鄭參卿山池	**我**畏朱顏移。2	1					6／2854	
201	遊謝氏山亭	聊以散**我**情。 山鳥向**我**鳴。	2					6／2855	
202	把酒問月（故人賈淳令予問之）	**我**今停杯一問之。2	1					6／2858	
203	同族姪評事黯遊昌禪師山池二首之一	爲**我**開禪關。2	1					6／2861	佛教
204	與周剛清溪玉鏡潭宴別（潭在秋浦桃樹陂下。余新名此潭）	**我**來遊秋浦。 爲**余**謝蘭蓀。4	1			1		6／2871	
205	陪侍郎叔遊洞庭醉後三首之一	**我**家賢侍郎。2	1					6／2888	
206	夜泛洞庭尋裴侍御清酌	爲**我**彈〈昆鳥〉雞。	1					6／2894	
207	銅官山醉後絕句	**我**愛銅官樂。1	1					6／2910	
208	與南陵常贊府遊五松山（山在南陵銅井西五里。有古精舍）	**我**來五松下。 **吾**欲歸精修。4	1	1				6／2912	道家

209	遊水西簡鄭明府	愜我雪山諾。4	1					6／2920	
210	九日登山	我來不得意。	1					6／2923	
211	登錦城散花樓	極目散我憂。	1					6／2940	
212	大庭庫	我來尋梓愼。	1					6／2947	
213	焦山杳望松寥山	仙人如愛我。3	1					6／2961	道教
214	登太白峰	太白與我語， 爲我開天關。	2					6／2964	道教
215	登邯鄲洪波臺置酒觀發兵	我把兩赤羽。1	1					6／2967	
216	登金陵冶城西北謝安墩	我來酌清波。	1					6／2990	
217	登梅岡望金陵贈族姪高座寺僧中孚	我來屬天清。 吾宗挺禪伯。	1	1				6／3004	佛教
218	望廬山瀑布水二首之一	而我樂名山。	1					6／3020	
219	金陵望漢江	我君混區宇。	1					6／3062	
220	登廣武古戰場懷古	分我一杯羹。	1					6／2971	
221	下途歸石門舊居	我離雖則歲物改。 我亦曾到秦人家。 余嘗學道窮冥筌。	2		1			6／3090	道教
222	奔亡道中五首之五	連聲向我啼。4	1					6／3110	
223	至鴨欄驛上白馬磯贈裴侍御	爲我解霜威。4	1					6／3116	
224	宿五松山下荀媼家	我宿五松下。1	1					6／3138	
225	下陵陽沿高溪三門六剌灘	使我欲垂竿。4	1					6／3143	
226	夜泊黃山聞殷十四吳吟	我宿黃山碧溪月。	1					6／3145	
227	過四皓墓	我行至商洛。1	1					6／3167	儒家
228	經下邳圯橋懷張子房	我來圯橋上。	1					6／3181	儒家
229	陪宋中丞武昌夜飲懷古	我心還不淺。3	1					6／3206	
230	望鸚鵡洲懷禰衡	千春傷我情。	1					6／3208	儒家
231	與元丹丘方城寺談玄作	惟我獨先覺。2 彼我俱若喪。	2					6／3251	道教、佛教

232	尋高鳳石門山中元丹丘	顧我忽而晒。	1					6／3256	
233	安州般若寺水閣納涼喜遇薛員外乂	而我遺有漏。	1					6／3260	佛教
234	月下獨酌四首之一	影徒隨我身。 我歌月徘徊。 我舞影零亂。	3					6／3267	
235	春歸終南山松龕舊隱	我來南山陽。1	1					6／3280	
236	冬夜醉宿龍門覺起言志	而我胡爲者。	1					6／3283	儒家
237	尋山僧不遇作	使我空歎息。	1					6／3286	佛教
238	過汪氏別業二首之一	我來感意氣。	1					6／3288	
239	過汪氏別業二首之二	我行值木落。	1					6／3290	
240	待酒不至	山花向我笑。	1					6／3293	道家
241	獨酌	悠悠非我心。4	1					6／3294	
242	春日獨酌二首之二	我有紫霞想。1	1					6／3300	道教
243	金陵江上遇蓬池隱者（時於落星石上以紫綺裘換酒爲歡）	就我石上飯。 解我紫綺裘。	2					6／3302	道家
244	山中與幽人對酌	我醉欲眠卿且去。3	1					6／3313	道家
245	廬山東林寺夜懷	我尋青蓮宇。1	1					6／3318	佛教
246	對酒	傾花向我開。	1					6／3331	道家
247	醉題王漢陽廳	我似鷓鴣鳥。1	1					6／3333	
248	自遣	落花盈我衣。2	1					6／3340	道家
249	憶崔郎中宗之遊南陽遺吾孔子琴撫之潸然感舊	留我孔子琴。	1					6／3354	儒家
250	憶東山二首之二	我今攜謝妓。1	1					6／3359	
251	對酒憶賀監二首之一（并序）	呼我謫仙人。	1					6／3362	
252	對酒憶賀監二首之二（并序）	凄然傷我情。4	1					6／3365	
253	落日憶山中	發我枝上花。	1					6／3370	
254	擬古十二首之三	後來我誰身。	1					7／3407	佛教、道教

255	擬古十二首之十	遺我綠玉杯。	1					7／3427	道教
256	感興八首之三	又不爲我棲。	1					7／3439	
257	感興八首之五	使我鍊金骨。	1					7／3442	道教
258	秋夕旅懷	吹我鄉思飛。2	1					7／3458	
259	尋陽紫極宮感秋作	就我簷下宿。	1					7／3472	
260	避地司空原言懷	我則異於是。	1					7／3484	儒家
261	萬憤詞投魏郎中	好我者恤我， 不好我者何忍臨危而相擠。 脫我牢狴。 吾將安棲。	4	1				7／3505	
262	聽蜀僧濬彈琴	爲我一揮手。	1					7／3522	道家、佛教
263	流夜郎題葵葉	嘆我遠移根。2	1					7／3550	
264	題元丹丘潁陽山居（并序）	而我欽清芬。	1					7／3570	
265	題瓜州新河餞族叔舍人賁	我行送季父。	1					7／3574	
266	題江夏修靜寺（此寺是李北海舊宅）	我家北海宅。1	1					7／3597	
267	嘲魯儒	與我本殊倫。	1					7／3609	儒家
268	嵩山採菖蒲者	我來採菖蒲。	1					7／3627	
269	白田馬上聞鶯	我行不記日。 捫心空自悲。4	1			1		7／3638	
270	寄遠十二首之五	吹我夢魂斷。	1					7／3655	
271	代別情人	我悅子容豔， 子傾我文章。	2					7／3684	
272	代美人愁鏡二首之二	燭我金縷之羅衣。2	1					7／3707	
273	別內赴徵三首之二	問我西行幾日歸。2	1					7／3709	
274	秋浦寄內	我今尋陽去。1 我自入秋浦。 歸問我何如。	3					7／3715	
275	秋浦感主人歸燕寄內	我不及此鳥。	1					7／3723	
276	出妓金陵子呈盧六四首之一	樓中見我金陵子。3	1					7／3743	
277	出妓金陵子呈盧六四首之四	我亦爲君飲清酒。3	1					7／3745	

	篇名	摘句							
278	雜言用投丹陽知己兼奉宣慰判官（以下見詩紀。第八句缺二字）	遣**我**雙玉璞。2	1					3／1482	
279	自廣平乘醉走馬六十里至邯鄲登城樓覽古書懷	使**我**涕縱橫。	1					6／3171	
280	宣州長史弟昭贈余琴谿中雙舞鶴詩以見志	顧**我**如有情。贈**余**琴谿鶴。2	1	1				7／3561	儒家
281	瀑布	松風拂**我**足。4	1					8／4461	
282	上清寶鼎詩之一（前首見東觀餘論。後首見王直方詩話。）	**我**居清空表。1	1					8／4513	
283	上清寶鼎詩之二（前首見東觀餘論。後首見王直方詩話。）	贈**我**纍纍珠。3	1					8／4516	
284	題許宣平菴壁（見詩話類編）	**我**吟傳舍詠。1	1					8／4454	
285	上留田行	古老向**余**言。			1			1／410	
286	白毫子歌	**余**配白毫子。			1			2／1050	道教
287	橫江詞六首之五	向**余**東指海雲生。2			1			3／1112	
288	讀諸葛武侯傳書懷贈長安崔少府叔封昆季	**余**亦草間人。隴畝躬**自**耕。			1	1		3／1338	儒家
289	贈參寥子	**余**亦去金馬。			1			3／1386	道教
290	宿白鷺洲寄楊江寧	爲**余**西北流。			1			4／1963	
291	留別王司馬嵩	**余**亦南陽子。			1			4／2129	儒家
292	留別金陵諸公	祖**余**白下亭。			1			4／2178	
293	金陵白下亭留別	爲**余**一攀翻。4			1			4／2189	
294	同王昌齡送族弟襄歸桂陽二首之一	**余**欲羅浮隱。			1			5／2407	
295	送侯十一	**余**亦不火食。			1			5／2441	儒家
296	送紀秀才遊越	令**余**發烏吟。			1			5／2450	
297	送岑徵君歸鳴皋山	**余**亦謝明主。			1			5／2474	
298	送范山人歸泰山	別**余**往泰山。2			1			5／2480	
299	山中答俗人	問**余**何意栖碧山。1			1			5／2623	道家

300	答長安崔少府叔封遊終南翠微寺太宗皇帝金沙泉見寄	為余謝風泉。3		1			5／2634	
301	入彭蠡經松門觀石鏡緬懷謝康樂題詩遊覽之志	余方窺石鏡。余將振衣去。3 吾將學仙去。	1	2			6／3202	道教
302	夜泊牛渚懷古（此地即謝尚聞袁宏詠史處）	余亦能高詠。		1			6／3228	
303	感遇四首之三	昔余聞姮娥。1		1			7／3464	
304	題金陵王處士水亭（此亭蓋齊朝南苑。又是陸機故宅。）	為余置金尊。		1			7／3585	
305	代寄情人楚詞體	朝馳余馬于青樓。		1			7／3695	
306	古風之十	吾亦澹蕩人。3	1				1／71	儒家
307	古風之二十九	吾祖之流沙。	1				1／144	儒家、道家
308	古風之三十一	吾屬可去矣。	1				1／152	
309	古風之三十三	吾觀摩天飛。3	1				1／160	儒家
310	古風之四十二	吾亦洗心者。3	1				1／199	道家
311	行路難三首之三	吾觀自古賢達人。	1				1／400	儒家
312	笑矣謠	吾心安所從。	1				1／437	儒家
313	日出行（一作日出入行）	吾將囊括大塊。	1				1／469	道家
314	幽澗泉	彈吾素琴。2 吾但寫聲發情於妙指。	2				2／541	
315	東武吟（一作出東門後書懷。留別翰林諸公。又作還山留別金門知己。）	吾尋黃綺翁。4	1				2／789	
316	短歌行	吾欲攬六龍。	1				2／813	
317	沐浴子	吾與爾同歸。4	1				2／892	
318	鳴皋歌送岑徵君（時梁園三尺雪。在清泠池作。）	吾誠不能學二子沽名矯節以耀世兮。	1				3／1067	道家
319	當塗趙炎少府粉圖山水歌	真仙可以全吾身。	1				3／1146	
320	贈孟浩然	吾愛孟夫子。1	1				3／1254	儒家
321	玉真公主別館苦雨贈衛尉張卿二首之一	白酒盈吾杯。獨酌聊自勉。	1	1			3／1305	

322	駕去溫泉後贈楊山人	待吾盡節報明主。3 自言管葛竟誰許。	1		1		3／1347	儒家
323	贈張公洲革處士	吾黨慕清芬。4	1				3／1265	
324	贈從孫義興宰銘	歷職吾所聞。	1				3／1519	
325	草創大還贈柳官迪	吾求仙棄俗。 抑予是何者。	1	1			3／1529	道教
326	贈崔秋浦三首之一	吾愛崔秋浦。1	1				3／1582	
327	贈閭丘宿松	吾知千載後。3	1				4／1635	
328	贈王漢陽	吾曾弄海水。	1				4／1716	
329	獻從叔當塗宰陽冰	吾家有季父。	1				4／1867	
330	北山獨酌寄韋六	紛吾下茲嶺。 傲爾令自哂。4	1		1		4／4981	
331	夜別張五	吾多張公子。1	1				4／2140	
332	對雪奉餞任城六父秩滿歸京	浮雲乃吾身。	1				5／2323	
333	送族弟單父主簿凝攝宋城主簿至郭南月橋卻迴棲霞山留飲贈之	吾家青萍劍。1	1				5／2363	
334	送于十八應四子舉落第還嵩山	吾祖吹橐籥。1	1				5／2417	
335	奉餞高尊師如貴道士傳道籙畢歸北海	吾師四萬劫。	1				5／2445	道教
336	送舍弟	吾家白額駒。1	1				5／2505	
337	送別得書字	吾子訪閭居。	1				5／2506	
338	尋陽送弟昌岠鄱陽司馬作	爾則吾惠連， 吾非爾康樂。	2				5／2519	
339	送儲邕之武昌	滄浪吾有曲。3	1				5／2604	
340	答杜秀才五松見贈（五松山在南陵銅坑西五六里）	吾非謝尚邀彥伯。	1				5／2756	
341	登廬山五老峰	吾將此地巢雲松。4	1				6／3030	道家
342	江上望皖公山	待吾還丹成。3	1				6／3032	道教
343	月下獨酌四首之三	不知有吾身。3	1				6／3277	道家
344	春日獨酌二首之一	吾生獨無依。	1				6／3298	
345	嘲王歷陽不肯飲酒	吾於爾何有。4	1				6／3334	

346	感遇四首之一	吾愛王子晉。1		1				7／3460	
347	秋夕書懷（一作秋日南遊書懷）	可以保吾生。4		1				7／3480	
348	荊州賊平臨洞庭言懷作	吾將問蒼昊。4		1				7／3512	
349	題嵩山逸人元丹丘山居（并序）	吾亦採蘭若。		1				7／3589	道教
350	題宛溪館	吾憐宛溪好。1		1				7／3604	
351	雜詩	吾欲從此去。3		1				7／3654	
352	鞠歌行	日月逝矣吾何之。4		1				8／4452	
353	古風之十八	自言度千秋。			1			1／109	
354	古風之三十六	芳蘭哀自焚。			1			1／176	儒家
355	古風之四十九	芳心空自持。			1			1／223	儒家
356	古風之五十九	寸心終自疑。			1			1／256	儒家
357	獨不見	流淚空自知。4			1			2／635	
358	塞下曲六首之四	流淚空自知。4			1			2／710	
359	江夏行	獨自多悲淒。			1			3／1211	
360	中丞宋公以吳兵三千赴河南軍次尋陽脫余之囚參謀幕府因贈之	自憐非劇孟。4			1			4／1646	儒家
361	贈宣城趙太守悅	自笑東郭履。			1			4／1768	
362	書懷贈南陵常贊府	自顧無所用。			1			4／1784	儒家
363	江上寄元六林宗	幽賞頗自得。3			1			4／2050	
364	送趙判官赴黔府中丞叔幕	令人忽自哂。			1			5／2593	
365	答從弟幼成過西園見贈	一身自瀟灑。1			1			5／2687	
366	尋魯城北范居士失道落蒼耳中見范置酒摘蒼耳作	自詠猛虎詞。			1			6／2778	
367	九日	獨笑還自傾。			1			6／2930	
368	郢門秋懷	捫襟還自憐。			1			6／3113	
369	秋下荊門	自愛名山入剡中。4			1			6／3135	
370	金陵三首之一	吳歌且自歡。4			1			6／3189	
371	姑孰十詠（一作李赤詩）之慈姥竹	貞心嘗自保。4			1			6／3241	
372	冬夜醉宿龍門覺起言志	青雲當自致。3			1			6／3283	儒家

373	春日醉起言志	對酒還自傾。			1			6／3315	儒家
374	尋雍尊師隱居	獨自下寒煙。4			1			6／3324	道教
375	擬古十二首之五	何乃愁自居。			1			7／3412	
376	江上秋懷	惻愴心自悲。			1			7／3476	
377	覽鏡書懷	自笑鏡中人。			1			7／3517	儒家
378	南奔書懷（一作自丹陽南奔道中作）	自來白沙上。			1			7／3490	儒家
379	題元丹丘山居	自愛丘壑美。2			1			7／3568	道教
380	贈崔侍郎（一作御）	予叨翰墨林。				1		3／1359	
381	淮陰書懷寄王宗成（一作王宗城）	予為楚壯士。				1		4／1929	
382	流夜郎永華寺寄尋陽群官	賓散予獨醉。				1		4／2031	
383	送郗昂謫巴中	予若洞庭葉。				1		5／2551	
384	酬張司馬贈墨	今日贈予蘭亭去。3				1		5／2628	
385	同友人舟行遊台越作	蹇予訪前跡。				1		6／2818	
386	望黃鶴山	蹇予羨攀躋。				1		6／3036	道教
387	春滯沅湘有懷山中	予非懷沙客。				1		6／3370	
388	襄陽歌	李白與爾同死生。					1	2／973	
389	贈內	雖為李白婦。3					1	7／3728	
390	哭宣城善醸紀叟	夜臺無李白。3					1	7／3758	
391	酬崔侍御（一本此下有成甫二字）	元非太白醉揚州。4					1	3／1359	
	小　計		354	74	44	43	15	5		
	總　計		535							

【說明】：1 首句；2 第二句；3 倒數第二句；4 末句

　　一、使用「我」字共 354 句。

　　二、使用「余」字共 44 句。

　　三、使用「吾」字共 74 句。

　　四、使用「自」字共 43 句。

　　五、使用「予」字共 15 句。

　　六、使用「李白」的共 5 句。

　　七、使用「我」、「吾」、「余」、「自」、「予」、「李白」共 391 首，535 句。

附錄三　李白詩用「風」字分類篇目、摘句一覽表

※本表出處據詹鍈主編：《李白全集校注彙釋集評》1～8 冊。

類　　別	詩　　題	詩　　句	冊／頁	備考
一、單用類（88 種、304 首）				
1、春風（41 首）	春日行	春風吹落君王耳。	1／419	
	前有一樽酒行二首之一	春風東來忽相過。	1／424	
	前有一樽酒行二首之二	當爐笑春風。	1／428	
	日出行	草不謝榮於春風。	1／469	
	山人勸酒	春風爾來為阿誰。	2／524	
	上之回	桃李傷春風。	2／624	
	大堤曲	春風無復情。	2／737	
	宮中行樂詞八首之三	絲管醉春風。	2／747	
	宮中行樂詞八首之六	春風開紫殿。	2／754	
	宮中行樂詞八首之七	春風柳上歸。	2／756	
	清平調詞三首之一	春風拂檻露華濃。	2／767	
	清平調詞三首之三	解釋春風無限恨。	2／773	
	相逢行	春風正澹蕩。	2／847	
	少年行二首之二	銀鞍白馬度春風。	2／879	
	白鼻騧	細雨春風花落時。	2／882	
	春思	春風不相識。	2／929	
	擣衣篇	樓上春風日將歇。	2／953	
	長相思之一	願隨春風寄燕然。	2／970	
	怨歌行	卷衣戀春風。	2／696	
	白毫子歌	綠蘿樹下春風來。	2／1050	
	永王東巡歌十一首之四	春風試暖昭陽殿。	3／1162	
	古意	為逐春風斜。	3／1245	
	送趙雲卿	春風餘幾日。	5／2501	
	春日獨坐寄鄭明府	長條一拂春風去。	4／1912	
	望漢陽柳色寄王宰	春風傳我意。	4／2040	

	餞校書叔雲	喜見春風還。	5／2524	
	宣城送劉副使入秦	春風入黃池。	5／2574	
	送儲邕之武昌	春風三十度。	5／2604	
	攜妓登梁王棲霞山孟氏桃園中	黃鸝愁醉啼春風。	5／2810	
	下途歸石門舊居	向暮春風楊柳絲。	6／3090	
	待酒不至	春風與醉客。	6／3293	
	春日醉起言志	春風語流鶯。	6／3315	
	對酒	春風笑人來。	6／3331	
	擬古十二首之五	春風笑於人。	7／3412	
	勞勞亭	春風知別苦。	7／3583	
	春夜洛城聞笛	散入春風滿洛城。	7／3624	
	寄遠十一首之二	羅衣輕春風。	7／3624	
	寄遠十一首之五	春風復無情。	7／3655	
	寄遠十一首之八	春風玉顏畏銷歇。	7／3659	
	春怨	羅帷繡被臥春風。	7／3675	
	自廣平乘醉走馬六十里至邯鄲登城樓覽古書懷	寫鞍春風生。	6／3171	
2、清風（19首）	古風之十二	清風灑六合。	1／77	
	古風之三十八	若無清風吹。	1／184	
	古風之五十八	地遠清風來。	1／252	
	襄陽歌	清風朗月不用一錢買。	2／973	
	贈徐安宜	清風動百里。	3／1270	
	贈瑕丘王少府	清風佐鳴琴。	3／1292	
	書情題蔡舍人雄	清風愁奈何。	3／1458	
	贈崔諮議	長嘶向清風。	3／1491	
	戲贈鄭溧陽	清風北窗下。	3／1557	
	贈友人三首之一	叨沐清風吹。	4／1804	
	送楊燕之東魯	清風播人天。	5／2457	
	遊泰山六首之一	萬里清風來。	5／2791	
	春日陪楊江寧及諸官宴北湖感古作	楊宰穆清風。	6／2848	
	秋浦清溪雪夜對酒客有唱山鷓鴣者	清風動窗竹。	6／2869	
	陪族叔當塗宰遊化城寺升公清風亭	左右清風來。	6／2935	

	姑孰十詠之謝公宅	惟有清風閒。	6／3236
	與元丹丘方城寺談玄作	清風生虛空。	6／3251
	翰林讀書言懷呈集賢（一本此下有院內二字）諸學士	或時清風來。	7／3467
	南軒松	清風無閒時。	7／3528
3、松風（18首）	見京兆韋參軍量移東陽二首之二	松風五月寒。	3／1299
	贈嵩山焦鍊師（并序）	松風鳴夜弦。	3／1439
	鳴皋歌奉餞從翁清歸五崖山居	青松來風吹石道。	3／1079
	淮南臥病書懷寄蜀中趙徵君蕤	風入松下清。	4／1886
	秋夜宿龍門香山寺奉寄王方城十七丈奉國瑩上人從弟幼成令問	心清松下風。	4／1906
	送王屋山人魏萬還王屋（并序）	松風和猿聲。	5／2257
	擬古十二首之十	琴彈松裏風。	7／3400
	金門答蘇秀才	松鳴風琴裏。	5／2659
	至陵陽山登天柱石酬韓侍御見招隱黃山	吹笙舞松風。	5／2764
	遊泰山六首之六	夜靜松風歇。	5／2791
	與從姪杭州刺史良遊天竺寺	松風颯驚秋。	6／2815
	下終南山過斛斯山人宿置酒	長歌吟松風。	6／2823
	大庭庫	松風如五弦。	6／2947
	夏日山中	露頂灑松風。	6／3312
	安州般若寺水閣納涼喜遇薛員外父	風生松下涼。	6／3260
	感興八首之五	吹笙坐松風。	7／3442
	題元丹丘山居	松風清襟袖。	7／3568
	瀑布	松風拂我足。	8／4460
4、秋風（17首）	古風之二十七	坐泣秋風寒。	1／139
	行路難三首之三	秋風忽憶江東行。	1／400
	長干行二首之一	落葉秋風早。	2／614
	子夜吳歌之秋歌	秋風吹不盡。	2／939

	東山吟（一作醉過謝安東山作東山吟。）	秋風吹落紫綺冠。	3／1117	
	贈裴司馬	失寵秋風歸。	3／1506	
	遊溧陽北湖亭望瓦屋山懷古贈同旅	始覺秋風還。	3／1569	
	自梁園至敬亭山見會公談陵陽山水兼期同遊因有此贈	我隨秋風來，	4／1796	
	遊敬亭寄崔侍御	世路如秋風。	4／2077	
	留別賈舍人至二首之二	秋風吹胡霜。	4／2220	
	送張舍人之江東	正值秋風時。	5／2254	
	送陸判官往琵琶峽	水國秋風夜。	5／2545	
	送崔氏昆季之金陵（一作秋夜崔八丈水亭送別）	秋風渡江來。	5／2592	
	九日登山	帽逐秋風吹。	6／2923	
	秋下荊門	布帆無恙挂秋風。	6／3135	
	三五七言	秋風清。	7／3642	
	長信宮（一作長信怨）	獨坐怨秋風。	7／3668	
5、東風（16首）	古風之四十七	偶蒙東風榮。	1／217	
	久別離	東風兮東風。	2／567	
	折楊柳	搖豔東風年。	2／864	
	長歌行	東風動百物。	2／964	
	江夏贈韋南陵冰	東風吹夢到長安。	4／1722	
	書情寄從弟邠州長史昭	東風引碧草。	4／2012	
	早春寄王漢陽	昨夜東風入武陽。	4／2046	
	江上寄巴東故人	東風吹客夢。	4／2048	
	送趙判官赴黔府中丞叔幕	東風春草綠。	5／2539	
	送郤昂謫巴中	東風灑雨露。	5／2551	
	金陵鳳凰臺置酒	東風吹山花。	6／2865	
	獨酌	東風吹愁來。	6／3294	
	春日獨酌二首之一	東風扇淑氣。	6／3298	
	落日憶山中	東風隨春歸。	6／3372	
	見野草中有日白頭翁者	留恨向東風。	7／3548	
	放後遇恩不霑	東風日本至。	7／3634	
6、長風（12首）	古風之四十一	永隨長風去。	1／196	

	行路難三首之一	長風破浪會有時。	1／394
	關山月	長風幾萬里。	1／494
	留別賈舍人至二首之一	長嘯萬里風	4／2216
	永王東巡歌十一首之八	長風挂席勢難迴。	3／1169
	贈何七判官昌浩	心隨長風去。	3／1333
	魯中送二從弟赴舉之西京（一作送族弟鍠）	逸翰凌長風。	5／2442
	宣州謝朓樓餞別校書叔雲（一作倍侍御叔華登樓歌）	長風萬里送秋雁。	5／2566
	登黃山凌歊臺送族弟溧陽尉濟充泛舟赴華陰	開帆散長風。	5／2595
	遊泰山六首之四（天寶元年四月。從故御道上泰山。）	雲行信長風。	5／2791
	秋夜與劉碭山泛宴喜亭池	只待長風吹。	5／2808
	九日登巴陵置酒望洞庭水軍（時賊逼華容縣）	長風鼓橫波。	6／3045
7、風吹（11 首）	橫江詞六首之一	一風三日吹倒山。	2／1101
	登金陵冶城西北謝安墩	胡馬風漢草	6／2990
	擬古	落花如風吹。	2／862
	峨眉山月歌送蜀僧晏入中京	風吹西到長安陌。	3／1202
	杭州送裴大澤赴廬州長史	好風吹落日。	5／2372
	送裴十八圖南歸嵩山二首之一	風吹芳蘭折。	5／2402
	宿巫山下	雨色風吹去。	6／3214
	金陵聽韓侍御吹笛	風吹繞鍾山。	7／3629
	流夜郎聞酺不預	願得風吹到夜郎。	7／3631
	代別情人	風吹綠琴去。	7／3684
	曉晴（一作晚晴）	風吹挂竹谿。	8／4433
8、隨風（8 首）	獨漉篇	飄零隨風。	2／501
	白頭吟	隨風任傾倒。	2／574
	妾薄命	隨風生珠玉。	2／651
	南都行	冠蓋隨風還。	2／984

	當塗趙炎少府粉圖山水歌	飄如隨風落天邊。	3／1146	
	聞王昌齡左遷龍標遙有此寄	隨風直到夜郎西。	4／1935	
	上元夫人	忽然隨風飄。	6／3153	
	詠鄰女東窗海石榴	清香隨風發。	7／3526	
9、天風（8首）	古有所思行	海寒多天風。	2／564	
	估客樂	海客乘天風。	2／947	
	橫江詞六首之六	月暈天風霧不開。	3／1111	
	贈任城盧主簿	海鳥知天風。	3／1274	
	新林浦阻風寄友人	天風難與期。	4／1966	
	流夜郎至西塞驛寄裴隱	揚帆借天風。	4／2033	
	魯城北郭曲腰桑下送張子還嵩陽	爾獨知天風。	5／2355	
	寓言三首之一	天風拔大木。	7／3450	
10、香風（7首）	古風之十八	香風引趙舞。	1／109	
	宮中行樂詞八首之五	繡戶香風暖。	2／753	
	走筆贈獨孤駙馬	香風吹人花亂飛。	3／1434	
	鸚鵡洲	煙開蘭葉香風暖。	6／3040	
	擬古十二首之四	香風送紫蕊。	7／3410	
	紫藤樹	香風留美人。	7／3533	
	寄遠十一首之三	莫使香風飄。	7／3651	
11、涼風（7首）	秋思	颯爾涼風吹。	2／932	
	金陵城西樓月下吟	金陵夜寂涼風發。	3／1114	
	江上寄元六林宗	涼風何蕭蕭。	4／2050	
	遊水西簡鄭明府	涼風日瀟灑。	6／2920	
	與夏十二登岳陽樓	醉後涼風起。	6／3051	
	擬古十二首之十一	悵望涼風前。	7／34	
	秋夕旅懷	涼風度秋海。	7／3458	
12、北風（6首）	北風行	唯有北風號怒天上來。 北風雨雪恨難裁。	1／484	
	門有車馬客行	北風揚胡沙。	2／661	
	送族弟綰從軍安西	漢家兵馬乘北風。	5／2424	
	秋夕書懷	北風吹海雁。	7／3480	
13、飄風（5首）	古風之二十	倏如飄風度。	1／115	

	古風之二十八	時景如飄風。	1／141
	草書歌行	飄風驟雨驚颯颯。	3／1237
	陳情贈友人	飄風吹雲霓。	4／1814
	送程劉二侍郎兼獨孤判官赴安西幕府	飛書走檄如飄風。	5／2389
14、狂風（5首）	司馬將軍歌以代隴上健兒陳安	狂風吹古月。	2／592
	橫江詞六首之三	狂風愁殺峭帆人。	3／1105
	金鄉送韋八之西京	狂風吹我心。	5／2339
	代美人愁鏡二首之二	狂風吹卻妾心斷。	7／3706
15、南風（5首）	永王東巡歌十一首之十一	南風一掃胡塵靜。	3／115
	寄東魯二稚子（在金陵作）	南風吹歸心。	4／1983
	送蕭三十一之魯中兼問稚子伯禽	六月南風吹白沙。	5／2463
	送二季之江東	南風欲進船。	6／2558
	避地司空原言懷	南風昔不競。	7／3484
16、風波（4首）	遠別離	隨風波兮去無還。	1／267
	荊州歌（一作樂）	白帝城邊足風波。	2／554
	橫江詞六首之二	橫江欲渡風波惡。	3／1103
	橫江詞六首之五	如此風波不可行。	3／1108
17、悲風（4首）	古風之三十二	天寒悲風生。	1／157
	上留田行	悲風四邊來。	1／410
	勞勞亭歌（一名臨滄觀）	此地悲風愁白楊。	3／1097
	自巴東舟行經瞿唐峽登巫山最高峰晚還題壁	悲風鳴森柯。	6／3124
18、風雲（4首）	梁甫吟	風雲感會起屠釣。	1／316
	贈張相鎬二首之一（時逃難在宿松山作。）	風雲激壯志。	4／1617
	送張秀才謁高中丞（并序）	天地動風雲。	5／2510
	自溧水道哭王炎三首之一	義與風雲翔。	7／3752
19、風飄（4首）	古風之三十九	風飄大荒寒。	1／187
	採蓮曲	風飄香袂空中舉。	2／571

	贈從弟冽	風飆落日去。	4／1821	
	送殷淑三首之一	應便有風飆。	5／2470	
20、風塵（4首）	古風之三十	風塵凋素顏。	1／148	
	流夜郎贈辛判官	寧知草動風塵起。	4／1652	
	北山獨酌寄韋六	念君風塵游。	4／1977	
	魯郡堯祠送張十四遊河北	骯藏在風塵。	5／2369	
21、英風（3首）	行行遊且獵篇	猛氣英風振沙磧。	1／367	
	送當塗趙少府赴長蘆	英風凌四豪。	5／2286	
	對雪奉餞任城六父秩滿歸京	季父有英風。	5／2323	
22、嚴風（3首）	胡無人	嚴風吹霜海草凋。	1／476	
	北上行	嚴風裂衣裳。	2／807	
	獻從叔當塗宰陽冰	嚴風起前楹。	4／1867	
23、風雷（3首）	述德兼陳情上哥舒大夫	縱橫逸氣走風雷。	3／1369	
	贈從孫義興宰銘	操刀振風雷。	3／1519	
	求崔山人百丈崖瀑布圖	晝夜生風雷。	7／3545	
24、風色（3首）	早秋贈裴十七仲堪	遠海動風色。	3／1277	
	廬山謠寄廬侍御虛舟	黃雲萬里動風色。	4／1999	
	嘲王歷陽不肯飲酒	地白風色寒。	6／3334	
25、胡風（3首）	擬古十二首之六	胡風結飛霜。	7／3414	
	白紵辭三首之一	胡風吹天飄塞鴻	2／639	
	豫章行	胡風吹代馬	2／884	
26、從風（3首）	飛龍引二首之一	從風縱體登鸞車。	1／372	
	淮海對雪贈傅靄	從風渡溟渤。	3／1266	
	寓言三首之三	從風欲傾倒。	7／345	
27、回風（2首）	古風之七	回風送天聲。	1／57	
	贈劉都使	落筆迴風霜。	4／1656	
28、風沙（2首）	古風之十四	胡關饒風沙。	1／89	
	出自薊北門行	孟冬風沙緊。	2／799	
29、臨風（2首）	贈郭將軍	愛子臨風吹玉笛。	3／1344	
	秋登宣城謝朓北樓	臨風懷謝公。	6／3065	
30、同風（2首）	上皇西巡南京歌十首之五	萬國同風共一時。	3／1186	
	答高山人兼呈權顧二侯	同風遙執袂。	5／2748	

31、風流（2首）	東魯門泛舟二首之二	何啻風流到剡溪。	5／2784	
	泛沔州城南郎官湖（并序）	風流若未減。	6／2884	
32、風號（2首）	臨江王節士歌	風號沙宿瀟湘浦。	2／588	
	過四皓墓	木魅風號去。	6／3167	
33、風摧（2首）	獨不見	風摧寒棕響。	2／635	
	贈崔侍郎（一作御）	高風摧秀木。	3／1359	
34、風卷（2首）	擬古十二首之二	風卷遶飛梁。	7／340	
	江上秋懷	颯颯風卷沙。	7／3476	
35、風落（2首）	九日龍山飲	醉看風落帽。	6／2932	
	對酒醉題屈突明府廳	風落吳江雪。	6／3265	
36、風飆（2首）	塞下曲六首之三	駿馬似風飆。	2／701	
	翫月金陵城西孫楚酒樓達曙歌吹日晚乘醉著紫綺裘烏紗巾與酒客數人棹歌秦淮往石頭訪崔四侍御	字字凌風飆。	5／2718	
37、風高（2首）	中丞宋公以吳兵三千赴河南軍次尋陽脫余之囚參謀幕府因贈之	風高初選將。	4／1646	
	觀放白鷹二首之一	八月邊風高。	7／3534	
38、金風（2首）	贈張相鎬二首之二（時逃難在宿松山作。）	氣激金風壯。	4／1617	
	酬張卿夜宿南陵見贈	火落金風高。	5／2677	
39、江風（2首）	月夜江行寄崔員外宗之	飄飄江風起。	4／1959	
	下尋陽城汎彭蠡寄黃判官	尋陽江上風。	4／2009	
40、晚風（2首）	江夏別宋之悌	江猿嘯晚風。	4／2212	
	流夜郎至江夏陪長史叔及薛明府宴興德寺南閣	蓮舟颺晚風。	6／2882	
41、惠風（2首）	登巴陵開元寺西閣贈衡嶽僧方外	登眺餐惠風。	6／3054	
	賦得鶴送史司馬赴崔相公幕	吟弄惠風吹。	8／4446	
42、風動（2首）	對雪醉後贈王歷陽	子猷聞風動窗竹。	4／1749	
	口號吳王舞人半醉	風動荷花水殿香。	7／3702	
43、風生（2首）	夜泊黃山聞殷十四吳吟	風生萬壑振空林。	6／3145	
	初月	雲畔風生爪。	8／／4429	

44、風濤（2首）	贈崔侍郎	風濤儻相見。	3／1359	
	枯魚過河泣	勿恃風濤勢。	2／834	
45、惡風（1首）	橫江詞六首之四	海神來過惡風迴。	3／110	
46、風雨（1首）	梁甫吟	倏爍晦冥起風雨。	1／316	
47、風掃（1首）	送內尋廬山女道士李騰空二首之一	風掃石楠花。	7／3725	
48、風入（1首）	贈清漳明府姪聿	人寂風入室。	3／1397	
49、震風（1首）	古風之三十七	震風擊齊堂。	1／180	
50、風揚（1首）	九日	風揚弦管清。	6／2930	
51、餘風（1首）	臨路歌	餘風激兮萬世。	3／1231	
52、風電（1首）	草創大還贈柳官迪	驚車速風電。	3／1529	
53、驚風（1首）	贈溧陽宋少府陟	驚風西北吹。	3／1552	
54、風隨（1首）	贈崔秋浦三首之三	風隨惠化春。	3／1582	
55、風水（1首）	宿清溪主人	枕席響風水。	3／1594	
56、風霜（1首）	贈從弟宣州長史昭	搖筆起風霜。	4／1779	
57、逐風（1首）	贈友人三首之三	歲酒上逐風。	4／1809	
58、風開（1首）	經亂後將避地剡中留贈崔宣城	風開湖山貌。	4／1859	
59、信風（1首）	自金陵泝流過白壁山玩月達天門寄句王主薄	川長信風來。	4／2086	
60、仙風（1首）	感時留別從兄徐王延年從弟延陵	仙風生指樹。	4／2162	
61、風顏（1首）	送張遙之壽陽幕府	千里望風顏。	5／2398	
62、寒風（1首）	送白利從金吾董將軍西征	寒風生鐵衣。	5／2430	
63、風涼（1首）	尋陽送弟昌嶧鄱陽司馬作	水亭風氣涼。	5／2519	
64、暖風（1首）	送袁明府任長沙	暖風花繞樹。	8／4445	
65、風嚴（1首）	酬裴侍御對雨感時見贈	風嚴清江爽。	5／2677	
66、歸風（1首）	在水軍宴韋司馬樓船觀妓	清流順歸風。	6／2879	
67、泠風（1首）	登太白峰	願乘泠風去。	6／2964	
68、風引（1首）	登邯鄲洪波臺置酒觀發兵	風引龍虎旗。	6／2967	
69、海風（1首）	望廬山瀑布水二首之一	海風吹不斷。	6／3020	

70、風清（1首）	秋登巴陵望洞庭	風清長沙浦。	6／3048	
71、風中（1首）	過崔八丈水亭	猿嘯風中斷。	6／3078	
72、朔風（1首）	鄖門秋懷	朔風正搖落。	6／3113	
73、夜風（1首）	峴山懷古	長松鳴夜風。	6／3169	
74、景風（1首）	過汪氏別業二首之二	景風從南來。	6／3288	
75、風滅（1首）	日夕山中忽然有懷	風滅籟歸寂。	6／3310	
76、風暖（1首）	春滯沅湘有懷山中	風暖煙草綠。	6／3370	
77、風悲（1首）	荊州賊平臨洞庭言懷作	風悲猿嘯苦。	7／3512	
78、風煙（1首）	寄遠十二首之四	風煙接鄰里。	7／3653	
79、風雪（1首）	代贈遠	走馬輕風雪。	7／3677	
80、風線（1首）	對雨	風線重難牽。	8／4432	
81、風靜（1首）	送友生遊峽中	風靜楊柳垂。	8／4444	
82、背風（1首）	宣州長史弟昭贈余琴谿中雙舞鶴詩以見志	背風振六翮。	7／3561	
83、結風（1首）	白紵辭三首之三	激楚結風醉忘歸。	2／639	
84、寒風（1首）	酬崔五郎中	凜然寒風生。	5／2648	
85、風起（1首）	古風之三十三	燀赫因風起。	1／160	
86、光風（1首）	古風之五十二	光風滅蘭蕙。	1／233	
87、裊風（1首）	陽春歌	綠楊結煙垂裊風。	2／513	
88、生風（1首）	元丹丘歌	身騎飛龍耳生風。	2／1032	
89、風潮（1首）	天台曉望	風潮爭洶湧。	6／2952	
90、疾風（1首）	江行寄遠	疾風吹片帆	6／3137	
二、多用類（22首）				
6用	長干行二首之二	沙頭候風色。 五月南風興。 八月西風起。 妾夢越風波。 昨夜狂風度。 愁水復愁風。	2／619	
3用	答王十二寒夜獨酌有懷	有如東風射馬耳。 蹇驢得志鳴春風。 英風豪氣今何在？	5／2699	
3用	贈宣城宇文太守兼呈崔侍御	閒聽松風眠。 掩抑清風絃。 凌風何翩翩。	4／1753	

3用	寄韋南陵冰余江上乘興訪之遇尋顏尚書笑有此贈	南船正東風。 語笑未了風吹斷。 春風狂殺人。	4／1971	
3用	鳴皋歌送岑徵君	若長風扇海湧滄溟之波濤。 琴<u>松</u>風兮寂萬壑。 虎嘯谷而<u>生風</u>	3／1067	
2用	侍從宜春苑奉詔賦龍池柳色初青聽新鶯百囀歌	間關早得春風情。 春風卷入碧雲去。	2／996	
2用	酬殷明佐見贈五雲裘歌	朔風颯颯吹飛雨。 片片吹落春風香。	3／1225	
2用	上李邕	大鵬一日同風起。 假令風歇時下來。	3／1364	
2用	魯郡堯祠送竇明府薄華還西京	簸林蹶石鳴風雷。 長風吹月度海來。	5／2329	
2用	敘舊贈江陽宰陸調	清風蕩萬古。 乘風下長川。	3／1510	
2用	贈僧崖公	迴旋寄輪風。 一風鼓群有。	3／1560	
2用	贈王判官時余歸隱居廬山屏風疊	會稽風月好。 如風掃秋葉。	3／1595	
2用	於五松山贈南陵常贊府	蘭秋香風遠。 秋風思歸客。	4／1792	
2用	聞丹丘子於城北營石門幽居中有高鳳遺跡僕離群遠懷亦有棲遁之志因敘舊以寄之	託勢隨風翻。 松風清瑤瑟。	4／1921	
2用	禪房懷友人岑倫南遊羅浮，兼泛桂海。自春徂秋不返。僕旅江外，書情寄之。	春風變楚關。 風沙凄苦顏。	4／1992	
2用	答長安崔少府叔封遊終南翠微寺太宗皇帝金沙泉見寄	巖高長風起。 爲余謝風泉。	5／2634	
2用	答杜秀才五松見贈	總爲秋風摧紫蘭。 愛聽松風且高臥。	5／2756	
2用	與南陵常贊府遊五松山	獨嘯長風還。 終年風雨秋。	6／2912	
2用	南奔書懷	不因秋風起。 從風各消散。	7／3490	

2 用	初月	雲畔<u>風</u>生爪。 <u>臨風</u>一詠詩。	8／4429	
2 用	憶舊遊寄譙郡元參軍	萬壑度盡<u>松風聲</u>。 <u>清風</u>吹歌入空去。	4／1942	
2 用	贈新平少年	<u>長風</u>入短袂。 何時<u>騰風雲</u>。	3／1422	
三、風月無邊（70 首）				
	送崔氏昆季之金陵	<u>秋風</u>渡江來， 吹落山上<u>月</u>。	5／2592	
	寄遠十一首之八	<u>春風</u>玉顏畏銷歇。 青樓寂寂空明<u>月</u>。	7／3659	
	春怨	羅帷繡被臥<u>春風</u>。 落<u>月</u>低軒窺燭盡。	7／3675	
	送儲邕之武昌	黃鶴<u>西樓月</u>。 <u>春風</u>三十度。	5／2604	
	代美人愁鏡二首之二	時將紅袖拂明<u>月</u>。 狂<u>風</u>吹卻妾心斷。	7／3706	
	上之回	閣道步行<u>月</u>。 桃李傷<u>春風</u>。	2／624	
	宮中行樂詞八首之六	<u>春風</u>開紫殿。 更憐花<u>月</u>夜。	2／754	
	清平調詞三首之一	<u>春風</u>拂檻露華濃。 會向瑤臺<u>月</u>下逢。	2／767	
	長相思	<u>月</u>明欲素愁不眠。 願隨<u>春風</u>寄燕然。	2／970	
	永王東巡歌十一首之四	<u>春風</u>試暖昭陽殿， 明<u>月</u>還過鳷鵲樓。	3／1162	
	宣城送劉副使入秦	<u>月</u>明關山苦。 <u>春風</u>入黃池。	5／2574	
	攜妓登梁王棲霞山孟氏桃園中	君不見梁王池上<u>月</u>。 黃鸝愁醉啼<u>春風</u>。	5／2810	
	春日醉起言志	<u>春風</u>語流鶯。 浩歌待明<u>月</u>。	6／3315	
	春日獨酌二首之一	<u>東風</u>扇淑氣。 對此石上<u>月</u>。	6／3298	
	送趙判官赴黔府中丞叔幕	水宿五溪<u>月</u>。 <u>東風</u>春草綠。	5／2539	

	鳴皋歌奉餞從翁清歸五崖山居	手弄素月清潭間。 青松來風吹石道。	3／1079	
	贈嵩山焦鍊師	蘿月挂朝鏡， 松風鳴夜弦。	3／1439	
	秋夜宿龍門香山寺奉寄王方城十七丈奉國瑩上人從弟幼成令問	目皓沙上月， 心清松下風。	4／1906	
	送王屋山人魏萬還王屋	五峰轉月色。 松風和猿聲。	5／2257	
	金門答蘇秀才	月出石鏡間， 松鳴風琴裏。	5／2659	
	擬古十二首之十	琴彈松裏風， 杯勸天上月。 風月長相知。	7／3400	
	遊泰山六首之六	山明月露白， 夜靜松風歇。	5／2791	
	與從姪杭州刺史良遊天竺寺	松風颯驚秋。 詩成傲雲月。	6／2815	
	下終南山過斛斯山人宿置酒	山月隨人歸。 長歌吟松風。	6／2823	
	感興八首之五	吹笙吟松風， 汎瑟窺海月。	7／3442	
	關山月	明月出天山。 長風幾萬里。	1／494	
	永王東巡歌十一首之八	長風挂席勢難迴， 海動山傾古月摧。	3／1169	
	宣州謝朓樓餞別校書叔雲	長風萬里送秋雁。 欲上青天攬明月。	5／2566	
	襄陽歌	清風朗月不用一錢買。	2／973	
	書情贈題蔡舍人雄	清風愁奈何。 舟浮瀟湘月。	3／1458	
	姑孰十詠之謝公宅	池中虛月白。 惟有清風閒。	6／3236	
	與元丹丘方城寺談玄作	清風生虛空， 明月見談笑。	6／3251	
	鸚鵡洲	煙開蘭葉香風暖。 長洲孤月向誰明？	6／3040	
	長信宮	月皎昭陽殿。 獨坐怨秋風。	7／3668	

	三五七言	秋風清，秋月明。	7／3642	
	子夜吳歌之秋歌	長安一片月。 秋風吹不盡。	2／939	
	自梁園至敬亭山見會公談陵陽山水兼期同遊因有此贈	我隨秋風來。 安得弄雲月？	4／1796	
	秋夕書懷	北風吹海雁。 蘿月掩空幕。	7／3480	
	勞勞亭歌	此地悲風愁白楊。 苦竹寒聲動秋月。	3／1097	
	橫江詞六首之六	月暈天風霧不開。	3／1111	
	司馬將軍歌	狂風吹古月。	2／592	
	獨漉篇	飄零隨風。 明月直入。	2／501	
	聞王昌齡左遷龍標遙有此寄	我寄愁心與明月， 隨風直到夜郎西。	4／1935	
	淮海對雪贈傅靄	從風渡溟渤。 江沙浩明月。	3／1266	
	鳴皋歌送岑徵君	若長風扇海湧滄溟之波濤。 盤白石兮坐素月。 虎嘯谷而生風。	3／1067	
	魯郡堯祠送竇明府薄華還西京	長風吹月度海來。 為余掃灑石上月。	5／2329	
	聞丹丘子於城北營石門幽居中有高鳳遺跡僕離群遠懷亦有棲遁之志因敘舊以寄之	託勢隨風翻。 松風清瑤瑟， 溪月湛芳樽。	4／1921	
	獻從叔當塗宰陽冰	嚴風起前楹。 月銜天門曉。	4／1867	
	出自薊北門行	孟冬風沙緊。 畫角悲海月。	2／799	
	秋思	颯爾涼風吹。 月冷莎雞悲。	2／932	
	金陵城西樓月下吟	金陵夜寂涼風發。 白露垂珠滴秋月。 月下沈吟久不歸。	3／1114	
	江上寄元六林宗	涼風何蕭蕭。 海月明可掇。	4／2050	

與夏十二登岳陽樓	山銜好月來。 醉後涼風起。	6／3051	
秋夕旅懷	涼風度秋海。 心斷明月暉。	7／3458	
贈郭將軍	愛子臨風吹玉笛， 美人騰月舞羅衣。	3／1344	
峨眉山月歌送蜀僧晏入中京	峨眉山月還送君， 風吹西到長安陌。	3／1202	
塞下曲六首之三	駿馬如風飆。 彎弓辭漢月。	2／701	
擬古十二首之二	明月看欲墜。 風卷遶飛梁。	7／340	
贈清漳明府姪	琴清月當戶， 人寂風入室。	3／1397	
九日	風揚弦管清。 落帽醉山月。	6／2930	
九日龍山飲	醉看風落帽， 舞愛月留人。	6／2932	
中丞宋公以吳兵三千赴河南軍次尋陽脫余之囚參謀幕府因贈之	風高初選將， 月滿欲平胡。	4／1646	
宿清溪主人	枕席響風水。 月落西山時。	3／1594	
月夜江行寄崔員外宗之	飄飆江風起。 月隨碧山轉。	4／1959	
送白利從金吾董將軍西征	弓彎明月輝。 寒風生鐵衣。	5／2430	
尋陽送弟昌峒鄱陽司馬作	人乘海上月。 水亭風氣涼。 期在秋月滿。	5／2519	
登邯鄲洪波臺置酒觀發兵	風引龍虎旗。 擊筑落高月。	6／2967	
望廬山瀑布二首之一	海風吹不斷， 江月照還空。		
登巴陵開元寺西閣贈衡嶽僧方外	海水照秋月。 登眺餐惠風。	6／3054	
過崔八丈水亭	猿嘯風中斷， 漁歌月里聞。	6／3078	

夜泊黃山聞殷十四吳吟	風生萬壑振空林。 我宿黃山碧溪月。	6／3145	
過四皓墓	隴寒惟有月。 木魅風號去。	6／3167	
日夕山中忽然有懷	月銜樓間峰。 風滅籟歸寂。	6／3310	
荊州賊平臨洞庭言懷作	風悲猿嘯苦。 月明東城草。	7／3512	
白紵辭三首之三	激楚結風醉忘歸，高堂 月落燭已微。	2／639	

參考書目

壹、專書類

一、李白詩文集、注解與年譜

1. 唐‧李白：《李太白文集》影宋本臺北：臺灣學生書局，1967 年 5 月初版。
2. 當塗本《李翰林集》安徽：黃山書社，2004 年 2 月。
3. 唐‧李白：《李白全集》臺北：河洛圖書出版社，1975 年。
4. 宋‧楊齊賢注、元‧蕭士贇補：《李太白全集》臺北：世界書局，2005 年 1 月 2 版 5 刷。
5. 詹瑛主編：《李白全集校注彙釋集評》天津：百花文藝出版社，1996 年 12 月初版。
6. 安旗主編：《李白全集編年注釋》成都：巴蜀書社，2000 年 4 月。
7. 清‧王琦：《李太白全集》臺北：中華書局，1980 年 11 月臺三版。
8. 瞿蛻園：《李白集校注》臺北：洪氏出版社，1981 年 4 月再版。

二、傳統典籍

經 部

1. 孫希旦：《禮記集解》臺北：文史哲出版社，1992 年。
2. 《周易十卷》(四部叢刊編經部)。
3. 宋‧朱熹集注、蔣伯潛廣解：《四書讀本》臺北：啓明書局。

史　部

1. 漢・司馬遷、馬持盈註：《史記今註》臺北：商務印書館，1996 年初版五刷。
2. 漢・班固：《漢書》明嘉靖間德藩最樂軒刊本，1522～1566 年。
3. 梁・沈約：《宋書》臺北：鼎文書局，1975 年。
4. 北齊・魏收：《魏書》臺北：鼎文書局，1987 年 5 月 5 版。
5. 後晉・劉昫：《舊唐書》臺北：鼎文書局，2000 年 12 月。
6. 唐・房玄齡：《晉書》臺北：鼎文書局，1976 年。
7. 唐・王溥：《唐會要》臺北：新文豐出版社，1985 年。
8. 唐・李延壽：《南史》臺北：鼎文書局，1976 年。
9. 唐・鄭處誨：《明皇雜錄》臺北：新文豐圖書公司，1985 年初版。
10. 北宋・歐陽修、宋祁：《新唐書》臺北：鼎文書局，1985 年 3 月 4 版。
11. 宋・司馬光撰、胡三省注：《資治通鑑》蒲公英出版社。
12. 宋・張敦頤：《六朝事述》臺北：新文豐出版社，1985 年。

子　部

1. 周・老子、陳鼓應註釋：《老子今註今譯及評介》臺北：臺灣商務印書館，1990 年修訂三版十三刷。
2. 東漢・王充撰・劉盼遂集解《論衡集解》臺北：世界書局，1990 年。
3. 東漢・王充：《論衡》臺北：臺灣中華書局印行，1996 年 3 月台一版。
4. 唐・趙蕤：《反經》臺北：理藝出版社，1999 年 8 月初版。
5. 明・王陽明：《傳習錄詳註集評》臺北：臺灣學生書局，1988 年 2 月修訂再版。
6. 清・郭慶藩集釋：《莊子集釋》臺北：貫雅文化事業有限公司，1991 年 9 月。
7. 《百子全書》浙江：浙江人民出版社，1984 年。

集　部

1. 魏・曹操：《魏武帝集》明間太倉張氏原刊後印本，1628～1644 年。
2. 魏・曹丕：《魏文帝集》明崇禎間太倉張氏原刊本，1628～1644 年。
3. 魏・曹植：《曹子建文集》臺北：新文豐出版社，1989 年。
4. 南齊・謝赫《古畫品錄》美術叢刊一：虞君質選編，國立編譯館印行，1986 年 9 月再版第一版第二刷。

1. 南朝梁・劉義慶撰、徐震堮校箋:《世說新語校箋》臺北:文史哲出版社,1989 年。

2. 南朝梁・蕭統撰:《昭明文選》臺北:正大印書館股份有限公司,1974 年。

3. 南朝梁・劉勰撰、王更生注譯:《文心雕龍》臺北:文史哲出版社,1991 年。

4. 南朝梁・徐陵:《玉臺新詠》臺北:世界書局,1972 年。

5. 南朝梁・鍾嶸撰、曹旭集注:《詩品集注》上海古籍出版社,1994 年。

6. 南朝梁・鍾嶸著,趙仲邑譯注:《鍾嶸詩品譯注》臺北:貫雅文化事業公司,1991 年。

7. 唐・司空圖著、陳國球導讀:《二十四詩品》臺北:金楓出版有限公司,1987 年 6 月初版。

8. 唐・徐堅:《初學記》臺北:鼎文書局,1976 年。

9. 唐・李頎:《李頎詩集》明嘉靖間刊本,1522～1566 年。

10. 唐・殷璠:《河嶽英靈集》明崇禎元年虞山毛氏汲古閣刊本,1628 年。

11. 唐・杜甫:《杜甫全集》珠海:珠海出版社,1996 年 11 月。

12. 唐・高適:《高常侍集》臺北:新文豐出版社,1985 年。

13. 唐・王維:《王右丞集》臺北:世界書局,1987 年。

14. 唐・李肇:《唐國史補》臺北:世界書局,1959 年。

15. 唐・段成式:《酉陽雜俎》臺北:源流出版社,1983 年再版。

16. 唐・李濬:《松窗雜錄》臺北:木鐸出版社,1982 年初版。

17. 〔日〕弘法大師撰、王利器校注:《文鏡秘府論校注》臺北:貫雅文化事業公司,1991 年 12 月,訂補本。

18. 宋・計有功:《唐詩紀事》臺北:木鐸出版社,1982 年初版。

19. 宋・陸游:《劍南詩稿》臺北:世界書局 1987 年。

20. 宋・嚴羽著、郭紹虞校釋:《滄浪詩話校釋》臺北:里仁書局,1987 年 4 月初版。

21. 宋・李昉等編:《文苑英華》臺北:中華書局。

22. 宋・胡仔撰:《苕溪漁隱叢話》大陸:人民文學出版社。

23. 宋・魏慶之:《詩人玉屑》臺北:臺灣商務印書館,1968 年 11 月台一版。

24. 宋・洪邁:《容齋隨筆》上海:上海古籍出版社,1995 年 3 月 3 刷。

25. 南宋・郭茂倩：《樂府詩集》臺北：里仁書局，1984 年。

26. 元・辛文房：《唐才子傳》臺北：世界書局，1985 年 4 月 5 版。

27. 《元好問研究資料彙編》臺北：行政院文化建設委員會，1990 年 12 月。

28. 明・胡震亨：《唐音癸籤》臺北：世界書局，1985 年 4 月 5 版。

29. 明・王守仁：《王陽明全集》臺北：文友書局。

30. 明・高棅：《唐詩品彙》上海：上海古籍出版社，1988 年。

31. 明・楊慎：《丹鉛總錄》（明嘉靖間太倉凌雲翼襄陽刊本），國家圖書館善本書庫。

32. 明・胡應麟：《詩藪》臺北：廣文書局。

33. 明・王世貞：《藝苑巵言》臺北：新文豐，1988 年。

34. 明・楊慎：《升菴詩話》藝文百部叢書集成。

35. 明・許學夷：《詩源辯體》大陸：人民文學出版社。

36. 清・王夫之著、張國星校點：《古詩評選》文化藝術出版社，1997 年 3 月。

37. 清・王夫之：《薑齋詩話》人民文學出版社，2001 年 10 月第二次印刷。

38. 清・王夫之：《唐詩評選》北京：文化藝術出版社，1997 年 4 月 2 刷。

39. 清・聖祖御定、曹寅編：《全唐詩》上海：上海古籍出版社，1992 年 3 月 9 刷。

40. 清・袁枚：《隨園詩話》臺北：宏業書局，1987 年 3 月初版。

41. 清・翁方綱：《石洲詩話》咸豐元年刊本，1851 年。

42. 漢・應劭撰、王利器校注：《風俗通義》臺北：明文書局，1982 年。

43. 清・楊倫：《杜詩鏡銓》臺北：正大印書館股份有限公司，1974 年。

44. 清・姚鼐：《惜抱軒文集》臺北：文海書局，1979 年。

45. 清・沈德潛：《說詩晬語》四部備要本中華書局據原刻本校刊。

46. 清・沈德潛選、王純父箋注：《古詩源箋注》臺北：華正書局，1986 年。

47. 清・沈德潛：《古詩源》臺北：世界書局，1998 年 5 月。

48. 清・沈德潛：《唐詩別裁》臺北：臺灣商務印書館，1956 年 4 月臺初版。

49. 清・方東樹：《昭昧詹言》臺北：漢京出版公司，1985 年。

50. 清・劉熙載：《藝概》上海：上海古籍出版社。

51. 清·宋育仁：《三唐詩品》載《古今文藝叢書》第一集。

52. 清·徐增：《而庵詩話》臺北：新文豐出版社，1989 年。

53. 清·朱庭珍：《筱園詩話》臺北：新文豐出版社，1989 年。

54. 清·趙翼：《甌北詩話》臺北：木鐸出版社，1982 年 4 月初版。

55. 清·曾國藩：《評點注音十八家詩抄》臺北：文源書局，1986 年。

56. 清·王士禎撰、方東樹評：《方東樹評古詩選》臺北：聯經出版社，1975 年。

57. 清·何文煥：《歷代詩話》臺北：藝文印書館，1991 年 9 月 5 版。

58. 逯欽立輯校：《先秦漢魏晉南北朝詩》臺北：木鐸出版社，1988 年 7 月。

59. 清·丁福保：《全漢三國晉南北朝詩》臺北：世界書局，1978 年。

60. 清·丁福保輯：《歷代詩話續編》臺北：木鐸出版社，1988 年。

61. 清·丁福保輯：《清詩話》臺北：西南書局，1979 年。

62. 楊倫編：《杜詩鏡詮》臺北：華正書局，1978 年 9 月。

63. 陳沆：《詩比興箋》臺北：廣文書局，1979 年。

64. 清·錢振倫注、黃節補注：《鮑參軍詩注》臺北：世界書局，1962 年 3 月，初版。

65. 清·仇兆鰲注：《杜甫全集》廣東：珠海出版社，1996 年。

66. 清·王國維：《人間詞話》臺北：新文豐出版社，1988 年。

67. 清·王國維著吳紹志校譯：《新釋人間詞話》臺北：詳一出版社，1999 年。

68. 張宗柟編：《帶經堂詩話》臺北：清流翻印本，1976 年。

69. 郭紹虞輯：《宋詩話輯佚》臺北：華正書局，1981 年 12 月初版。

70. 高步瀛選注：《唐宋詩舉要》臺北：藝文書局，1960 年。

71. 傅璇琮編撰：《唐人選唐詩新編》臺北：文史哲出版社，1999 年 2 月。

三、論李白專著

1. 郭沫若：《李白與杜甫》北京：人民文學出版社，1971 年 1 版。

2. 李長之：《道教徒的詩人李白及其痛苦》海外圖書公司。

3. 安旗：《李白研究》臺北：水牛出版社，1992 年初版。

4. 安旗：《李白詩秘要》三秦出版社，2001 年 6 月第一次印刷。

5. 安旗：《李太白別傳》北京：人民文學出版社，2004 年。

6. 裴斐、劉善良編：《李白資料彙編》：北京：中華書局，1994 年。

7. 安旗、閻琦：《李白詩集導讀》成都：巴蜀書社，1998 年。

8. 胥樹人：《李白和他的詩歌》上海：上海古籍出版社，1984 年。

9. 王運熙等著：《李太白研究》臺北：里仁書局，1985 年 4 月出版。

10. 阮廷瑜：《李白詩論》臺北：國立編譯館，1986 年 7 月初版。

11. 李從軍：《李白考異錄‧李白家世考索》山東：齊魯書社，1986 年。

12. 裴斐主編：《李白詩歌賞析集》成都巴蜀書社，1988 年 2 月第一版

13. 葛景春：《李白與中國傳統文化》臺北：群玉堂出版公司，1991 年 9 月。

14. 葛景春：《李白研究管窺》保定：河北大學出版社，2002 年 1 月初版。

15. 施逢雨：《李白詩的藝術成就》臺北：大安出版社，1992 年 2 月第一版第一刷。

16. 張書城：《李白家世之謎》甘肅：蘭州大學出版社，2000 年。

17. 楊文雄：《李白詩歌接受史》臺北：五南圖書公司，2000 年。

18. 許東海：《詩情賦筆話謫仙》臺北：文津出版社，2000 年。

19. 林庚：《詩人李白》上海：上海古籍出版社，2000 年。

20. 楊義：《李杜詩學》北京：北京出版社，2001 年 3 月初版。

21. 《李白資料彙編》北京：中華書局，1994 年 7 月第一版。

四、現代著作

（一）修辭學專書

1. 黃慶萱：《修辭學》臺北：三民書局，2002 年三版。

2. 沈師謙：《文心雕龍與現代修辭學》臺北：益智書局，1990 年 6 月。

3. 沈師謙：《修辭學》（上）（中）（下）臺北：國立空中大學，1991 年。

4. 沈師謙：《修辭方法析論》臺北：文史哲書局，2002 年 10 月初版。

5. 黃師永武：《字句鍛鍊法》臺北：洪範書店有限公司，1986 年 2 月三版。

6. 王夢鷗：《傳統文學論衡》臺北：時報出版社，1991 年 4 月。

7. 王夢鷗：《中國文學理論與實踐》臺北：時報出版社，1995 年 11 月。

8. 陳望道：《修辭學發凡》上海：上海教育出版社出版，2002 年 1 月第二次印刷。

9. 黎運漢、張維耿編：《現代漢語修辭學》臺北：書林出版有限公司，1991 年 9 月出版。

10. 黃春貴：《文心雕龍之創作論》臺北：文史哲出版社，1978 年。

11. 《修辭學研究》中國語文出版社，1987 年 10 月第一次印刷。

12. 董季棠：《修辭析論》臺北：益智書局，1988 年四版。

13. 亞里斯多德著，羅念生譯：《修辭學》北京：三聯書店，1991 年。

14. 鄭頤壽：《文藝修辭學》福建：福建教育出版社，1993 年 8 月初版。

15. 周振甫：《中國修辭學史》臺北：洪葉出版公司，1995 年 10 月。

16. 吳禮權：《中國修辭哲學史》臺北：商務印書館，1995 年 8 月初版第一次印刷。

17. 吳禮權：《中國現代修辭學通論》臺北：臺灣商務印書館股份有限公司，1998 年 7 月初版第一次印刷。

18. 吳禮權：《修辭心理學》雲南人民出版社，2002 年 1 月第一次印刷。

19. 成偉鈞等主編：《修辭通鑑》臺北：建宏出版社，1996 年 1 月初版一刷。

20. 唐松波、黃建霖主編：《漢語修辭格大辭典》臺北：建宏出版社，1996 年 1 月初版二刷。

21. 陳望道：《修辭學發凡》上海：上海教育出版社，1997 年新 2 版。

22. 古遠清、孫光萱合著：《詩歌修辭學》臺北：五南圖書出版有限公司，1997 年 6 月初版一刷

23. 傅隸樸：《修辭學》臺北：正中書局，2000 年 5 月第四次印行。

24. 《修辭論叢》第二輯洪葉文化出版社，2000 年 6 月初版一刷。

25. 蔡宗陽：《修辭學探微》臺北：文史哲書局，2001 年初版。

26. 蔡宗陽：《應用修辭學》臺北：萬卷樓圖書有限公司 2002 年 1 月初版二刷。

27. 《修辭論叢》第四輯臺北：洪葉文化出版社，2002 年 6 月初版一刷。

28. 張春榮：《修辭新思維》臺北：萬卷樓圖書公司，2002 年 12 月初版二刷。

29. 蔡謀芳《辭格比較概述》臺北：學生書局，2001 年 8 月初版。

30. 黃海章：《中國文學批評研究論文集——文心雕龍研究專集·劉勰的創作論和批評論》臺北：中國語文學社。

31. 張雙英：《中國文學批評的理論與實踐》臺北：國文天地，1990 年 10 月。

32. 張德明：《語言風格學》臺北：麗文化公司，1994 年。

33. 詹瑛：《文心雕龍的風格學》臺北：正中書局，1994 年 4 月。

34. 古田敬一撰、王偉勇編審：《中國文學的對句藝術》臺北：祺齡出版

社，1994 年。

35. 逢甲大學中文系所：《中國文學理論與批評論文集》臺北：新文豐出版公司，1995 年。

（二）美學專書

1. 錢鍾書：《談藝錄》北京：中華書局，1984 年 9 月 1 版。

2. 黑格爾著、朱孟實譯：《美學》臺北：里仁書局，1981 年 5 月 18 日出版。

3. 朱光潛：《文藝心理學》臺北：漢京文化事業有限公司，1884 年 3 月初版。

4. 朱光潛：《談美》臺北：萬卷樓圖書有限公司，1998 年 10 月初版六刷。

5. 宗白華：《美從何處尋》臺北：成均出版社，1985 年 2 月初版。

6. 宗白華：《中國美學史》成均出版社，1985 年 2 月初版。

7. 敏澤著：《中國美學思想史》（一～三卷）山東：齊魯書社，1989 年 8 月。

8. 楊新、甘霖著：《美學原理》臺北：曉園出版有限公司 1991 年 5 月第一版第一刷。

9. 袁濟喜：《六朝美學》北京大學出版社，1992 年 8 月。

10. 楊思寰：《審美心理學》臺北：五南圖書出版有限公司，1993 年初版。

11. 李澤厚：《美的歷程》臺北：風雲時代出版社，1994 年 7 月。

12. 李澤厚：《美學論集》臺北：三民書局，1996 年 9 月初版。

13. 李澤厚：《美學四講》臺北：三民書局股份有限公司 1999 年。

14. 鄭毓瑜：《六朝情境美學綜論》臺北：學生書局，1996 年 3 月。

15. 吳功正：《六朝美學史》江蘇：美術出版社，1996 年 4 月。

16. 駱小所：《語言美學論稿》雲南人民出版社，1996 年 12 月初版。

17. 潘德榮：《詮釋學導論》臺北：五南圖書出版公司 1999 年。

18. 李浩：《唐詩的美學詮釋》臺北：文津出版社，2000 年 5 月一刷。

19. 孫俍功編：《文藝辭典》臺北：河洛出版社，1978 年。

20. 王向峰主編：《文藝美學辭典》遼寧大學出版社，1987 年 12 月一版一刷。

（三）詩歌理論專書

1. 朱光潛：《詩論》臺北：國文天地出版社，1990 年。

2. 沈師謙：《神話・愛情・詩——中國古典詩比較批評》臺北：尚友出版社，1984 年 5 月再版。

3. 簡恩定、沈師謙、吳永猛：《中國詩書畫》臺北：國立空中大學，2000 年 6 月。

4. 陳師慶煌等著：《淡江大學五十週年校慶紀念詩文集》臺北：淡江大學，2000 年 11 月。

5. 黃師永武：《中國詩學》（四冊）臺北：巨流圖書公司，1991 年 5 月。

6. 黃師永武：《詩與美》臺北：洪範出版社，1987 年 12 月四版。

7. 黃師永武：《敦煌的唐詩》臺北：洪範書店，1993 年。

8. 繆鉞：《詩詞散論》臺北：開明書局，1956 年台二版。

9. 何寄澎：《總是玉關情——唐邊塞詩初探》臺北：聯經出版社，1968 年。

10. 洪順隆：《六朝詩論》臺北：文津出版社，1978 年。

11. 陳貽焮：《唐詩論叢》湖南：湖南人民出版社，1980 年。

12. 吳宏一主編、呂正惠助編：《中國古典文學論文精選叢刊——詩歌類》臺北：幼獅文化事業公司，1980 年 8 月初版 1985 年 4 月再版。

13. 王運熙：《六朝樂府與民歌》臺北：新文豐出版公司，1982 年 8 月。

14. 張夢機：《歐波詩話》臺北：漢光文化事業公司，1984 年 5 月。

15. 黃國彬：《中國三大詩人新論》臺北：皇冠出版社，1984 年。

16. 呂正惠《唐詩論文選集》臺北：長安出版社，1985 年。

17. 王力：《中國詩律研究》（原漢語詩律學）臺北：文津出版社，1987 年。

18. 林庚：《唐詩綜論》人民文學出版社，1987 年。

19. 聞一多：《唐詩雜論詩與批評》北京：三聯書店，1999 年 11 月 1 版。

20. 施蟄存：《唐詩百話》上海古籍出版社，1987 年。

21. 袁行霈：《中國詩歌藝術研究》北京大學出版社，1987 年。

22. 劉繼才：《唐宋詩詞論稿》遼寧人民出版社，1987 年。

23. 羅宗強：《唐詩小史》陝西人民出版社，1987 年。

24. 周振甫：《詩詞例話》臺北：長安出版社，1987 年 9 月再版。

25. 洪讚：《唐代戰爭詩研究》臺北：文史哲出版社，1988 年。

26. 陳貽焮：《論詩雜著》北京：北京大學出版社，1989 年。

27. 袁行霈：《中國詩歌藝術研究》臺北：五南圖書出版公司，1989 年 5 月初版。

28. 巴壺天：《唐宋詩詞選》臺北：東大圖書有限公司出版，1990 年 12 月初。

29. 羅根澤：《樂府文學史》臺北：文史哲出版社，1991 年 1 月。

30. 王錫九：《唐代的七言古詩》江蘇：江蘇教育出版社出版，1991 年。

31. 初國卿：《唐詩賞論》遼寧人民出版社，1991 年。

32. 張葆全：《詩話與詞話》臺北：國文天地雜誌社，1991 年 2 月初版。

33. 薛宗正：《歷代西陲邊塞詩研究》敦煌文藝出版社，1993 年。

34. 王伯敏：《唐畫詩中看》臺北：東大圖書公司，1993 年 5 月。

35. 常振國、降雲編：《歷代詩話論作家》臺北：黎明文化公司，1993 年 9 月。

36. 張偉伯編撰：《全唐五代詩格校考》北京：中華書局，1994 年。

37. 柳晟俊：《唐詩論考》中國文學出版社，1994 年。

38. 黃紹清：《中國詩歌寫作史》廣西：廣西教育出版社，1994 年 8 月。

39. 庄嚴、章鑄著：《中國詩歌美學史》吉林大學出版社，1994 年 10 月。

40. 常振國、降雲：《歷代詩話論作家》臺北：黎明文化公司，1994 年。

41. 童慶炳：《中國古代心理詩學與美學》臺北：萬卷樓圖書有限公司，1994 年。

42. 王運生：《論詩藝》雲南人民出版社，1994 年 6 月。

43. 許聰：《唐詩體派論》臺北：文津出版社，1994 年。

44. 余冠英選注：《漢魏六朝詩選》香港：三聯書店，1995 年 8 月。

45. 古遠清、孫光萱：《詩歌修辭學》湖北教育出版社，1995 年 10 月。

46. 楊成鑒：《中國詩詞風格研究》臺北：洪葉文化公司，1995 年 12 月。

47. 逢甲大學中文系所編：《中國文學理論與批評論文集》臺北：：新文豐出版公司，1995 年。

48. 丁成泉：《中國山水詩史》臺北：：文津出版社，1995 年 8 月。

49. 王英志：《中國古典詩歌藝術新探》江蘇古籍出版社，1996 年。

50. 趙運仕、杜少春編：《古代邊塞詩》廣西師範大學出版，1996 年。

51. 吳小如、王運熙、曹道衡等：《漢魏六朝詩鑑賞辭典》上海辭書出版社，1996 年 5 月。

52. 中國舞蹈藝術研究會舞蹈史研究組編：《全唐詩中的樂舞資料》北京：人民音樂出版社，1996 年 6 月

53. 房日晰：《唐詩比較論》三秦出版社，1998 年。

54. 葛曉音：《詩國高潮與盛唐文化》北京：北京大學出版社，1998 年 5

月。

55. 劉開揚：《唐詩的風采》上海書店出版，2000 年。

56. 王文進《南朝邊塞詩新論》臺北：里仁書局，2000 年。

57. 譚潤生：《唐代樂府詩》臺北：黎明文化事業公司，2000 年。

58. 蘇珊玉：《唐代邊塞詩的審美特質》臺北：文津出版社，2000 年。

59. 陳友冰：《中國古典詩文（一）鑑賞篇》臺北：萬卷樓圖書有限公司，2000 年月初版。

60. 時進：《唐詩演進論》南京：江蘇古籍出版社，2001 年 9 月第一版。

61. 蔡英俊：《中國古典詩論中「語言」與「意義」的論題》臺北：學生書局，2001 年 4 月初版。

62. 趙振江：《西班牙與西班牙語美洲詩歌導論》北京：北京大學出版社，2002 年 12 月 1 版。

63. 鄺健行、陳永明、吳淑鈿選編：《韓國詩話中論中國詩資料選粹》香港：中華書局，2002 年 10 月

64. 呂叔湘、許淵沖：《中詩英譯比錄》臺北：書林出版有限公司，1995 年 2 月 2 刷。

65. 吳相洲：《唐詩創作與歌詩傳唱關係研究》北京：北京大學出版社，2004 年 10 月初版。

66. 任半塘：《唐聲詩》上海：上海古籍出版社，1982 年。

67. 張伯偉編撰：《全唐五代詩格校考》。

68. 李春祥主編：《樂府詩鑑賞辭典》鄭州：中州古籍出版社 1990 年第一版。

（四）其　他

一、

1. 葉慶炳：《中國文學史》臺北：弘道文化事業有限公司，1974。

2. 劉大杰：《中國文學發展史》臺北：華正書局，1990 年 7 月。

3. 王瑤：《中古文學史論》臺北：長安出版社，1975 年。

4. 鄭振鐸：《插圖本中國文學史》花山文藝出版社，1977 年

5. 徐嘉瑞：《中古文學概論》臺北：鼎文書局，1977 年。

6. 陳致平：《中華通史》臺北：黎明文化公司，1978 年。

7. 湯承業：《中國政治制度史》臺北：黎明文化公司，1980 年。

8. 郭紹虞：《中國文學批評史》臺北：文史哲出版社，1988 年 4 月。

9. 游國恩編：《中國文學史》臺北：五南出版社 1990。

10. 葉慶炳：《中國文學史》（上、下）臺北：學生書局，1992 年 9 月。

11. 胡適：《白話文學史》（第一編）臺北：遠流出版公司，1992 年。

12. 李從軍：《唐代文學演變史》人民文學出版社，1993 年。

13. 林庚：《中國文學簡史》北京：北京大學出版社，1996 年 5 月 2 刷。

14. 羅根澤：《樂府文學史》北京：東方出版社，1996 年。

15. 羅根澤：《魏晉六朝文學批評史》臺北：臺灣商務印書館，1996 年。

16. 馬祖毅、任容珍著：《漢籍外譯史》湖北教育出版社，1997 年 10 月

17. 葛桂錄著：《中英文學關係編年史》上海：上海三聯書店，2004 年 9
月。

二、

1. 傅增湘：《藏園群書經眼錄》臺北：文物出版社，1961 年新增二版。

2. 邵懿辰：《增訂四庫簡明目錄標注》臺北：世界書局，1961 年。

3. 陳振孫：《直齋書錄解題》臺北：臺灣商務印書館，1978 年 5 月。

4. 張其昀監修、程先裕、徐聖謨主編：《中國歷史地圖》臺北：中國文
化大學印行，1980 年。

5. 《四庫全書總目》臺北：藝文印書館，1989 年 1 月 6 版。

6. 《四庫全書總目提要》臺北：藝文印書館，1989 年 1 月 6 版。

7. 漢語大詞典編輯處編纂、羅竹風主編：《漢語大詞典》漢語大詞典出
版社，1993 年。

8. 張習孔、田鈺：《中國歷史大事編年》臺北：黎明文化公司，1994
年。

9. 羅振玉：《雪堂校勘群書敍錄》揚州：江蘇廣陵古籍刻書出版社，1997
年。

10. 北京圖書館編：《中國版刻圖錄》北京：北京圖書館出版社。

11. 〔中〕安平秋、〔美〕安樂哲主編：《北美漢學家辭典》北京：人民
文學出版社，2001 年 11 月二刷。

三、

1. 廖蔚卿：《六朝文論》臺北：聯經出版事業公司，1978 年 4 月。

2. 朱義雲：《魏晉風氣與六朝文學》臺北：文史哲出版社，1980 年。

3. 北京大學文學史教研室選注：《魏晉南北朝文學參考資料》臺北：里
仁書局，1992 年。

4. 陳書良：《六朝煙火》北京：現代出版社，1992 年 6 月。

5. 駱玉明、張宗原著：《南北朝文學》安徽：教育出版社，1994 年 4 月。

6. 黨聖元：《六朝悲音》陝西：人民教育出版社，1994 年 10 月。

7. 李豐楙：《憂與遊──六朝隋唐遊仙詩論集》臺北：學生書局，1996 年

8. 摯虞：《魏晉南北朝文論選》北京：人民文學出版社，1996 年。

9. 郁沅、張明高編選：《魏晉南北朝文論選》北京：人民文學出版社，1996 年。

四、

1. 王瑤：《中古文人生活》臺北：長安出版社，1988 年。

2. 《全唐文》上海：上海古籍出版社，1990 年。

3. 《唐代文學研究》廣西：廣西師範大學出版社，1992 年 8 月，第一版。

4. 章群：《唐史札記》臺北：學海出版社，2000 年 7 月。

5. 羅聯添著：《唐代文學論集》臺北：臺灣學生書局，1989 年。

6. 《唐代文學研究》廣西師大出版社，1990 年。

7. 《唐代文學研究》北京大學出版社，1990 年。

8. 《唐代文學研究》中州古籍出版社，1990 年。

9. 冷敏述：《唐文化研究論文集》上海：上海人民出版，1994 年。

10. 傅樂成：《漢唐史論集》臺北：聯經出版社，1995 年。

11. 戴偉華：《唐代文學研究叢稿》臺北：臺灣學生書局出版，1999 年。

五、

1. 演培法師註釋：《維摩詰所說經講記經》臺北：天華出版公司，1987 年 8 月。

2. 方東美：《新儒家哲學十八講》臺北：黎明文化事業公司，1993 年 6 月 4 版

3. 羅宗強：《道教與傳統文化》北京：中華書局，1997 年。

4. 龍樹菩薩著、鳩摩羅什譯、釋妙蓮標校：《大智度論二》臺北：七海印刷公司印行。

六、

1. 顧詰剛：《史林雜識初編》北京：中華書局，1963 年。

2. 陳寅恪：《金明館叢稿二編三論李唐氏族問題》上海：上海古籍出版社，1980 年。

3. 《陳望道文集》（第二卷）上海：上海人民出版社，1980 年 5 月。

4. 《古典文學論文集》長沙：湖南人民出版社，1984 年

5. 北京師範大學中文系文藝理論教研室編、鐘子翱、梁仲華、童慶炳執筆：《文學概論》北京：北京師範大學出版社，1984 年。

6. 中華文化復興運動推行委員會主編：《中國文學講話》臺北：巨流圖書公司，1988 年。

7. 啓功：《啓功叢稿》臺北：華正書局，1991 年 5 月。

8. 朱棟霖編：《文學新思維》江蘇：江蘇教育出版社，1996 年 3 月。

9. 羅基敏：《文話／文化音樂：音樂與文學之文化場域》臺北：高談文化出版公司，1999 年 2 月。

10. 聞一多：《聞一多全集》臺北：里仁書局，1999～2000 年。

11. 彼得‧艾克洛德著‧謝瑤玲譯：《龐德》臺北：貓頭鷹出版社，2001 年 5 月。

12. 余我編著：《日本古典文學評介》臺北：臺灣商務印書館，1995 年 7 月 2 版 2 刷。

貳、學位論文類

1. 王文進：《論六朝詩中巧構形似之言》，臺灣師範大學碩士論文，1978 年。

2. 林貞玉：《李白文學之研究》，臺灣師範大學碩士論文，1982 年。

3. 莊美芳：《李太白詩探源》，東吳大學中研所碩士論文，1986 年 10 月。

4. 張榮基：《李白樂府詩之研究》，政治大學中研所碩士論文，1987 年。

5. 黃淑娥：《李白樂府詩之修辭研究》，香港珠海大學中研所碩士論文，1987 年。

6. 蕭岳煊：《李白樂府詩之用韻及修辭研究》，香港大學新亞研究所文學組碩士論文，1988 年。

7. 楊文雀：《李白詩中神話運用之研究——以仙道神話為主體》輔仁大學中研所碩士論文，1991 年。

8. 孫鐵吾：《李白詩歌中植物意象研究》，臺灣師範大學國研所碩士論文，1998 年 5 月。

9. 賴玫怡：《修辭心理與美感的探析——以夸飾、譬喻為例》，臺灣師

範大學國研所碩士論文，2000 年 6 月。

10. 賴昭君：《李白樂府詩研究》，靜宜大學中研所碩士論文，2001 年。

11. 陳佳君：《虛實章法析論》，臺灣師範大學國研所碩士論文，2001 年 5 月。

12. 王次澄：《南朝詩研究》，東吳大學博士論，1982 年。

13. 高莉芬：《元嘉詩人用典研究》，政治大學博士論文，1993 年。

14. 《三李神話詩歌研究》，臺灣大學中文研究所博士論文。

參、單篇論文類

1. 陳寅恪：〈李太白氏族之疑問〉《清華學報》十卷一期 1935 年

2. 孫凱第：〈唐宗室與李白〉《經世日報・讀書周刊》1946 年 10 月 30 日。

3. 稗山：〈李白兩入長安辯〉《中華文史論叢》第二輯，1962 年。

4. 郁賢皓：〈李白兩入長安及有關交遊考辯〉《南京師院學報》第四期 1978 年。

5. 王文才：〈李白家世探微〉，《四川師院學報》第四期 1979 年。

6. 林必成：〈唐代「輪臺」初探大陸〉《新疆大學學報》4 期 1979。

7. 薛宗正：〈北庭故城與北庭大都護府〉《新疆大學學報》4 期 1979。

8. 裴斐：〈歷代李白評價述評〉《文學評論叢刊》第五期 1980 年 3 月。

9. 楊盛龍：〈皎潔的象徵理想的寄託──略論李白詩中的月〉《西南民族學院學報》1981 年第 1 期。

10. 吳啟明：〈李白〈清平調〉三首辯偽〉《文學遺產》第三期，《唐聲詩》，第 477 頁，上海：上海古籍出版社，1982 年。

11. 從軍：〈李白三入長安考〉中華文史論叢、第二輯，1983 年。

12. 秦紹培：〈也談唐代邊塞詩派的評價問題〉《新疆大學學報》3 期 1984。

13. 劉維鈞：〈唐代西域詩句釋地〉《新疆大學學報》1984 年。

14. 白應東：〈邊塞詩的愛國主義精神是歷史發展的必然〉《新疆師大學報》1 期 1984。

15. 胡建平：〈論高適的山水田園詩大陸〉《新疆師大學報》1 期 1984 年。

16. 王岳川：〈杜詩意境美初探〉《新疆師大學報》1 期 1984 年。

17. 彭志憲：〈王之渙〈涼州詞〉釋評〉《新疆師大學報》1 期 1984 年。

18. 鍾吉雄：〈為什麼我不敢告訴你我是誰──談李白的身世之謎〉《臺灣時報》1984 年 10 月 28 日八版。

19. 劉再生：〈唐代的「音聲人」〉《中國音樂》，1984 年第四期頁 13。

20. 胡大浚：〈邊塞詩之涵義與唐代邊塞詩的繁榮〉《西北學院學報》2 期 1986 年。

21. 鐘興麟：〈唐代安西四鎮之一的碎葉位置新探〉《新疆大學學報》3 期 1986 年。

22. 〔日〕山下一海：〈李白對松尾芭蕉的影響〉《中日李白研究論文集》馬鞍山李白研究所編，中國展望出版社 1986 年 10 月 1 版。

23. 吳兆路：〈試讀杜甫的文學思想〉《蘭州大學學報》15 卷 3 期 1987。

24. 葛景春：〈李白詩歌與莊子美學〉《李白研究論叢》巴蜀書社 1987 年 3 月第一次印刷。

25. 房日晰：〈論李白詩歌中的情感表現的特色〉《李白研究論叢》巴蜀書社 1987 年 3 月第一次印刷。

26. 劉維鈞：〈邊塞詩的源流初探〉《新疆大學學報》3 期 1988 年。

27. 羅鳳珠：〈蘇軾黃州詩研究〉《國立臺灣師範大學國文研究所集刊》第三十三號 1989 年。

28. 陳志光：〈老遺山詩析論〉《國立臺灣師範大學國文研究所集刊》第三十三號 1989 年。

29. 楊淙銘：〈石遺室詩話研究〉《國立臺灣師範大學國文研究所集刊》第三十三號 1989 年。

30. 安旗：〈李白書法略論〉《李白學刊第二輯》上海：三聯書店，1989 年 8 月。

31. 朱立元：〈試論接受美學對中國文學史研究的啓示〉《復旦學報》1989 年第四期。

32. 朱易安：〈明人李杜比較研究淺說〉，《李白學刊》第一輯上海：上海三聯書店，1989 年 3 月

33. 鄧元煊：〈李白樂府革新成就一例〉《李白研究論叢第二輯》成都巴蜀書社 1990 年 12 月第一次印刷。

34. 日人松浦友久：〈李白的出生及家世〉《中國李白研究》1990 年。

35. 潘百齊：〈論李白詩歌的美學特微〉《中國李白研究 1990 年集》蘇州：江蘇古籍出版社 1990 年 9 月第一版。

36. 呂正惠〈永遠的中國俠〉《國文天地》第十二期 1990 年。

37. 章繼光：〈李白與佛教思想〉《中國李白研究 1990 年集下》江蘇：江蘇古籍出版社 1991 年 6 月。

38. 秦紹培、劉藝：〈論唐代邊塞詩及其繁榮原因〉《新疆大學學報》20

卷 1 期 1992 年。

39. 劉眞倫：〈論邊塞詩的本質屬性〉《江海學刊》4 期 1992 年。

40. 吳企明：〈李白與盛唐繪畫藝術〉《中國李白研究》1991 年集，中國李白研究會、馬鞍山李白紀念館編，江蘇古籍出版社 1993 年 4 月。

41. 張瑞君：〈李白設辟邪伎鼓吹稚子班曲辭解疑〉《文學遺產》1993 年第 5 期。

42. 鄔國平：〈李杜詩歌比較評述〉《中國李白研究》，中國李白研究會、馬鞍山李白研究所編，江蘇古籍出版社 1993 年 4 月。

43. 王晉光：〈李白對王安石的影響〉《中國李白研究》1991 年集：中國李白研究會、馬鞍山李白紀念館編，江蘇古籍出版社 1993 年 4 月。

44. 鄔國平：〈李杜詩歌比較評述〉《中國李白研究》1991 年集：中國李白研究會、馬鞍山李白紀念館編，江蘇古籍出版社 1993 年 4 月。

45. 蔡宗陽撰：〈論引用的分類〉《師大國文學報》1994 年 6 月第 23 期。

46. 郭焰坤：〈淺談對偶的基礎〉《修辭學習》1994 年第 5 期。

47. 孫孟明在：〈淺談古詩中典化對偶〉《修辭學習》1994 年第 1 期。

48. 傅如一：〈李白樂府論〉《文學遺產》1994 年第 1 期。

49. 章繼光：〈論李白的詠俠詩〉《求索》1994 年第 6 期。

50. 〔日〕芳村弘道：〈關於元版系統的《分類補注李太白詩》〉《中國李白研究》：1992～1993 年集，安徽文藝出版社 1994 年 5 月。

51. 張錫厚：〈敦煌本《李白詩集》殘卷再探〉《中國李白研究》：1992～1993 年集，安徽文藝出版社 1994 年 5 月。

52. 劉志偉：〈從音樂意象看魏晉詩歌與音樂的關係〉《蘭州大學學報》23 卷 2 期 1995 年。

53. 吳禮權：〈論誇張的次範疇分類〉《修辭學習》1996 年第 6 期。

54. 孫韞瑩：〈李白與蘭陵美酒〉，《中國李白研究》1994 年集合肥：安徽省文藝出版社，1996 年 2 月。

55. 陳定玉：〈論嚴羽評點《李太白詩集》〉《文藝理論研究》1996 年第一期。

56. 周小龍：〈屈原、李白詩歌抒情藝術異同論〉《南京師範大學學報》1997 年第 3 期。

57. 蘇華：〈論李白的邊塞詩〉《新疆大學學報》25 卷 2 期 1997 年。

58. 劉藝：〈杜甫邊塞詩的儒家思想評議〉《新疆大學學報》25 卷 3 期 1997 年。

59. 王開元：〈邊塞詩探源〉《新疆大學學報》4 期 1997 年。

60. 朱泳燚：〈試論博喻的結構與功能〉《修辭學習》1997 年第 3 期。

61. 陳定玉：〈李白詩歌『入神』說——嚴羽評點《李太白詩集》發微〉《中國李白研究》：1995～1996 年集，安徽文藝出版社 1997 年 8 月。

62. 張君瑞：〈禪宗思維方式與李白詩歌藝術〉《中國李白研究 1997 年集》（合肥：安徽文藝出版社，1998 年 10 月。

63. 范長華：〈王伯成《貶夜郎》雜劇探析〉《中國李白研究》1997 年集：中國李白研究會、馬鞍山李白研究所編，安徽文藝出版社 1998 年 10 月。

64. 姜光斗〈略論李白詩風蘊藉含蓄與任情率真的矛盾統一〉《中國李白研究 1997 年集》合肥：安徽文藝出版社，1998 年 10 月。

65. 翁成龍：〈李白樂府詩的修辭技巧〉《台中商專學報》第三十期 1998 年 6 年。

66. 游志誠：〈談典故〉《國文天地》1998 年 2 月。

67. 疏志強、汪忠平：〈移就的修辭心理淺析〉《修辭學習》1999 年第 5 期。

68. 楊義：〈李白詩的語言創造法則〉《中國古代‧近代文學研究》1999 年第 2 期。

69. 黃雅淳：〈從將進酒看李白〉《國文天地》第 14 卷第 11 期 1999 年 4 月。

70. 劉寧：〈李白烏栖曲讀後——詩成緣何泣鬼神〉《文史知識》1999 年第 6 期。

71. 周春林：〈談談象徵及其美學功能〉《修辭學習》2000 年第 3 期。

72. 王淮生：〈關於「百代詞曲之祖」的臆想〉《中國李白研究》：2000 年集，安徽文藝出版社 2000 年 10 月。

73. 〔德〕呂福克：〈西方人眼中的李白〉《中國李白研究》：李白與天姥國際會議專輯，安徽文藝出版社 2000 年 10 月。

74. 葛培嶺：〈論元白對李杜的整體評價〉《中國李白研究》2000 年集：中國李白研究會、馬鞍山李白研究所編，安徽文藝出版社 2000 年 10 月。

75. 杜道明：〈清水出芙蓉、天然去雕飾〉《新疆大學學報》25 卷 3 期 2001 年。

76. 姚大勇：〈娛悲舒憂——陸游文學思想之核心〉《新疆大學學報》1 期 2001 年。

77. 曹萌：〈再論建安文學與唐詩宋詞繁榮的共性原因〉《鄭州大學學報》34 卷 2 期 2001 年。

78. 葉嘉瑩：〈王維詩〉《國文天地》18 卷 11 期 2003 年。

79. 吳云：〈論對偶形式對意義空間的拓展〉《修辭學習》2001 年第 5 期。

80. 曹化根：〈李白的明月世界〉，《中國李白研究》2001～2002 年集合肥：黃山書社 2002 年 12 月。

81. 孟修祥：〈論李白對楚辭的接受〉《中國李白研究》：中國李白研究會、馬鞍山李白研究所編，黃山書社 2002 年 12 月。

82. 王麗娜：〈李白詩歌在國外〉《中國李白研究》：中國李白研究會、馬鞍山李白研究所編，黃山書社 2002 年 12 月。

83. 〔俄〕C.李謝維奇〈俄羅斯漢學家怎樣學習及翻譯李白詩歌〉《中國李白研究》：李白與天姥國際會議專輯。

84. 熊慧芬：〈略論日本近世文學中的李白〉《中國李白研究》：中國李白研究會、馬鞍山李白研究所編，黃山書社 2002 年 12 月 1 版。

85. 金世煥：〈韓國人心目中的李太白〉《中國李白研究》：中國李白研究會、馬鞍山李白研究所編，黃山書社 2002 年 12 月。

86. 楊鴻銘：〈李白長干行等文象徵論〉《孔孟月刊》第 35 卷第 5 期。

87. 黃炳輝、莊如順：〈試論李白對屈原詩歌藝術特點的繼承和發展〉《中國古代・近代文學研究》第 1 期。

88. 陳俊強〈從法律史的角度看李白流夜郎〉《第六屆唐代文化學術研討會論文集》二。

附圖

附圖一　宋刻本《李太白文集》（北京圖書館編《中國版刻圖録》圖版 226）

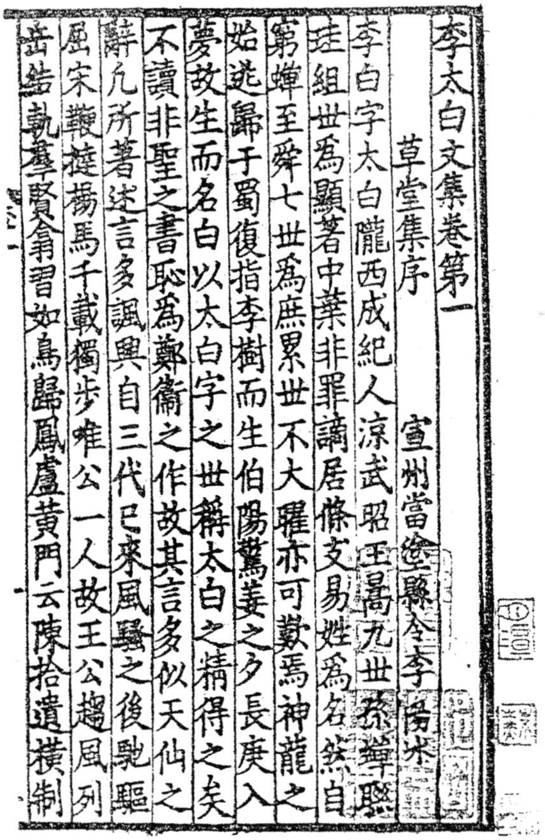

李太白文集卷第一

草堂集序　宣州當塗縣令李陽冰

李白字太白隴西成紀人涼武昭王暠九世孫蟬聯珪組世爲顯著中葉非罪謫居條支易姓爲名然自窮蟬至舜七世爲庶累世不大曜亦可歎焉神龍之始逃歸于蜀復指李樹而生伯陽驚姜之夕長庚入夢故生而名白以太白字之世稱太白之精得之矣不讀非聖之書恥爲鄭衞之作故其言多似天仙之辭凡所著述言多諷興自三代已來風騷之後馳驅屈宋鞭撻揚馬千載獨步唯公一人故王公趨風列岳結軌羣賢翕習如烏歸鳳盧黄門云陳拾遺橫制

附圖二　日本靜嘉堂文庫本《李太白文集》

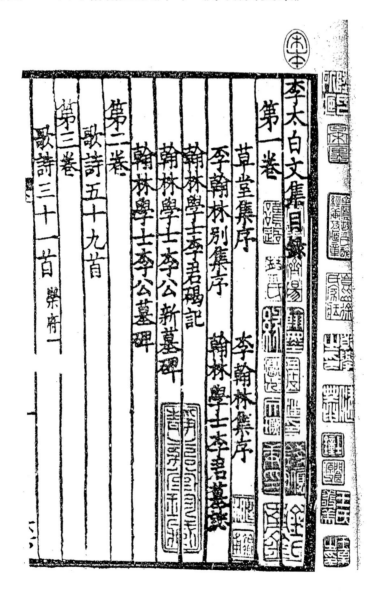

李太白文集卷第一

草堂集序　　　　宣州當塗縣令李陽冰

李白字太白隴西成紀人涼武昭王暠九世孫蟬聯
珪組世為顯著中葉非罪謫居條支易姓與名然自
窮蟬至舜七世為庶累世不大曜亦可數焉神龍之
始逃歸于蜀復指李樹而生伯陽驚姜之夕長庚入
夢故生而名白以太白字之世稱太白之精得之矣
不讀非聖之書恥為鄭衛之作故其言多似天仙之
辭凡所著述言多諷興自三代已來風騷之後馳驅
屈宋鞭撻揚馬千載獨步唯公一人故王公趨風列
岳結軌群賢翕習如鳥歸鳳盧黃門云陳拾遺橫制

附圖三　繆曰芑得昆山徐氏所藏晏處善本，於康熙五十
　　　　六年校正刊行

李文翰林集三十卷常山宋次道編類而南豐曾氏所攷次者
也藏久譌缺俗本雜出增損互異無所是正余嘗病之癸巳
秋得昆山徐氏所藏臨川晏處善本重加校正梓之家塾其
與俗本不同者別為攷異一卷庶使讀是編者不失古人之
舊而余亦得以廣其傳焉康熙五十六年五月吳門繆曰芑
題於城西之雙泉草堂

序

李目

一

附圖四　宣統元年貴池劉世珩玉海堂覆南宋咸淳本《李翰林集》（2004年由安徽黃山書社出版）

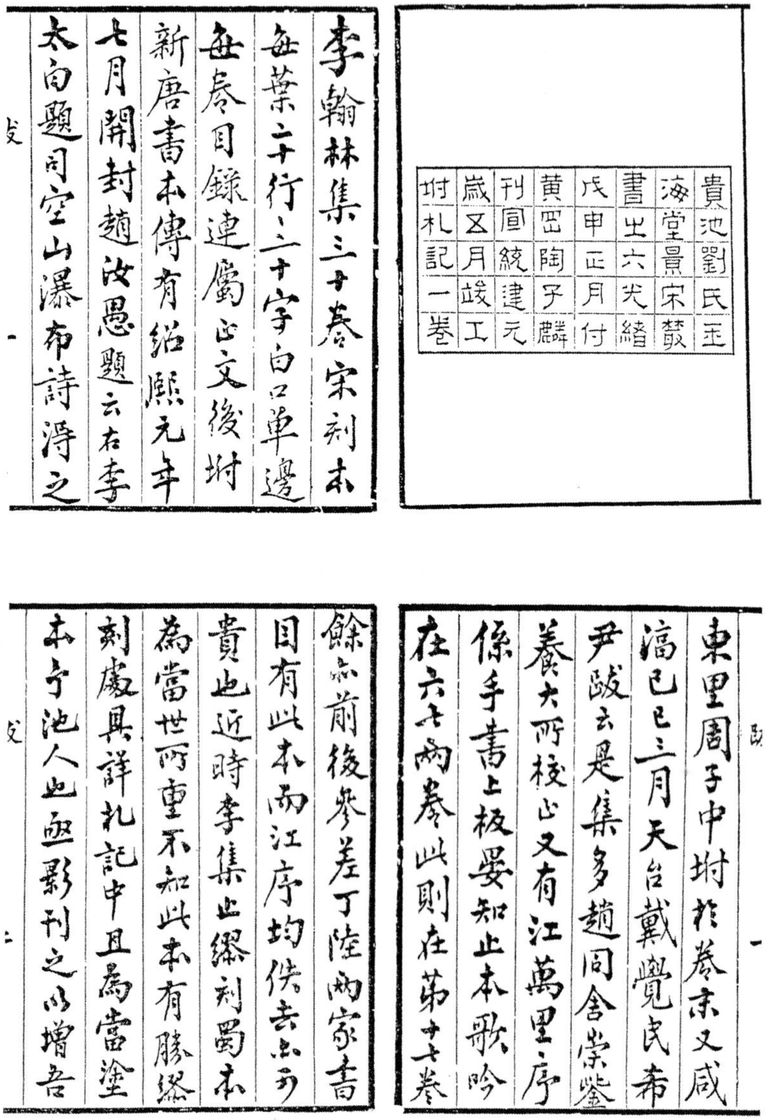

太白題司空山瀑布詩潯之
七月開封趙汝愚題云右李
新唐書本傳有紹熙元年
每卷目錄連屬正文後坿
每葉二十行、二十字白口單邊
李翰林集三十卷宋刻本

貴池劉氏玉
海堂景宋戤
書出六犬緒
氏甲正月付
黃密陶子羣
刊宣綾建元
歲宣月竣工
坿札記一卷

本宁池人此亞影刊之以增音
剞劂具詳札記中且為當塗
為當世所重不知此本有勝絡
貴此近時李集出綠刻蜀本
目有此本而江序均供去弓
餘宗前後參差丁陸兩家書

在六十兩卷此則在第十卷
係手書上板要知此本歌吟
養大昕校山又有江萬里序
尹跋云是集多趙同舍崇鑒
滴巳三月天台戴覺民希
東里周子中坿於卷末又咸

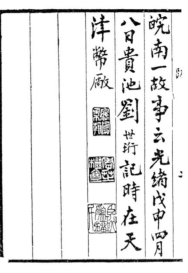

皖南一故事云光緒戊申胃
八日貴池劉世珩記時在天
津幣廠

當塗獨以太白故
見稱學有祠墓有
蔡君有李回脫轞
無不可以想見其人

邑宰李君都傑請免單元宥力役俾專瀝掃事嘻享
名甚高後事何薄謝公舊井新墓角落青山白雲共
為蕭索巨竹拱墓如公卓犖天長地久其名不朽此
為祭文又授元宥又為碑曰
貴盡皆然名存則難故子重名不重官作李翰林碑
十五字而已

陶子麟刊

李翰林集卷第一

古風上　　翰林供奉李白

大雅久不作吾衰竟誰陳王風委草戰國多荊榛
龍虎相啖食兵戈逮狂秦正聲何微茫哀怨起騷人
揚馬激頹波開流蕩無垠廢興雖萬變憲章亦
已淪自從建安來綺麗不足珍聖代復元古垂衣貴
清真群才屬休明乘運共躍鱗文質相炳焕衆星羅
秋昊我志在刪述垂輝映千春希聖如有立絕筆於
獲麟

附圖五　元板《唐翰林李太白詩集》二十六卷（臺灣國家
　　　　圖書館藏）一部四冊

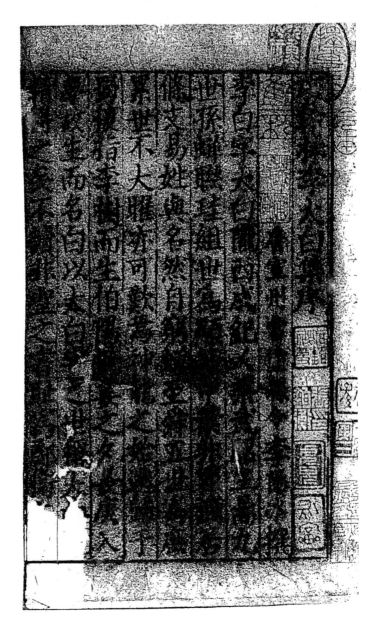

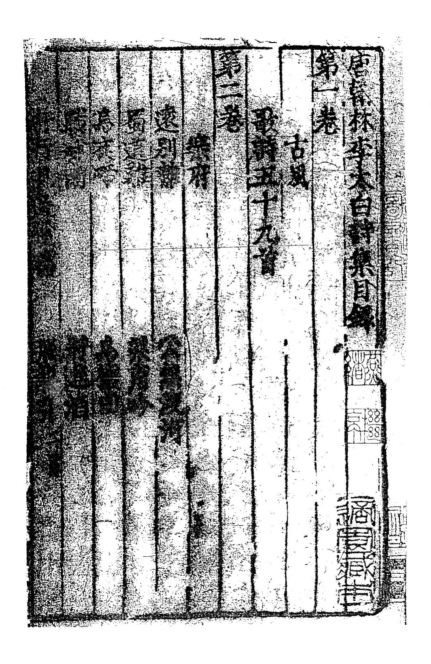

如旋蓬而如此何況壯士當舉雄州

欲攀龍見明聖君公卿列爵天籙帝旁投壺多玉女

三時太牢光燦爛晦朔起風雨閶闔九門不可

通以頷叩關閽吾怒白日不照吾精誠把國無事憂

天傾欲偷攀牙齒人肉關虎不折生草筆手撲飛鷇

梟羆虎側足焦原夫言當智者可卷懷覺世人見

北輕鴻毛力折南山三壯士（齊相殺之費二挑吳巷

亓兵此才無劇孟亞夫咍爾為陡勞梁甫吟声正

慈承公而龍蟠神物令有時風雲會合走青釣大人

元

附圖六　明初葉刊白口十行二十字本《李翰林集》（臺灣國家圖書館藏）

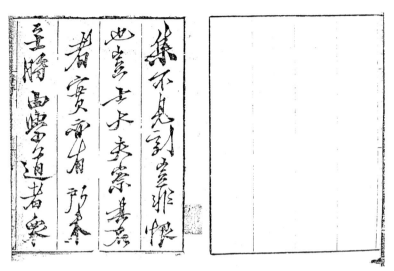

五情熱○五將營丹砂○永與世人別○
代俗一作馬不思越○越禽不戀燕性有所習土風固
其始昔別雁門○關今戍龍庭前驚沙亂海日飛雪迷
道安期名兩兩白玉童雙吹紫鸞笙去影忽不見迴
客有鶴上仙有鳥言碧雲裏自
胡天嬰兒生○龍鳳心邈逐姹娥白首沒三邊
可宣誰情飛飛凌太清
風送天聲舉首遠望○飄然若流星頹食金光草
與天齊傾

日荼醉酒嚼白馬○丑馳意氣人所仰治遊方及時
子雲不曉事晚獻長楊賦達身已老草玄賓若綠
救闇良可歎但戲為此章哂
莊周夢蝴蝶蝴蝶為莊周○一體更變易萬事良悠悠
乃知蓬萊水復作清淺流○青門種瓜人舊日東陵侯
富貴固如此營營何所求
齊有倜儻生魯連特高妙明月出海底一朝開光耀
却秦振英聲後世仰末照意輕千金贈顧向平原笑
吾亦澹盪人拂衣可同調
黃河走東溟白日落西海逝川與流光飄忽不相待

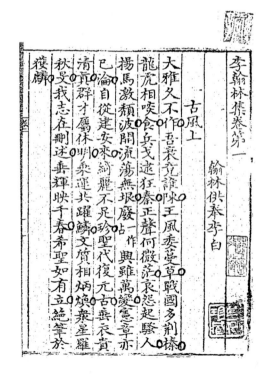

附圖七　明正德已卯覆刊宋淳熙本《李翰林別集》（臺灣國家圖書館藏）

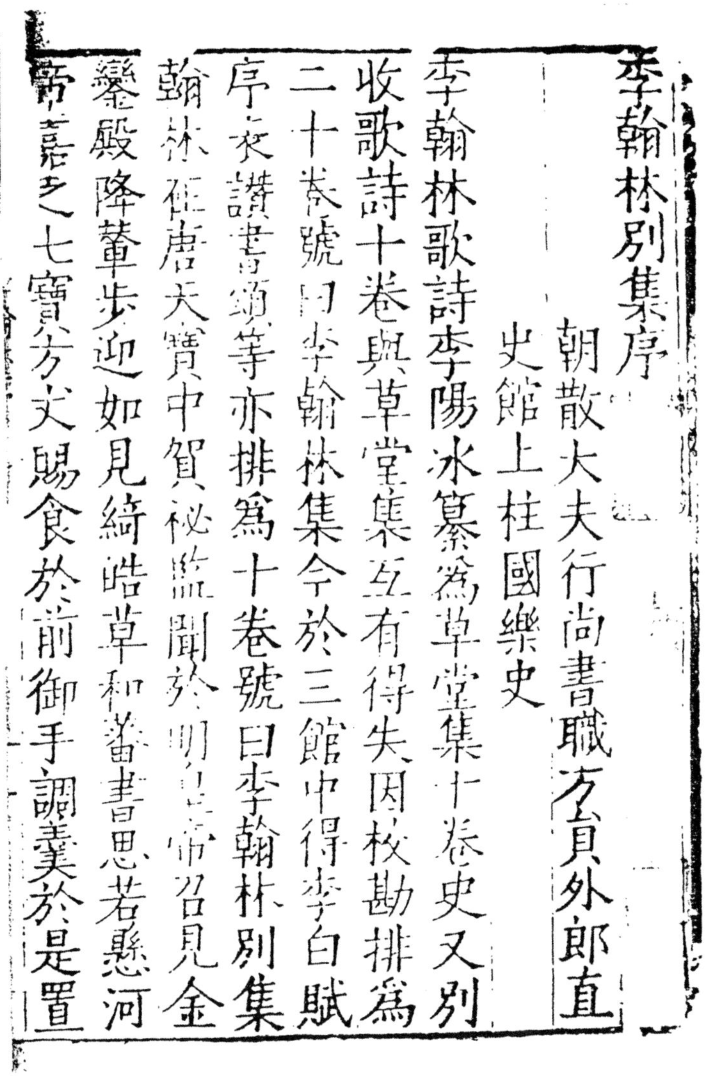

李翰林別集序

朝散大夫行尚書職方員外郎直

史館上柱國樂史

李翰林歌詩李陽冰纂為草堂集十卷史又別

收歌詩十卷與草堂集互有得失因校勘排為

二十卷號曰李翰林集今於三館中得李白賦

序次讚書頌等亦排為十卷號曰李翰林別集

翰林征唐夫寶中賀秘監聞於明皇帝召見金

鑾殿降輦步迎如見綺皓草和蕃書思若懸河

帝嘉之七寶方丈賜食於前御手調羹美於是置

李翰林集卷第一　　　　翰林供奉李白

古賦

大鵬賦

擬恨賦

惜餘春賦

愁陽春賦

悲清秋賦

劍閣賦

明堂賦

於制作積成卷軸則欲塵穢視聽恐雕蟲小技

不合大人若賜觀芻蕘請給以紙墨兼人書之

然後退歸閒軒繕寫呈上庶青萍結綠長價於

薛下之門幸惟下流大開獎飾惟君侯圖之

上安州裴長史書

白聞天不言而四時行地不語而百物生白人

焉非天地安得不言而知乎敢刻心析肝論舉

身之事便當談笑以明其心而粗陳其大綱一

快憤懣惟君侯察焉白本家金陵世為右姓遭

沮渠蒙遜難奔流咸秦因官寓家少長江漢五

附圖八　朝鮮舊活字本《分類補注李太白詩》二十五卷

（臺灣國家圖書館藏）

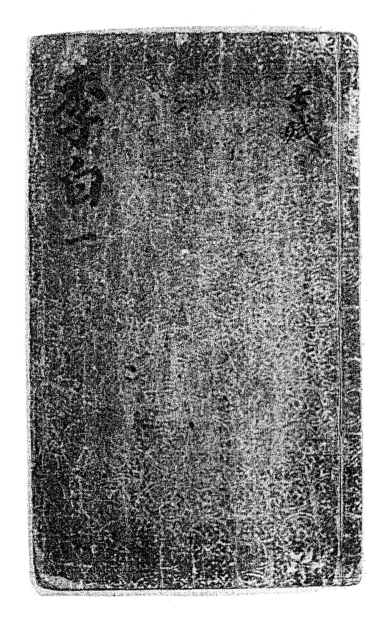

而已婉吟之從政者殆
而此詩太白自嘆之辭也

古意

君為女蘿草妾作兔絲花　輕條不自引為逐
春風斜百丈　託遠松縷綿成一家　誰言會面
易各在青山厓　女蘿發馨香　兔絲斷人腸枝
枝相糾結　葉葉竟飄揚　生子不知根因誰共
芬芳中巢雙翡翠上宿紫鴛鴦　若識二草心
海潮亦可量

分類補註李太白詩卷之九

贈

贈孟浩然　襄陽

吾愛孟夫子風流天下聞紅顏棄軒冕白首
臥松雲醉月頻中聖迷花不事君高山安可
仰徒此揖清芬

鷹鹿門
日唐書孟浩然襄陽人
隱鹿門山年四十乃遊
京師唐書玄宗以張九
齡為荊州長史浩然從
之辟署於府其自謂而
其詩未見至不詔才明
主棄多病故人疎當是
時浩然以維私邀入內
署俄而玄宗至浩然匿
床下維以實對帝喜問
其詩浩然誦詩不求聞
所見而
張九齡玄宗至齡王維浩然
其自謂而其詩末見至也不詔
拜末官葉縣今之遷所謂得古
非昆之謂也謂之今放棄之所
得忘者

附圖九　明神宗萬曆三十年壬寅（1602）長洲許自昌校刊
本《李杜全集・李詩補註》

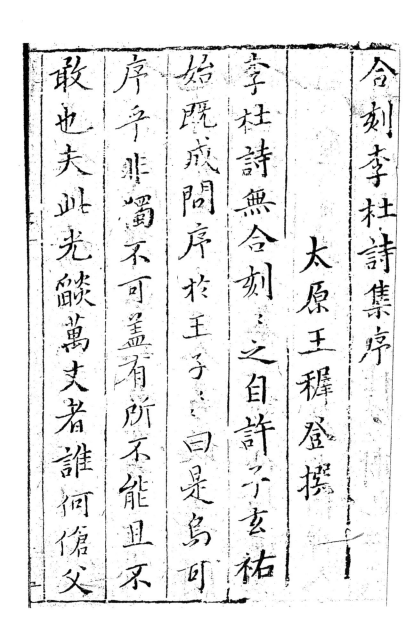

合刻李杜詩集序

太原王穉登撰

李杜詩無合刻……之自許不玄祐

始既戌問序於王子……曰是烏可

序乎非蜀不可盖有所不能丑不

敢也夫此光燄萬丈者誰何傖父

唐翰林李太白詩序

唐宣州當塗縣令李陽冰撰

李白字太白隴西成紀人涼武昭王暠九世孫蟬聯
珪組世爲顯著中葉非罪謫居條支易姓與名然自
窮蟬至舜五世爲庶累世不大曜亦可歎焉神龍之
始逃歸于蜀復指李樹而生伯陽驚姜之夕長庚入
憂故生而名白以太白字之世稱太白之精得之矣
不讀非聖之書恥爲鄭衛之作故其言多似天仙之
辭凡所著述言多諷興自三代以來風騷之後馳驅

唐翰林李太白年譜

關中薛仲邕編

武后聖曆二年己亥

白生於是年按史云年六十餘曾鞏序享年六十
四李陽冰序載白卒於寶應元年十一月也又云
代宗初立以拾遺召而白已卒寶應止一年也

父視元年庚子

父視二年辛丑正月改大足十月改長安

長安三年癸卯

上裴長史書云五歲誦六甲

分類補註李太白詩卷之一

春陵楊齊賢子見集註

章貢蕭士贇粹可補註

明長洲許自昌玄祐甫校

古賦八首

大鵬賦 并序

余昔於江陵見天台司馬子微（士贇曰唐書司馬承禎字子微洛州人事潘師正傳辟穀導引術無不通徧遊名山廬天台不出睿宗召至問道開元中再被召卒年八十九沈珦續仙傳以為尸解弟子葬其衣冠雲笈七籤天台赤城山高一萬八千丈洞周圍五百里名上清玉平之

李詩補註　卷一

附圖十　清康熙吳門繆氏集（中國書店 1977 年）

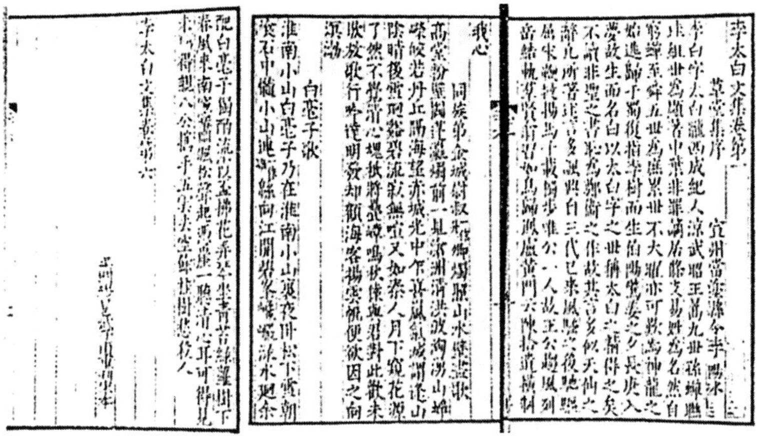

附圖十一　民國六年（1917）上海掃葉山房石刊本《李翰林別集》（臺灣國家圖書館藏）

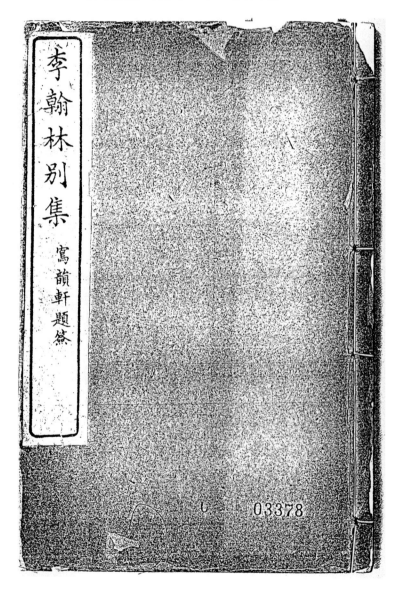

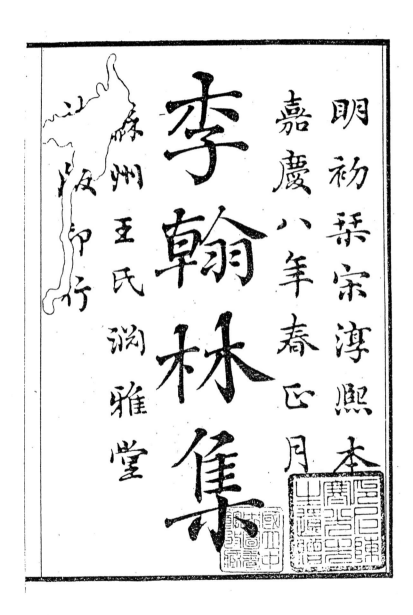

明初葉宗濬熙本

嘉慶八年春正月

李翰林集

蘇州王氏澗雅堂

山阪印行

民國六年石印

總發行所上海市棋盤街掃葉山房

樂氏子匹編李翰林別集十卷子匹此編
載於宋史本傳後有索翼題記謂是宋淳
熙舊本明正德中元大斫刻未詳何何
人冀蘇州府志載其高行此版不審何縣
入吾家庋城西怡老園西樓之下余以檢
校先文恪公文集舊版意外得之堆積既
久中多闕蝕按樂氏原序此本當為別
集而版心仍題李翰林集明人於校雙體

例隸略顓然今亦不能改獨為補纂重印
廣其流傳持校綴氏雙泉堂所翻臨川晏
慶善宋本文字篇目增多是本有不可廢
也嘉慶八年春正月長洲王芑孫書

李翰林別集序

朝散大夫行尚書職方員外郎直史館上柱
國樂史

李翰林歌詩李陽冰纂為草堂集十卷史又別收歌詩十
卷與草堂集互有得失因校勘排為二十號曰李翰林
集今於三館中得李白賦序表讚書頌等亦排為十卷號
曰李翰林別集開於明皇帝召
見金鑾殿降輦步迎如見綺皓草和蕃書思若懸河帝呼
之七寶方丈賜食於前御手調羹傳正撰李白傳一卷事又
翰林中其諸事跡范傳正撰之金鑾殿出入
稍周然有三事近方得之開元中禁中初重木芍藥即今
牡丹也中呼木芍藥調云燕花木芍藥牡丹也得四本紅紫淺紅通白者

李翰林序 一

附圖十二　清光緒三十四年（1908）上海掃葉山房石刊本
《李太白全集》（臺灣國家圖書館藏）

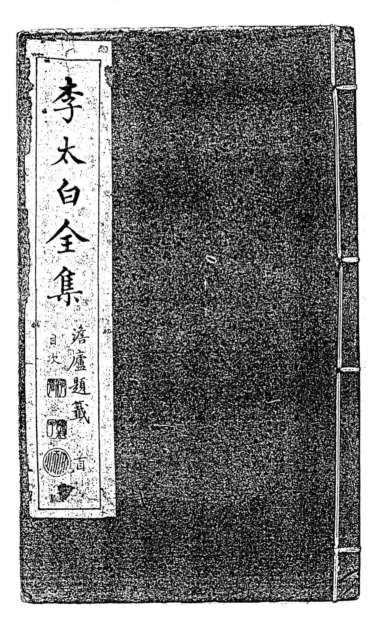

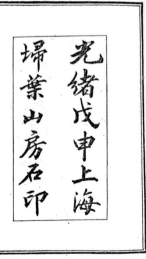

光緒戊申上海
掃葉山房石印

作者不易箋疏家尤難何也作者以才為主
而輔之以學興到筆隨第抽至平日之腹笥
而縱橫曼衍以極其兩至不必沾，獺祭也為之
箋其疏者必語，核至指歸而意象乃好必學
字遠其根據而証佐乃雖丰不必言夫必有什
倍作作者之卷軸而後可以淫事寫室酒共圖
不言以興乎且粗疏者尤未可以輕試也李供奉
太白才兼仙佛政離騷之此著太史之潔至於
杜也並駟方軌未易軒輕也然注杜者自宋以
凌凹有千家區我

一掃葉山房石印
李太白全集　　序

李太白全集　目錄

一　掃葉山房石印